U0943138

Yilin Classics

经/典/译/林

Love of Life
The Sea-Wolf

热爱生命
海 狼

[美国]杰克 · 伦敦 著

孙法理 译

译林出版社

图书在版编目(CIP)数据

热爱生命 / (美) 杰克 · 伦敦 (London, J.) 著; 孙法理译. 海狼/ (美)杰克 · 伦敦 (London, J.) 著; 孙法理译. —南京: 译林出版社, 2015.9 (2017.5 重印)
(经典译林)
ISBN 978-7-5447-5472-9

Ⅰ.①热… ②海… Ⅱ.①杰… ②孙… Ⅲ.①短篇小说-美国-近代 ②长篇小说-美国-近代 Ⅳ.①I712. 44
中国版本图书馆 CIP 数据核字 (2015) 第 102408 号

书 名 热爱生命 · 海狼
作 者 [美国]杰克 · 伦敦
译 者 孙法理
责任编辑 金 薇
出版发行 凤凰出版传媒股份有限公司
译林出版社
出版社地址 南京市湖南路 1 号 A 楼, 邮编: 210009
电子邮箱 yilin@ yilin. com
出版社网址 http://www. yilin. com
经 销 凤凰出版传媒股份有限公司
印 刷 江苏凤凰盐城印刷有限公司
开 本 880 毫米 × 1240 毫米 1/32
印 张 10. 375
插 页 4
字 数 251 千
版 次 2015 年 9 月第 1 版 2017 年 5 月第 4 次印刷
书 号 ISBN 978-7-5447-5472-9
定 价 28. 00 元
译林版图书若有印装错误可向出版社调换
(电话: 025—83658316)

CONTENTS · 目录

热爱生命

在众多里有一桩必能长存——
他们曾有过生活，艰难苦争，
从拼搏他们必有丰富的收获，
虽然曾随骰子投掷了黄金。

两人痛苦地跛到了岸边，前面那人还在嶙峋的岩石上趔趄了一下。他们都很疲惫、很衰弱，哭丧着脸，一副艰苦备尝苦苦撑持的样子。他们都用皮带在双肩上挎着沉重的毛毯背包，额头上还横勒一条皮带，帮助承受重担。他们手持步枪，佝偻着腰，肩膀努力前倾，头颈向前伸得更厉害，眼睛盯着地面。

“我们藏在秘窖里的那些子弹，现在身上要有两三发就好了。”第二个人说。

这人语调悲凉，全无表情，说话也没有热力。前面那人没有回答，只是软塌塌地踩进了浑浊的乳白色溪流里，水花冲过了岩石。

这人紧跟在那人的身后。他们都没脱靴子，虽然那水冰凉刺骨，冻得人双脚麻木，踝骨生疼。有些地方激起的溪水高达膝盖，使两人跌跌撞撞，站立不稳。

后面那人在一块光滑的礁石上一滑，几乎摔倒，终于竭尽全力站住了，却发出了一声痛苦的惨叫。他好像衰弱了，晕眩了。站立不稳时他伸出空手，似乎想挽住空气站定。站定之后他又往前走，却又摇晃起来，几乎跌倒。于是他停下了脚步，望着前面那人。那人却一直没有回头。

这人足足站了一分钟，没有动弹，似乎跟自己争论着，然后大叫起来：

“嗨，比尔，我的脚踝崴伤了。”

比尔在浑浊的水里继续走，没有回头。这人望着他走掉，脸上虽跟平时一样全无表情，目光却如受伤的鹿。

那人拖着腿上了对岸，继续前进，没有回头。溪里这人盯着他，嘴唇轻微地颤抖起来，嘴唇上棕色的大胡子表现出明显的激动，连舌头也伸出来滋润嘴唇了。

“比尔！”他大喊。

那是坚强者在痛苦中发出的求救的呼号，但比尔仍然没有回头。他望着比尔怪模怪样地拖着腿、弯着腰走着，踉踉跄跄地爬上了缓坡，再往低矮的丘陵外那柔和的天际线走去。他眼看着他走掉，上到坡顶消失了，这才回过目光，缓慢地打量起那人走后留给自己的世界。

地平线附近的残阳斜晖几乎被茫茫夜色和薄雾遮尽，给人一种轮廓模糊无法触及的堆积感与密集的印象。这人掏出了怀表——掏时把身体的重量挪到了一条腿上。时间已是四点，季节接近七月末八月初——他已经两周不知道确切日期了。他只知道太阳大体是在西北方。他往南望了望，他知道那荒凉的山峦之外就是大熊湖。他也知道，北极圈的绝域界线就画在那个方向的加拿大荒原上。他现在站的这条小溪是科珀曼河的支流。科珀曼河向北注入科罗内申湾和北冰洋。那地方他没去过，但有一回在哈得逊湾公司的地图上见过。

他再次环顾了周围的世界。那景象可不令人鼓舞。四面都是柔和的天际线，山峦低浅。没有大树，没有灌木，甚至没有小草，一无所有，有的只是令人心悸的无边荒凉。这一切把恐惧送进了他的眼睛，他立即体会到了。

“比尔！”他低低地叫了一声。“比尔！”他又叫了第二声。

他在乳白色的水流里感到恐惧，仿佛那辽阔的世界正以无法抗拒的强力向他压来，要以其自命不凡的恐怖把他粗暴地摧毁。他像发了疟疾一样颤抖起来，枪也哗啦一声掉到了水里。这反倒令他振作了。他鼓起勇气跟恐惧做起了斗争。他在水里探着，找回了武器。他把背包带往左肩上再拉了拉，减轻了受伤的右踝的部分压力，然后缓慢地、小心翼翼地往上走，虽然痛得直抽搐。

他一步也没停——他豁出去了，像发了疯，不顾疼痛，赶到了他伙伴消失的山坡顶上。他的样子比他那拖着腿一瘸一拐的伙伴更加古怪可笑。但是，来到坡顶，他见到的却只有一道浅浅的峡谷，没有任何生命迹象。他再次跟恐惧做斗争，克服了它。他把背包往左边再挪了挪，开始蹒跚着往坡下走。

峡谷底下湿漉漉的，厚厚的青苔紧贴着地面，像海绵一样吸饱了水分。他每走一步水都从鞋底射出，每次抬脚青苔都拽住他不放，拽得脚吧唧吧唧地响。他在厚苔沼里拣着路走，沿着那人的足迹。岩礁像小岛般露出在海一般辽阔的苔藓上。他回避着岩礁，每一步都踩在苔藓上。

他虽然孤身一人，却没有迷失方向。他知道再往前走就会到达一个小湖的岸边。环绕湖岸有一圈极幼时便枯槁的云杉和枞树，那地方当地人叫"凄清匿迹里"，也就是"小枝地"的意思。

一条不再是乳白色的小溪从那儿注入湖里。小溪边有灯芯草——这一点他记得很清楚——却没有树木。他要沿着小溪下行，直到它最初的涓涓细流在一处分水岭边结束。他要越过分水线，去到另一条小溪源头的涓涓细流之处，那小溪流向西方。他要沿着它走，直到它汇入迪斯河。到了那里他就能找到一只倒扣的独木舟，上面覆盖满石头。那里是藏有补给的秘窖。那里有他的空枪所需的弹药，还有鱼钩、鱼线、一张小渔网——捕捉食物和杀死它们的一切工具。他还能找到——不多——一点面粉、一块熏肉和一些豆子。

比尔会在那里等着他。那时他俩就可以沿着迪斯河往南，去大熊湖了。过了湖再往南走，不断往南，直到马更些河。他们还要往南走，再往南走。那里冬季就别想赶上他们了。那里回水沱的水就要结冰，日子也会更凄寒、干冷。再往南去，他们就到达哈得逊湾公司的驻地了。那里的树木高一些，也茂盛些，有着无穷无尽的食物。

这人鼓励自己前进时一心想的就是这些。但是，无论他如何让身子使劲，他还得同样让心使出劲来。他努力想着比尔一定还在秘窖处等他，并没有弃他而去——他非这样想不可，否则他无论如何使劲也没有用，只能倒到地上死掉。在太阳那模糊的圆球往西北方缓缓落下之时，他已在思考着跟比尔一起赶在冬季之前向南的逃亡——他已设想过多少遍了。他又拿秘窖的食物和哈得逊湾公司驻地的食物一遍一遍地欺骗自己——他已经两天没吃东西；想吃而吃不到的时间就更长了。他常常弯下身子采摘苔藓的浆果，塞进嘴里，咀嚼和吞咽。苔藓浆果是裹在水里的一粒小种子，塞进嘴里水就化了，咬起来又涩又苦。他知道那东西没有营养，但仍然耐心地咀嚼着，带着凌驾于知识之上的希望，挑战着经验。

九点，礁石又磕伤了他的脚趾。完全出于疲倦和衰弱，他打了个趔趄便摔倒在地，侧着身子躺了许久，一动不动。然后他才把手抽出背包皮带，笨拙地坐直了身体。天还没有黑，他利用太阳的余光在岩石间摸索着，收集起一片片的干苔藓，拢成一堆，燃起火，一团冒着浓烟的火。他用白铁桶盛满水，放到了火上。

他打开背包，第一件事就是数数火柴的数目。还有六十七根。他数了三遍，确认下来，再把火柴分成了三份，用油纸分别包好。一份放进空烟草荷包里，一份放在破帽子的隔汗圈后，第三份放在衬衣下面，贴着胸口。刚收拾好他又慌乱了，把火柴全掏出来重数。还是六十七根。

他把湿漉漉的鞋放到火上去烤，鹿皮靴已成了湿透的皮条，毛毯做的袜子好些地方穿破了，双脚冻得生疼，流着血。那踝骨一抽一抽地痛。他一检查，发现它已经肿得跟膝盖一样粗了。他有两条毛毯，他从一条上撕下一长条，把踝骨紧紧包扎起来，既当袜子又当鹿皮靴。然后，他喝了那桶热气腾腾的水，给表上好发条，钻进两条毛毯之间睡去。

他睡得像个死人。午夜前后短暂的黑暗到来了,又走掉了。太阳在西北方升了起来——至少黎明是在那一带出现的,因为灰色的雾霭遮住了太阳。

六点,他醒了过来,静静地躺着,仰面望着灰色的天空,他知道自己是饿了。他转过身来,用手肘支起身子,却听见了响亮的喷鼻声,吃了一惊。原来是一头公驯鹿带着警惕的好奇在打量他。那野物离他不到五十英尺,一种幻觉立即从他心里蹦出:驯鹿肉在火上烤着,煎着,嗞啦嗞啦响,浓香扑鼻。他不自觉地伸手取过枪,瞄准了,扣响了扳机。公驯鹿喷着鼻子一跳,跑掉了,跑过礁石时蹄子咔嗒咔嗒地响着。

他咒骂了一声,扔掉了空枪,吃力地站了起来,同时大声地呻吟着——那是一个很缓慢很艰难的动作。关节像生了锈的铰链,在骨窝里野蛮地转动,凶狠地摩擦。每一次伸直或弯曲都必须靠意志去完成。到他终于站起身之后,又花了一分钟左右才伸直了身子,像普通人一样站住。

他爬上了一个小山顶,往远处望了望。那里没有大树,也没有灌木,只有海一样的灰色苔藓,很偶然地点缀些灰色的岩石、灰色的小湖和灰色的溪流,天也是灰色的。没有太阳,连太阳的影子也没有。他失去了北方的印象,就连昨天晚上他是从哪条路来的都忘了。但是他没有迷路,他知道。他很快就要到达"小枝地"了。他感觉到那地方就在左边某处,已经不远——可能就在下一道小山岗背后。

他回去收拾背包准备前进。他确认了三包火柴还在身上——虽然没有停下来再数。可他却为一个矮胖的麋鹿皮口袋犹豫不决了。他思想斗争着。那口袋不大,两只手就可以捂住,他知道它重十五磅,重量跟背包的其他部分相同。那东西令他烦恼。最后,他把它放到了一边,开始卷背包。但他却随即停了下来,望着那矮胖的麋鹿皮口袋。他带着挑战的神情四面一望,仿佛四野的荒凉正试着把那口袋抢走。他匆匆提起了那口袋。等到他站起身子趔趄着迎着白昼走去时，那口袋又已进了背上的背包。

他径直向左边奔去，不时地停下来吃几颗苔藓浆果。他的踝骨已经麻木，走路跛得更明显了。但是脚踝的痛苦跟胃里的疼痛一比，已经算不了什么。饥饿的疼痛是尖锐的。那疼痛咬啮他，再咬啮他，咬得他无法把心思搁到去“小枝地”必须走的路上。苔藓浆果不但没有解除饥饿的咬啮，它那带有刺激性的苦涩反倒使他的舌头和上腭生疼。

他来到了一道峡谷，松鸡从那里的礁石和苔藓上，“咯咯咯”地叫着飞起。他对松鸡扔石块，但是打不中。他把背包放到地上，像猫捉麻雀一样向松鸡悄悄爬去。尖锐的岩石刮破了裤腿，膝盖一路流血。但是在饥饿的痛苦里，他已经不觉得痛。他蠕动着爬过湿漉漉的苔藓，衣服湿了，寒冷透进身子，但是他没有意识到——他对食物的渴求太狂热。松鸡总在他前面扑棱着飞起，在空中盘旋。它们那“咯咯咯”的叫声变成了对他的嘲弄。随着松鸡的啼鸣他大声地吼叫起来，咒骂起来。

有一回他爬到了一只松鸡旁边，那东西一定是睡着了。他发现那松鸡时，那东西正从它伏着的礁石上飞起，从他的脸上掠过——松鸡跟他同样吃了一惊。他伸手一抓，手上留下三根尾巴毛。他望着盘旋的松鸡，心里悻悻的，仿佛那东西对他干了什么可怕的事。然后他又走了回来，挎上了背包。

随着时间的流逝，他走过了峡谷和沼泽地。猎物越来越多了。一队麋鹿从他身边走过，有二十来只，而且在步枪射程之内，但是看得见到不了手。他感到一种疯狂的渴求，想向它们追去，他深信可以把它们追趴下。一只黑色的狐狸向他走来，嘴里叼着一只松鸡，他大吼一声，声音很恐怖，黑狐狸给吓跑了，松鸡却并没丢下。

后半下午他沿着小溪走着。溪水含有石灰，呈乳白色，从稀疏的灯芯草丛间流过。他抓紧灯芯草根附近，拔出了一个不比石子大的东西，很像嫩洋葱，那东西很脆嫩，咬上去嚓嚓响，预告着美味，可是组织太硬，里面是泡透的纤维,太结实,跟苔藓浆果一样没有营养。他扔掉背包,手脚并用地爬进了灯芯草丛,像牛一样啃了起来,咀嚼着。

他疲惫至极,常常想休息、躺下、睡觉,却不断被驱赶着前行。驱赶他的不是到“小枝地”的渴望,而是饥饿。他在小水池里寻找青蛙,用指甲挖泥,寻找蠕虫,虽然明知在这样极北的地区,青蛙和蠕虫全都无法生存。

他徒劳地搜寻着每一个水洼,在漫长的黄昏时分在一个水洼里发现了一条孤独的鱼。那鱼只有米诺鱼大。他把双手往里伸去,水一直淹到肩膀,可是鱼跑掉了。他伸出手去抓,搅起了水底乳白色的泥浆。因为太激动,他扑进了水里,一直湿到了腰间。却又因为水太浑,看不见鱼,只好静候水澄清下来。

然后他继续捉鱼,水再次浑浊,但是他已迫不及待。他取下白铁桶舀起水来。开始时他舀得疯狂,弄湿了自己,却只把水舀到不远处又倒流回来。随后他舀得仔细了些,努力保持着冷静,虽然心在胸腔里怦怦直跳,半小时后水洼差不多干了,剩下的水已经不到一杯,鱼却不见了。他在石头之间发现了一条隐蔽的缝隙,那鱼已通过缝隙钻进了旁边一个更大的水洼。那水洼他一个通宵再加上一天也休想舀干。他要是早知道那缝隙,是可以一开始就拿石块堵住的。那么,那鱼就是他的了。

这样思考着,他爬上岸,倒在了潮湿的地上。起初他独自轻声地哭着,然后便对着环绕他的无情荒原放声痛哭。很久以后他还在耸着肩头抽泣,虽然已流不出眼泪。

他生起火,喝下了好几夸脱热水,让自己暖和了些。他用昨晚的方式在礁石上睡了一觉。他最后做的事是检查火柴——火柴没有湿。他又给表上好发条。毯子又湿又冷。他的脚踝仍然一抽一抽地痛。但是他知道的只有饥饿,在他那不安宁的睡眠里他梦见的是一桌桌美味的筵席——以各种能想象出的方式送了上来。

醒来时他身上发冷，心里难受。没有太阳，地面和天空的灰色都更浓了，更深了。阴寒的风刮了起来，雪花开始飞舞，染白了小山顶。身边的空气浓厚了，变成了白雾，这时他生起了火，烧了更多的水。落下的雨夹雪，一半是雨，雪片大而潮湿，开始时，一接触地面就融化，但是不断地下着，就覆盖了地面，压熄了火，破坏着他的苔藓燃料供应。

这却是一道命令，要他背起背包向他不知道的方向艰难前进。对于"小枝地"、比尔和河边倒扣的独木舟下的秘窖他都不再关心了。支配着他的就是那个动词:吃。他饿得发了疯，不再注意前进的路，只要它能带他穿出谷底就行。他在潮湿的雪地里寻找通向湿漉漉的苔藓浆果的路，他靠感觉找到了灯芯草，就把它连根拔起。但是那也没有味道，无法把肚子填饱。他发现了一种野草，带点酸味，他把找得到的全吃掉了，却也不多，因为它是贴地生长的，很容易被几英寸深的积雪盖住。

那天晚上他没有了火，也没有了开水。他钻进毛毯睡了个饥饿的破碎的觉。雪变成了冻雨，落到他伸出的头上，好几次惊醒了他。天亮了，是个灰色的日子，没有太阳，雨倒是停了。饥饿的迫切感已离开了他，他对食物的渴望已经耗费罄尽。胃里有一种沉重的钝痛，对他的折磨却不厉害。他理性了些，恢复了对"小枝地"和迪斯河边的秘窖的兴趣。

他把那条毛毯的残余部分撕成了几条，捆在流血的脚上，又重新捆好受伤的脚踝，做好了又一天行程的准备。来到背包前时，他又为那矮胖的麋鹿皮口袋踌躇了许久。那东西最终还是跟他上了路。

雨一淋，雪化了，只有山顶还保持了白色。太阳出来了，他弄清了方向，虽然他明白自己现在倒是迷了路。说不定是在前几天的漫游中向左边偏得太多。现在他就往右直走，修正可能的偏离。

虽然饥饿的痛苦不再那么厉害，他却意识到了自己的衰弱。他只能走一走就歇口气，歇下时他就向苔藓浆果和灯芯草丛发起进攻。他觉得舌头又干又大,好像长了一层细毛,在嘴里很苦。他的心脏给了他很多麻烦,每走上几分钟就无情地怦怦搏动,然后又连续痛苦地猛烈跳动,跳得他缓不过气来,晕眩,昏花。

那天正午,他在一个大水洼里发现了两条米诺鱼,那水是舀不干的。但是他现在冷静了些,设法用白铁桶捉住了它们。两条鱼都不比他的小指长,可他已不特别饿——他胃里的钝痛更钝了,更轻微了,他的胃几乎像打起了瞌睡。两条鱼他都生吃了下去,痛苦地、细心地咀嚼着,因为吃已成了一种纯理性的行为。他知道,为了活下去,即使没有食欲他也必须吃。

黄昏时他又捉到三条米诺鱼。他吃了两条,留下一条作早餐。太阳晒干了疏疏落落的苔藓丛,他可以喝热水暖暖身子了。那一天他走了不到十英里,第二天他只在心脏允许时才走,走了不到五英里。但是他的胃没有让他感到丝毫难受——他的胃已经休眠。而且他已来到一个陌生的地方。那里麋鹿更多,狼也更多了。狼嚎常从荒原上一声声飘来。有一回他还看见三只狼在他前面的路上悄悄走开。

又过了一夜。第二天早上他更理智了些。他解开了拴住矮胖的麋鹿皮口袋的绳子,从口袋里倒出了一大堆粗砺的黄色沙金和坨子金。他大体把它分成了两堆,把一半裹在一块毛毯里,放在一道突出的礁石上,再把另一半装进了麋鹿皮口袋。他还拿那剩下的一部分毛毯裹在脚上。枪,他仍不舍得放弃,因为河边那秘窖里还有子弹。

那是一个雾天。那一天饥饿在肚子里苏醒了。他非常衰弱,常常受到晕眩的折磨,那晕眩有时使他看不见东西。这时磕绊摔跤对他已是常事。有一次他正好一跤摔进了一个松鸡窝。窝里有四只刚孵出的小松鸡,才一天大,几个搏动着生命的小不点,不够一口吃的。他却把它们活生生地塞进嘴里,狼吞虎咽地吃掉了,像咬蛋壳似的用牙齿嘎吱嘎吱地咬。松鸡妈妈尖声飞鸣着,用翅膀扇他。他用枪当棍子出击,想打中它。它飞掉了。他对它扔石头，一块石头碰巧砸断了它一只翅膀，于是它扑扇着，拖着断翅在地上跑。他追了上去。

几只小松鸡只不过刺激了他的食欲，他因为脚踝有伤，笨拙地跳着、蹦着，有时又扔石头，对它嘶哑地尖叫。有时却只不出声地跳、蹦。摔倒了就阴沉了脸耐心地爬起来，在有被晕眩压倒的危险时，他就伸出手来揉揉眼睛。

追逐引导他穿过了峡谷底的沼泽地，他在湿漉漉的青苔上发现了脚印。那不是他自己的——他看得出来。那肯定是比尔的。但是他不能停留，因为松鸡妈妈还在跑。他得先捉到松鸡，再回来调查。

他把松鸡妈妈追得精疲力竭了，可他自己也精疲力竭了。松鸡侧躺着喘气，他也在十多英尺外侧躺着喘气，再也爬不过去了。等到他缓过气来，松鸡也缓过了气。他伸出饥饿的手去抓，松鸡又扑扇着跑掉了。追赶继续下去。黑夜降临了，松鸡终于跑掉了。他太衰弱，被绊倒了，头冲下摔出去，磕在地上，磕伤了面颊，背包还压在背上。他很久没有动弹，然后才侧过身子，给表上了发条，就在那里一直躺到了天亮。

又是一个雾天。他最后那一半毛毯也变成了裹脚布。他没有找到比尔的踪迹。可那已经没有关系了。饥饿对他是太严重的鞭策，他只是——只是——猜想着比尔是否也迷了路。快正午时背包变成了太沉重的负担。他再次分了黄金。这一回他只把那一半往地上一倒就完事。到了下午，他连那剩下的部分也索性全抛弃了。于是他只剩下了半条毛毯、一只水桶和一支步枪。

一种幻觉开始纠缠他。他深信有颗子弹还带在身上，就在步枪弹仓里，他一直没有想起。可从另一面看，他又一直明白弹仓是空的。幻觉仍然坚持，他把它赶走几小时后，终于拉开枪，望了望那空弹仓。那失望很痛苦，好像他真希望能找到子弹似的。

艰难跋涉才半个小时,幻觉又出现了。他再次跟幻觉斗争。幻觉仍然缠着他,直到他为了摆脱纠缠拉开枪来否定了自己为止。有时他的心漫游得更远了。他像个机器人一样艰难地跋涉着,各式各样稀奇古怪的念头像蠕虫一样咬啮着他的头脑。但是那样脱离现实的漫游都很短促。因为饥饿那痛苦的咬啮总会把他呼唤回来。有一回一个形象就是那样一震,把他从漫游里呼唤回来的。那形象几乎让他昏死过去。他站立不稳了,摇晃着,像醉汉一样趔趄着,努力稳住自己。有一匹马站在他面前。一匹马!他不能相信自己的眼睛。他眼里有很厚的云翳,还点缀些闪亮的光点。他野蛮地揉着眼睛,让视线清楚,他看到的却不是马,而是一头庞大的棕熊。那野兽正打量着他,带着敌意的好奇。

还不等自己意识到,他已差不多把枪端到了肩上。他放下了枪,从腰间有珠饰的刀鞘里拔出了猎刀。站在他面前的可是生命和肉食。他拿拇指试了试刀刃,刀刃飞快,刀尖锋利。他要扑上去杀死棕熊。但是他的心脏"嗵嗵嗵"地发出了警告。疯狂的跳跃和悸动的鼓点随之而来,像在他额上箍了一道铁箍。晕眩钻进了他的脑子。

一阵强烈的畏惧升起,拼死搏斗的勇气消失了。他这样衰弱,如果受到那野兽的攻击会怎么样?他振作精神,摆出了最威严的架势,捏紧猎刀狠狠地盯住棕熊。棕熊笨拙地前进了两三步,站立起来,发出一声试探性的怒吼。若是那人逃跑,它就会追上去,可那人并没有逃跑。恐惧逼发的勇敢激活了他,他也怒吼了,野蛮地、凶残地怒吼起来。那怒吼表现了蜷缩在生命根蒂深处的恐惧,那恐惧攸关着生命。

棕熊躲开到了一边,却还气势汹汹地咆哮着。它已被这个神秘的动物震慑住了。那动物直立着,毫不畏惧,如雕像一样岿然不动,直到危险消失。那时他才容许自己发起抖来,一跤跌倒在潮湿的青苔上。

他打起精神,又往前走。现在他又感到了一种新的恐惧。不是怕由于缺少食物而消极地死亡,而是怕会在饥饿消耗掉他求生的最后努力之前就被凶残地毁灭。那里有许多狼。一声声的狼嚎在荒野上空来回飘荡,把整个天空纺织成了一大片威胁。那威胁那么真切,他发现自己在伸出双手撑拒着它,仿佛那是被风吹打的帐篷的壁。

他前面的路上不时有三三两两的狼走过。但是它们回避着他。它们的数目不够,而且在追逐着麋鹿——麋鹿是不战斗的,而这个直立行走的陌生动物可能又会抓又会咬。

下午,他遇见了一堆骨头,狼曾在这里杀戮过。这堆残骸一小时前还是一只麋鹿犊子,哞哞地叫着,跑着,活蹦乱跳。他仔细望了望骨堆,已经被啃了个精光,却还有粉红色的生命细胞没有死亡。不等到一天过去他自己会不会也变成那样呢?这就是生命吗?一种瞬息即逝的东西,一种虚无。只有生命才痛苦,死亡并不痛苦。死亡就是睡眠。它意味着休息。那么,他为什么就不能心满意足地死去呢?

但是他对这些大道理并没有想那么久。他已经蹲进青苔里,一块骨头已进了他的嘴。他在吮吸着那把骨头染成淡淡的粉红的一丝丝生命。鲜美的肉味几乎跟记忆一样依稀恍惚,使他疯狂。他把牙床往骨头轧上去,使劲地咬。有时咬破的是骨头,有时咬破的却是自己的牙床。然后他便用石头去砸,把骨头砸成烂酱,再吞咽下去。匆忙中他也砸伤过手指。但他一时竟然惊讶地发现:落下的石头砸在指头上并不太痛。

可怕的雪与雨的日子到来了。他不知道自己是什么时候入睡,什么时候起身的。他白天行进,晚上也行进。只要一摔倒他就休息,只要垂死的生命闪出的火星略微亮些,他又往前爬。作为一个人,他不再斗争了,只是他那不甘心死亡的内在的生命还在驱赶着他。他没有受苦,他的神经已经迟钝、麻木,他心里充满了怪异的幻觉和美妙的梦。

但是他一直在吮吸和吞咽着被砸碎的麋鹿崽的骨头(他把剩下的那点

骨头收了起来带在身边)。他不再翻山,不再过分水线,只是机械地顺着一条宽大的溪水走。那溪水从一个宽而浅的峡谷里穿过。可他看见的不是溪流,也不是峡谷,除了幻影他什么都看不见。灵魂和肉体并排地走着或爬着,却又互不相干,两者间的联系极其纤弱。

他醒来时神志清醒了。他躺在一块礁石上。阳光普照,温暖而明亮。他听见遥远处麋鹿犊子哞哞的叫声。他还模糊地记得起雨、风和雪,但他究竟被暴风雪吹打了两天还是两周,他已不知道。

他一动不动地躺了些时候,和煦的阳光倾泻到他身上,用温暖浸透了他痛苦的身体。晴朗的日子,他想。说不定他可以设法确定自己的方位了。经过痛苦的努力他转过身来。他身子下面流着的是一条宽阔而平缓的河。这生疏的情况使他惶惑了。他转过目光慢慢地打量着河流。那河绕着大圈在荒凉的、光秃秃的山峦间蜿蜒流过。比那更秃、更荒凉、更低的山他还没有见过。他的目光缓慢地、仔细地跟随着那陌生的河流望向了天际线。他没有激动,最多也只带点平常的兴趣。那河水流进的是一片闪光的、明亮的海。太不寻常了!可他没有激动。那是幻觉,是海市蜃楼——更像是幻觉,错乱的心灵又在玩花招了。他还看见一艘船,碇泊在闪亮的海水中间。他更感到了自己的正确。他把眼睛闭了一会儿,然后张开。奇怪,那幻觉怎么还在!然而这并不奇怪,在不毛之地的大陆正中是不会有海或船的,他明白。正如他明白空枪里没有子弹一样。

他听见身后传来了抽鼻声——半哽咽的喘气声或是咳嗽声。因为极度的衰弱和僵硬,他非常缓慢地翻过身去。他在前面什么也没发现,但是他耐心地等候着。喘气声或咳嗽声又传来了。在二十英尺外的两块嵯峨的岩石之间,他望见了一个狼脑袋的灰色轮廓,尖耳朵不像他在别的狼头上见到的那样竖得笔直,眼睛浑浊而充血,头似乎软弱地、痛苦地下垂着。在阳光下,那野物不断地眨巴着眼睛,好像是病了。他望着它时,它又在喘气或咳嗽。

至少这倒是真的，他想，又回过头去，想看清楚刚才被幻觉隐蔽的现实的世界。但是，那海仍然在远处闪光，船也清楚可见。难道真是事实？他闭上眼睛思考了很久，终于明白过来。他一直在往东北方向走，离开了迪斯河分水线，进入了科珀曼河谷。这条宽阔缓慢的河就是科珀曼河。那片明亮的海就是北冰洋。那船是一艘捕鲸船，从马更些河口出航，往东方偏离了，偏离得太远，于是在科罗内申湾下了碇。他想起了很久以前在哈得逊湾公司见过的一张图。在他看来，一切都清清楚楚，合情合理了。

他坐了起来，把注意力转向了眼前的问题。毛毯做的裹脚布都穿破了，双脚成了没有形状的烂肉。他最后的毛毯已经没有了，枪和刀也不见了。帽子也在什么地方弄丢了，隔汗圈后的火柴也随之而去。但是用油纸包好放在烟荷包里捂在胸口的火柴还安全干燥。他看看怀表，指着十一点，还在走。他显然一直坚持上发条。

他平静，镇定，虽然衰弱到了极点，却没有感觉到痛苦。他不饿，甚至连想到食物也不叫他高兴。他所做的一切都只出于理智。他把裤腿从膝盖以下扯了下来，捆到了脚上。由于某种原因他保留了白铁水桶，他预计走到那艘船那里是一次可怕的行程，他得先喝上些热水。

他的动作很缓慢，他像痉挛似的发着抖。他想收集干青苔，却发现自己站不起来了。他一再地努力，却终于只好满足于手与膝盖并用的爬行。有一回他爬到了病狼的身边。那狼很不乐意地给他让了路，还伸出舌头舔着嘴。那舌头似乎差不多没力气卷动了。他还注意到，那舌头不是常见的健康红色，而是泛黄的褐色，似乎还结了层粗糙的半干的黏液。

在喝过一夸脱热水之后他发现自己已能站立起来，甚至能像一个快死的人那样走路了。他只能每过一分钟左右就休息一次。他的步子衰弱而摇晃。紧跟着他的狼的步子也同样衰弱而摇晃。那天晚上，在那闪亮的大海被黑夜抹去的时候，他知道他只向海靠近了不过四英里。

他整夜都听见那病狼的咳嗽，偶尔还听见麋鹿犊子的鸣叫。他的四周都有生命，都是健壮的生命，活蹦乱跳的生命。他也知道那病狼紧跟着病人，就是希望他先死。早上，他睁开眼睛，却看见那狼带着期盼和饥饿注视着他。那东西尾巴夹在两腿之间，蹲在那里，像条悲惨而凄凉的狗，瑟缩在清晨的寒风里。那人向狼说话（声音只是嘶哑的耳语），那狼只沮丧地咧开嘴笑。

明晃晃的太阳升了起来。整个上午那人都在向闪光的大海上的船蹒跚地走，或摔着跤。天气再好不过，是高纬度地区短暂的“小阳春”。可能持续一周之久，也可能明天或后天就结束。

下午他发现了人的踪迹。是另外一个人的踪迹。那人不是步行，而是手脚并用地爬行。他认为那人可能就是比尔。但是他只迟钝地、淡漠地想着，没有了好奇心。事实上感觉和情感已经离开了他。他已感觉不到疼痛。胃和神经都已休眠。可是他体内的生命还驱赶着他前进。他非常疲倦，但是生命却拒绝死亡。那是因为它拒绝在他还吃着苔藓浆果和米诺鱼、喝着热水、警惕地防范着病狼时死去。

他跟着那向前爬行的人的踪迹走，很快就来到了终点：几根刚啃光不久的骨头。那里湿漉漉的青苔还标示出狼群的脚印。他看见了一个矮胖的麋鹿皮口袋，跟他那个是一对，已被尖锐的牙齿撕破。他把它拿了起来，虽然那对于他孱弱的指头几乎太重。比尔直到最后还带着它。哈哈！他要去嘲笑比尔。他会活下去的，会把那口袋带到闪亮的海里的船上去的。他的欢笑声嘶哑而阴森，有如乌鸦的怪叫。那病狼也跟着他阴森地嗥叫起来。那人突然住了嘴。那被啃光的粉红色骨头既然是比尔的，他还能跟他开玩笑吗？

他转过了身子。不错，比尔确实遗弃过他，但是他也不愿拿起那口袋，也不愿吮吸比尔的骨头——不过，若是情况颠倒过来，比尔却是可能的，他在颤颤巍巍地前进时心想。

他来到了一个水洼旁。他弯腰去寻找米诺鱼，却像被蜇了似的缩回了脑袋。他看见了自己映在水里的面庞。他那脸非常狰狞。他那已经苏醒相当久的知觉吓了他一大跳。水洼里有三条米诺鱼，水洼太大，无法舀干。在用水桶试着捉了几次失败以后，他只好放弃了。因为他极度衰弱，很怕会掉进水洼里把自己淹死。也是由于这个原因，他才没有骑到漂浮在水上的树木上去，把自己交付给它——沿河的沙窝边有许多漂流的树木。

那一天他把自己跟船的距离缩短了三英里。第二天缩短了两英里——因为他现在已经在跟比尔一样爬着了。到了第五天黄昏，他发现自己离船还有七英里——他一天已经走不到一英里了。小阳春仍然继续。他不断地爬着，晕眩着，晕眩着，爬着。病狼一直跟在他脚跟后咳嗽，喘气。他的膝盖已经跟脚一样成了烂肉。他虽然扒下了背上的衬衫垫准了膝盖，却仍在青苔和石头上留下鲜红的血迹。有一回他回头一看，见那狼正在饥饿地舔着他的血。于是他敏锐地预见到了自己的结局——除非，是的，除非他能斗过那狼。于是一场前所未有的生死搏斗的悲剧上演了：一个匍匐前进的病人，一只跛脚行走的病狼，两个生灵拖着垂死的躯体在荒原上爬行，想猎取彼此的生命。

如果那是一只健康的狼，那人倒也不会太在意。但是让自己被一只垂死的可憎的狼吞进肚子，他却感到恶心。他很挑剔。他的心又开始漫游，为种种幻觉所困扰。他清醒的时间越来越少了，也越来越短了。

有一次他昏死了过去，却被耳边的咻咻声惊醒了。那狼跛着脚往后一跳，却因为衰弱，没有站稳，摔倒在地。那样子很滑稽，可他并不觉得好笑，甚至不觉得害怕。他距离那一切已经太远。但是那一刻他却清醒了。他躺着，思考着。那船距离他已不到四英里。他把眼里的云翳揉掉就能看得一清二楚了。他还可以看见一艘张着白帆的小艇冲击着闪亮的海水。但是那四英里他是绝对爬不过去的。这一点他明白。明白了之后他也很平静。他知道自己爬不过半英里。可他仍然想活下去。经历了这样的煎熬仍然要死,那就太没有道理了。命运对他太苛刻。他在濒死的时候拒绝死亡。说不定那完全是发疯,但是就在死亡的爪子里他也要挑战死亡,拒绝死亡。

他闭上了眼睛,全神贯注地采取着预防措施。一种令人窒息的倦怠像涨潮水一样拍打着他全身的生命之泉,他却鼓足了力气把它压倒了。这种死亡般的倦怠很像大海,在上涨,上涨,淹没着他的意识。有时他差不多已被淹没,已经在遗忘川里迟疑地划着双手,可是由于灵魂的某种成分,他再一次找出了一丝意志力,用更大的力气划了出去。

他一动不动地躺着。他能听见病狼慢慢地靠近,听见它那咻咻的吸气和呼出。那声音在永恒的时间里逐渐靠近了,更近了。他没有动,那东西来到他耳边了。那粗砺的干舌头像砂纸一样刮着他的面颊。他的手挥了出去——至少他是努力挥了出去。指头像鹰爪一样弯曲着,可抓住的却是空气。速度和自信都需要气力,而他已没有了那气力。

那狼的耐心很可怕,那人的耐心也不逊色。他一动不动地躺了半天,等候着那东西,跟昏沉做着斗争。那东西想吃他,他也想吃那东西。有时那倦怠的海淹没了他,他做了些悠长的梦。但是在那整个过程里,无论是醒着还是在梦里,他都在等候着那咻咻的气息和粗糙地舔舐着的舌头。

他没有听见呼吸声,他从一个梦里缓慢地滑脱出来,感觉到舌头舔在自己手上。他等候着。獠牙轻轻地咬了下来,压力增加了。狼在使出它最后的力气,想把牙齿扎进食物里——它等候这食物已经很久。但是那人也已等候了很久,被撕破的手抓住了狼的嘴筒。狼软弱地挣扎着,手也软弱地揪紧着。另一只手也伸了过来,抓紧了。五分钟后那人的整个重量已压到狼的身上。他的双手没有足够的力量掐死狼,他的脸却已紧贴在狼的咽喉上,满嘴已经是狼毛。半小时后,那人意识到一道温暖的液体滴进了他的喉咙。

那感觉很难受,像是融化的铅水在往胃里灌。那动作是靠意志力完成的。然后他才翻过身来,躺着睡去。

“贝德福号”捕鲸船上有几个科学考察队队员。他们在甲板上看见岸上有一个奇怪的东西。那东西正爬下沙滩往水边靠近。他们无法对那东西进行分类。他们是科学家,便登上附近的捕鲸小艇,上岸来看。他们看见的是个活东西,但是几乎不能叫人。那东西是瞎的,也没有意识。像条庞大的蠕虫在地上爬。他大部分努力都没有效果,却仍然坚持着。他蠕动着,扭动着,一个小时前进不到二十英尺。

三星期后那人躺在了捕鲸船“贝德福号”的一张床上,泪水在消瘦的面颊上流淌。他讲述自己是什么样的人,经历了什么样的事。他也零星地唠叨起他的母亲,阳光明媚的南加利福尼亚,还有橘子林与繁花之间的家。

那以后没有几天,他就跟科学家和船员们一起吃饭了。他贪婪地盯着丰富的食物。食物进了别人嘴里他焦急地望着。对每口食物的消失他眼里都露出深沉的遗憾。他很清醒,但是他对吃饭时的人感到仇恨。一种恐惧老纠缠着他:食物可能支持不下去。他拿食物储备问题问厨工,问舱房服务员,问船长。他们向他保证了无数次,他仍然不相信。为了亲眼瞧瞧,他往船尾甲板之间的小储藏室里狡猾地偷看。

大家都注意到他长胖了。每天每日地胖着。科学家们摇着头提出了理论。吃饭时他们限制他,但他的腰围仍在扩大。他在衬衫下急剧地膨胀。

水手们快活地笑,他们很理解。科学家开始观察他,他们也理解。他们看见他吃完早饭就懒洋洋地走着,像叫花子一样伸出手掌,去找水手搭讪。水手就笑嘻嘻地递给他一片海上饼干。他贪婪地抓住,像守财奴望着金子一样望着它,然后塞到衬衫胸口去。笑嘻嘻的水手给他的赠品,他都照样处理。

科学家们很谨慎,没有干扰他,但悄悄地检查了他的床。床上一排排摆着压缩饼干,床垫里塞着压缩饼干,每一个角落都是压缩饼干。但是他神志清醒。他是在采取措施,防备下一次可能出现的饥馑,如此而已,他会正常的,科学家们说。

还不等“贝德福号”在加利福尼亚湾哗啦啦放下船锚,他就已经正常了。

海　　狼

第一章

我几乎不知从何说起，虽然我有时很滑稽，把出事原因算到查理·福路瑟特的账上。他有一幢消夏别墅，在泰马佩斯山阴影下的磨坊谷里。他冬季几个月闲着没事才到那儿休息脑筋，读读尼采和叔本华，其他时间从来不去。在夏天他倒宁可留在城市的灰尘里过日子，流汗，受热，不时还干点苦活儿。我有个习惯，每个星期六下午都去看他，并在那儿待到星期一早上，要不是因为这个习惯，我就不会在一月份那个特殊的早晨漂流在旧金山湾里了。

倒不是在汽船上漂流有什么危险——“马丁内斯号”是一艘新渡船，在索萨里托和旧金山之间行驶也才是第四趟或第五趟，危险出在笼罩着海湾的浓雾上。我是陆上人，不懂得雾的厉害，实际上我还记得在我爬到前甲板上层，站到驾驶舱正下方时那份悠然自得的心情。我的想象叫那显得神秘的雾抓住了。一阵强劲的风吹打着我，让我在那潮湿的朦胧里孤独好一阵子——可我并不孤独，因为我模糊意识到头顶上的玻璃屋里还有个领港员和一个我认为是船长的人。

我记得我在思考着分工制度的美妙，有了分工我就可以去看住在港汊那边的朋友，而无须研究什么雾呀、风呀、潮水呀和航行之类的东西。各有专长是件好事，我思索着。有了领港员和船长的专业知识，成千上万的人对海洋和航行就可以不必比我知道得更多。另一方面,我也用不着懂许多东西,只需把注意力集中在几个特别的问题上就行了,比如对于爱伦·坡[①]在美国文学中的地位的分析——顺带说一句,那是我在最近一期《太平洋月刊》第二期上发表的论文。我上船穿过船舱时,目光曾贪婪地注意过一位健壮的绅士,他正在读着《太平洋月刊》,翻开处恰好是我那篇论文,于是我又想起了分工,领港员和船长有了专业知识就可以在那位健壮的绅士阅读我关于爱伦·坡的专门学问时,把他从索萨里托安然无恙地送到旧金山去。

一个红面孔的人砰的一声关上了身后的舱门,咚咚咚地踏上了甲板,打断了我的沉思,不过我已在心里牢记了这个话题,打算在一篇正酝酿中的文章里使用,文章打算叫作《自由的必要性:为艺术家一辩》。那红面孔的人抬头瞥了一眼驾驶舱,注视了一会儿四面的雾,又咚咚咚走过甲板,再咚咚咚回来(他显然装着假腿),在我身边站住了,两腿大叉开,面部带着非常感兴趣的表情。我肯定他这一辈子是在海上度过的,我没有猜错。

"像这儿这样恶劣的天气是会叫人提早白了头发的。"他说时对驾驶舱点了点头。

"我倒并不觉得特别紧张,"我回答,"似乎像A、B、C一样简单,他们凭罗盘断定方向、距离和速度,我只能把它看作我们对数学一样地有把握。"

"不紧张!"他嗤之以鼻:"像A、B、C一样简单!对数学一样地有把握!"

他好像在为自己鼓劲,身子背着风向后一靠,打量着我。"从金门冲出来的这股潮水是怎么回事?"他问,更正确地说是吼叫:"它退潮的速度如何?往什么方向退?你听听那钟声好不好?那是警钟航标,我们已经来到航标头顶了。你看,他们在改变着航向!"

---

① 爱伦·坡(Edgar Allan Poe, 1809—1849),美国小说家,推理小说的创始人。

从雾里传来了一种丧钟样悲戚的声音。我依稀能看见那领港员十分匆忙地打着舵。刚才仿佛在正前方的钟声现在已到了侧面。我们自己的汽笛沙哑地鸣响着,别的汽笛声也不时地从雾外透了进来。

"那是一种渡船。"新来的人说,他指的是右边外面传来的汽笛。"听那边,听见了没有?是用嘴吹的号角。很可能是一种平底三桅船。船老板,你可得小心!啊,我早想到了,地狱要蹦起来吃人了。"

看不见的渡船一声又一声地拉着汽笛,嘴吹的号角在惊惶地嘟嘟叫。

"现在它们在彼此致敬,想避免碰撞。"红脸人说下去,这时匆匆的汽笛声停止了。

他在把号角和汽笛的声音翻译成语言时,脸上容光焕发,眼睛也激动地闪耀。"那汽笛在往右走,你听见那个喉咙里有只青蛙的人——在我看来那是三桅汽船,在上游顶着潮流争上水。"

一声微弱而尖利的汽笛劈面传来,呜呜的,逼得很近,好像发了狂。"马丁内斯号"敲锣了。我们的明轮停止了旋转,脉搏样的跳动静止了,不一会儿又开始了。那微弱而尖利的汽笛声像是在巨兽的嚎叫间嚁嚁乱叫的蟋蟀,从侧面射过浓雾,很快就低下去了。我望着我的伙伴,想从他那儿得到解释。

"那是那种不要命的汽艇,"他说,"我几乎恨不得撞沉了它,小流氓!闯祸的老是这类船!这种东西有什么用?任何一头笨驴一上了船就像饿鬼赶斋一样,汽笛拉得山响,他来啦,全世界都得小心他,他管不住自己啦!你得注意点!什么行驶权呀,礼貌呀,他们根本不懂!"

他那没有来由的愤怒叫我觉得好笑,在他怒气冲冲地咚咚咚走着时我又研究起那浓雾的浪漫了。确实很浪漫,像是渺茫神秘的灰影笼罩着旋转的地球——而人不过是些闪光的尘埃,因为遭了天谴才糊涂地喜欢着工作,驾驶着他们的木头和钢铁的马穿过神迹的中心,在"未知之物"中盲目地摸索，用自信的声音大喊大叫，心里却因为彷徨恐惧而沉重。

我的伙伴的声音唤醒了我，我笑了。我自以为在清醒明白地前进，其实也是在神秘里摸索、折腾。

“哈啰，有谁闯进我们的航道了，”他在说，“你听见没有？来得很快，横冲直撞地来了。我猜它还没有听见我们的声音，因为风向不对。”

强劲的风正对着我们吹来，我可以清楚地听见汽笛声，就在前面不远处的一侧。

“是渡船？”我问。

他点点头，又补充道，“要不然它就不会保持这样的航速了，”他发出咯咯一声短笑，“上面的人怕是急坏了。”

我抬头一看，船长已经把头和肩膀伸出了驾驶舱，使劲往浓雾深处望去，好像光凭意志就可以把浓雾看透。他一脸焦急，我的伙伴也一脸焦急，他已经咚咚地闯到栏杆旁，同样专注地望向那看不见的危险。

就在此刻，一切都发生了，快得难以想象。浓雾仿佛被楔子劈成了两半，一艘汽船的船头冒了出来，后面拖着两道浓雾的花环，像鼻头上挂着海草的利维坦①。我看见了驾驶舱，看见了一个白胡子老头用手肘撑着躬出了一部分身子。他穿着一套蓝制服，我还记得注意到了他那沉着的、整洁的样子。在那种情况之下他那沉着劲简直可怕。他接受了命运，跟它手挽手前进，冷静地估计着那碰撞。他躬身在那儿时，眼睛平静地、估量地望过了我们头顶，好像是准确决定着碰撞点，没有听见那领港员气白了脸的吼叫，“现在可是撞上了！”

我回头一看，他这话的意思再明显不过，无法反驳。

“找一个什么东西抓紧吧。”红脸人对我说，他那诈唬劲全没有了，好像

---

① 利维坦：《圣经》中的大海怪，有说像鲸鱼，有说像爬虫。

突然被传染上了一种超自然的平静:“等着听女人们的叫喊吧。”他冷峻地说,几乎带着挖苦,俨然以前有过这种经历。

我还没有来得及照他的意思办,两条船已经靠近。我们的船肯定是被撞在了腰上,因为我什么都没有看见,那艘陌生的船已走出了我的视线。“马丁内斯号”突然倾斜了,木料在折断,在破裂。我被摔倒在潮湿的甲板上,还没有爬起来就已听见了女人的尖叫。正是这种最难以描述的、叫人血液凝固的叫喊弄得我六神无主,我肯定。我想起了藏在船舱里的救生衣,却在门口被一大批疯狂的男男女女堵住,挡了回来。之后几分钟的情况我想不起来了,虽然我清楚记得从头顶的架子里扯着救生衣,而那个红脸的人则把它们往一群歇斯底里的妇女身上拴。这记忆跟我所见过的任何一幅画同样清晰、鲜明。一幅至今还历历在目的画——船舱一侧乱糟糟的窟窿,从洞里绕进来的、旋转着的灰雾。带着套子的空座位扔满了仓皇逃跑剩下的东西,都是些包裹、手提包、雨伞、围巾和外套之类。那读过我的论文的健壮绅士身上裹着帆布和软木,手里拿着报纸,还一个劲单调地问我有没有危险。那红脸人的假腿英勇地咚咚着,见人就给他穿救生衣,系带子。最后是女人疯人院样的尖叫。

最考验我神经的正是女人们的这种尖叫。它也一定考验着红脸人的神经,因为我至今在心里还有一幅永远不会淡去的图画。那健壮的绅士正往他的外衣口袋里塞那本杂志,而且好奇地张望着。一群乱七八糟的妇女拉长了煞白的脸,张开大嘴尖叫,像唱着迷途的灵魂大合唱。红脸人的脸现在气成了紫色,双手高举在头上,像要摔出炸雷一样吼叫着:“别吵!啊,别吵了!”

那场面忽然叫我笑了起来,我记得;可我立即发现自己其实也歇斯底里,因为她们都是我这一类的人,像我的母亲和姐妹,叫死亡吓坏了,不愿意死。我还记得她们的叫声令我想起屠夫刀下的猪叫。那生动的相似吓了我一大跳。这些可能具有最崇高的情绪、最温柔的同情的妇女此刻竟大张着嘴在尖声吼叫。她们要活,却没有办法;她们尖叫,像被夹住的耗子。

那场面之恐怖把我赶上了甲板。我感到难受,想呕吐,在一张长凳上坐了下来。我模模糊糊看见和听见人们在争着放救生艇,跑来跑去地叫喊。那情况跟我在书本里读到的一样。索具绞住了,怎么也不动。一艘小艇装满了妇女和儿童放了下去,塞子却没有塞好,立即进了水,翻掉了。另一艘小艇放下了一头,那一头却叫滑车挂住了,只好放弃。肇事的陌生汽船不见了,虽然听人说它准会打发船来救我们。

我到了下层甲板。"马丁内斯号"正在迅速下沉,水面已经很近,许多旅客已经在往下跳,而在水里的又在大喊大叫,想被救上来,却没有谁理会。一个声音在大叫:我们沉了,随之而来的惊惶攫住了我。我也随大流跳下了水。是怎么跳的我不记得了,却确实而且立即明白了在水里的人为什么迫不及待想回船上去。那是因为水太冷,冷得人生疼。我跳下去时那冷痛来得又快又猛,有如火烧,直冷到了骨髓,像被死亡的爪子攫住了。痛苦和惊恐使我倒抽了一口气,却被水灌到了肺里,直到被救生衣拉出水面。嘴里的咸味很浓,刺激的东西呛着我的喉咙和肺,快把我憋死了。

但是最痛苦的是冷。我觉得自己只能活几分钟了。人们在我身旁挣扎着,扑腾着。我听见了他们彼此的呼喊,也听见了划桨的声音。那陌生的汽船显然在放救生艇。时间飞逝着,我不知道自己怎么还会活着。我的下肢已经什么知觉都没有了,一种冰凉的麻痹正向我的心脏包围上来,往里面钻。小的水波和浪尖泛着可恶的泡沫,不断地冲击着我,灌进我嘴里,呛得我透不过气。

喧嚣声逐渐模糊了,虽然我能够听见远处绝望的合唱和声声尖叫,知道"马丁内斯号"已经沉没。后来——不知道是多久以后的后来——我苏醒了过来,却吓坏了。我感到孤独,再也听不见呼喊和尖叫——只有被雾裹住的波涛，发出空洞得阴森的回响。在人群里总还有同甘共苦的感觉，即使惊惶也还不及独自一人的可怕。我现在感到的就是孤独的惊惶。我在往什么地方流？红脸人说过海潮正往金门退。那么我是在往海里漂吗？我穿着漂流的救生衣怎么样？会不会随时散成碎片？我曾经听说过，这类东西是用纸和灯芯草做的，很快就会浸透，完全失去浮力，而我却是一把水也不会游，何况我又是孤独一人，仿佛在一片原始的灰色的渺茫中漂浮。一种疯狂感攫住了我，我承认。我尖叫了起来，跟刚才的女人一样，并用我麻木的双手拍打着海水。

这种情况持续了多久我已没有了印象。因为一片空白插了进来，其中有些什么我不记得了，像不记得烦恼而痛苦的梦一样。醒来时好像已经过去了好多个世纪。我看见了一艘船的船头从雾里钻了出来，几乎就在我的头上。船上有三张三角帆，彼此巧妙地重叠着，鼓满了风。船头劈破水波的地方送出了大量泡沫和汩汩声，我似乎首当其冲。我想叫喊，但已经声嘶力竭。船头压了下来，却刚刚错开，只给了我一阵兜头劈脸的冲刷，然后那黑色的长长的船体便滑了过去，非常近，简直伸手就可以摸到。我想抓住它，下了疯狂的决心，要把指甲扎进木头里去，但是我的手臂却很沉重，没有生命。我再次想叫，但叫不出声来。

船尾一扫而过，旋即落进了波涛之间的水涡里，我瞥见了一个人影站在舵旁，还有一个人，似乎什么也没有干，只抽着雪茄。我看见烟雾从他嘴里喷出。那人慢悠悠地转过头来，往我这边的水面瞄了一眼。那是漫不经心的、毫无目的的一瞥，是人们眼前并无特别的事要做时的偶然行为，只是因为活着总得要动才做出的行为。

但那一瞥却是生死攸关。我看见了那船被雾吞没；看见了舵边那人的背，看见了另外那人慢慢转过身来，目光落到水上，随意抬起，向我瞥来。他一脸心不在焉的神气，好像在深思。我很害怕他的眼睛即使见了我也视而不见,但是他那眼光却落到了我身上,而且正望见了我的眼睛。他确实看见了我,因为他往船舵跑了过去,把那人推到了一边,两臂不断交叉地转着舵,同时发出命令。那船好像从原航道的正切线冲了出去,几乎立即落入雾里消失了。

我觉得自己昏迷了。我竭尽全部意志力要从周围升起的令人窒息的空虚和黑暗里挣扎出来。不久以后我听见了越来越近的桨声,听见了一个人在叫喊。在他很接近我的时候我听见他烦恼地叫道:“你他妈的怎么不吱声?”这话是说我的,我觉得。然后空虚和黑暗便涌了上来。

第二章

我似乎在一个强大的节奏里摇晃着通过广阔的空间轨道；闪动的光点噼噼啪啪响着从我身边飞过。那是星星，我知道，还有闪亮的流星。在我星际旅行的所到之处，它们无处不在。我荡到最高处快要往回荡时，巨大的锣声敲响了，像炸雷一样。我在悠悠的岁月里晃荡了好多个宁静的世纪，享受着我那辽阔的飞翔，也思考着它。

但是梦的表面却出现了变化，因为我在告诉自己那肯定是一个梦。我的振幅越来越小，猛烈的来回晃动匆忙得叫我心烦，几乎透不过气来，它强迫着我在天体之间猛烈地震荡。雷一样的锣声越来越频繁，我开始怀着一种说不清的畏惧等着它敲响。然后我又好像被拽着拖过了阳光下滚烫的白沙，那沙锉得我生疼。再以后便是一种难以忍受的痛苦，我的皮肤痛苦得像受到火刑烧灼。那锣当当地敲，像丧钟一般。熠耀的火花似无穷的光流从我身边掠过，仿佛整个恒星系都在往虚空里坠落。我倒抽了一口气，却痛苦地屏住了呼吸，睁开了眼睛。两个人正跪在我身边，在我身上忙碌。那强大的节奏原来是船体在海上前进时的起伏；那可怕的锣声是挂在墙上的一个煎锅，在随着船只的颠簸叮当碰响。那锉得人生疼的灼热沙是一个人粗糙的手在擦着我赤裸的胸膛。我痛得扭来扭去，半抬起了头。我的胸口又红又痛，我看见小小的血珠从擦破的红肿的表皮上渗出。

“够了，约恩森，”一个人说，“你没见把这位先生的皮都擦破了吗？”

被叫作约恩森的人停止了摩擦，笨拙地站了起来。那是个斯堪的纳维亚型的大个子。对他说话的人显然是个伦敦佬，长着一张轮廓分明、文弱漂亮，几乎带女性味的脸，说明他吮吸着妈妈的奶时也吮吸着善良玛利的钟声①。他头戴一顶肮脏的软棉布小帽，纤细的腰上系了一条邋遢的麻袋。这说明他是这船上肮脏不堪的厨房里的厨工——我发现自己已在这艘船上。

“您现在觉得怎么样，先生？”他问道，带着多少辈以来就讨着小费的人的阿谀的微笑。

作为回答，我虚弱地挣扎着，坐起了身子，约恩森扶着我站了起来。煎锅的叮当和磕碰还在可怕地折磨着我的神经，使我无法集中思维。我抓住厨房的木架稳住了身子——我得承认木架上的油腻叫我牙碜，弯过一个滚烫的铁灶，伸手抓住那讨厌的家什，从钩子上取了下来，把它扎扎实实塞进了煤箱里。

那厨工见我那神经过敏的表现，张大嘴笑了，把一个热气腾腾的大口杯塞进我手里，说：“喏，喝下去就好过了。”那是一种叫人作呕的玩意——船上的咖啡，可是那热气却提神。我一边喝着那滚烫的东西，一边看了看自己渗血的、疼痛的胸口，转身对着那斯堪的纳维亚人。

“谢谢你，约恩森先生，”我说，“可你不觉得你的措施太强硬了一点吗？”

因为感到了我的动作而不是话语所蕴含的责备，他伸出手掌来给我看。他那手上的老茧厚得惊人。我摸了摸那角质的突起，牙齿因它所造成的可怕感觉再次酸疼起来。

---

① 善良玛利的钟声：这钟的声音所及正好是当时伦敦的整个市区。

“我叫约翰逊，不叫约恩森。”他用虽然缓慢却十分纯正的英语说，那英语只带极轻微的外国腔。

他的浅蓝色眼睛里有轻微的抗议，同时带着畏怯的坦率和男子汉气概，这都赢得了我的好感。

“谢谢，约翰逊先生。”我改过称呼，伸出手去要和他握手。

他犹豫了一下，感到尴尬、羞涩，把重心换到了另一条腿上，然后便高兴地抓住我的手胡乱地握了起来。

“你有干衣服给我换吗？”我问厨工。

“有，先生，”他欢欢喜喜地回答，“您要是不嫌弃我的衣服的话，我就下去看看我的箱子。”

他一躬身走出了厨房，步伐轻快顺溜，给我的印象与其说是猫一样轻巧，倒不如说是油一样滑溜。我后来发现，事实上他的这种滑溜，或者说油滑，大有可能是他的性格最突出的特点。

“我这是在哪儿呀？”我问约翰逊，我猜他是个水手，猜对了。“这是什么船？要到哪儿去？”

“已经过了法拉隆岛①，大体是在往西南方开。”他缓慢地斟酌着回答，仿佛在寻找最好的英语表达形式，机械地随着我问题的顺序作答：“这船是‘幽灵号’三桅船，去日本打海豹的。”

“船长是谁？我穿上衣服得立即去见他。”

约翰逊露出不好办的神气，不知道怎么回答。他犹豫着，寻找着词汇，做出了完整的回答。“船长是海狼拉尔森，或者说别人就那么叫他。我从没有听见过他的名字，可你跟他说话得轻声一点，今天早晨他在发脾气。大副……”

---

① 法拉隆岛：美国旧金山正西的一个小岛。

他的话还没有说完，厨工已经溜了进来。

“你少到这儿来插脚，约翰逊，”他说，“老头子要在甲板上叫你的。现在可不能惹恼了他。”

约翰逊乖乖地向门口走去，同时从厨工背后向我递了一个郑重而极其恐怖的眼色，好像在强调他那被打断了的话，要我对船长轻声一点。

厨工的手臂上挂了一套皱巴巴的衣服，又臭又难看。

“这衣服进箱子时还有点潮，先生，”他做着解释，“可您得凑合着穿，等着我到火边去烤干您的衣服。”

船颠簸得叫我站立不稳，我抓住木架子，在厨工的帮助下穿上了一件贴身的羊毛汗衫。我的身子一接触到那粗糙的东西就汗毛直竖。他注意到了我情不自禁的颤抖和怪相，笑了：

“我希望您一辈子别习惯这东西，您那皮肤可是娇嫩得要命的。我一见就知道您准是位老爷。”

我本来就有点讨厌他，他帮我一穿衣服我就更讨厌他了。和他的接触有一种令人恶心的东西。他的手一碰我我就闪避，身子就抵触。一面是这种接触，一面是煮着东西冒着泡的锅里的气味，我在两者的夹攻之下，迫不及待地想逃到新鲜空气里去。何况还需要去见船长商谈如何安排我上岸的事。

一件廉价的棉布衬衫在一连串道歉和议论中被披到我身上，那衬衫领子磨损了，胸口也变了色——我觉得那是陈旧的血迹。脚上套上了一双工人穿的粗糙皮鞋，配了一件洗白了的浅蓝连衣工装当裤子。那裤子一条裤腿比另一条短了足足十英寸。那短了一截的裤腿叫人觉得好像是魔鬼要抓那伦敦佬的灵魂，却抓住了实的，放跑了虚的。

我戴上了一顶小伙子的小帽，穿上一件肮脏的条子花棉布夹克，当作外衣。那夹克只长到腰身，袖子也刚过手肘。穿戴完毕后我问道：“对这样的关怀我应该感谢的人叫什么名字?"

厨工端正面容,摆出满意的恭顺,堆出轻贱的假笑。从我在大西洋海轮旅游结束时对服务员的经验来看,我可以发誓他是在等着给小费,而现在,从我对那人更充分的了解来看,他那姿势倒是不自觉的,无疑是他谄媚的天性在起作用——那是遗传带来的。

"我叫玛格瑞季,先生,"他讨好地说,他那女性化的五官捧出了一个油滑的微笑,"托马斯·玛格瑞季,先生,为先生效劳。"

"好了,托马斯,"我说,"我不会忘记你的——等我的衣服干了之后。"

他的脸上洋溢出一种温柔的光,眼睛闪烁着,仿佛他的祖宗在他生命深处苏醒了,他模糊回忆起了几辈子以前到手的小费。

他滑到了一边(跟那滑动门的滑动一模一样),我踏到了甲板上。因为长期的浸泡我还很虚弱。一阵风吹来,我打了个趔趄,摇摇晃晃走过颠簸的甲板,来到船舱的一角,扶住船舱稳住了身子。三桅船倾斜得厉害,点着头奔向太平洋辽阔的急流。如果这船像约翰逊所说是在往西南走,那么我计算这风就差不多是从正南吹来的。雾没有了,出现了在海面上爽快地熠熠闪动的阳光。我转身对着东方,我知道加利福尼亚就在那边,可是除了一排低矮的雾墙,什么也看不见——显然还是那给"马丁内斯号"带来了灾难,把我置于目前处境的雾。北面不远处,有几片光秃秃的岩石伸出在海面。我在一片岩石上辨认出了一座灯塔。在西南方,几乎就在我们的航线上,我隐约看见了几艘船的金字塔似的船帆。

在打量完地平线之后,我转向了更为直接的环境。我的第一个念头是像我这样一个遭到撞船事故,跟死亡擦肩而过的人没有受到足够的注意。除了驾驶舵边好奇地望过船舱来的一个水手,我任何人的注意都没有引起。

每个人都好像注意着发生在船中部的事。那儿有一个大个子躺在舱口盖上。他全身穿着衣服,只是胸口的衬衫扯开了。胸口叫一大片黑色的胸毛遮住了,看不见,像是一条狗的毛毵毵的皮,脸和脖子也叫略微花白的黑胡子遮住。那胡子若不是滴着水,软唧唧水淋淋的,一定很硬,很厚。那人眼睛闭着,显然已失去知觉,但是嘴却张得很大,胸口起伏着,吃力而响亮地呼吸着,好像快要窒息了。一个水手每过一会儿就照例有条不紊地扔一个绳子牵着的帆布桶到海里,一把把提上来,再把桶里的水泼到那躺着的人身上。

那在舱口上走来走去,野蛮地咬着一支雪茄烟头的人就是因为偶然一瞥而把我从海里救起的人。他身高很可能是 5 英尺 10 英寸或 10.5 英寸①,但我对他的第一个印象或感觉却不是他的身高而是他的力量。他虽是个大个儿,肩宽胸厚,我却不能把他的力量归于大个儿一类,它应归于精瘦结实类型的人那种筋腱虬结的力量。因为个子大,加上那力量就有点像大猩猩目的动物。不过,他的形象丝毫也不像猩猩,我努力想指出的是那力量本身,跟形象上的相似关系不大。那力量是我们习惯于跟原始事物、野蛮动物,跟在我们想象中住在树上的祖宗相联系的东西——是那种野蛮、凶悍、活蹦乱跳的力量,是行动的天然潜力,是根本的存在形式。许多类型的生命都是按这个模式创造的。简而言之,它是蛇被砍掉了头,作为蛇已经死掉,身子却还继续扭动的东西;是在已经不成形状的乌龟肉里活着,指头一戳还使它蜷曲或战栗的东西。

这位来回踱步的人的力量给我的印象就是如此。他稳稳当当地站着,两腿牢牢实实地扎在甲板上。他的每一个动作——从摇晃肩膀到咬紧雪茄——都很坚决,似乎产生于无法抵抗的过剩的精力。事实上虽然这种力量洋溢于他的每一个动作,却只表明了潜藏在他体内的更大的力量。那力量沉睡着,只偶然颤动一下,却随时都可能醒来。只那时才叫狞猛可怖,咄

---

① 约合 1.78 米至 1.79 米。

咄逼人，有如雄狮激怒，风暴勃发。

厨工从厨房门伸出头来，咧开嘴对我鼓励地笑着，同时用大拇指往那在舱盖上走着的人使劲一戳。那是要我明白那人就是船长，用厨工的土话说就是“老头子”，那个我要求见而且要麻烦他设法送我上岸的人。我已经前进了半步，很想结束我深信会是风狂雨骤的五分钟。这时躺在那儿的不幸的人却被一阵更加窒息性的发作攫住了。他痉挛地扭动着、蜷曲着，背部肌肉一硬，下巴和湿漉漉的胡子便往上一翘，胸口下意识地、本能地鼓胀起来，挣扎着想多吸点气。我知道他那颊须下的脸涨成了紫色，只是完全看不见罢了。

船长，或海狼拉尔森（人们这样叫他）不再踱步了，低头望着快要死去的人。那最后的挣扎如此猛烈，连水手也只好奇地看着，停止了向他身上泼水。帆布桶歪了半边，水流到了甲板上。快死的人脚后跟蹬得舱口盖哒哒地响，伸直了腿。使劲狠狠绷紧了一下，晃了晃脑袋，然后肌肉便松弛了，脑袋也停止了转动。一声如释重负的叹息从唇间飘出，下巴垂了下来，上唇缩了回去，露出了两排叫烟草熏黑了的牙，五官似乎冻结成了一个魔鬼般的微笑，对着他已经离开的、上了它的当的世界。

这时一件非常惊人的事发生了。船长对死者大发雷霆，咒骂从他嘴里滔滔不绝地流泻。那不是伤感的责备，也不光是污言秽语。它的每一个词都亵渎，而词汇又丰富，像电火花一样噼噼啪啪闪光。我一辈子从来没有听见过这样的东西，也没有想到会有这样的东西。我有咬文嚼字的癖好，也喜欢强有力的词语和比喻，我敢说那儿就没有人能像我那样欣赏他那些暗喻所具有的独特的生动、强力和绝对的亵渎。我所能够归纳出的他发脾气的原因不过是：死者原是大副，却在离开旧金山之前去放荡，然后居然卑劣到在航行开始时就呜呼哀哉的地步，使海狼拉尔森缺少了人手。

用不着说，尤其用不着对我的朋友们说，我对此感到骇然。我一向对任何形式和用语的咒骂都感到抵触,因此满怀颓丧,心往下沉,甚至可以说头昏目眩。对于我来说,死亡永远具有庄重的、威严的性质。它的到来总是平静的,它的仪式总是神圣的,到目前为止我还没有见过死亡那肮脏与恐怖的一面。正如我所说,在我听着从海狼拉尔森嘴里发出的惊人的咒骂,欣赏着它的强力时,我也感到难以描述的震惊。那火热的语流可以让死尸的脸也燃烧。如果说那湿漉漉的黑胡子那时被骂得萎缩卷曲,发出烟来,燃烧起来,我也不会意外,可是那死者却仍然置身事外,含讥带讽地怪笑着,嘲弄地、挑战地冷眼旁观着。那形势的主宰原来是他。

第三章

海狼拉尔森跟他开始时一样突然停止了咒骂，又点燃了雪茄，四面望望。他的眼睛偶然落到了厨工身上。

“哦，伙夫？”他温和地说，他那温和带有钢铁的冷气。

“是，先生。”厨工急切地插话，带着道歉和劝解的谄媚口气。

“你老伸着你那脖子瞧，还没有瞧够吗？那是不卫生的，你知道。大副死了，我可不能再让你死掉。你得非常非常讲卫生，伙夫，明白？”

他那“明白”两字是像鞭子一样抽出来的，跟以前的圆滑截然不同。厨工给抽得蔫头耷脑。

回答是乖乖的“是，先生”。惹祸的脑袋缩回厨房去了。

这声对伙夫发出的斥责包括了所有的人，别的人也都没有了兴趣，各人干自己的活儿去了；不过，有一伙人似乎不是水手，还在厨房与舱口之间的平台上走来走去，彼此继续低声谈话，后来我才知道他们是猎人，猎海豹的，地位比普通水手高多了。

“约翰森！”海狼拉尔森叫道。一个水手规规矩矩应声而出。“拿你的掌皮和针来，把这个叫花子缝上。帆柜里有旧帆布，拿来凑合着用。”

那人照例回答了“是，是，先生”，然后问道：“脚上坠什么，先生？”

“我们来想办法。”海狼拉尔森回答，又提高了嗓门叫道：“伙夫！”

托马斯·玛格瑞季像玩具弹簧人一样从厨房蹦了出来。

“下去装一袋煤来。”

“你们谁带着《圣经》或是祈祷书了?”船长的下一个问题是对舱口平台上闲逛的人问的。

那些人都摇头,有人说了一句俏皮话,引得人们哈哈大笑,我没有听清。

海狼拉尔森又拿那问题问水手,《圣经》和祈祷书似乎是罕见的东西。有个人主动提出找下面值过班的人问问。过了一会儿回来也说没有。

船长耸了耸肩。“那我们只好免掉废话,把他扔下去了,除非我们这位像牧师的难民记得丧葬祈祷文。”

这时他已完全转过身子,面对着我。

“你是个牧师,对吧?”他问。

猎手们都转过身,一共六个人,打量着我。我痛苦地意识到自己那稻草人一样的形象。一见我这身装束他们全都哈哈大笑。死人还在我们面前,龇着牙直挺挺地躺在甲板上,可他们全无顾忌,照样大笑,笑得像大海那么放纵、粗野、刺耳和坦率。它来自粗野的情绪和感觉的迟钝,来自不懂得礼貌和文雅的天性。

海狼拉尔森没有笑,虽然他那灰色的眼里闪动着感到好玩的微光。那时我距离他已经很近,接收到了他给我的第一个印象——跟他的身体分开,跟我所听见的滔滔不绝的咒骂分开的本人。他五官棱角分明,线条有力,脸型方正却饱满,乍看上去显然很壮实,但也跟他的身子一样,仔细一看,那壮实感立即消失,叫人越来越相信他的心灵或精神还具有太多的强力,深藏在肉体后面,沉睡在生命里。那下巴,那峥嵘地突出在双眼之上的高高的前额,不但遒劲,罕见地遒劲,而且似乎还有无穷的力量和强矫的精神看不见,潜伏在后面和外面。这种精神难以探测,无法计量,无边无际,也无法跟其他类似的东西明确区别开来。

那双眼睛——我的命运就是要好好理解他那双眼睛——又大又漂亮，分得很开，像真正的艺术家。它们覆盖在硕大的前额下，上面是两道弯弯的浓眉，呈一种变化多端的灰色，那灰色从没有两次相同，叫人惶惑，有各种层次，各种色调，像在阳光下的暗彩丝绸，有深灰，浅灰，绿灰，有时又是深海般的清明的蔚蓝；它们以一千种假面伪装了灵魂，而有时——在极少的情况下——那眼睛也会张开，让灵魂逸出，好像要赤裸裸地进入世界，去做精彩的冒险。它们可以带着铅灰色天空绝望的阴郁沉思；可以噼噼啪啪地爆出火花，有如旋舞的宝剑上的闪光；可以像北极的风物转为阴寒，也可以带了爱的光辉温暖，融化，舞影翩跹；它们紧张强烈，满是阳刚之气，又诱人，又慑人，也能迷惑左右女性，直到她们欢天喜地地、心安理得地投降，做出牺牲。

还是回到本题来吧。我告诉他，我为这葬礼感到遗憾的是：我不是个牧师。他尖锐地问道：

“那么你干什么过日子？”

我得承认以前从没有人问过我这个问题，我也从来没有想过这问题。我吓了一大跳，还没有回过神来，已经傻呵呵地嗫嚅着：“我，我，我是个绅士。”

他立即撇了撇嘴，哼了一声。

“我工作，我干过工作。”我冲动起来，大叫，仿佛他是法官，我需要申辩。同时我也强烈地意识到由我自己来讨论这个问题奇笨无比。

“为了生活？”

他身上有那么一种不容分说的气派，我简直手足无措了——用福路瑟特的话说就是“给震住了”，像个在凶狠的老师面前发抖的学生娃娃。

“谁给你饭吃？”这是他的第二个问题。

“我有一笔收入。”我理直气壮地回答，可随即恨不得咬掉自己的舌头。“对不起，我得说明，这跟我要找你谈的问题完全无关。”

但是他并没有理会我的声明。

“那么，是谁赚的钱呢？我早想到了，是你爸爸。你靠死人的脚站着，自己就从来没有脚。你靠自己走不了一天的路，捞不到一天三顿饭塞肚子。让我看看你的手。”

他那沉睡的巨大力量一定是迅速而准确地萌动了，否则我一定是睡着了一会儿，因为还没有等我意识到，他已经靠前两步，抓起了我的右手看着。我想抽回，但是他的手指毫不费劲地捏紧了，捏得我以为快要折断。在这种情况下是很难保持尊严的；又不可能像小学生一样挣扎扭动；而像他那样的家伙我又不能攻击，他只消一扭，我的手臂就会断的。我没有办法，只好站着不动，任凭他欺负。这时我注意到那死人口袋里的东西已经被掏到了甲板上，身子和怪笑都已经用帆布包起来，看不见了。水手约翰森正在用白色的粗麻绳缝着布包的褶子，用手掌上戴的一种皮制的东西顶着针。

海狼拉尔森鄙夷地一甩，丢掉了我的手。

“是死人的手让它保持得软唧唧的，除了洗盘子干粗活再也没有别的用。”

“我希望你送我上岸去。”我强硬地说，因为我此时已镇定下来。“你估计你为我做的事和受到的耽误能够值多少钱，我就给你多少钱。”

他带着一种奇怪的神情打量着我，眼里露出了嘲弄的神色。

“我有个相反的建议，那会有益于你的灵魂。我的大副没有了，必须提升好多人：需要个水手到后舱来填补大副的职务，而水手的职务又需要船舱小厮到前舱来接替，而你就得接替船舱小厮的位置。在航行文件上签字吧，每月二十块，供应吃、住和穿着。现在你怎么说？记住，这对你的灵魂可有好处，能够叫你学会自立，以后就懂得靠自己的腿站住，说不定还能够走上一两步。”

可是我没有理会他。我在西南方看见的那船的船帆已越来越大，越来越清楚。那帆是三桅帆船的帆，跟"幽灵号"的帆一样，虽然我能看出船身要小一些。那船挺漂亮，跳跃着向我们飞来，显然会和我们擦肩而过。风力暂时在加强，太阳愤怒地闪亮了几下便消失了。海面成了沉闷的铅灰色，动荡起来，把喷着白沫的浪头向天上抛去。我们的航行加快了，船也倾斜得更厉害了。有一回风一吹，护栏扎进了海里，海水冲刷着那边的甲板，几个猎手急忙抬起了脚。

"那艘船马上就要从我们身边经过。"我停了停，说，"它既然走着相反的方向，八成是往旧金山去的。"

"八成是的，"拉尔森回答，同时从我这边半转开了身子，叫道，"喂！伙夫！伙夫！"

伦敦佬从厨房钻了出来。

"那小厮在哪儿？告诉他我要他来。"

"是，先生。"托马斯·玛格瑞季匆匆离开，从船舵附近另一个舱门下去不见了，一会儿工夫又出来了，一个壮壮实实的小伙子，十八九岁，跟在他身后，皱着眉头，流里流气。

"来了，先生。"伙夫说。

海狼拉尔森没有理他，立即转向小伙子。

"你叫什么名字，小子？"

"乔治·里奇，先生。"那人绷着脸回答，那神态明显表示知道被叫来的理由。

"你这可不是个爱尔兰名字。"船长尖刻地叫道，"凭你那嘴脸叫奥度尔或是麦卡锡要好得多，除非你妈妈柴堆里多了个爱尔兰男人——那是很可能的。"

我见那小伙子一听这侮辱拳头便捏紧了，血往上冲，脖子红了。

"不过，不谈这个。"海狼拉尔森说下去，"你可能有理由忘记自己的名字，不过，只要你守规矩，我照样喜欢你。你当然是在电报山港下海的，满脸都带电报山味，是那儿培养出的熊样，却有两倍的讨厌。你这号人我知道。好了，你可以下个决心在我船上把那毛病改掉。明白吗？是谁安排你上船的，啊？"

"麦克瑞地和思宛森公司。"

"'先生'！"海狼拉尔森大吼。

"麦克瑞地和思宛森公司，先生！"小伙子改正了，眼里燃烧着仇恨的火焰。

"预支的钱谁拿了？"

"他们，先生。"

"我早猜到了。很高兴你把钱给他们了。动作够快的。好几个人到处找你，你大概听说了吧？"

小伙子立即变了样，成了个野蛮人，身子一猫，似乎要跳上去。那张脸像发怒的野兽，咆哮着："那是……"

"是什么？"海狼拉尔森问，声音特别温柔，仿佛好奇得要命，想知道那没有说出的字。

小伙子犹豫了一下，忍住了怒气。"没有什么，先生，我收回。"

"你这一招向我说明了我没有看错。"说时露出一个叫人高兴的微笑。"你多大了？"

"刚满十六，先生。"

"胡说。你再也见不到十八岁了。就是十八岁看去也够大的。身上的腱子肉像马一样。把行李收拾了到水手舱去，你提升了，明白不？"

船长不等小伙子同意，便转向刚完成那阴森的缝尸工作的水手。"约翰森，你懂点航海吗？"

"不懂，先生。"

"啊,没有关系,你现在照样是大副。把你的行李拿到后舱大副床位去。"

"是,是,先生。"回答很高兴,约翰森开始往前走。

这时原来的舱房小厮却没有动弹。

"你还在等什么?"海狼拉尔森问。

"我签的合同不是做桨手,先生,"他这样回答,"我的合同是做小厮。我不愿意划船。"

"收拾好立即去。"

海狼拉尔森这一回的命令凶狠得叫人恐怖。那小伙子阴沉地皱着眉头,依然不动。

这时拉尔森那旺盛的精力得到了一次发泄,完全出人意料,总共不到两秒钟。他一蹦六英尺,跳过了甲板,一拳揍进了对方的肚子。此时我自己也好像挨了一拳,惊得胃腔里一阵难受。我举这个例子是为了说明我当时神经系统有多么敏感,对于暴力场面有多么陌生。那小厮身子一蜷,软软地裹在拳头上,像湿布裹在棍子上——他体重至少一百六十五磅,却飘了起来,划了一条短短的弧线,脑袋和肩膀撞到甲板上,和尸首滚到了一起,躺在那里痛苦地扭动着。

"怎么样?"拉尔森问我,"你下了决心没有?"

刚才我还不时地看看往这儿来的三桅船。那船现在已差不多跟我们并排了,距离最多两百来码,是一艘很漂亮整洁的小船。我已能看见它一张帆上有个黑色的大数字,还看见了领港船的图案。

"是什么船?"我问。

"'圣母号'领港船,"海狼拉尔森冷冷地说,"送走了领港员,正回旧金山。像眼前这风五六个小时就可以到达。"

"你能不能给它发个信号,让它送我上岸去?"

“对不起,我的信号簿掉到海里去了。”他说,那群猎手笑了。

我盯着他的眼睛思想斗争了一会儿。那舱房小厮的遭遇我是看见的,我知道很有可能遭到如出一辙的对待,即使不更厉害。正如我所说,我思想斗争了一会儿,然后做出了我自认为平生最勇敢的行为。我跑到船边,挥舞双手,大叫起来:

“唉嗨——‘圣母号’!送我上岸去!送我上岸我给你一千块。”

我等待着,眼睛看着两个人,一个在开船,另外一个把一个麦克风举到了嘴边。我没有回头,虽然等着背后那人形的野兽致命的拳头。最后,好像过去了好多个世纪,我再也受不了那紧张,回头一看。他却站在原地没有动,随着船的颠簸晃动着身子,点着一支新的雪茄。

“怎么回事,有什么问题?”

这是“圣母号”的喊叫。

“有!”我可着嗓子大叫。“是生死问题,送我上岸我给你们一千块!”

“他为我的船员的健康干杯,多喝了几口。”海狼拉尔森跟在我后面叫道。“这一位,”他用大拇指指了指我,“刚才还幻想着海蛇和猴子呢!”

“圣母号”上的人用透过麦克风哈哈大笑作为回答,领港船飞快地走掉了。

“代我祝他下地狱!”来了最后的叫喊。那两人挥手告别。

我绝望地靠在栏杆上,望着那漂亮的三桅船疾速扩大着我们之间的海面的伤心距离。那船大约六七小时后就可以回到旧金山了!我的脑袋似乎要炸开;喉咙也痛,心似乎已挤到喉咙里。一个飞卷的浪头打上船舷,把带咸味的浪花洒到我的嘴唇上。风强劲地吹着,“幽灵号”倾斜得十分厉害。背风面的栏杆歪进了水里。我听见海水冲下甲板的声音。

过了一会儿我转过身子,看见了那小厮趔趔趄趄站了起来,脸白得吓人,强忍住的痛苦弄得他不断抽搐,满脸病容。

“啊,里奇,到水手舱去不?”海狼拉尔森问。

“去,先生。”那是被威胁的灵魂所做的回答。

“那么你呢?”他问我。

“我给你一千块,如果……”我开始回答,却被打断了。

“别来你那一套!小厮活你干不干?要不要叫我收拾你一顿?”

我怎么办?狠狠地挨一顿揍,甚至被揍死,对我也不会有好处。我盯着那残忍的灰眼睛。其中尽管还有人类灵魂的光和热,却也能够成为花岗岩。有的人的灵魂活动是可以在眼睛里看见的,但他的眼睛却荒凉、冷酷、灰蒙蒙的,就像海。

“怎么样?”

“好吧。”我说。

“说:‘好吧,先生。’”

“好吧,先生。”我改了口。

“你姓什么?”

“范·魏登,先生。”

“名字?”

“亨佛莱,先生;叫亨佛莱·范·魏登。”

“年龄?”

“三十五,先生。”

“行了,到厨工那儿去学你的活儿。”

我就是这样被迫给海狼拉尔森干活的,只因为我力气没有他大,可是我那身份当时还不现实,就是现在回忆起来也还同样不现实,以后对我也永远难以想象。那是个骇人听闻的噩梦。

“站住,先别走。”

我正要去厨房,规规矩矩地站住了。

"约翰森,把所有的人都叫来。现在,一切齐备,我们得举行个葬礼,把没有用的垃圾从甲板上扔出去。"

约翰森去召唤下面的休班人员,两个水手按照船长的命令把帆布包裹的尸体放在了一个舱口盖上。甲板的两边靠着栏杆各拴着几艘小艇,艇底朝天;几个人抬起放着那阴森森的东西的舱口盖,送到了背风的一面,让它双脚朝外放在小艇上,脚上拴好厨工拿来的那袋煤。

我一向认为海上的葬礼是非常庄严的,是令人肃然起敬的,可是那次葬礼怎么说来也立即叫我感到了幻灭。有一个被他的伙伴们叫作"黑崽"的猎手,黑眼睛,小个子,讲起了故事,带了许多咒骂和脏话,猎手们大约每隔一分钟就哄笑一次,我听上去像是狼嚎或猎狗叫。水手们闹闹嚷嚷地来到船尾,下面值过夜班的人还揉着惺忪的睡眼,彼此低声说着话。脸上都有一种不祥的、担心的表情。很显然,他们对于这次航行的前途不大乐观:船长是这么样一个人,出马又是这么不利。他们不时地偷看着海狼拉尔森——我看得出他们怕他。

海狼踏上了舱口盖。所有的人都脱下了帽子。我望了一眼——一共是二十个人。加上掌舵的和我是二十二个。我很好奇地打量,这是可以原谅的,因为我仿佛觉得命中注定要跟这些人关到一起,在这个漂浮的小世界上过不知道多少个礼拜,多少个月。水手们主要是英国和斯堪的纳维亚血统,面孔好像是沉闷麻木的类型,而猎手们的面孔却显得结实些,多些变化,有深深的皱纹和感情放纵的迹象。说来奇怪,我立即注意到海狼拉尔森的五官上没有那种邪恶的痕迹,看上去并不凶狠。是的,他有皱纹,但却是决心和毅力的皱纹。那张脸好像坦白直率,而这些特色正因为他胡子刮得很光而尤其显著。直到那事发生,我也难以相信有着那样一张脸的人竟然会那么对待那船舱小厮。

他张嘴说话时,一阵又一阵的浪头打到三桅船上,淹没着它的船舷。风在索具之间吹奏着一支野蛮的曲子,有的猎手焦躁地打量着高处。躺着尸体的背风栏杆淹到了水里。在三桅船升高,往右舷转过时,海水也冲刷过甲板,我们鞋面以上都湿了,浪花的急雨洒到我们头上,每滴水都像冰雹一样刺得人生疼。浪涛冲刷过去,海狼拉尔森开始说话了。脱下帽子的人整整齐齐地随着甲板的起伏而起伏着。

"我只记得祈祷辞的一部分,"他说,"那就是,'那身子将被扔进海里。'扔吧。"

他住了嘴。抓住舱口盖的人显然因葬礼的短促而惶惑,似乎不知所措了。海狼对他们大发雷霆。

"抬起那一头,娘的,你他妈的怎么回事?"

他们以可怜的匆忙抬起了舱口盖,死者脚朝外落下海去,像狗一样,脚上的煤坠着他。

他消失了。

"约翰森,"海狼拉尔森敏捷地对新任大副说,"大家既然都上了甲板,就让他们别走。收下中桅帆和斜桅帆,好好收,我们跟东南风泡上了。最好同时把三角帆和主帆折叠起来。"

甲板上立即忙乱起来。约翰森吼叫出命令,水手们收回和放出各种各样的绳索——这一切当然会使我这样的陆上人感到茫然,但是给我特别深刻印象的却是他们那麻木无情。死者已经成了一支消逝的插曲,一个用帆布包裹的、坠着煤袋扔弃了的意外事件;而船却加速前进着,工作照常进行,谁也没有受到死亡的影响。猎手们又在为"黑崽"讲的一个新故事哈哈大笑了。水手们拽着,升起着帆绳,两个水手爬上了高处。海狼拉尔森站在上风头研究着阴云勃起的天空。死得卑鄙、葬得下贱的死者在沉落,沉落……

然后向我扑来的便是大海的残酷无情和阴森恐怖。生命变得廉价了,夸饰了,成了禽兽一样的说不清的东西,成了没有灵魂的分泌物和黏液的一种悸动。我坚持站在了当风的栏杆边,紧挨着护桅索,穿过泡沫飞溅的凄凉的海浪凝视着那掩盖着旧金山和加州海岸的低垂的雾墙。含雨的小暴风插了进来,我连那雾墙也几乎看不见了,而这艘陌生的船却在风暴吹打、海浪冲刷下往西南方驶去,蹦跳着走向浩瀚的、寂寞的太平洋水域。

第四章

然后我便在猎海豹的三桅船"幽灵号"上竭力适应着新的环境，遭到的全是羞辱和痛苦。那被水手叫作"医生"，被猎手叫作"汤米"，被海狼拉尔森叫作"伙夫"的厨工变了一个人。我的地位的改变带来了他对我的态度的改变。他以前对我有多么胁肩谄笑，现在对我就有多么盛气凌人。实际上我再也不是那皮肤娇嫩得像个"太太"的绅士，而只是一个非常不值钱的舱房小厮。

他荒谬地坚持要我叫他"玛格瑞季先生"，在他向我布置工作时那动作和态度简直叫人难堪。除了四个特别间的舱房工作，据说我还得做他的厨房下手，而我在削土豆或洗油腻的锅子方面的严重无知便给了他惊诧与嘲讽的无穷话题。他根本不考虑我过去的身份，或我所习惯的生活和事物。这是他对我所采取的态度的一部分。我得承认不等一天过完，我对他的仇恨已比我以前对任何人的仇恨都强烈。

那头一天因为"幽灵号"在"折好风帆"（那类术语我是后来才知道的）闯过玛格瑞季所谓的"嚎叫的西南风带"时所发生的事而尤其叫我难堪。五点半钟我按照他的指示在舱房里摆好桌子，把盘碟放好，然后从厨房送去茶水和做好的食物。在这方面我忍不住要谈起我在逆风斜进的船上的第一次经验。

“小心点,否则你会弄得透湿的。”那是玛格瑞季先生临别的指示,那时我一只手提茶壶,一只手臂搂着几个新烤的面包。有一个叫作亨德森的吊儿郎当的瘦猎手正从“下等舱”(那是猎手们对他们在船中部的寝室的俏皮称呼)往船尾的舱房走去。海狼拉尔森在舵楼甲板上抽着他那永远抽不完的雪茄。

“麻利点,赶到前面去。”伙夫叫道。

我停住了脚步,因为不知道要赶到什么前面,却看见厨房门砰的一声滑过去关上了。然后我便看见亨德森像疯子一样往主索具奔跑,跳上了靠里的一面,爬到了比我高出好几英尺的地方。同时我看见了一片大浪旋转着,喷着泡沫涌到了栏杆上空的高处,在那儿稳住了,我正好在它下面。我的思想反应迟钝——一切都那么新,那么陌生。我意识到遇见了危险,但也只到此为止。我呆住了,站住没动。这时海狼拉尔森在舵楼甲板上叫了起来:

“抓住个东西,你——你这个骆驼①!”

已经太晚。我向索具跳了过去,我可能抓住它,可却叫那盖下来的水墙截住了。以后发生的事叫我十分糊涂。我淹在了水里,出不了气,两脚往外一滑,人倒了。我接连翻滚了几下,不知道被冲到了什么地方,几次撞上了硬东西,有一次右膝盖给狠狠地磕了一下。然后洪水便似乎突然退却,我又吸进了新鲜空气。我已经被从当风面冲过“下等舱”升降口,到了背风面的排水口,撞在了厨房墙上。受伤的膝盖疼极了,我无法站起来,至少我是那么感觉的。我相信我的腿已经断了,但是那厨工却还盯着我。他从背风面的厨房门口叫喊着:

“好呀你!要想睡一夜还是怎么着?你的茶壶呢?掉海里了?你要是

---

① 骆驼:这人名字叫 Humphrey,前半截是 Hump,意思是驼背,在这儿海狼拉尔森是在骂他,而骂他驼背又没有根据,因为他并不驼;看来是骂他迟钝,所以译作“骆驼”,因为骆驼的特征是驼背,而且在一般情况下行动缓慢。

跌断了脖子也他妈的活该!”

我好不容易挣扎着站了起来。大茶壶还在我手里。我跛到厨房门口递给了他,可他却气愤得要命,不知道是真生气还是故意装的。

“你要不是个懒鬼才怪,我想问问,你能干得了什么?说呀!你究竟他妈的能够干什么?连一壶茶都送不到后舱去。我现在还得重新去烧。”

“你那鼻子抽什么?”他又愤怒了,对我发起脾气来,“因为你那可怜的小膝盖受了点伤是不是?妈妈的可怜的小乖乖!”

我并没有抽鼻子,虽然我的脸可能痛得拉长了,抽搐着,但是我拿出了我全部的韧劲,咬紧了牙关,以后在厨房和舱房之间来往就再也没有出过问题。这次意外给我带来了两个东西:一个受伤的膝盖——以后一直没有包裹,让我受了好几个月的罪;还有一个名字“骆驼”,那是海狼拉尔森在舵楼甲板上给我叫出来的。从此以后无论在船头船尾我就没有了别的名字,它就成了我思维过程的一部分,我也把它看作自己,认为自己是个“骆驼”了,好像“骆驼”就是我,而且从来就是我。

在舱房服侍进餐并不轻松,那儿坐着海狼拉尔森、约翰森和六个猎手。首先舱房就很小,我得在里面走来走去,很不方便,而三桅船猛烈的倾侧摇摆又增加了我行动的困难,但是给我印象最强烈的却是我服侍的对象完全没有同情心。我感到膝盖在裤子里肿起来,越肿越大,痛得我虚弱晕眩。我在舱房镜子里看见自己的脸,白得像幽灵,痛得歪扭了。这情况他们准是谁都看见的,却谁也没有说话,没有注意。等到海狼拉尔森说出以下的话时我几乎要感谢他了(那时我在洗盘子):

“别把那样的小事放在心上。这类事你以后会慢慢习惯的。它可能叫你瘸上几天,可你照样能够学会走路。”

“你们把这叫作‘诡论’,是吧?”他问。

我点点头,照规矩说了一句:“是,先生。”

“我估计你懂一点文学的东西,是吗?好的,我以后有时间还要找你谈谈。”

然后他便不再理我,转身上了甲板。

那天晚上在我做完了一堆做不完的工作之后,被打发到“下等舱”去睡。我在那儿搭了一个加铺。我很高兴能摆脱那可恶的厨工,让脚轻松下来。叫我吃惊的是,我穿在身上的衣服竟然干了,而且没有丝毫着凉的迹象,尽管前不久还淹了个透湿,从“马丁内斯号”落海又泡了那么久。在一般情况下有了那样的经历我早该躺上床,找个受过训练的护士服侍了。

但是我的膝盖却带给我可怕的麻烦。就我的感觉而言,我的膝盖似乎是在肿胀中心翘了起来。我坐在床上检查时亨德森偶然瞟了它一眼(那时六个猎手都在舱房里吸着烟,大声谈着话)。

“看来很麻烦,”他评论道,“拿块布包上就会好的。”

就那么一句话。要是在陆地上我就会躺在床上,叫个外科医生管着,接受严格的禁令,只许休息,什么事都不能干了,但是对这些人我还得说句公道话。尽管他们对我的伤麻木,对自己的问题他们也同样麻木。我相信这第一是因为习惯;第二是因为他们的身体组织不那么敏感。我真正相信一个体质敏感、易于兴奋的人因为同样的伤所受的苦会是他们的两三倍。

我尽管很疲倦——实际上是筋疲力尽,却因为膝盖上的痛苦而难以入眠。我所能做的只是不大声地呻吟。要是在家里我是一定要发泄出我的痛苦的,但是这种原始的新环境似乎要求野蛮的压抑。这些人都像野蛮人一样,遇见大事像苦行僧,遇见小事却像娃娃。我记得,在以后的航程里看见另一个猎手寇伏特失去了一根手指头——给砸成了肉酱,却面不改色,连吭也没有吭一声。而我也多次看见寇伏特为了小事大发脾气,蛮不讲理。

他现在就在闹,哇里哇啦,大吼大叫,晃着双手,像魔鬼一样咒骂着。只不过因为跟一个猎手发生了争论:海豹崽是不是生来就会游泳的。他坚持认为会，一生下来就会。另外那个叫拉提莫，一个美国佬样的瘦子，眼睛像两道缝，显得很精明。拉提莫不同意，说海豹崽生在岸上，不是因为别的，就是因为不会游泳，它们的妈妈只好教它们，像老鸟儿教小鸟儿飞一样。

另外那四个猎手大部分时间都靠在桌上，躺在床上让一对论敌争吵去，但是都非常感兴趣，每隔一会儿就帮一边说一两句。有时便同时大吵起来，闹到他们的声浪如模拟的雷霆在那有限的空间里往来翻滚。题目原本幼稚，也不切实际，他们的争论却更加幼稚，更加不切实际了。说真话，他们说理很少，甚至完全没有。他们的方式只是肯定、假定和否定。他们证明小海豹是不是生下来就会游泳的办法是战斗性地提出命题，然后攻击对手的判断力、常识、民族，或是历史；反驳也是如法炮制。我讲这个是为了说明这些我被迫交往的人的智力水平。智力上他们是娃娃，尽管长了副成人的身胚。

他们抽烟，经常抽，抽一种粗糙的、廉价的、难闻的烟叶。空气里弥漫了烟雾，雾蒙蒙的。我要是有晕船的毛病，这烟雾和船只穿过风暴时的颠簸准会叫我呕吐，但就那样，我也感到十分恶心，当然，恶心也可能是由于腿疼和劳累。

我躺在那儿思考着，自然会从自己和自己的处境想开去。我，亨佛莱·范·魏登，一个学者，也可以说是文学艺术的票友吧，竟然躺到了这儿，一艘到白令海去猎海豹的三桅船上，真是独一无二的、做梦也想不到的事。舱房小厮！我一辈子从来就没有做过体力劳动，没有干过肮脏活。我的生活一向安全稳定，风平浪静——那是一个学者和隐士的生活。我有一笔可靠而舒适的收入，对于暴烈的生活和体育运动从来不感兴趣。我一向是个书呆子。小时候爸爸和姐姐就那么叫我。我平生只参加过一次露营，那一次我却差不多一开始就离开了伙伴们，回到屋顶下的舒适和方便中，可现在我到了这儿，眼前只有无穷无尽的摆桌子、削土豆和洗碟子的悲惨前途，而我身体又不好。医生一直说我的体质极棒，可惜从来没有锻炼培养。我的肌肉小而软,像女人——至少在医生劝我参加某些体育上的新奇活动时是这么讲的,但是我仍然只喜欢使用脑力,不喜欢使用体力,可我现在到了这里,没有了合适的条件对付未来的粗野生活。

我脑子里闪现的念头很多,这只是其中的几个。我提了出来是为了预先为我命中注定要扮演的软弱孤苦的角色辩护。我也想到我的母亲和姐姐,想象着她们的哀伤。我是“马丁内斯号”海难事件失踪的死者之一,是一具没有找到的尸体。我能够看见报纸上的大标题,看见大学俱乐部和碧蓓洛俱乐部的伙伴们摇着头说“可怜的家伙”!我也能够看见查理·福路瑟特跟我那天早上向他告别时一样,穿着睡衣懒洋洋地靠在垫着枕头的窗前睡榻上,说些神谕似的悲观警句。

而在整个这段时间里,“幽灵号”三桅船都在起伏着、摇晃着往升起的山陵上攀登,往水花四溅的峡谷里落下,在海水中翻滚,往太平洋中心地带奋勇前进,越走越远,越走越远——而我却在“幽灵号”上。我能够听见头上的风声,它以一种压抑的怒吼进入我的耳朵。有时头上还有脚步声踏过,而周围则是不断的轧轧声,木头和用具以一千种调子呻吟着,吱嘎着,抱怨着。猎手们还在争论着,吼叫着,像一群半人的两栖动物。空气里弥漫着咒骂和脏话。我看见他们的面孔,愤怒地涨得通红,随着船的颠簸而起伏的风灯用病恹恹的黄光扭曲着、强调着他们的粗野。床位在朦胧的烟雾里像是动物园里野兽栖息的洞窟;墙上挂着油布衣和雨靴,步枪和猎枪东一支西一支嵌牢在架子里,那是过往年代里的海盗和海上冒险家的装备。我的想象骚动着,仍然无法入睡。那是个疲倦而凄凉的漫漫长夜。

第五章

但是我在猎手舱里的第一个夜晚也是在那儿的最后一个夜晚。第二天新任大副约翰森便被海狼拉尔森赶出了舱房，到猎手舱去过夜了，而我则占有了从第一天起就已有两个人住的舱房特别小间。猎手们很快就知道了这变化的原因，发出了许多抱怨。约翰森好像每晚入睡以后都要把白天的事重温一遍，不时地说话，吼叫出命令，叫海狼拉尔森很受不了，于是把这个麻烦推给了猎手们。

一夜没有睡着，我起床后很虚弱，很痛苦，要在“幽灵号”上瘸着腿走过第二天。托马斯·玛格瑞季五点半钟就把我赶了出去，很像是比尔·塞克司嗾出他的猎狗，但是玛格瑞季先生对我的虐待却被原物奉还，还加上了利息。他那不必要的大呼小叫（我整夜没有合眼）肯定是吵醒了一个猎手；因为一只沉重的靴子呼的一声从昏暗之中扔了出来，玛格瑞季先生痛得尖声大叫，然后便低声下气地请求大家原谅。后来我在厨房里注意到他的耳朵给砸破了，红肿了，一直没有恢复原状，水手们就叫他“花椰菜耳朵”。

那一天充满了痛苦的变化。我头天晚上把干衣服从厨房拿出来，第一件事便是换下厨工那一套。我摸我的钱袋，里面除了零钱还该有一百八十五块金币和纸币。我对于这种事记性很好。钱袋我找到了，但是里面除了小额银币全给搜走了。我上甲板到厨房工作时对厨工谈了这事。我虽然预料会遇到粗暴的回答，却没有想到会得到那么凶狠的长篇大论。

“听着，骆驼，”他开始了，眼露凶光，咆哮从喉头深处发出，“你这是想让我揍破你那鼻子吗？你既然知道我是贼，就该把自己的东西保管好，要不然就是你他妈的错了。你这要不是恩将仇报，可以打瞎我的眼睛！你他妈的一个可怜的人渣，上了船还是我弄进厨房的。我对你那么好，你反倒这样报答我。下回你就下地狱去吧，我说。我得好好教训教训你。”嘴里说着他已经捏紧两个拳头向我冲来。丢脸的是，我不但躲闪了那一拳，还逃出了厨房。我还能怎么样？在这艘野兽船上，除了武力什么东西都不管用，道德劝告是异想天开。你想象一下看，像我这么一个中不溜个子，身板消瘦，肌肉软弱，没有经过锻炼，一贯过着平静安详的日子，不习惯于任何形式的暴力——我这样的人能做什么呢？要是跟这样穿衣服的野兽也较真的话，跟发了狂的公牛也就可以较真了。

我那时想出的就是这样的理由。我感到需要辩明是非，让我的良心过得去，但是这种辩护并不能给我满足。即使到了今天让我以男子汉身份回忆起那些事，我也不可能完全无愧于心。那形势的确超出了合理行为的规范，它所要求的也超过了理智的冷静结论。从形式逻辑看来，就没有一桩事值得惭愧，但是每次回想起来，一种耻辱感就要在我心里升起。我男子汉的骄傲使我感到我男子汉的身份无端遭到了玷污和糟蹋。

这种感觉现在是没有了，当时也还不觉得存在。我从厨房逃走得太快，使我的膝盖疼痛难忍。我在舵楼甲板缺口无可奈何地跌倒了，好在那伦敦佬并没有来追我。

“你看他逃走那样儿，看他逃走那样儿！”我听见他叫着，“那条瘸腿跛得多快！回来吧，小妈妈的宝贝，我不揍你了，不，不揍了。”

我瘸了回去，继续工作。这事到此暂停，虽然以后还有下文。我在舱房里摆好早餐餐桌，七点钟服侍官员和猎手们用餐。暴风雨在晚上显然已经中断，尽管海上还是波涛汹涌，风力刚劲。早班的人已经升起风帆（两片中桅帆和船首三角帆除外），“幽灵号”正在满帆前进。我在吃饭时听说早餐后那三张帆也要升起。我还听说海狼拉尔森急于充分使用这场暴风雨。这风正在送他往西南方走，进入那片海域，好赶上东北贸易风。他希望利用贸易风往南划个弧线，进入热带，再在靠近亚洲边界时折向北方，完成他到日本去的主要航程。

早餐以后我又有了一番并不令人羡慕的经历。我洗完盘子，清扫了舱房炉子，盛了炉渣到甲板去倒。海狼拉尔森和亨德森站在舵轮边专注地谈着话，水手约翰逊把着舵。我往向风面走时看见约翰逊的脑袋突然动了动，我以为那是表示认识，道声早安，实际上他是在警告我，要我到背风面倒渣滓去。我不知道自己的错误，从海狼拉尔森和猎手身边一走过便把渣滓迎风倒了出去。风把渣滓刮了回来，不但刮到了我身上，而且刮到了亨德森和海狼拉尔森身上。拉尔森立即狠狠踢了我一脚，像踢狗一样。我从来不知道挨踢会有那么痛。我一个趔趄从他身边窜到了舱房才算被挡住了，几乎痛昏死过去，眼前一切都在旋转，心里还恶心。那感觉非常难受，好不容易才挪到了船舷边，但是海狼拉尔森没有再追究。他把身上的灰尘掸掉，又跟亨德森谈起话来。约翰森在舵楼甲板缺口看见了这一幕，打发了两个水手到船后去收拾灰渣。

那天早上稍晚我又碰上了一个性质完全不同的意外。我按照厨工的指示到海狼拉尔森的特别间里去收拾屋子，整理床铺。靠近他的床有一个书架，挨着墙壁，上面摆满了书。我瞥了一眼，大吃了一惊，注意到了像莎士比亚、丁尼生①、爱伦·坡和德·昆西②这样的名字；还有以丁达尔③、普罗克特

① 丁尼生（Alfred Tennyson, 1809—1892），英国诗人。

② 德·昆西（Thomas De Quincey, 1785—1859），英国散文家，文学评论家。

③ 丁达尔（John Tyndall, 1820—1893），英国生理学家。

和达尔文为代表的科学著作;也有天文学和物理学的代表作。我还注意到了布尔芬奇[1]的《寓言时代》、萧的《英美文学史》和约翰逊[2]的两大卷本《自然史》。此外还有好多语法书,比如麦特卡伏的语法、瑞德和凯洛格合著的语法。我见到一本《纯正英语》时笑了起来。

我难以把这些书跟我眼中那人的表现统一起来。我怀疑他是否能读,但是在收拾床铺时又发现在毛毯之间落了一本剑桥版的布朗宁[3]诗集,那显然是他睡着时掉下来的,翻开处是《在阳台上》[4]。我还发现好些段落下面有铅笔画的道道。船一颠簸,我把书掉到了地上,书里飘出了一张纸,上面潦潦草草画满了几何图形,列着些数学计算草式。

显然,这个凶狠的人并不是个无知的傻瓜,尽管人们从他粗暴的表现必然会得出这样的结论。他立即变成了一个哑谜。要把他天性的两个方面分开理解是很容易的,但要合起来理解却叫人为难了。我曾经说过,他的语言很出色,尽管偶然也有小的瑕疵。当然,跟水手和猎手们对话时他的语言里也错误百出,可那是土话本身带来的,而在他跟我说的不多的话里那语言却清楚而且正确。

我所见到的他那另外一面一定是让我壮起了胆子,因为我决心告诉他我掉钱的事。

"我给偷了。"不久以后,我发现他独自在舵楼甲板上徘徊,便对他说。

"'先生'。"他纠正我,虽不粗暴,却也严厉。

---

① 托马斯·布尔芬奇(Thomas Bullfinch,1796—1867),美国作家。作品有《寓言时代》(1855)、《骑士时代》(1858)、《查里曼大帝时代》(1863)等。

② 约翰逊(Martin Elmer Johnson, 1884—1937),美国探险家,曾经深入非洲腹地,为美国纽约市自然史博物馆拍摄到非洲野生动物的丰富资料。值得注意的是,他是杰克·伦敦的朋友。

③ 罗伯特·布朗宁(Robert Browning,1812—1889),英国诗人。

④ 《在阳台上》:罗伯特·布朗宁的一部热情洋溢的爱情诗剧。

“我给偷了,先生。”我改正了。

“怎么偷的?”他问。

我告诉了他整个情况。我如何把衣服晾在厨房里,而我提起被偷时那厨工又如何几乎揍了我一顿。

我讲述时他微笑着。“顺手牵羊,”他下结论道,“伙夫顺手牵羊,可你不觉得你那不幸的生命值得那几个钱吗?而且,你最好把它当作一次教训。你会逐渐学会怎样照顾自己和自己的钱的。我估计到现在为止你的钱都是由你的律师或是代理人帮你照顾的。”

从他的话里我可以听出含蓄的嘲讽,可我还问他:“那我的钱怎么拿回来呢?”

“那可是你的事。你现在再也没有律师或业务代理人了,只能够靠自己。你到手了一块钱,就该捏得紧紧的。像你那样把钱乱放,掉了活该。而且你也犯了罪。你没有权利把诱惑放在你伙伴面前。你引诱了伙夫,他堕落了。你让他那永恒的灵魂遭到了危险。顺带说一句,你信不信永恒的灵魂?”

他提出这个问题时懒懒地抬起了眼皮。奥秘似乎向我开放了,我似乎在窥视着他的灵魂深处,可那是一种幻觉。因为看起来,从来没有人窥见过海狼拉尔森的灵魂深处,甚至连他的灵魂也没窥见过——对此我现在深信不疑。我后来才知道,他的灵魂非常寂寞,上面的面具尽管偶然也装作揭开了,其实从没有揭开过。

“我在你的眼睛里读到了永恒。”我回答,我没有使用“先生”,那是一种尝试,因为我觉得在跟他亲切地交谈,出不了问题。

他没有注意到。“你这话,据我理解是,你看见了一点东西在活跃,不过,它未必能永远存在。”

“我看见的还要多。”我大胆地说下去。

“那么你就是读到了意识,读到了生命的意识,觉得它活跃;可那仍然说明不了问题,永恒的生命是没有的。”

他的思维多么清晰,而他又多么正确地表述了他思维的内容！他不再好奇地打量我了,掉头瞥了一眼向风面窗外铅灰色的天空,眼里涌出了一种悲凉,嘴边的皱纹严厉粗野起来。他心里显然很悲观。

“那能达到什么目的?”他突然转过身子问,“就算我能够永恒吧——又怎么样?”

我迟疑了。我怎么去对这个人阐述我的理想主义呢？我能够用语言表达我所感到的那种东西吗？那东西像梦中的曲调,叫我信服,却无法表达。

“那么你相信什么呢?”我反问。

“我相信生命是一团混乱,”他立即回答,“像曲子,像酵母。它会活动,活动一会儿工夫,一小时、一年,或是一百年,最终总得停止。为了继续活动大酵母就吃小酵母,为了保持体力强酵母就吃弱酵母。幸运的酵母吃得最多,活动时间也最长,如此而已。从这样的东西你能够找出什么道理?”

在船的中部有些水手在弄着绳索之类,他对他们不耐烦地挥了挥手。

“这些人活动,酵母也活动。这些人活动,是为了吃,也为了继续活动,这就是你的答案。他们为肚子活着,肚子也为他们活着,一个循环,你得不到别的结论。他们也得不到别的结论。最后他们停止了,不活动了,死了。”

“他们有梦,”我插嘴道,“灿烂的、辉煌的梦……”

“梦见的是食物。”他像格言一样下了结论。

“还梦见……”

“食物。梦见更好的胃口和能够满足胃口的更大的幸运。”他的声音很粗鲁,却并不轻率。“因为,听着,他们梦见幸运的航行,赚更多的钱,梦见当大副,发现宝藏——总而言之是具有更优越的地位去掠夺他们的伙伴,整个晚上不干事,吃美味的食物,让别人干脏活。你和我跟他们一样,没有区别,只是我们吃得更多、更好。我现在就在吃他们,你也在吃。可是在过去,你比我吃得还要多。你睡柔软的床铺,穿漂亮的衣服,吃美味的食物。可那床是谁铺的?衣服是谁做的?饭是谁烧的?都不是你。你从来不流自己的汗做任何东西。你靠你爸爸赚的钱过日子,像一只军舰鸟扑向海鹅,把它们捉到的鱼抢走。你跟组成所谓政府的一群人是同伙。那些人是一切其他人的主人。你们把别人挣来给自己吃的食物吃掉;你们穿温暖的衣服,让他们穿破烂,冻得发抖,还得向你,向管理你的钱财的律师或业务代理人乞求工作。"

"可那已是题外话。"我叫道。

"完全不是。"此时他出语迅速,眼里神采奕奕。"这是猪一样的贪婪,而这就是生活。给猪一样的贪婪以永恒有什么用?有什么意思?目的何在?追求什么?你没有做过饭,可是你吃掉的或是浪费掉的就可能挽救几十个可怜人的生命。他们做了饭却吃不到嘴。你是在为什么永恒的目的服务?服务的说不定是他们吧?就拿你自己和我来说吧,你的生命跟我的生命碰撞之后,你所吹嘘的永恒还有什么意义?你想回到陆地上去,那地方对你的猪一样的贪婪有好处,可我却心血来潮把你留在了船上,我的猪一样的贪婪在船上吃得开。我还要把你留下。我既可以造就你,也可以毁灭你。你可能在今天、这个礼拜,或是下个月就死掉。我现在一拳头就可以揍死你,因为你是个可怜的弱者。如果我们是永恒的人,这种现象怎么解释?你和我这一辈子都猪一样地贪婪,这似乎不该是永恒的人干的吧?我再问一句,这一切又有什么意义?我为什么把你留下了?"

"因为你更厉害。"我大着胆子爆发了。

"我为什么更厉害?"他立即用他那无穷的问题问下去,"可不是因为我这块酵母比你大吗?你明白吗?明白吗?"

"我只明白我没有希望。"我辩解道。

“我同意。”他回答，“既然没有希望，那你干吗还活动？因为活动就是生活吗？如果没有了活动，不是酵母的一部分，也就无所谓没有希望了。可是——问题就在这里——我们虽然没有理由想活，想活动，却仍然活着而且活动着，因为想活而且要活动碰巧是生命的天性。要不是因为这个，生命就会死亡。使你梦想着永恒的正是你身子里的这个生命——因为你身子里的生命活着，而且想永远活下去。呸！永恒的贪婪罢了！”

他突然转过身子，向前走去，在舵楼甲板的缺口站住了，把我叫到了他身边。

“顺带问一句，伙夫从你那儿捞走了多少钱？”

“一百八十五块，先生。”我回答。

他点点头。过了一会儿我往升降口楼梯走去时，听见他在船的中部大声骂着什么人。

第六章

第二天早上暴风雨已经筋疲力尽,“幽灵号”在一个平静无风的海上轻松地点头前进,不过,偶然也有淡淡的风。海狼拉尔森还不断在舵楼甲板上巡游,眼睛还永远在东北方向搜索。浩荡的东北贸易风一定会从那个方向吹来。

人们全在甲板上,都在收拾着自己的小艇,做着本季节的捕猎准备。船上有七艘小艇:船长的印度式小艇和六艘猎手用的小艇。每艘小艇三个人,一个猎手、一个桨手和一个舵手组成一组。桨手和舵手在三桅船上都是船员,猎手一般可以指挥桨手和舵手,而全体人员都要服从海狼拉尔森的指挥。

这一切,加上别的,我都听说了。在旧金山和维多利亚各船队里,“幽灵号”被看作最快的三桅船。实际上它以前是艘私人游艇,原是为速度而建造的,它那线条和装备就已经能说明问题——尽管我对这类事一窍不通。昨天值第二个错班①时我和约翰逊小谈了一会儿,他把这船的事告诉了我。我们谈得很热情,带着对好船的热爱,像有些人热爱好马一样。他对前途感

① 错班:船上船员下午四至六点和六至八点轮值的短班,各两小时,分别叫作第一错班和第二错班,使轮流值班的人可以错开,不至于老在同一时间段上班。英语是 dogwatch,可以直译为“狗班”,其实是错班(dodgewatch)之误。其他各班都是每班四小时。

到非常难过。我从他那了解到海狼拉尔森在猎海豹船的船长中名声很臭。诱使约翰逊签名参加此次航行的是这只船本身,但他已开始后悔。

他告诉我,“幽灵号”是一艘八十吨的三桅船,船型极其精巧。它的横梁,也就是宽度,是二十三英尺,长度略大于九十英尺。铅质的龙骨重量没有人知道,但重得出奇,因此极其稳定。备用的船帆幅宽异常巨大。从甲板到主中桅木冠的距离为一百英尺挂零;而前桅和它的中桅要短八至十英尺。我之所以要叙述这些细节是为了让大家理解这个装载了二十二个人的浮动小世界。那是个极小的世界,一点微尘,一个小不点。人们竟然敢坐着这样一个脆弱的小装置到海上去冒险,这使我感到惊讶。

海狼拉尔森还以铤而走险地处置船帆闻名。我曾无意听见亨德森和一个加州猎手斯坦第什谈起此事。两年前他在白令海遇见飓风,竟把几根桅杆全砍掉了。目前的船桅都是后来新装的,各个方面都更可靠、更结实。据说他在安装时曾说,他情愿把船拱手交出也不肯丢掉桅杆。

除了因受到提拔而喜出望外的约翰森,似乎每个人上船都有特殊原因。前船的人有一半是远洋水手,他们的解释是不知道这艘船和它的船长的底细,而知道底细的人则悄悄传说猎手们尽管枪法极好,却都以喜欢吵架和流氓习气而臭名远扬,因此正派点的三桅船都不肯要他们。

我跟另一个水手交上了朋友,他的名字叫路易,是诺伐斯科提亚①的爱尔兰裔人。他胖乎乎的身子,满脸快活样,很喜欢交际,只要有人听他的,他就愿意说下去。下午,伙夫睡觉去了,我在削着永远削不完的土豆,路易就进厨房来“唠嗑”。他解释为何上船是签字时喝醉了。他向我一再保证他如果清醒着是做梦也不肯干的。他好像每年到了季节都固定要上船打海豹,已经十二年了,被看作是两个船队里最佳的两三个舵手之一。

---

① 诺伐斯科提亚:加拿大东南部省名,原意是新苏格兰。

"啊，我的小伙子，"他对我不吉利地摇摇头，"这可是人们能选择到的最糟糕的三桅船了。你不像我，我是喝醉了。打海豹是水手的天堂——可不是在这艘船上。大副是头一个死掉的，但是，注意我的话，在这一趟航行结束之前，还会有人死掉的。嘘，这话就我们俩知道——还有那根柱子知道：这个海狼拉尔森是个十足的魔鬼。'幽灵号'会成为地狱船的，自从这船归了他就一直这样。我难道不知道？难道不知道？我难道不记得这个人？两年前在日本函馆他干了一仗，杀掉了他四个部下。我那时不就在'爱玛号'班船上吗？离他还不到三百英尺呢。同一年他还一拳打死过一个人。真的，打死了，脑袋准是像蛋壳一样敲碎了。吴岛市长、警察局长，几位日本先生不是来了吗？不是到船上做他的客人了吗？带了夫人——漂亮的小宝贝，像扇子上画的一样。他出发时几个钟情的丈夫可不是像偶然事故一样被扔在了船后他们的舢板上吗？那几位可怜的小太太不是一个礼拜以后才在岛那边上岸的吗？没有人接，只好走路回去，翻山哪，脚上穿的那小巧精致的草鞋，走不了一英里地就散掉了。难道我不知道？这位海狼拉尔森就是那个野兽——《启示录》里所说的大兽①。他不会有好结果的。可是记住，我对你什么都没有讲过，一句悄悄话也没有讲过。哪怕最后一个妈妈的儿子都喂了鱼，我胖子路易也不打算死在这次航行里。"

"海狼拉尔森！"过了一会儿，他鼻子哼了哼，"你听这个名字，听听！狼——他就是头狼！他跟有些人不一样，那些人是黑心，他是没有心。狼，就是狼，他就是那么个东西！你觉得他这名字取得好吗？"

"可是，既然他名声那么难听，"我问道，"又怎么能够找到人到他船上干活呢？"

---

① 大兽：这兽从海里来，有十角七头，形状像豹，口像狮子，说亵渎的话。见《圣经·启示录》第13章。

“在上帝的陆地和海洋上你是怎么找到人干活的?”路易带着苏格兰人的火气问,“我要不是醉得像头猪,签了字,你会在这船上遇见我吗？有些人好人是不会用的,比如那些猎手;还有些人什么都不知道,比如前舱那些口无遮拦的可怜鬼,可是他们会明白过来的,会的,会后悔自己生到了人世的。我要是能够忘掉可怜的老路易和他自己要受的罪,也真恨不得为那些可怜虫哭一鼻子呢。我这话不是悄悄话,不是的。”

“那些猎手都很坏。”他又说了起来,因为他有一种气质上的毛病——话多,“你就等着瞧他们玩花头,闹个天翻地覆吧,可那家伙能够收拾他们,能够让他们那些又黑又烂的心肠害怕上帝。就看我那个猎手霍纳吧,他们叫他骑手霍纳,真是又文静又随和,细声细气,像个丫头片子。你还以为牛油含在他嘴里都不会化呢,可去年他不是杀死了他的舵手吗？说是什么悲惨的意外,可我在横滨就遇见了跟他同艇的桨手,他告诉了我真相。还有那个黑小鬼‘黑崽’,因为在俄国的保留地铜岛偷猎,不是叫俄国人送到西伯利亚的盐矿过了三年吗？戴上脚镣手铐,跟伙伴们在一起。不是还吵过架,闯过大祸吗？‘黑崽’还把他杀的人用桶带到了矿顶呢。一回带一块,今天是腿,明天是胳臂,后天是脑袋,就那样。”

“你这不会是真话吧!”我吓坏了,叫了起来。

“什么意思?”他立即像闪电一样反问,“我什么都没有说。我又聋又瞎,为了你妈妈的缘故,你也得又聋又瞎。我除了说他们的好话从来就没有提起过他们和他。上帝诅咒他的灵魂,让那灵魂在炼狱腐烂一千年,然后打到最深最深的地狱里去!”

我刚上船时摩擦破了我身子的那个约翰逊似乎是前舱和后舱说话最直率的人。实际上他从来就不含糊,谁见了他都会感到他的直率和丈夫气。那气质给他的朴实一冲淡,常被误认为胆小,可他并不胆小,他似乎敢于坚持自己的信念,肯定自己的男子汉身份。正是这个使他在我初认识他时就反对人家叫他约恩森。路易对他的性格和人品做了判断和预言:“在前舱的同事中方脑袋[1]约翰逊是个好人,”他说,“是水手舱里最好的水手,我的桨手,但是只要火花一爆,他就会跟海狼拉尔森干起来的。这只有我知道,我看得见,像看天上酝酿风暴和出现风暴一样。我曾经跟他像哥儿们一样谈过心,可是他瞧不起隐瞒自己的观点,瞧不起发假信号。有事看不惯他就要嘟哝,总会有耳报神传到海狼耳朵里去的。海狼是很厉害的,而狼又不喜欢别人比他厉害。他会看出约翰逊的厉害的,约翰逊不会屈服,不会挨了骂挨了揍还说‘是,先生’。啊,会出事的,会的。到时候我到哪儿去找桨手只有上帝知道!老头子叫他‘约恩森’,那傻瓜怎么说?‘我的名字叫约翰逊,先生。’他说,然后就一个字母一个字母拼给他听。可惜你没有看见那老头的脸!我以为他当场就会跟他下不去呢,他没有,不过他总有一天会,会叫那方脑袋受不了,要不然就算我少了见识,不懂得海船上人的作风。”

托马斯·玛格瑞季越来越叫人吃不消了。他硬要我每次说话都叫他先生。理由之一是海狼拉尔森好像很喜欢他。我觉得船长跟厨工成了哥儿们是前所未有的怪事,可海狼拉尔森真那么做了。有两三回他还把脑袋伸进厨房,跟玛格瑞季和和气气地开几句玩笑;有一回还在舵楼甲板缺口跟他足足谈了十五分钟。谈完话玛格瑞季回到厨房可是油腻得发亮了,干活时还哼起了叫卖小调,用的是假嗓,很走调,折磨我的神经。

“我总能跟长官处得好,”他用推心置腹的调子对我说,“我知道怎么做才能招人喜欢,我知道。我上回那个船长——我可不在乎下到舱里去跟他闲谈几句,喝上一杯友谊酒。‘玛格瑞季,’他对我说,‘玛格瑞季,’他说,‘你搞错行道了。’‘搞错什么了?’我说。‘你天生应该是个绅士,吃饭不用干活的。’他要是没有说这话,骆驼,让我天打雷劈。那时我可是坐在他那舱

---

① 方脑袋:美国海上人俚语里对北欧人的贱称。

房里，快快活活、舒舒服服抽着他的雪茄，喝着他的甜酒的。”

这种啰嗦烦得我快要发疯了。我还从来没有听见过那么叫我厌恶的声音。他那讨好的调子，油滑的微笑，还有那份骄狂得意的德行，全都折磨着我的神经，有时气得我全身发抖。他绝对是我平生所遇见过的最讨厌、最肉麻的人。他那烹饪之肮脏难以形容。因为他做着全船人的吃食，我只好非常小心地挑选，在他最不脏的东西里挑着吃。

我的手不习惯于工作，给了我很多麻烦。指甲变了色，黑了。皮肤的纹理渗进了脏污，用刷子也刷不下来，还打出了水泡，很痛，一个接一个，没有完。我的前臂烫了好大一块伤，是我因为船的晃动而失去平衡时倒在厨房的炉子上烫的，膝盖也没有起色。肿没有消，骨头还翘着，从早到晚地跛着走是不会有利于痊愈的。如果这伤还能好的话，我需要的其实是休息。

休息！我以前从来不知道这词的含义。我休息了一辈子还不知道什么叫休息，可是现在，我要是能够坐个半小时不动，什么事都不做，甚至什么都不想，那就是世界上最快乐的事了。不过从另一方面看来，这也是一种启发，以后我就会更加理解劳动人民的生活了。我连做梦也没有想到过干活儿会有那么可怕。从早上五点半起直到晚上十点我都是全船人的奴隶，没有丝毫自己的时间。只有在第二个错班快结束时能够偷点工夫休息一分钟，看看闪耀在外面阳光里的海，看看水手爬上纵帆上缘的斜桁，或是放出第一斜桅的帆绳，可这时我又一定会听见那可恨的声音：“嗨，你，骆驼，别磨蹭了。我这眼睛还盯着你呢。”

“下等舱”里有过使气斗殴的迹象，据传是“黑崽”跟亨德森干过一仗。亨德森似乎是最好的猎手，动作缓慢，不容易激怒，可这回他准是叫激怒了，因为“黑崽”下来吃晚饭时一只眼睛伤了，变了颜色，样子特别凶。

晚饭以前出了一件残忍的事，反映了这些人的麻木和残忍。水手里有一个新手，名叫哈里森，是个长相笨拙的乡下小伙子。我猜想是受到冒险精神鼓舞来做第一次海上航行的。三桅船行走不顺风，老是东弯西拐，船帆东一偏西一倒。要打发一个人上去把纵帆上的前斜桁扳正。哈里森上去之后，横帆索却不知为什么在它所穿过的斜桁滑车尾上夹住了。要把它拉出来据我看有两个办法。一个是放下前帆，那比较容易，也没有危险；一个是从斜桁尖头的升降索出去，爬到斜桁顶上，那危险可就大了。

约翰森向哈里森叫喊，要他从那升降索爬出去。大家都清楚那小伙子是害怕了。要在甲板上空八十英尺的地方把自己交给几根乱抖的细绳，他也有理由害怕。风若是稳定，倒也不会太坏，但是“幽灵号”却是在茫茫大海上颠簸的一艘空船，每颠簸一次那帆就拍打一次，嘭嘭地响一次，升降索也随之放松或抽紧。那绳索大有可能把人抽下来，像鞭子抽苍蝇一样。

哈里森听见了命令，也明白对他的要求，但是他犹豫了。那八成是他生平第一次爬高。从海狼拉尔森那里传染了霸道作风的约翰森爆发出了一连串咒骂和脏话。

“行了，约翰森，”海狼拉尔森也粗暴地说，“我得让你知道，在这条船上骂人是我的事，需要你帮忙我会找你的。”

“是，先生。”大副乖乖地认错。

这时哈里森已经开始从升降索往外爬。我在厨房门口抬头望着他，我能看见他四肢颤抖，好像发了疟疾。他前进得非常缓慢、小心，每次只前进一英寸。在天空皎洁的蓝色映衬之下，他像是一只大蜘蛛，沿着它蛛网的花饰窗格爬着。

因为前帆翘得很高，爬时要略微上斜。升降索穿过了斜桁和船桅的几道滑车，给了他的手和脚好几处附着的地方，可问题是风吹得不够有力，也不稳定，不能吹饱船帆。他刚爬出去一半，“幽灵号”迎风前进了一段又回头落进了两道海流之间的水涡里。哈里森停止了前进，抓牢了。我在八十英尺下也能看见他的肌肉因为性命攸关而抓紧，紧张得痛苦。帆里空了，斜桁往船中部摇摆过来，升降索松弛了。虽然发生在转瞬之间，我却能看见那绳索在他的体重之下塌了下去，斜桁随即往旁边猛然急晃，大帆像放炮一样砰的一声，三排帆的折叠尖都扫在帆上，叭叭地响了起来，像打排枪。哈里森在天空令人晕眩地向前爬，突然停住了，立即，升降索绷紧了，一鞭抽来，打掉了他的手。一只手甩掉了，另一只手死命抓紧了一会儿，也松了，身子甩了出去，往下直掉，可是他设法用脚保住了自己，头朝下挂在了那儿。他立即一使劲，双手重新拽紧了绳索，但是花了很长时间才恢复到原来的位置。他在那儿挂住了，一个可怜的东西。

“我可以打赌他是吃不下晚饭了，”我听见海狼拉尔森的声音绕过厨房角落传来，“别站在下面，你，约翰森！小心！会出事的。”

实际上哈里森非常难受，像晕了船一样；他在那岌岌可危的地方附着了很久，没有前进的打算，可约翰森仍然凶狠地催促他前进，去完成任务。

“真丢脸！”我听见约翰逊在用缓慢得痛苦却正确的英语嘟哝。他站在主索具边，离我只有几英尺。“那孩子是愿意干的，如果有机会能够学会。可这却是……”他停顿了一会儿，因为他最后的判断是“虐杀”。

“小声点，你！”路易对他悄悄地说，“为了对你的妈妈的爱，住嘴。”

但是观看着的约翰森还在继续嚷嚷。

“听我讲，”猎手斯坦第什对海狼拉尔森说，“他是我的桨手，我可不愿意失去他。”

“说得很对，斯坦第什，”他这样回答，“他到了你的艇上就是你的桨手，可他在我的船上却是我的水手。我愿意他妈的拿他怎么办就怎么办。”

“可你并没有理由……”斯坦第什雄辩地说了起来。

“行了，说得好极了，”海狼拉尔森回嘴道，“道理我已经跟你说明白了。你就到此为止吧。人是我的，我要是乐意，可以拿他做碗汤喝下去。”

猎手眼里闪出愤怒的光，却转身进了“下等舱”升降口，待在那儿望着上面。这时所有的人都已经上了甲板,眼睛都望着上面。那里有一个人的生命在抗拒着死亡。工业的组织把人的生命交给了这些人控制,而他们却那么麻木不仁,这真叫人毛骨悚然。我一向生活在世界的旋涡之外,做梦也没有想到干活会是像这样。生命似乎一向是特别神圣的东西,可是在这儿却一文不值,在商业算术里它只是个零。不过我得说明,水手们自己是同情的,约翰逊就是个例子,但是老板们(猎手们和船长)却冷淡得没有心肝。即使是斯坦第什的抗议也不过是因为他不愿意失去桨手。如果是别人的桨手他也会跟其他人一样只会觉得好玩的。

还是回到哈里森来吧。约翰森对那可怜的倒运汉足足侮辱咒骂了十分钟,才逼得他继续前进了。一会儿以后他爬到了斜桁尽头,跨上了斜桁,有了机会抓得更稳了。他理顺了帆脚索,可以沿着略微下斜的升降索自由回到船桅来了,可是他已经失去了勇气。尽管他目前的位置并不安全,他却不舍得离开它往升降索更危险的地方爬。

他望着他必须穿越的空中的路,又往下看了看甲板,眼睛瞪大了,猛烈地颤抖起来。我从来没有见过恐惧像这样强烈地印在了人的脸上。约翰森催他下来,却没有用。他任何时候都可能被从斜桁上抽下来,可他已经吓得六神无主。海狼拉尔森跟"黑崽"一起走来走去谈着话,已经不再注意他,尽管他也对舵轮边的人叫过一次:

"你偏离航道了,你这个家伙,小心点,否则你会出麻烦的。"

"是,是,先生。"舵手往下打了两把,回答。

舵手故意让那船偏离了航道几点①,是想让现有的一点风张满前帆,使它稳定。他是冒着惹得海狼拉尔森发怒的危险去帮助不幸的哈里森的。

时间过去,那悬念对我很可怕,对托马斯·玛格瑞季却觉得是很好玩的

① 点:罗盘的方位,等于11.25度。

事。他不断从厨房门口伸出头去说些俏皮话。我真恨死了他！在那个可怕的时刻我对他的仇恨越来越深，简直成了旋风！我平生第一次有了要杀人的感觉——用某些形象鲜明的作家的话说是如公牛“看见了红色”。一般说来生命仍可能是神圣的，但是托马斯·玛格瑞季这个特殊的生命确实已经变得非常亵渎。在我意识到我也“看见了红色”时我吓了一跳，一个思想闪过我的心里：我是否也染上了周围的暴戾之气呢？我一向是不承认杀头有理的，即使是对犯下滔天大罪的人也如此。

足足半小时过去了，我看见约翰逊和路易几乎在吵架。结果是约翰逊甩开了路易胳臂的阻拦，向前闯去。他穿过甲板，跳进前桅索具里，开始往上爬，但是海狼拉尔森的敏锐的眼睛却看见了他。

“喂，你，你要到哪儿去？”他叫道。

约翰逊没有再爬，望着他的船长缓缓地回答道：

“我去把那孩子弄下来。”

“马上给我从索具里出来，赶快！听见没有？下来！”

约翰逊犹豫了，但是多年来对老板的顺从征服了他，他闷闷不乐地下到甲板上，向前走去。

下午五点半我下去摆餐桌时几乎不知道自己在做什么，因为我眼睛里脑子里都装满了一个人的幻影，苍白着脸，颤抖着，像甲虫一样可笑地附着在抽打着的斜桁上。六点钟上晚餐了，我上甲板到厨房去取食物，看见哈里森还爬在那里。餐桌上谈的是其他的事。似乎没有人关心那遭到荒唐危险的生命。再晚些时候我特意上甲板去了一趟，却高兴地看见哈里森已经在歪歪倒倒有气没力地离开索具往水手舱舱盖走去。他终于鼓足了勇气爬了下来。

在结束这次事件以前我还得记叙一段我跟海狼拉尔森在船舱里的谈话。那时我在洗着盘子。

“你今天下午有点大惊小怪的，”他提起话头，“是怎么回事？”

我明白他知道使我跟哈里森差不多同样难受的原因，他是在启发我。我回答道：“那是因为对那孩子的粗暴对待。”

他短短一笑：“像晕船一样，我看是。有人晕船，有人就不晕。”

“不是。”我说。

“正是，”他说下去，“世界充满暴力就跟海洋充满运动一样。有人一到海上就恶心，有人一见暴力就恶心。那就是唯一的理由。”

“可是你，你拿人的生命开玩笑，你就不觉得生命有价值吗，不管多少？”我问。

“价值？什么价值？”他望着我，虽然目光稳定，一动不动，里面却似乎有着嘲讽的笑。“什么样的价值？怎么衡量？谁来衡量？”

“我来衡量。”我回答。

“那么，生命对你是什么价值？我是说别人的生命。说吧，它的价值是多少？”

生命的价值？我怎么能够给生命定一个可以看见的价值呢？我一向善于表达，可是在海狼拉尔森面前却张口结舌了。那以后我认定此事一部分是因为他的性格，但更大的部分却是因为他完全不同的观点。他跟我遇见过的其他唯物主义者不同，我跟后者可以从共通的地方开始，可我跟他没有共通之处，而且，他那心灵的天然的单纯也叫我困惑。他那么直截了当地深入到事物的核心，剥掉一切多余的细节，带着那么一种不容置疑的神气，使我觉得脚下没有底，仿佛在深水里挣扎。生命的价值？我怎么可能当场回答这个问题？我把生命的神圣当作理所当然的事，从来没有怀疑过生命的内在价值是公认的真理，等到他对那公认的真理提出挑战时，我就无言以对了。

“昨天我们就在谈这个问题，”他说，“我认为生命是一种酵母。一种发酵的东西。它为了生活就吞噬生命,而生活只是猪一样的贪婪所取得的成功。为什么?如果说供求之间应该有关系的话,那么生命就是世界上最廉价的东西了。世界上只有那么多水,那么多土壤,那么多空气,而要求出生的生命却无穷无尽。大自然是个败家子。你看看鱼和它数以百万计的卵吧。就这个问题而言,也不妨看看你和我。在我们的腰眼里就存在着产生数百万的生命的可能性。我们要是能够有时间和机会利用我们身上每一个没有诞生的生命,直到最后的一个,我们就可能成为好多个国家的父亲,使好多个大陆都挤满了人。生命?呸!生命是没有价值的东西,在廉价的东西里它是最廉价的。生命在到处乞讨。大自然在大把大把地抛撒着生命。在只容得下一条生命的地方她播下了一千条生命。生命吞噬着生命,直到最强的和最贪婪的存活下来。"

"你读过达尔文,"我说,"可是你下结论说生存斗争批准了你恣意屠杀生命时你是误解了他。"

他耸了耸肩头。"你知道,你的说法只是对人的生命而言,因为你破坏的兽、禽、鱼的生命跟我和任何人一样多,可是人的生命和其他生命也没有什么不同,尽管你觉得不同,而且以为在思考着为什么不同。对这种俯拾即是的、没有价值的生命我为什么要吝惜?世界上的水手超过了海上船只的容纳量,工人超过了工厂和机器的需要量。你们住在陆地上的人知道,你们让你们的穷人住在城市的贫民窟里,把饥馑和瘟疫放到他们身上,还剩下了很多穷人不知道怎么处理,而他们却因为少了一块面包皮或是一片肉(那也是毁灭了的生命)而死去。你见过伦敦码头工人因为争抢工作机会而像野兽一样斗殴吗?"

他往升降口扶梯走去,又转过身来说出最后一句话:"你知道吗?生命的唯一价值是它自己定的,当然就估价过高,因为必然有偏见,会有利于自己。就拿我叫他上去的那个人为例吧。他抓住不放,仿佛自己是个宝贝,比钻石、红宝石还贵重。可对你呢，他并不宝贵；对我呢，根本不宝贵；而对他自己呢，就宝贵了。可是我并不接受他的估价。他可悲地高估了自己。还有很多的生命要求出生。如果他摔了下来，脑浆像蜂蜜从蜂房里摔出来一样流到甲板上，那对世界也不是什么损失。他对世界毫无价值。供应量太大。他只对他自己有价值。他死去之后自己也意识不到什么损失，这就说明这种价值有多么虚幻。只有他自己把自己看得比钻石和红宝石还贵重。钻石和红宝石没有了，溅满了甲板，要用一桶海水洗去，而他自己却甚至不知道钻石和红宝石没有了。他并没有损失什么东西，因为他失去了自己也就不知道有损失。明白吗？你还有什么话可说？”

“我说，你至少还能够言之成理。”我所能说的就是如此。我又继续洗起了盘子。

第七章

经过三天变化不定的风，我们终于进入了东北贸易风。我得到了一晚充分的休息。尽管膝盖还疼，我也上了甲板。我看见“幽灵号”浪花飞溅地前进着。除了船首三角帆，其他的帆全升了起来，两侧的翼帆也张开了，承受着船后送来的强劲的风。啊，浩瀚的贸易风的奇迹！我们整天地航行着，整夜地航行着，第二天，第三天，一天又一天地航行着。风总在船尾稳定而有力地吹着。三桅船在自动地前进，不用降帆脚索，不用升帆脚索，不必使用复式滑车，不必改变中帆，除了掌舵水手们什么事都不用做。晚上太阳下去，风帆松弛了；早上露汽蒸发，风帆又绷紧了——此外就没有了。

我们的速度在十海里、十二海里、十一海里之间变化。美好的风总从东北刮来，吹着我们在航道上前进，两个黎明之间航行二百五十英里。我们这种把旧金山扔在背后，乘风破浪向赤道前进的步伐叫我难过，也叫我高兴。天气一天比一天明显地热了，水手们在第二错班结束时来到甲板上脱光了衣服，从海里提了水彼此泼着。飞鱼开始出现了。晚上值上层班的人在甲板上乱跑，追逐落到船上来的飞鱼。到了早上，托马斯·玛格瑞季得了好处，厨房里就发出了煎飞鱼的愉快的香味。约翰逊要是在第一斜桅尽头抓住了色彩多变的美人鱼①，前舱后舱就都有海豚肉吃了。

约翰逊空闲的时候似乎总在第一斜桅或在桅顶的横桁上度过，观看着“幽灵号”乘风扬帆，破浪前进。他眼里有着激情和崇拜，有时似乎出了神，狂欢地望着饱满的风帆和泡沫飞溅的尾浪，望着“幽灵号”起伏奔进，翻越着那跟我们一起庄严流动的海壑水山。

日日夜夜“全都是奇迹和疯狂的欢乐”，我虽然没有多少时间离开我那沉闷的工作，也一再偷闲去看那亘古长流的壮观景象。我一再凝神观望，做梦也没有想到世间还有这样的美景。天空是一尘不染的深蓝，蓝得就像大海本身，船头前的海水呈现出蓝绸的颜色和光泽。四周是灰色的地平线，羊毛样的白云从不变化，从不推移，仿佛给全无瑕疵的绿松石色的天空配了一个纯银的框架。

我没有忘记有一天晚上，我早该睡了，却靠在前甲板下的水手舱前，凝视着“幽灵号”的船头掀开的幽幽飞溅的水花。水声像宁静小谷里的汩汩流泉泻过苔痕斑驳的岩石。它那低吟的乐曲使我飘然远引，忘记了自己。我再也不是舱房小厮骆驼，再也不是在书本里做了三十五年梦的范·魏登了，但是我背后的一个声音却惊醒了我。不会错，是海狼拉尔森的声音，带着那人的不可战胜的坚毅，因欣赏他所讴吟的诗句而沉醉：

“啊，灿烂的热带之夜，尾浪是一道光的鞭痕，
驯服了燠热的天空。
稳健的船头隆隆驶过撒满繁星的水面，
被震动的鲸鱼在霞光里摆动尾巴；
船的铁甲带上了太阳的疤痕，亲爱的姑娘，

① 指海豚，它跟人一样是哺乳动物，上岸后可以变化色彩。

她的帆绳绷紧了，因为夜露；
我们隆隆前进，沿着古老的路，自己的路，世外的路；
沿着漫长的路，万古常新的路，我们顺流南下。”

“喂，骆驼？感受如何？”他按吟咏和背景的要求停顿了一下，问道。

我望着他的脸。他容光焕发，就像大海本身。眼里反射着星星的光。

“我至少感到非常惊讶，你居然会有热情。”我冷冷地回答。

“怎么，老弟。这是生活，是生命！”他叫道。

“是廉价的东西，一文不值！”我拿他的话扔了回去。

他哈哈大笑。那是我第一次在他的声音里听见发自内心的快活。

“啊，我无法让你理解我这生活是什么样的，无法把它塞进你的脑袋。生命当然一文不值，但除了对它自己。我能够告诉你我刚才的生活相当有价值——对我自己而言。那价值是无法衡量的——你会承认那是可怕的过甚其辞，可我却只能够那样衡量，因为衡量它的是我内在的生命。”

他似乎等着表达自己内心思想的话语，最后又说了下去：“你知道吗？有一种奇怪的升腾感充满了我；我好像觉得所有的时代都在心里回响，所有的权利都属于我。我知道真理，能够区别善恶，分辨是非。我的幻觉清晰而遥远。我几乎可以相信上帝。但是，”他的声音变了，脸上的光彩收敛了，“我发现我自己处于什么环境？这种生命的高扬是什么？我可以叫作灵感的东西是什么？那是人在消化良好时出现的东西。那时候他的肠胃正常，口味良好，诸事如意。那是支使你去生活的一种贿赂，是血液里的香槟，是酵母酝酿出的泡沫——那东西使有些人产生神圣的思想，使有些人看见上帝或在看不见上帝时创造出上帝，如此而已。它是生命的迷醉，是酵母的震动和爬行，是它意识到自己活着而疯狂，而冒出的泡沫。呸！明天我就会为它付出代价的，像醉汉付出代价一样。我知道我一定会死去，很可能就死在海里,自己停止爬动,让海里的寄生虫爬满我一身,吃掉我,让我成为骷髅,把我的肌肉的全部力量和运动都交出去,让它成为鱼鳍、鳞和内脏的力量和运动。呸！呸！香槟已经走了气。气泡和闪光都没有了,索然寡味了。”

他走掉了,像来时一样突然,像老虎一样矫健轻捷地跳到了甲板上。“幽灵号”劈波前进。我注意到船前的汩汩声很像打鼾。我谛听时海狼拉尔森从崇高的升腾堕入绝望的急速变化的影响慢慢离开了我。这时船腰上一个远洋水手用浑厚的男高音唱起了《贸易风之歌》:

“啊,我是水手们喜爱的海风——
我稳定,浩瀚,而且真诚;
他们凭流云寻找我的踪迹,
在热带这深窈的蓝天之中。
白天黑夜我都追随着小舟,
如猎犬般紧紧跟在她身后,
正午时我最遒劲,即使明月当头,
也为她绷紧船帆,灌足气流。”

第八章

海狼拉尔森那怪诞的情绪和行为有时使我觉得他疯了，至少有一半是疯了。有时我又觉得他是个伟大的人，一个没有成功的天才。最后我相信他是个地地道道的野蛮人，出生迟了一千年，或一千代，在这个达到文明高潮的世纪里是个时代的错误。他肯定是属于最露骨的类型的个人主义者，不但如此，而且非常孤独。他跟船上其他的人没有共同的感情。他那极其旺盛的精力和心力把他与别的人孤立了开来。在他面前他们都像是些娃娃，连猎手们都如此。他把他们都当娃娃看待，他勉强降低水平跟他们玩，像跟小狗玩一样。要不然就伸出他那活体解剖学家的残酷的手在他们的心灵历程里去探索，检查他们的灵魂，好像要看出那是用什么材料做的。

我曾经数十次看见他在餐桌上侮辱一个一个的猎手，目光冷冷地平视着，带着某种好玩的神气，思考着他们的动作、回答，或恚怒。那种好奇的样子几乎使我觉得好笑——我站在那儿冷眼旁观着，心中有数。至于他发脾气，我倒并不相信是真的。他有时是为了做实验，但主要是一种习惯的姿态，或自认为适合于跟他们交往的姿态。我觉得我并没有见他真正生过气——对那死去的大副可能是个例外；也不真希望看见他生气，他真生了气是会使出全身力气的。

关于他的奇思怪想，我要谈谈托马斯·玛格瑞季的舱房遭遇，用以结束一个已经提起一两次的故事。那一天十二点钟的午餐结束，我收拾完了舱房，海狼拉尔森和托马斯·玛格瑞季一起下楼来了。厨工虽然有个洞窟一样的小间通向舱房，却不敢在舱房里逗留或叫人看见，可他每天总要在这儿匆匆来去一两次，像个胆怯的幽灵。

“那么说，你会玩‘拿破’①了？”海狼拉尔森快活地说，“你是个英国人，我早该估计到会玩的。我自己就是在英国船上学会的。”

托马斯·玛格瑞季喜出望外，他是个多嘴的白痴，因为巴结上了船长不觉心花怒放，摆起了小小的派头，做出了尊贵人家出身的优雅神气。如果不是叫人觉得滑稽的话，真叫人作呕。他根本不把我的存在放在眼里——不过我也可以相信他对我是视而不见。他那双灰色的迷糊的眼睛就像夏季懒洋洋的大海，他究竟产生了什么幸福幻觉已超出了我的想象。

“拿牌，骆驼。”两人在桌边坐下，海狼拉尔森命令道，“到我的寝室把我的雪茄和威士忌拿来。”

我取了东西回来，正好听见那伦敦佬在露骨地暗示他的身世里有一种秘密：他可能是个绅士的少爷，误入了歧途什么的，而他又是个收受汇款，回不了英格兰的人。“汇给的钱很多，先生。”他这样说，“给了很多钱，要我走得远远的，远远的。”

我已经拿来了常用的酒杯，但是海狼拉尔森皱起了眉头，摇了摇头，对我比了个样子，要我拿大杯。他用没有掺水的威士忌把酒杯斟到三分之二——“绅士的饮料。”托马斯·玛格瑞季说，双方为光辉的“拿破”牌赛碰杯，然后点燃雪茄，开始洗牌，发牌。

两人赌起钱来。赌注越下越大；喝着威士忌——不掺水的威士忌。我

---

① “拿破仑”的简称。“拿破仑”是一种扑克牌赌博游戏，撤掉7以下的牌（除A外），只打二十八张。两人、三人、四人都可以打。

又去取了威士忌来。我不知道拉尔森是否作假——他是完全可能作假的，总之他不断地赢。伙夫多次回到他的床位去取钱，一次比一次张扬，但是每一回只拿几块钱。他伤感了，满不在乎了，手上的牌都看不大清楚了，连坐也坐不端正了。在他再次回到床位去取钱时，还用油腻腻的手摸着海狼拉尔森的纽扣眼，失神地反复说："我有钱，我有钱。我告诉你，我是个绅士的少爷。"

海狼拉尔森并不喜欢喝酒，但是他一杯又一杯地喝着。要说有差别的话，就是他斟得更满，喝了纹丝不动，甚至对对方的怪动作也不觉得滑稽。

最后，厨工一面大声申明着输得起钱，像个绅士的少爷，一面把他最后的赌注押了上去，又输掉了，于是他把头埋在双臂上哭了起来。海狼拉尔森好奇地望着他，好像还想探测、解剖他的精神，却随即改变了主意，似乎觉得结论已经有了，不值得再去探测了。

"骆驼，"他故作礼貌地说，"请你抓着玛格瑞季先生的手臂扶他上甲板去。他不舒服了。"

"叫约翰逊泼他几桶盐水。"他加上一句悄悄话，只是说给我的耳朵听的。

我向几个嘻嘻笑着的水手交代了意图，便把玛格瑞季先生交给了他们——他还在糊里糊涂地唧咕说他是位绅士的少爷，但是到我下楼梯去收拾桌子时已听见他在尖叫，第一桶水已泼到了他身上。

海狼拉尔森在数着赢来的钱。

"整整一百八十五元，"他大声说，"正如我估计的一样。这个叫花子上船时一个子儿也没有。"

"那你赢的就是我的钱，先生。"我大胆地说。

他回敬了我一个挖苦的微笑。"骆驼，我也读过一点语法，我觉得你把时态搞混了。你应该说'过去是'，不应该说'就是'。"

“这不是个语法问题,而是个伦理问题。”我回答。

他过了大约一分钟才开口。

“你知道不,骆驼?”他带着一种说不清的悲哀调子郑重而缓慢地说,“这是我第一次从别人嘴里听见‘伦理’这个词。这船上只有你和我懂得它的意思。”

“在我的生活里有一段时间,”他又停了一会儿才说下去,“我曾经梦想跟使用这样词语的人交谈,想把自己从我所出生的环境里拯救出来,想跟谈着伦理之类问题的人交往,而这是我第一次听见别人读出这个词——不过,这已是题外话,因为你错了。这不是语法问题,也不是伦理问题,而是事实问题。”

“我理解,”我说,“事实就是:钱在你手上。”

他的脸闪出了光彩,似乎为我的颖悟而高兴。

“不过,你这是回避了真正的问题,”我说下去,“这是个是非的问题。”

“啊,”他撇了撇嘴,说,“我看你还在相信是非问题。”

“你难道不信?——一点也不信?”我问。

“一点也不信。强权就是公理,软弱就是错误,说穿了就那么回事,不过,这只是一种非常蹩脚的说法,表明强是好事,弱是坏事——或者不如说:强因为得利而快乐;弱因受损失而痛苦。刚才我得到了钱,这是快乐的事。得到钱是好事。我得到了钱,如果我把它给你,放弃占有它的快乐,就是对不起自己和生命。”

“可是你占有了钱就是对不起我。”我反驳。

“一点也不。人是不可能对不起人的,只能够对不起自己。在我看来,我一考虑别人的利益就永远在犯错误。你没有看见吗?两块酵母都力图要吞食对方,有谁对不起谁?力图吞食和力图不被吞食是它们内在的遗传。脱离了这一点它们就犯罪。”

“那么你是不相信利他主义啰?”我问。

他听见这个词语时,有似曾相识的样子,虽然还沉吟了一会儿。“让我想想。这话含有合作的意思,是吧?”

“是的,在某种意义上跟合作有关。”我回答,我并不意外,我已看出了他的词汇里缺少这个词。他的词汇像他的知识一样,是靠自我阅读、自我教育获得的,没有得到过谁的点拨。他想得很多,谈得很少,或者就没有谈过。“利他主义的行为是一种为了别人的利益而采取的行为,不是自私的;跟为了自己而采取的行为相反,那是自私的。”

他点点头。“哦,对了,我现在想起来了。我在斯宾塞①里面读到过。”

“斯宾塞!”我叫了起来,“你读过斯宾塞?”

“不太多。”他承认。“我对《首要原理》倒是懂得很多,可是他的《生物学》叫我的帆里没有了风;他的《心理学》叫我在赤道无风带里瞎闯了好多日子。说实话,我真不明白他的意图所在。我原来把这归咎于我的智力缺陷,以后我才明白过来,那是由于我的准备不够,没有适当的基础。我啃得多苦只有斯宾塞和我自己才明白,可是我毕竟从他的《伦理学资料》里啃出了一些道理。我就是在那里遇见‘利他主义’的。现在我想起了那词是怎么用的了。”

这个人能够从那部著作里得到什么我真不明白。我还记得不少斯宾塞,知道利他主义对他的最高行为的理想是必不可少的。海狼拉尔森对那伟大的哲学家的教导显然进行过筛选,按照自己的需要和欲望筛选过了。

“你还读过什么东西了?”我问。

---

① 赫伯特·斯宾塞(Herbert Spencer,1820—1903),英国哲学家,进化论的奠基人。他试图以进化论解释自然界和人类社会的一切知识。他的十卷《综合哲学》包括了《首要原理》《生物学原理》《心理学原理》(即拉尔森所说的《生物学》和《心理学》)等。他的《社会学研究》在我国有严复的摘译本,译名《群学肄言》。

他微微皱起眉头，思考着用恰当的词语来表达他从没有表达过的意思。我感到了一种精神的提高。他拿探索别人的灵魂做实验，我也像他一样，去探索他的灵魂，可我在探索的是一片处女地。在我的面前展开的是一个陌生的，陌生得可怕的领域。

“用言简意赅的话表达，”他说了起来，“斯宾塞的意思大体是这样的：第一，人必须为自己的利益行动——这样做是道德的，善的。其次，他必须为他的孩子们的利益行动。再其次，他必须为他的种族的利益行动。”

“而最高的、最善的、最正确的行为，”我惊叹说，“则是对自己、对孩子们和对种族同时都有利的行为。”

“我不赞成这话。”他回答说，“我看不出那有什么必要，对那点常识我也不懂。我要删掉对孩子们和种族都有利这部分。我不愿意为他们做牺牲。那不过是一种过甚其辞的伤感和情绪。你一定要明白，至少不相信永恒生命的人是不会相信那种道理的。我要是追求永恒，利他主义就是一笔有利可图的生意。我得把我的灵魂提高到各种高度，可是在我的眼前只有一个像酵母般短暂爬行和蠕动的、叫作生命的东西。除了死亡再没有什么是永恒的。这样，叫我去做牺牲就不道德。任何使我少爬行一次、少蠕动一次的牺牲都是愚蠢——不但是愚蠢，而且委屈了自己，是邪恶的行为。如果我要从酵母获得更多的东西，我就不能够损失一次爬行或蠕动的机会。在我还是酵母、还在爬行的时候，无论我发酵和爬行时是自私或是做牺牲都不能让那即将降临于我的永远的安息好过一点或是难受一点。”

“那么你就是个个人主义者、实利主义者，因而从逻辑上说是个享乐主义者。”

“这是些艰深的词，”他微笑，“但是，什么是享乐主义者？”

我给他下了定义，他点头同意。

“而你，”我说了下去，“在可能牵涉到自我的利益的地方，会是个一点也不值得信任的人吗?”

“你现在开始明白了。”他高兴起来,脸上焕发出光彩。

“世人称为道德的东西,你是完全没有了?”

“说得正是。”

“是个永远叫人害怕的……”

“正是那个意思。”

“就像叫人害怕的蛇、老虎,或是鲨鱼一样?”

“现在你理解我了,”他说,“你按照别人通常理解我的方式理解我了。别人都叫我‘狼’。”

“你是一种怪物,”我大胆地接下去说,“一个思考过塞提柏斯的凯列班[①]。他跟你一样在闲暇的时候按照一时的兴致和幻想办事。”

一听见这典故,阴云便升上了他的额头——他不懂。我立即明白过来:他不知道这首诗[②]。

“我只在读布朗宁,”他承认,“感到相当困难。还没有怎么读进去,像现在这样我差不多已经迷失了方向。”

不必细说了,我只须指出,我从他那特别间里取来了那本书,为他朗诵了《凯列班》[③]。他高兴了。那是一种原始的推理模式,也是他观察自己能完全理解的问题的推理模式。他一而再,再而三地打岔,发表意见和评论。我读完之后他又叫我读了第二遍,第三遍。我们谈了起来——哲学、科学、

---

① 塞提柏斯和凯列班:见莎士比亚的传奇剧《暴风雨》。凯列班是一个粗蠢的精灵,塞提柏斯是巴塔果尼亚的神,受到凯列班的母亲西考拉克斯的崇拜。海狼拉尔森所喜欢的罗伯特·布朗宁写过一首诗《凯列班心中的塞提柏斯》,写的是凯列班偷闲躺在洞穴的烂泥里,对塞提柏斯做出幻想。他幻想塞提柏斯创造了世界,是作为玩具,让自己高兴的,就像他自己用泥做了鸟一样。

② 即《凯列班心中的塞提柏斯》。

③ 同上。

进化论、宗教。他泄露出自学成材的人的粗疏，可我也得承认，他表现了原始心灵的鲜明和直截了当。他的朴素的推理正是他力量所在之处；而他的实利主义比查理·福路瑟特那微妙复杂的实利主义要有说服力得多——不是说海狼拉尔森能够说服我这个“气质上的理想主义者”（这是福路瑟特的话），而是说他冲击我信念的最后堡垒的力量值得尊重，虽然还没有说服我。

时间过去了，该用晚餐了，可是餐桌还没有摆。我很着急，感到不安。托马斯·玛格瑞季从扶梯上满脸厌烦和不高兴地往下看，我要去上班了，但是海狼拉尔森对他叫喊了起来：

“伙夫，今天要你多做点，我跟骆驼正忙着，他不来了，你只好尽力去做了。”

没有先例的事再一次有了先例。那天晚上我跟船长和猎手们一起用餐，却让托马斯·玛格瑞季在旁边伺候，之后又洗了盘子——那是海狼拉尔森的心血来潮，是他的凯列班式心情的结果。我早估计到那事会给我惹来麻烦，可那时我们俩只是谈了又谈，谈得猎手们全都心烦——他们一个字也不懂。

第九章

我从海狼拉尔森那儿得到了三天的休息，三天愉快的休息。我在舱房的餐桌上吃饭，什么事都不做，只讨论生命、文学和宇宙，而托马斯·玛格瑞季却干着他和我的两份工作，气急败坏，暴跳如雷。

“小心小暴风。我只能告诉你这一句。”那天海狼拉尔森处理猎手之间的一次纠纷去了，一去半小时，路易警告我。

“你不知道会出什么事，”我要求更确切的信息，路易说了下去，“那家伙跟气流或海流一样变化无常，你就猜不出它的意思。你以为摸到了它的脾气，向它倾斜过去，它却会掉转头对你劈头盖脸呼啸过来，把你用于好天气的帆全都撕成碎片。”

因此，在路易预告的小暴风向我刮来时我一点也不意外。我们争论得很激烈，争论的当然是生命。我胆子大了起来，对海狼拉尔森和他的生活进行了尖刻的抨击，实际上是在解剖他，使用他惯于用在别人身上的那种尖锐、彻底的解剖剖析着他的灵魂。我说话一向锋利，这可能是我的缺点。我排除了一切顾虑，东一刀，西一刀地脔割着，解剖得他大发雷霆，晒黑的脸气得发紫，眼露凶光，再也没有了清醒和明白——除了疯狂的愤怒再没有别的。我看见的是他心里那头狼——疯狂的狼。

他半吼叫了一声，向我跳来，抓住了我的胳臂。我尽管心里吓得发抖，还想挺住，但是那家伙力气之大却不是我的毅力所能承受得了的。他一只手抓住我的二头肌，稍一用劲，我就萎缩了，尖叫起来。我的腿站不住，那痛苦叫我简直无法直立，肌肉拒绝执行任务。我的二头肌快给捏成肉酱了。

他好像清醒了过来，因为一道清明的光闪过了他的眼睛。他短短一笑，便放了手。那笑倒更像嚎叫。我只觉得头晕目眩，缩到了地板上。他坐了下来，点燃了一支雪茄，望着我，像猫望着老鼠。我扭动时，在他的眼里看到了我经常注意到的那种好奇的光——其中有怀疑、迷惑、追求和永远的疑问，他在问：这一切都是为了什么？

我终于勉强站了起来，爬上了扶梯。晴朗的天气结束了。我无可奈何，只好又回到厨房去。我的左臂麻木了，像瘫痪一样，好多天以后才能够使用，好多个星期以后最后那僵硬和痛苦才消失。而他只不过抓住我，捏了一下，只平稳地用了一点力，并没有揪动或拉扯。他可能造成什么后果，我第二天才真正明白。那时他把脑袋伸进厨房，问了问我的胳臂的情况，表示愿意言归于好。

“可能会厉害得多的。”他笑了。

我在削土豆。他从盘子里拿起了一个。那土豆很大，很硬，没有削皮。他五指合拢，用力一捏，土豆就成了豆泥，从指缝里迸射出来。他把剩下的豆泥放回盘子，转身走掉了。这时我才尖锐地想象出，那怪物若是真用了劲我会怎么样。

尽管如此，三天的休息毕竟是好的，给了我的膝盖所需要的休息机会。我好过多了，肿明显地消了，膝盖似乎也复了原位。三天的休息也带来了我预料中的麻烦。托马斯·玛格瑞季显然是要我为那三天付出代价。他对我使坏，不断地骂我，把他自己的工作推到我身上，甚至大胆向我举起了拳头，但是我自己也变得跟野兽一样了。我对着他的脸凶狠地咆哮起来。他准是给吓了回去。回想起那镜头我可不觉得愉快。我，亨佛莱·范·魏登，在那闹闹嚷嚷的船上的厨房里，蹲在一个角落里干活，对想要揍我的人抬起了头，脸对着脸，嘴唇一收，像狗一样咆哮起来，眼里闪着害怕和孤苦的光，也闪着因为害怕和孤苦而激发的勇气的光。我不喜欢那镜头。它太叫我联想到给捕鼠机捉住的耗子，不乐意回忆，可是我那一招倒还灵验，因为那吓唬人的拳头没有落下来。

托马斯·玛格瑞季眼里露出跟我眼里一样的仇恨和凶狠的光，退却了。我们俩是一对关在一起的野兽，彼此龇着牙。他是个胆小鬼，因为我并不太畏缩，没有敢打我，于是他又找出一个新办法来威胁我。厨房里只有一把可以算是刀的刀，多年的使用和削磨，使锋口变得又窄又长，看上去特别凶险。开始时我每一次使用都感到害怕。厨工从约翰森那里借来了一块磨刀石，开始磨起那刀来。他磨得很张扬，一边磨一边故意盯着我。他整天磨来磨去，一有空就拿出石头和刀来磨，磨得像刮胡刀一样锋利。他用手指肚刮着，在指甲上试着，在手背上刮着毛，用显微镜一样的精确打量着刀锋，找出不齐整的地方，或是装作找出了，又到石头上去磨、磨、磨。那样子滑稽之至，我几乎笑了出来。

可是，情况也严重，因为我发现他是可能使用那刀子的。在他那畏怯的下面有一种出于畏怯的大胆，跟我一样。那种胆量可能逼着他去干他整个天性都感到抵触和害怕的事。水手间悄悄地传说着“伙夫在磨刀，要对付骆驼”的话。有的人还拿那事逗他。他却乐意地接受，而且真正高兴，带着预告不祥和神秘的神气点着头，直到原来的舱房小厮里奇跟他开了个粗野的玩笑。

玛格瑞季跟船长打完牌被泼了水，里奇碰巧是接受命令给他泼水的人之一。里奇显然干得很卖劲，看来玛格瑞季没有原谅他，因为两人拌了嘴，还说了些有关祖宗的脏话。玛格瑞季拿他为我磨的刀子威胁里奇，里奇哈哈大笑，又拿他那电报山的脏话扔了过去。转瞬之间，里奇和我都还没有觉得出了事,他的右臂已经挨了一刀,从手腕直划到了手肘;而厨工已经退却,刀还举在面前,摆出防卫的姿势,脸上露出魔鬼般的表情,可是里奇泰然处之,尽管血像泉水一样喷到甲板上。

“我会收拾你的,伙夫,”他说,“会狠狠地收拾你的。我不急。等你没有刀子时再收拾你。”

说着话他转过了身子,平静地走掉了。玛格瑞季因为自己干出的事,也因为自己捅了的人早晚会对自己干出的事而吓得脸色铁青,可他对我的样子却比任何时候都凶狠了。尽管害怕因为自己干的事遭到报复,他也看出那对我客观上是一个教训,于是在我面前更蛮横,更趾高气扬了。他还产生了一种近似疯狂的欲望,那是他划出的血所引起的。他无论望向什么地方,都看见红色。那心理复杂得悲惨,但是他那心理活动我却看得清清楚楚,就像读一本印好的书。

几天过去了,贸易风还吹送着“幽灵号”飞速前进。我可以发誓眼看着疯狂在托马斯·玛格瑞季的眼里增长。我承认自己害怕了,非常害怕。磨、磨、磨,他整天地磨,用手指摸着锋利的刀刃向我瞪眼,那神气简直就像要吃人肉。我害怕在他面前背过身去,离开厨房时只好倒退。水手和猎手们都觉得好玩,老集合到一起看我撤退。我太紧张,有时觉得神经快要崩溃了——在满船的疯子和野兽里,疯了倒也合适。危险威胁着我存在的每一小时,每一分钟。我的灵魂经受着苦难,但前舱后舱就没有一个人的灵魂有足够的同情,肯来拯救我。我好几回想到向海狼拉尔森寻求帮助,但是他眼里那怀疑生命,对生命嗤之以鼻的冷嘲热讽的魔鬼形象却狠狠地驱逐着我,我只好忍住了。有时我又认真地考虑过自杀。多亏了我的希望哲学的全部力量,我才没有在漆黑的夜里翻过船舷去。

海狼拉尔森多次想引诱我继续讨论,但是我回避着他,只给他简短的回答。最后他命令我重新回到舱房的餐桌上。我坦率地告诉了他他对我所表示的三天偏爱带来了托马斯·玛格瑞季对我的迫害。海狼拉尔森笑眯眯地望着我。

"那么你害怕了,是吗?"

"是的,"我挑战地,但也坦率地说,"我是害怕了。"

"你们这种人就是这样,"他半生气地叫道,"怕死,为你们那不朽的灵魂伤感。见了一把刀子和一个胆小的伦敦佬就吓坏了,你们那些没有道理的道理被生命对生命的执着吓坏了。好了,亲爱的朋友,你会永远活下去的。你是一个神,而神是杀不死的;伙夫伤害不了你;你一定会复活的。那你还害怕什么?

"你面前有永恒的生命,在永恒的生命方面你是个百万富翁。你的财产不会丢失,比星星还难以消灭,像空间和时间一样恒久。你不能够缩小你的原则,永恒是没有开头和终结的;永生就是永生。即使你在此时此地死去,你还会在别的地方永远活着。而让被囚禁的灵魂摆脱肉体飞升是十分美丽的事。伙夫伤害不了你,他只能推你一把,让你踏上你永远要走的路。

"或者,如果你目前还不想别人推你,那你为什么不去推伙夫一把?按照你的想法,他也同样是个永生的百万富翁,他的债券将会按面值流通,你无法让他破产。你即使杀了他也不能缩短他的寿命,因为他没有起始也没有终结,必然会在某个地方以某种方式活着。那你就推他一把吧;扎他一刀子,让他的灵魂获得自由吧!像现在这样,他那灵魂拘押在一个可厌的牢房里,你砸开门就是为他做了件好事。他那从肮脏的尸体向蓝色的天空飞出的灵魂也许非常美丽呢,谁知道。你推他一把,我就把你提升到他的位置。他现在一个月拿四十五元。"

很显然,我是无法向海狼拉尔森寻求帮助和怜悯了。无论要做什么,我都得靠自己。恐惧逼出了我的勇气,我定出了一个计划:用托马斯·玛格瑞季同样的武器跟他对干。我从约翰森那里借来一块磨刀石。桨手路易早就向我要过炼乳和糖，而存放这类美味的保管间就在舱房地板下面。我找到机会偷出了五听炼乳，趁那天晚上路易在甲板上值班时跟他换来了一把匕首。那匕首跟托马斯·玛格瑞季的菜刀一样窄、长、凶狠，可是又锈又钝。于是我转动着磨刀石，让路易在上面磨出了刀锋。那天晚上我睡得比平时安稳多了。

第二天早上早饭以后，托马斯·玛格瑞季又开始了磨、磨、磨。我警惕地望着他，因为那时我正跪着掏炉灰。我倒了炉灰回来，他正在跟哈里森谈话。哈里森那诚实的乡巴佬脸上满是入迷和惊讶。

"是的，"玛格瑞季正说着，"那位大老爷怎么办？他让我在瑞丁监狱蹲了两年，可是我不在乎。那家伙也够受的，你要是看见就好了。就像这样的刀子，我一刀就捅了进去，就像捅进软奶油一样。他叫喊得比廉价剧院里的表演还好听呢。"他对我的方向瞥了一眼，看我听见没有，又说下去，"'我不是故意的，汤米，'他吸着鼻子，'上帝保佑，我不是那意思！''我要他妈的狠狠收拾你。'我说，跟着他不放。我戳了他个皮开肉绽，就是那样的。他一直就那么尖叫。有一回他捞住了刀子，想用手指头抓紧。可是我抽出了刀，抽得他骨头都露了出来。那才叫好看呢，我告诉你。"

大副的一声叫喊打断了那血淋淋的叙述，哈里森到后舱去了。玛格瑞季在厨房门槛上坐了下来，继续磨刀。我放下铲子，在煤箱上平静地坐下了，对着他的脸。他赏赐给了我狠狠一眼。我仍然平静，虽然心里腾腾地跳。我也抽出了路易的匕首，在石头上磨了起来。我几乎寻找遍了伦敦佬任何形式的爆发，可是出乎意料之外，他似乎没有看见我在做什么。他继续磨刀，我也磨刀。我们俩坐在那儿，脸对着脸，磨、磨、磨，磨了两个钟头。这条消息一传出，船上一半的人都挤到厨房门口前来看热闹。

人们随意提出种种鼓励和劝告。心口如一的猎手嘉克·霍纳，像个连耗子也不肯伤害的人，却建议我向上面戳肚子，避开肋骨，同时教我怎样做他所说的“西班牙式扭刀”。里奇缠了绷带的手臂在面前很突出，他求我在那伙夫身上给他留下几刀。海狼拉尔森也在舵楼甲板缺口停留过一两次，好奇地打量着。他一定认为那是那种发酵的东西：生命的颤动和爬行。

我还得坦率地说，那时生命对于我也只有同样一点肮脏的价值。其中没有美丽的东西，没有神圣的东西——只有两个怯懦的活动的东西坐在那儿磨刀，还有一群活动的东西，有怯懦的也有不怯懦的，在看热闹。其中有一半，我可以肯定，急于想看我们俩彼此流血，认为那是挺好玩的事。我也相信如果我们拼死杀了起来，是不会有人来劝架的。

从另外一方面看来，这事又很可笑，很幼稚。磨、磨、磨，亨佛莱·范·魏登在船上的厨房里磨刀，用大拇指试着刀锋！在一切情况之中这种情况是最难以想象的。我知道跟我类似的人不会相信这种事的可能性。别人一直叫我娇气的范·魏登不是没有理由的，而娇气的范·魏登竟然干起了这种事，对于亨佛莱·范·魏登也是一种启示，他不知道该高兴还是惭愧。

可是并没有出事。两小时以后托马斯·玛格瑞季放开了他的刀子和石头，伸出了手。

“咱俩干吗要演好看的给那些嘴脸看？”他问道，“他们并不喜欢我们，我们俩要是彼此割破了喉头，他们只会高高兴兴看热闹。你不孬，骆驼！像你们美国佬说的，你有种。我还有点喜欢你了呢，好，咱俩握手吧。”

我可能是个胆小鬼，可我没有他那么胆小。我显然取得了胜利，这胜利我丝毫也不肯放弃，我拒绝握他那令人恶心的手。

“好吧，”他不顾脸面地说，“握手不握手，我照样喜欢你。”为了保全面子他对看热闹的人凶狠地转过身去：“别挤在我的厨房门边，混蛋！”

这条命令还有一壶冒着气的开水助威，水手们一见开水，急忙躲开了。这于托马斯·玛格瑞季也算是一种胜利，使他更加冠冕堂皇地接受了我给他的失败。尽管他很谨慎，怕去赶猎手们。

“我看伙夫是完蛋了。”我听见“黑崽”对霍纳说。

“没有错，”回答是这样，“从此以后厨房是骆驼的天下了。伙夫那触角收回去了。”

玛格瑞季听见那话急忙瞟了我一眼。我装作两人的话没有进入我的耳朵。我并没有认为我的胜利有那么深远，那么全面，但是我决心不放弃到手的胜利。随着时间的流逝，“黑崽”的预言应验了。那伦敦佬对我比对海狼拉尔森还奴颜婢膝。我不再叫他先生了，不再洗油腻的盘子了，不再削土豆了；我只干自己的活，愿什么时候干就什么时候干，愿怎么干就怎么干。我还像水手一样，把那匕首插在一个刀鞘里，别在身边。我对托马斯·玛格瑞季保持了一贯的态度：蛮横、侮辱和轻蔑三者的平均组合。

第十章

我跟海狼拉尔森越来越亲密了——就像主人和仆人之间的关系，更恰当地说，国王和弄臣之间的关系，也能说得上亲密的话。我对他不过是个玩具，他对我的评价并不比小孩对自己的玩具的评价更高。我的用处就是让他开心。只要能让他开心我就万事大吉；可是只要他一厌烦，或是心情不好，我便立即被从舱房餐桌罢黜回厨房，那时我如果能保全性命，没有缺胳臂少腿，就算万幸了。

我是逐渐觉察到那人的孤独的。船上的人没有一个不恨他或畏惧他，他也谁都瞧不起。他身上那巨大的强力似乎在消磨着他，似乎从没有在工作里恰当地施展出来。要是那骄傲的精灵路西法[1]被放逐到一个没有灵魂的汤姆林森[2]式的幽灵社会里，他恐怕也会跟海狼拉尔森一样。

他的寂寞已经够糟糕了，更糟糕的是，他还受到种族的原始忧郁的折磨。在我了解他之后，再审视斯堪的纳维亚的古代神话便理解得更加清楚

① 路西法：原意为启明星，在《圣经》里先知以赛亚借以指自称启明星的狂妄的巴比伦王，再转而指被逐出天庭以前的撒旦，再进而泛指撒旦。

② 汤姆林森：英国作家吉卜林（Rudyard Kipling，1865—1936）一首短诗里的人物。他死后没有灵魂，天堂和地狱都不接纳他。

了。那创造了可怕的潘提翁神庙[1]的白肤金发的野蛮人跟他的素质相同，爱笑爱闹的拉丁人的轻浮与他无缘。他要是笑了，也不是出于别的，而是出于凶狠的天性，但是他很少笑；他忧郁时太多，那忧郁很深远，深得像他的种族的根。那是种族的遗传，使得他那民族头脑清醒，生活洁净，狂热地考究道德——这最后一点在英国人里就产生了新教和格朗地太太[2]。

事实上，那原始的忧伤的主要的发泄形式一直是各种较为痛苦的宗教，可是海狼拉尔森从这种宗教得不到补偿。他的野蛮的实利主义不会容许，因此他心情忧郁时除了像魔鬼，别无他法。他如果不是一个那么可怕的人，我有时还可以为他难过。比如大前天早晨我到他的特别间去给他灌水壶时，便意外地遇见了他。他没有看见我，只把头埋在手里，肩膀抽动着，好像在哭。他似乎被某种巨大的忧伤折磨着。我轻轻退出时还听见他在哭着喊："上帝！上帝！上帝！"他不是在呼唤上帝；上帝只不过是个虚词，那是他灵魂的呼唤。

晚饭时他问猎手们有没有治头痛的药。像他那样健壮的人，黄昏时已经痛得快看不见东西，在舱房里几乎站不住了。

"我一辈子没有生过病，骆驼，"我带他回到他的房间时，他说，"脑袋除了在被起锚机杠子打破了六英寸后的恢复期里，没有痛过。"

这痛得他看不见的头疼持续了三天，他像野兽一样忍受着，没有抱怨，也得不到同情。他完全孤独。船上人受起痛苦来好像都这样，没有同情，完全孤独。

不过，今天早晨我进屋去收拾床铺、打扫房间时，却发现他已经好了，正

---

① 古罗马的万神庙。潘提翁原是泛神的意思，此处特指阿格里巴在公元前25年左右在罗马修建的那座神庙。（现在一般指崇奉对国家有过大功的人的祠庙。）

② 社会传统礼法的象征。见于T. 摩尔顿的戏剧《快犁》。格朗地太太在剧里并未出场，却总被剧中人作为女性懿范提起。

在勤苦地工作。桌上和床上零乱扔着设计图纸和算式，他正手拿圆规和丁字尺在一张透明的大纸上誊写着一种仿佛是比例尺的东西。

“哈啰，骆驼，”他亲切地招呼我，“我刚刚完成最后的修改，想看一看它的使用吗？”

“是什么东西？”我问。

“是一种为海员节省力气的设计，它把航海简化成了幼儿园的玩意。”他得意地说，“从今天起再也用不着那些冗长的计算，连小孩儿都可以驾船了。在天气不好的夜晚要想知道自己在什么地方，只需要天上有一颗星星就行了。你看，我把这透明的标尺放在星图上，我已经在标尺上画出了纬度圈和方位线。只需把它放在一颗星上，转动标尺，让它跟下面地图上的数字对齐就行了，看！船的准确位置出来了。”

他的声音里震响着胜利，今天他那双海一样清澈的蓝眼睛闪耀着光芒。

“你的数学一定很棒，”我说，“是在哪儿上的学？”

“运气不好，从来没有进过学校门，”他这样回答，“只好自己加油。”

“你认为我搞这个东西是为了什么？”他突然问道，“梦想着在时光的海滩上留下足迹吗？”他笑出了他那种可怕的嘲弄的笑。“完全不是。我想要获得专利，靠它赚钱。在猪一样的贪婪里寻欢作乐，晚上留在屋子里，叫别人去干活。那就是我的目的。何况我在设计的时候还很快乐。”

“创造的欢乐。”我喃喃地说。

“我猜想是应该那么叫。那是表现生命还存在，还欢乐的一种方式，也表现着运动对物质的胜利，生活对死亡的胜利。是酵母的骄傲——因为酵母还是酵母，还在爬行。”

我高举双手，无可奈何地不赞成他那露骨的实利主义，然后开始铺床。他继续在他那透明的标尺上抄写着线条和数字。那是最精微、最细致的工作，他能调节自己的强力，使之适合精微细致的工作，对他那种毅力我不能不佩服。

我铺好床,发现自己在打量着他。他正在专心致志地、兴致勃勃地工作着。他无疑是一个美男子——男性意义的美。我再次以永不衰减的惊讶注意到:他的脸上完全没有凶狠、奸邪,或是罪恶。我相信那是一个从没有做过坏事的人的面孔。我不希望我这话受到误解。我的意思是说:有那张面孔的人从来就没做过违背他的良心的事,或者,那人就没有良心。我倾向于相信后一种解释。他是一个返祖现象的极好的例子,一个纯粹原始的人,是那种在人类演化出道德天性之前便来到人世的人。他不是不道德,只不过是与道德无关。

我刚才说过,他那张脸具有男性意义的美。他刮光了胡子,每一根线条都很清楚,轮廓分明,有如玉石雕刻。阳光和大海把他那天然的白皙皮肤变成了深沉的青铜色,说明了他经历的斗争,也增添了他的野性和美。他的嘴唇丰满,却给人坚毅的,几乎是严酷的印象——那通常是薄嘴唇的特点。他的嘴、下巴和颚骨也一样坚毅,或是严酷,带着男性的全部暴戾和顽强。鼻子也一样,略像鹰嘴,是天生的发号施令的征服者的鼻子。它可能带着希腊味,也可能带着罗马味,说是前者却嫌厚重,说是后者又嫌纤细。尽管整个脸体现了凶狠与强力,那折磨着他的原始的忧郁又似乎夸张了他嘴上、眼上和眉毛上的线条,赋予了那张脸本来缺乏的气魄与完整。

我就像这样发现自己呆立在那儿研究着他。我说不清楚那人令我产生了多大的兴趣。他是谁?他是干什么的?他是怎么来的?一切的力量似乎都属于他,他似乎具有一切的潜力——这是怎么回事?他不就是一个捕海豹的三桅船的默默无闻的船长吗?他在捕海豹的人中不是有着暴戾得可怕的名声吗?

我的好奇心爆发为滔滔不绝的话语。

"你为什么没有在世界上做出伟大的事业?具有你这样的强力你是可

以升到任何高度的。你没有良心或者道德本能,你是可能驯服世界,君临天下的,可是你在生命的最高峰,在缩小与死亡开始之处过着默默无闻的肮脏日子,为了满足女人爱虚荣和爱打扮的要求捕猎着海生动物;用你自己的话说,是在猪一样的贪婪里寻欢作乐。这什么都能算,就是不能算光彩。你既然具有那么了不起的强力,为什么不做出一番事业呢?没有东西会阻挡你,也没有东西能阻挡你的。出了什么问题了?你是缺乏雄心壮志吗?你是拜倒在什么引诱之下了吗?是怎么回事?是怎么回事?”

我一开始爆发他就抬头看着我,心满意足地望着我,直到我说完话,站在他面前喘不过气,也带着惶惑。他等了一会儿,好像在考虑从何说起,然后说道:

“骆驼,你知道那个播种的人的寓言吗?你要是记得的话,有的种子落到了有石头的地点,上面没有多少泥土。种子出芽了,因为泥土不深,太阳出来就蔫倒了,又因为没有根便枯萎了。还有些种子落到了荆棘里,荆棘生长起来把它们闷死了。”

“怎么样?”我说。

“怎么样?”他有些别扭地反问,“不怎么样。我就是那样的一粒种子。”

他又低头看着他的标尺抄写去了。我干完活,打开了门正准备走,他对我说道:

“骆驼,你看看挪威西海岸的地图,你会在那儿看见一处凹口,叫作罗姆司托峡湾。我就生在离峡湾不到一百英里的地方。可我不是挪威人,而是丹麦人。父母都是丹麦人,他们是怎么到西海岸那荒凉的小浦湾去的我不知道,从来没有听谁说起。除此就没有什么神秘了。他们很穷,没有文化。祖祖辈辈都没有文化——是海上的农民,有史以来的习惯就是把孩子播种在海浪上。再没有什么别的可说了。”

“还有可说的,”我提出异议,“我还是不清楚。”

“我还有什么能告诉你的？”他问，凶狠的毛病又发作了，“儿时生活的贫困？拿鱼当饭吃，过粗糙的生活？从能够爬动的时候起就出海？我的哥哥们一个个外出，去种深海庄稼，然后就没有回来？我自己不识字，十岁就成熟了，在沿海活动的丹麦船上当船舱小厮，吃那恶劣的伙食，受更恶劣的待遇？拳打脚踢就是床和早餐，代替了训话，我的灵魂的仅有经验就是恐惧、仇恨和痛苦？我不想记住这些。就是现在我一想起这些，脑子里就会出现一种疯狂。我曾经想等我有了成人的力气之后回去杀掉沿海的几个商船老板。只是我的生命的线那时扔到了别的地方。我不久以前确实回去过，可是不幸那些老板都死掉了，只剩下一个，是当年的大副。我见到他时他是个船老板。我离开时他已经成了个残废，永远不会走路了。”

“可是你从没有进过学校，你是怎么学会读书写字，读起斯宾塞和达尔文来的呢？”我问。

“在给英国商人干活儿的时候。我十二岁做舱房小厮，十四岁做船上侍仆，十六岁做三等水手，十七岁做二等水手，做水手舱领班。无穷的野心，无穷的寂寞，没有人帮助，没有人同情。我全是为了自己而钻研的，航海术、数学、科学、文学等等。有什么用？正如你所说，一辈子充其量也不过做一艘船的老板——在我已开始衰落和死亡的时候。没有意思，是不是？太阳一出来我就蔫倒了，因为没有根基，枯死了。”

“可是历史就讲述过奴隶上升成为穿红着紫的人物的故事。”

“历史确实讲述过机会落到奴隶身上，让他上升成穿红着紫的人物的故事，”他冷冷地说，“可是没有人能够创造机会。所有的伟大人物所做的事只是在机会到来时能够看见而已。那个科西嘉人[①]就看见了。我曾经做过跟那科西嘉人一样伟大的梦。我应该能够看出机会，但是机会没有来。

① 指拿破仑。拿破仑是科西嘉人。

荆棘长了出来把我闷死了。骆驼，我可以告诉你，对于我你比任何人知道得都多，除了我的一个哥哥。"

"他是干什么的？在什么地方？"

"是'马其顿号'汽船的老板，猎海豹的，"他这样回答，"我们很有可能在日本海附近遇见他。人们叫他'死亡拉尔森'。"

"'死亡拉尔森'！"我不自觉地叫了起来，"他像你吗？"

"不大像。他是个囫囵的野兽，没有脑袋。他有我所有的——我所有的……"

"蛮横。"我提醒道。

"对，谢谢你这个词——我所有的蛮横，可是他几乎不会读书写字。"

"他从来没有对生命做哲学推理。"我加上一句。

"他不那么做，"海狼拉尔森带着一种难以描述的哀伤回答，"因为他不去管什么生命，他就过得更加快活。他太忙于生活，也就没有时间去思考生活。我的错误是总在翻阅着生活这本书。"

第十一章

“幽灵号”已达到它跨越太平洋弧线的最南端，开始向西拐弯再向北往某个孤独的海岛驶去。传说它要在那儿把水箱装满，然后驶向日本海沿岸这一季的狩猎地。猎手们已经把步枪和猎枪检查好，试用过，满意了。桨手和舵手已经装好斜桅，用皮带和缆绳拴好桨和桨栓，以免在悄悄接近海豹时发出声响。用里奇朴实的话说，小艇已经“摆得像苹果馅饼一样整齐”了。

顺带说一句，里奇的手臂恢复得很好，虽然疤痕是一辈子不会消失了。托马斯·玛格瑞季怕他怕得要死，天黑以后不敢冒险上甲板。水手舱里吵过几次冤冤不解的架。路易告诉我水手们的闲话传到了后舱，两个告黑状的挨了伙伴们一顿痛打。他对约翰逊的前途暧昧地摇摇头，约翰逊是他那小艇的桨手。约翰逊有个毛病，说话太直。因为他名字的发音问题跟海狼拉尔森顶撞过两三回。前几天晚上他在中舱甲板把约翰森揍了。从那以后大副再叫他名字时发音便正确了，但是，要约翰逊把海狼拉尔森也揍一顿当然是不可能的。

路易还告诉了我一些关于“死亡拉尔森”的消息。他的话跟船长简短的介绍一致。我们可能在日本的沿海遇见“死亡拉尔森”。“小心小暴风，”路易预言说，“因为他们俩彼此仇恨得就像狼崽之间一样。”“死亡拉尔森”指挥的是猎海豹船里唯一的汽船“马其顿号”。“马其顿号”带十四艘小艇，而其他的三桅船只带六艘。有的谣言很野道，说是那船上装了大炮，还谈到了它可以做出的突然袭击和冒险航行，其中包括了偷运军火到美国，走私鸦片到中国，拐卖黑人和公开的海盗活动，而且我不能不相信路易，因为我还从没听他说过一次谎话，而他对狩猎海豹和海豹船的人的知识又像百科全书。

在这艘地道的地狱船上，前舱和厨房如此，“下等舱”和后舱也如此。人们为着夺取对方的性命凶猛地斗殴。猎手们等着看“黑崽”和亨德森在任何时候发生枪战。他们俩过去口角的伤口没有愈合，而海狼拉尔森则扬言两人如果打起来，谁活下来他就肯定杀死谁。他坦白地承认他的立场不是道德的立场；就他而言，要不是他需要人活着去猎海豹，哪怕所有的猎手都互相残杀，彼此吃掉，他也不在乎。他答应，如果他们能够在狩猎季结束前克制着点，他就让他们搞一个大狂欢。那时候什么新仇旧恨都可以解决，活着的可以把死去的扔到海里，再编个故事说明他们在海上失踪的情况。我觉得连猎手们都被他那冷酷无情吓坏了，尽管猎手们都是坏蛋，却肯定都非常怕他。

托马斯·玛格瑞季对我卑躬屈膝得像条狗，而我对他则暗暗提防。他那胆量是给吓出来的——那也是我自己深有体会的怪事。他那胆量是任何时候都可能压倒害怕，逼着他要了我的命的。我的膝盖好多了，虽然有时要痛很久。海狼拉尔森捏成的僵硬也逐渐从胳臂上消失了。除此我的身体棒极了，肌肉结实了，长大了；可是手却惨不忍睹，像是熏焦了，指甲破了，变了色，长满了倒拉刺，伤口边缘似乎长出了霉菌。我还生了疮，很可能是由于饮食，因为我以前从没有受过这种苦。

几天前的一个晚上，我看见了拉尔森在读《圣经》，觉得很有趣。那书在这次航行开始时没有找到，后来却在死去的大副的航海箱里发现了一本。我不明白海狼拉尔森能够从其中得到什么。他对我朗诵了《传道书》里的一段。我可以想象他是为了透露自己的心声才朗诵的。他的声音在窄小的舱房里深沉地、忧伤地震荡着，叫我听呆了，着了迷。他可能没有受过教育，但是他的确知道如何表达书面文字的意义。我现在还能够听见他那朗诵的声音，永远能够听见。朗诵时，原始的忧伤在他的声音里回荡：

“我又为自己积蓄金银和君王的财宝，并各省的财宝；又得唱歌的男女和世人所喜爱的物，如乐器之类。

“这样，我就日见昌盛，胜过以前在耶路撒冷的众人。我的智慧仍然存留。

“后来，我察看我手所经营的一切事和我劳碌所成的功，谁知都是虚空，都是捕风，在日光之下毫无益处。

“凡临到众人的事都是一样：义人和恶人都遭遇一样的事；好人，洁净人和不洁净人，献祭的与不献祭的，也是一样。好人如何，罪人也如何；起誓的如何，怕起誓的也如何。

“在日光之下所行的一切事上，有一件祸患，就是众人所遭遇的都是一样，并且世人的心充满了恶。活着的时候心里狂妄，后来就归死人那里去了。

“与一切活人相连的，那人还有指望，因为活着的狗比死了的狮子更强。

“活着的人知道必死，死了的人毫无所知，也不再得赏赐，他们的名无人纪念。

“他们的爱，他们的恨，他们的嫉妒，早都消灭了。在日光之下所行的一切事上，他们永不再有份了。”①

---

① 以上各段分别见《圣经·传道书》第二章第8、9、11节，第九章第2、3、4、5、6节。其中第一段末句与现在使用的《圣经》略有差异，按本书改译。这些段落都是大卫王的儿子以色列的王传道的话。

“你听见了，骆驼，”他夹进一根手指，合上了书，抬头看我，“传道的人就是耶路撒冷的以色列国王，可他的想法跟我一样。你把我叫作悲观主义者，可他这难道不是最悲观的悲观主义？——‘都是虚空，都是捕风’，‘在日光之下毫无益处’，‘众人所遭遇的都是一样’，对蠢人和对智者，对洁净的和不洁净的，对罪人和圣徒都是一样，而他说那遭遇就是死亡，是一件坏事。传道的人因为爱生命，不愿意死，所以说：‘因为活着的狗比死了的狮子更强。’他宁可要虚空和捕风，也不要坟墓的寂寞和静止。我也一样。爬，是猪的贪婪；不爬，做土块和石头，也叫人厌恶，叫我体内的生命厌恶。生命的本质是运动。它是运动的力量，是对运动力量的自觉。生命本身是不满足，但是看向死亡却是更大的不满足。”

“你比奥马①还要贫穷，他在青年的常见痛苦之后至少还能找到满足，把他的实利主义变成了快乐。”

“奥马是谁呀？”海狼拉尔森问。这一问，我那一天就再也没有工作，第二天也没有，第三天也没有了。

他读书是随意涉猎，没有读到过《鲁拜集》，现在觉得是发现了宝藏。我能够背诵的“鲁拜”很多，说不定有三分之二，剩下的我不费多大工夫也就拼凑出来了。我们往往为一首诗讨论几个小时。我发现他在诗里读出了一种悔恨和反叛的呐喊，那是我无论如何也读不出来的。我大概只能够按自己的感觉读出些欢乐的情调。他的记忆力忒好，只需要我背诵过第二次（往往是第一次），那首诗就属于他了。他在背诵起同样的诗行时往往赋予它们一种躁动不安和激烈的反叛情绪，还差不多有说服力。

---

① 波斯诗人奥马·海亚姆（Omar Khayyam，1048？—1131？），以《鲁拜集》而闻名。“鲁拜”是波斯语“四行诗”的意思，所以《鲁拜集》就是四行诗集，共计一百一十首。诗中表达了对生命的奥秘的沉思默想，主张趁活着时饮酒作乐。

我问他最喜欢哪一首“鲁拜”。他选中的是那首产生于瞬间的愠怒的诗,那诗跟那位波斯人安于现状的哲学与亲切和蔼的人生信条不大相同:

不要问从哪里匆匆而来?
不要问往哪里匆匆而去!
且痛饮一杯杯禁饮的美酒,
需醉倒对那专横者的记忆!

“精彩!”海狼拉尔森叫道,“精彩! 这是基调。好个‘专横者’! 用得再好也没有了。”我怎么反对和否认都没有用。他用滔滔不绝的辩解把我淹没了,压倒了。

“生命的天性不可能不这样。生命,在它知道它必须结束时总是要反叛的。那是不由自主的。传道者发现了生命和它‘劳碌所成的功’‘都是虚空,都是捕风’,就认为那是邪恶;却又发现死亡,也就是停止虚空和捕风,更为邪恶。他一章又一章地为普遍降临于一切人的死亡表示忧虑。奥马也一样,我也一样,甚至你,也一样,因为你在伙夫为磨刀要杀你时也背叛死亡。你怕死,你体内的生命不想死——是它构成了你的生命,它比你大,它不想死。你谈过永生的本能,我谈的是生命的本能,而那本能就是活着。在死亡临近,越来越大的时候,它就压倒了所谓的永生的本能。它压倒了你身子里的永恒,因为一个发疯的伙夫在磨刀子。这你不能够不承认。

“你怕他,你也怕我,你不能够不承认。我要是像这样一把抓住你的喉咙,”他的手果然抓住了我的喉咙,我出不来气了,“开始把你的生命挤出去,像这样,像这样,你那永生的本能就烟消云散了。你的生命本能,求生的本能就扑腾起来,你就要为自己斗争了。是吗? 我在你的眼睛里看见了对死亡的畏惧。你双手划拉着空气,你竭尽你那点小小的力量,要活下去,你的手抓住了我的手臂,没有力气,停在那里像只蝴蝶。你在鼓起你的胸膛,你在伸出你的舌头,你的脸色暗淡了,目光散乱了。'活!活!活!'你在叫喊;你迫不及待,你此时此地就要活,不是以后。你怀疑起你的永生来了,是吗?哈哈!你信不过永生了。你不肯拿永生来冒险了。你认为实际的只有这个生命。啊,你感觉越来越阴暗了。那是死亡的阴暗,是停止存在、停止感觉、停止运动在往你身边积聚,逼到你的头上,升起在你的身旁。你的眼睛呆钝了,它的光泽要失去了;我的声音微弱了,遥远了。你看不见我的脸了,可你还在我的手里挣扎。你用脚踢,你的身子像蛇一样蜷成了一团。你的胸口使劲地起伏。活!活!活!……"

我什么都听不见了。他那么形象地描述出来的黑暗抹掉了我的意识。我醒来时躺在地板上,他在抽雪茄,沉思地望着我,眼里是我所熟悉的那种好奇的光。

"我说服你了吗,唔?"他问,"来,喝一杯,我要问你几个问题。"

我在地板上摇摇头。"你的辩论太——呃——太厉害了。"我好容易才说出话来,付出的代价是喉咙的疼痛。

"你半小时就会好的,"他向我保证,"我答应不再使用体力论证了。现在起来吧,你可以坐在椅子上。"

我既然是这个魔鬼的玩具,关于奥马和传道者的讨论又恢复了。我们坐着谈了半夜。

第十二章

过去的二十四小时里出现了一场暴力的狂欢节。它像传染病一样,从舱房往水手舱蔓延过来,我几乎不知道从何说起。真正的原因在海狼拉尔森。因为仇恨、争吵和妒忌而紧张的人际关系处于动荡状态,邪恶的情绪燃烧了起来,有如草原烈火。

托马斯·玛格瑞季是个小人、探子、告密者。他拿别人的事去通风报信,想讨好船长,重获欢心,恢复在他心目中的地位。我知道他曾经把约翰逊不经意说出的话带给了海狼拉尔森。约翰逊大约是在船上的"杂品箱"买了一套雨衣,发现质量特别差,他马上就把这事到处传扬。"杂品箱"是一个小型的服装店,猎海豹船上都有,箱里储有水手特别需要的货品。水手买的东西价款都从他在狩猎场地上的收入里扣除,因为他们到手的都不是工资,而是一种"红利",是从他们各自的小艇猎获的每一张海豹皮价款里提成的。猎手们如此,桨手和舵手们也都如此。

可是我丝毫不知道约翰逊抱怨"杂品箱"的事,因此对我所见到的场面十分意外,吓了一大跳。我刚扫完舱房,受到拉尔森的诱发,跟他谈起了哈姆莱特,那是他喜爱的角色。这时约翰森下了楼梯,后面跟着约翰逊。约翰逊按海上的习惯脱下帽子,规规矩矩站在舱房正中,面对着船长,随着三桅帆船的颠簸而沉重地、不安地晃动着。

“把门关上，滑门也关上。”海狼拉尔森对我说。

我照办了，发现约翰逊的眼里闪出一种担心的光，可是我做梦也没有想到原因。就连在事情发生之后，我也梦想不到，可是约翰逊是从一开始就知道要出事，只是勇敢地等候着。

我从他的行为看见了对海狼拉尔森的实利主义的彻底批判。水手约翰逊所尊崇的是思想、原则、真理和诚恳。他是对的，也知道自己是对的，所以他不怕。若有必要，他可以为正义而死。他对自己是真诚的，对自己的灵魂是真诚的。这种真诚描绘了精神对肉体的胜利、灵魂的坚贞和道德的壮丽，它不承认约束，坚定地、不可战胜地驾凌于时间、空间与物质之上。而这一切却只能产生于永生和不朽，不能产生于任何其他东西。

还是回到本题吧。我意识到了约翰逊眼里的焦急，却把它误认为是他本性的羞涩和不安。大副约翰森站在离开约翰逊几英尺的地方；海狼拉尔森坐在舱房的一把旋转椅上，在约翰逊面前足足三英尺。我关上舱门和滑门之后，大家沉默了很久——足有一分钟。打破了沉默的是海狼拉尔森。

“约恩森。”他说话了。

“我的名字叫约翰逊，先生。”水手勇敢地更正。

“那么，约翰逊，你混蛋！我为什么叫你来，你能猜到吗？”

“能，也不能，先生，”回答很缓慢，“我的工作做得很好，这大副知道，你也知道，先生，所以对我是没有什么可以指责的。”

“就这个？”海狼拉尔森问道。声音柔和而低沉，却颤抖着。

“我知道你恨我，”约翰逊用他那从不改变的沉重缓慢的调子说，“你不喜欢我。你……你……”

“说呀，”海狼拉尔森怂恿他，“别害怕我是什么感觉。”

“我不怕。”水手反驳，太阳晒黑的皮肤里透出了淡淡的红晕，“我说话慢，因为我离开老家没有你久。你不喜欢我，因为我太像个人。理由就这样,先生。”

“你对于船上的纪律太像个人,如果那是你的意思的话,可你如果听得懂我的意思……”海狼拉尔森反驳。

“我懂英语,我听得懂你的意思,先生。”约翰逊回答,他听见对他的英语知识的藐视,脸更红了。

“约翰逊,”海狼拉尔森说,带着一种甩开刚才那些开场白的口气,转入主题,“我听说你对于那件雨衣不满意?”

“是的,我不满意。那雨衣不好,先生。”

“你就拿那事去胡吹。”

“我讲的是我的看法,先生。”水手鼓起勇气说,没有忽略船上的规矩,在每一句话后面都加上了“先生”。

我就是在这时偶然瞥了约翰森一眼的。他那巨大的拳头捏紧了,又放松了,十分恶毒地望着约翰逊,那张脸分明像魔鬼。我注意到了约翰森眼下的一处乌青,那是几天前的晚上叫这个水手揍的,此刻仍然依稀可见。我这才第一次猜想到会出可怕的事,可究竟是什么事,我仍然想象不出。

“你知道拿我的‘杂品箱’,和我像你那么说话,会出什么事吗?”海狼拉尔森在问。

“我知道,先生。”他这样回答。

“出什么事?”海狼拉尔森凶狠、威严地问道。

“你和大副打算对我干的事,先生。”

“你看他,骆驼,”海狼拉尔森对我说,“你看看这一小片激活了的尘土,这一个物质的集合体。它在运动,在呼吸,在瞧不起我,认为自己是由优秀物质构成的。它身上就印有一些人类的虚构,例如正义和诚实什么的,不管他遇见了什么不愉快和威胁,都会按那些虚构办事。你觉得他怎么样,骆驼?对他有什么感想?”

“我觉得他这个人比你好。”我回答。不知道怎么的，有一种动机刺激着我，我想把他快要发泄到约翰逊身上的暴怒部分地吸引到我身上。“你所说的人类的虚构所追求的是高贵的品德和人的资格。你没有虚构，没有梦，没有理想，你是个穷光蛋。”

他带着野蛮的得意点点头：“说得很对，骆驼，很对。我没有追求高贵品德和人的资格的虚构，我同意传道人的意见：活狗也比死狮子强。我唯一的教条是方便的教条，这种教条追求活着。这个我们称之为约翰逊的酵母到了不是酵母的时候就只不过是一点尘土，不会比尘土更高贵，更有人的资格的，而那时我却还活着，而且吼叫。”

“你知道我要干什么吗？”他问。

我摇摇头。

“好了，我就要行使我吼叫的特权，让你看看高贵的遭遇了。你看着。”

他坐着，距离约翰逊有三码远，九英尺！可他并没有站起，却已一蹦就离开椅子——从椅子里维持着坐式蹦了起来，像野兽，像老虎一样蹦过了当中的距离。那是一种天崩地裂的暴怒，约翰逊想抵挡，却抵挡不住。约翰逊伸出了一只手保护腹部，一只手保护脑袋；可是海狼拉尔森的拳头却冲中路打来；砰的一声巨响狠狠落到胸部上。约翰逊嘴里猛出了一口气，却又像要挥动斧头时一样，猛然屏住，几乎向后摔倒；他左右摇晃了几下，竭力恢复着平衡。

其后的恐怖场面的细节我无法记述，太令人反感。即使是现在，回想起来我也不禁恶心。约翰逊战斗得很勇敢，但他不是海狼拉尔森的对手，何况还加上了大副。搏斗十分惨烈。一个人经受了这么大的痛苦却还能活着，斗争下去，我真想不到。约翰逊确实在继续斗争，当然，他是没有希望的，连最微弱的希望也没有。这我知道，他也知道，但是，因为他的人格，他不能停止为那人格而搏斗。

搏斗惨不忍睹。我觉得自己快要发疯了。我爬上了升降梯,想打开门往甲板上跑,但是海狼拉尔森已经暂时离开了受害者,狠狠一跳,扑到了我的身边,把我摔到了舱房远处的角落里。

“这可是生命现象呀,骆驼,”他嘲弄地说,“停下来看看呀！你可以收集灵魂不朽的资料呢！何况,约翰逊的灵魂我们是伤害不了的,我们能够摧毁的只是他转瞬即逝的形体。这你是知道的。”

这场殴打似乎持续了好多个世纪——可能还不到十分钟。海狼拉尔森和约翰森使出浑身解数殴打着那可怜的人。他们用拳头揍,用穿厚底鞋的脚踢,把他打倒在地,拽起来又打倒。打得他双眼昏花,看不见东西;打得他的耳朵、眼睛、嘴巴都流血,舱房变成了屠宰场。约翰逊站不起来了,躺在地上,他们仍旧继续打着,踢着。

“行了,这样就行了。”最后,海狼拉尔森说道。

但是大副身上的兽性一发不可收拾。海狼拉尔森只好反手一推,把他挥到了一边。那一挥看似轻松,却把约翰森摔了回去,像软木塞一样撞到了墙壁上,脑袋“砰”的一响,又摔到了地上,几乎昏了过去。他喘着粗气,傻里巴唧地眨巴着眼睛。

“把门全敞开。”我接到命令。

我照办了。两个野兽把人事不知的约翰逊拽了起来,像拖垃圾一样拖过了窄门,拖上扶梯,扔在甲板上。约翰逊鼻子里的血像鲜红的泉水冲到舵手的脚上。舵手不是别人,而是跟他同艇的路易,但是路易只在舵上打了一把,一动不动地注视着罗盘针箱。

态度完全不同的是原舱房小厮乔治·里奇。他随后的行径比前舱后舱任何事物都更令人惊心动魄。他不等命令就爬上了舵楼甲板,把约翰逊拉了过去,竭尽全力给他包扎伤口,让他舒服。约翰逊作为约翰逊已经认不出来了;不但如此,从殴打开始到拽出身子的几分钟里,他的脸已经变得又青又肿，再也认不出是人的脸了。

还是谈里奇的行动吧——我收拾完舱房，他已经包扎好了约翰逊。我上了甲板，想呼吸点新鲜空气，给我那刺激过度的神经一点休息。海狼拉尔森在抽雪茄，检查着“幽灵号”一向拖在船尾的享有专利的测速器。此时测速器已经为了某种目的收回到船上。我突然听见了里奇的声音。那声音猛烈、嘶哑，表现了无法抑制的愤怒。我回头一看，里奇就站在舵楼缺口下的厨房左边。他面色苍白，抽搐着，目光闪亮，两个拳头捏紧高举在头顶。

“上帝把你的灵魂打进地狱，海狼拉尔森，下地狱也便宜了你，你这个懦夫，杀人犯，猪猡！”这就是他的开场白。

我大吃一惊，等待着他立即被打死，但是海狼拉尔森却没有产生消灭他的想法。他只慢吞吞地踅到舵楼甲板缺口，手肘靠在船舱角上，沉思地、低头好奇地打量着那激动的小伙子。

那小伙子对海狼拉尔森的指控可是他从没有经受过的。水手们在水手舱的舱口盖前不远畏畏缩缩挤成一团，看着，听着。猎手们也在“下等舱”外乱七八糟挤在一起，但是随着里奇的长篇咒骂的继续我看见他们脸上的轻佻消失了，就连他们也害怕了。倒不是怕那小伙子的话，而是怕他那惊人的大胆。竟然有活人敢像这样到海狼拉尔森的獠牙边去捋胡须，这好像是不可能的事。我知道自己就被吓出了对那小伙子的崇拜。我看见他身上升起了永恒生命那辉煌的不可战胜性；它有如古代的先知，谴责着不义，战胜了肉体和肉体的恐惧。

好厉害的谴责！他把海狼拉尔森的灵魂赤裸裸地拽了出来，让它受到众人的蔑视。他从上帝和昊天对那灵魂降下急雨一样的诅咒。他用热辣辣的咒骂数落得那灵魂蔫头耷脑，那咒骂带着中世纪天主教逐出教门的分量。他几乎像是上帝，骂了个痛快淋漓，骂上了义愤的一个又一个高峰。只是因为骂得无话可骂，才骂出了最恶毒、最猥亵的话来。

他的愤怒是一种疯狂，嘴边挂满了肥皂泡似的唾沫。他有时骂得噎住了，喉咙里咯咯地响，口齿不清了，而在这整个过程里，海狼拉尔森似乎耽溺于强烈的好奇而忘了一切。他平静，冷淡，手肘支颐，盯着他。这个发酵的生命的疯狂的激动，这个物质的可怕的反叛和蔑视令他激动，令他迷惑，也感到了兴趣。

我和每个人时时刻刻都等着他扑向那小伙子，把他摧毁，可是他没有那冲动。雪茄熄灭了，他仍然一声不响，好奇地盯着他。

里奇已骂了个淋漓尽致，他的激怒已没了威力。

“猪猡！猪猡！猪猡！”他竭尽肺腔的力量不断吼叫，“你怎么不下来杀了我，你这个杀人犯？你是办得到的！我不怕！不会有人阻拦你的！死了不受你管倒比活着攥在你手心里他妈的强多了。来呀！你这个胆小鬼！来杀死我呀！来杀死我呀！来杀死我呀！”

这时托马斯·玛格瑞季的反常的灵魂让他钻进了现场。他一直是在厨房门口听的，可是现在他出来了，装作是往海里扔破烂，却显然是来看那场他觉得必然会出现的屠杀的。他抬头冲着海狼拉尔森的脸谄媚地笑着，拉尔森好像没有看见他，可是那伦敦佬显然是疯了，疯透了，恬不知耻了，竟转身对里奇说道：

“话怎么这样说呢！太难听了！”

里奇的愤怒不再没有威力了，终于有个什么东西来到了他身边；而那伙夫今天又是从那次伤人之后第一次没有带刀。伙夫的话刚一出口便已被里奇打倒在地。他三次爬起来，想逃回厨房，一次又一次都被击倒。

“啊，主呀！”他叫道，“救命！救命！把他弄走，行不行？弄走他！”

猎手们只因为换了个口味，哈哈大笑：悲剧幕落，闹剧出场了。这时水手们也已大胆地聚集到后舱，你推我搡咧着嘴笑，看那讨厌的伦敦佬挨揍。就连我心里也猛然涌起了快活。我承认里奇给托马斯·玛格瑞季那一顿好打叫我很痛快。尽管那也跟玛格瑞季挑唆出的对约翰逊那顿打几乎同样可怕,但是海狼拉尔森的表情并无丝毫改变,连姿势也没有变。他只继续带着强烈的好奇注视着下面。尽管他确信他那实用主义,却也似乎在观看着生命的表演和运动,希望能发现更多有关生命的事物,从生命的最疯狂的扭动看出他至今还没有发现的新东西——那东西仿佛是生命奥秘的钥匙,可以把一切弄个清楚明白。

好一顿暴打!它跟我在舱房看见的那一次很相像。伦敦佬竭力保护自己,躲闪着那暴怒的小伙子,可是没有用。他想往舱房里躲,也没有做到。他被打倒时往舱房里滚,往舱房里爬,往舱房里倒,但是一拳接一拳飞快地打来,打得他晕头转向。他像毽子一样被打来打去,也终于像约翰逊一样孤苦无告地倒在甲板上了,还在挨打挨踢。没有人干预。里奇是可能把他打死的,但是他的仇已经报够了,便转身离开躺着的仇人,走掉了。那人像条哈巴狗一样呜呜地叫着,哭诉着。

但是,这两场开打只不过是那天的开场戏。下午“黑崽”跟亨德森又顶撞起来,“下等舱”里响起了一排枪声。另外四个猎手乱成一团,蹿上了甲板。黑色火药总会造成的刺鼻的浓烟从敞开的升降梯口升起,海狼拉尔森从浓烟里跳了下来。拳头和脚步声传进了我们的耳朵,两人都受了伤。拉尔森正在揍那两人,因为他们不服从命令,狩猎季还没开始就打伤了自己。实际上他们俩都受了重伤。他在揍了他们之后,又像给他们动手术,治伤,像外科医生那样,只是粗糙得多。他探测着子弹打成的伤口,清了创面,我给他当助手。我看见那两人接受海狼拉尔森粗糙的外科手术,没有麻醉,只靠一大杯烈性威士忌支持。

然后,到第一个错班时骚乱又在水手舱里露了头。是造成约翰逊挨揍的闲言碎语和通风报信所引起的。从我们听见的闹声和第二天受伤的人看来,那儿的一半人把另外一半人打了个落花流水。

第二个错班以约翰森跟拉提莫的一仗结束。拉提莫是个美国佬样的瘦猎手。起因是拉提莫谈到大副睡觉后的鼾声。大副虽然挨了揍,全"下等舱"后半夜仍然没有睡着。因为大副进入甜蜜的睡乡之后,还在一而再,再而三地打架。

我自己呢,我受到梦魇的困扰。那一天像是一场可怕的噩梦。暴力跟随着暴力一次再一次出现。燃烧的激情和冷血的残忍驱赶着人们互相残杀,竭尽全力去伤害、毁灭对方,或使之致残。我的神经受到了震动,我的心灵受到了震动。我一辈子都是在对于人的兽性相对无知之中度过的。实际上我只看见生命中智力的诸多方面。我曾经经受过暴力,但那只是智慧的暴力——查理·福路瑟特尖刻的嘲讽,碧蓓洛俱乐部的朋友们的残忍的警句和偶然的锋利的俏皮话,还加上我读大学时某些教授激烈的言辞。

再也没有了,但是在我的眼里,人们以伤害皮肉和放血的方式来发泄对别人的愤怒却还是见所未见的可怕的东西。我在床上辗转反侧,一个又一个做着噩梦。人家叫我娇气的范·魏登不是没有道理的,我想。我觉得自己对生活的现实好像确实一无所知。我尖刻地嘲笑自己,似乎发现用海狼拉尔森的狰狞的哲学解释世界要比用我的哲学更切合实际。

在我意识到自己的思想倾向时,不禁吓了一大跳。我周围不断出现的暴力促进了堕落。它大有可能摧毁我生命中最美好、最光明的东西。我的理智正告诉我,托马斯·玛格瑞季挨的这顿打是邪恶的,可是哪怕要了我的命我也不能够让我的灵魂感到不痛快。即使叫我觉得自己罪恶滔天——因为那的确是罪恶——时,我仍然带着一种不清醒的快感咯咯地笑。我已经不再是亨佛莱·范·魏登了,我是骆驼,三桅船"幽灵号"上的舱房小厮;海狼拉尔森是我的船长,托马斯·玛格瑞季和其他的人是我的伙伴。给他们打下了印痕的压模也正在反复给我打下印痕。

第十三章

我干着自己那份活，也干着托马斯·玛格瑞季那份活，干了三天。我感到得意的是他那份活儿我干得很好。我知道它得到海狼拉尔森的赞美。在我短暂的“政权”之下，水手们都满意地笑了。

“我上船以来吃的第一顿干净饭食，”哈里森在厨房门口对我说，“汤米①做的东西有一种油腻味，腐败的油腻味，我估计他离开旧金山之后就没有换过衣服。”

“我知道他没有换过。”我回答。

“我可以打赌他还穿着衣服睡觉。”哈里森补充。

“你的赌注不会输。”我表示同意，“就那么件衬衫，整个这段时间他就没有脱过。”

但是海狼拉尔森只给了他三天时间，让他养好那顿打所造成的伤害；第四天就抓住他的脖梗子硬从床上拽了起来，让他干活。他腿又瘸，身上又痛，眼睛眯成了一条缝，几乎看不见东西。他抽着鼻子，哭泣着，但是海狼拉尔森全无慈悲的意思。

“小心，别再弄些汤汤水水的东西，”拉尔森离开时对他发出禁令，“别

---

① 汤米：托马斯的昵称、贱称、爱称。指托马斯·玛格瑞季。

再来油腻和肮脏,记住,随时换衬衫,否则我就把你扔到海里去,懂吗?”

托马斯·玛格瑞季有气无力地爬进了厨房,可“幽灵号”船一晃动他就站不稳了。他想稳住脚步,伸手要抓住围在炉子四周以防罐子滑动的铁栏杆,却没有抓住,手已直接落到了滚烫的炉面上,再加上他身体的重量一压,“滋”的一声响,一股烧焦的肉味和一声尖叫发了出来。

“啊,上帝呀!上帝呀!我造了什么孽啦?”他坐在煤箱上嚎叫起来,一起一伏地颠簸着身子收拾着手。“怎么全都落到了我身上了呀?它叫我直想呕吐,直想呕吐。我这一辈子可是尽了力不害人呀!我没有害过人呀!”

眼泪从他那又青又肿的脸上流了下来,他痛得拉长了脸。他脸上迅速闪过一个凶狠的表情。

“我恨死他了!我恨死他了!”他咬牙切齿地说。

“你恨谁啦?”我问。但是那可怜的家伙又悲叹起命运来。要猜出他恨谁比猜出他不恨谁容易。因为我已经看见了他内心的那个恶毒的魔鬼,那魔鬼迫使他仇恨全世界。生命对他的处理那么奇怪,那么凶狠,我有时觉得他连自己也仇恨。这时一种同情便在我心里油然而生。我感到惭愧,因为我曾因他所受到的折磨和痛苦而高兴。生活对他不公正,对他玩了一个下流的恶作剧,把他塑造成了现在这样子,以后还一直在玩着那恶作剧。他有什么机会变成另外一个人呢?他仿佛在回答我这没说出的问题,哀号道:

“我一个机会都没有,半个机会都没有!谁送过我上学呀?我肚子饿了谁给过我面包呀?我当娃娃的时候鼻子摔破了,谁给我擦过血呀?谁帮助过我呀?有谁呀?我问。”

“没有关系,汤米。”我伸出一只安慰的手放在他肩上说,“鼓起勇气来,这一切最终是会过去的。你的日子还长。你想成为什么样的人都是可以做到的。”

“撒谎,他妈的撒谎!”他对着我叫了起来,甩开了我的手,“那是假话,你知道那是假话。我的命已经定了,我是用边角废料造的,可你不同,骆驼,你天生就是个绅士。你从来不知道挨饿是什么滋味,小肚子饿着,肚子里像有个耗子,咬呀,咬呀,好难挨呀。只好哭,哭,哭到睡着。明天我当了美国总统,我就可以美美地吃一顿了。我打小儿就没有吃饱过。

“可那怎么能行呢?我说,我是天生的苦命,受罪命。我受的那野蛮罪比十个人加起来还多,真的。我这一辈子一半的时间都是在医院里过的。我在阿斯宾瓦尔[①]、哈瓦那和新奥尔良都发过高烧;在巴巴多斯害过坏血病,受了六个月活罪,差不多死掉;在檀香山出过天花;在上海断了两条腿;在乌纳拉斯加[②]害了肺炎;在旧金山伤了三根肋骨,内脏全移了位。现在又成了这个样子。你看看我吧!看看我吧!我的肋骨又从背后踢松了,不到八击钟[③]我就会咳血了。我受的这份罪怎么算账呀,我要问。谁给我算账呀?上帝吗?上帝让我到他这倒霉的世界上来签约航海,就是因为不喜欢我呀!”

他对命运的这番长篇大论的攻击持续了一个小时,也许还多。然后他又鼓起劲工作起来,瘸着腿,呻吟着,眼里有对一切生灵的深仇大恨。他的诊断没有错,因为他的病不定时发作,发作时就呕血,非常痛苦;正如他所说,上帝似乎非常仇恨他,不肯让他死,因为他终于好了些,可比任何时候都恶毒了。

几天以后约翰逊爬上了甲板,有心没肠地干着活。他仍然病恹恹的,因为我不止一次看见他痛苦地爬到顶桅上去,或是蔫头耷脑地掌着舵,可更糟糕的是他的精神似乎已经崩溃。他在海狼拉尔森面前露出贱像,对约翰森

---

① 美国宾夕法尼亚州的一个城市。

② 美国阿拉斯加州的一个小岛,在白令海,属阿琉申群岛。

③ 八击钟:航海用语。即四点、八点或十二点。海上报时从四点半、八点半、十二点半各击一击,以后每半小时各增一击。因此四、八、十二点刚好各击八击,称八击钟。

也几乎拜倒在地。里奇的行为可不一样。他在甲板上走来走去,像一只小老虎。他对海狼拉尔森和约翰森公开怒目而视,表示仇恨。

“我会收拾你的,你这个扁平脚的瑞典佬。”有天晚上我听见他在甲板上对约翰森说。

大副在黑暗里骂了他一句,紧接着就有个飞行体当的一声射在厨房墙壁上,然后是更多的咒骂,一声嘲弄的笑。一切平静之后,我偷偷走出厨房,看见一把沉重的小刀扎进了结实的木头里一英寸。几分钟之后大副来了,到处摸索,想找到那把刀,但是第二天我悄悄把刀还给了里奇。交给他时他笑了。那笑比我的阶级成员常用的那种侃侃而谈包含了更多发自内心的谢意。

我不像船上的任何人,我现在发现自己受到了众人的欢迎,跟谁都没有过不去。猎手们大概只是忍受了我,不过也没有人不喜欢我。“黑崽”和亨德森在船上的雨篷下休养,日夜晃荡在吊床上。他们向我保证说我比医院里的护士还强,航行结束拿到工资他们是不会忘记我的。(好像我还缺他们那几个钱似的!我是可以把二十艘像他们这样的船连人带设备全部买过来的!)治疗他们的伤,让他们痊愈,已经成了我的责任,我只好尽力而为。

海狼拉尔森的头痛又厉害地发作了一次,痛了两天。他一定很痛苦,因为他把我叫了去,像生病的小孩一样接受我的命令,但是我似乎无法减轻他的痛苦。不过,他接受了我的建议,没有抽烟喝酒了。尽管像他那么一头极其壮实的动物竟然会头痛,叫我想不出道理。

对他的头痛路易的看法是:“那是上帝的手,我告诉你。那是对他那些黑心勾当的报应。后面还会有报应的,就要来的,要不然……”

“要不然……”我催他说完。

“上帝在打盹,玩忽职守,不过我不该说这话。”

我刚才说我受到了众人欢迎,不对。托马斯·玛格瑞季不但继续恨着我，而且找出了恨我的新理由。我百思不得其解，最后才明白，那是因为我天生比较幸运，用他的话说是“天生是个绅士”。

“怎么还没有死更多的人呢？”我嘲笑路易。那时“黑崽”和亨德森在甲板上肩并肩做着第一次锻炼，友好地谈着话。

路易用他那精明的灰眼睛打量了我一下，不吉利地摇摇头：“就要来的，告诉你，一来可就是狂风暴雨。那风呜呜一吹你就准备救人吧。我已经预感到很久了，现在就能感觉到，就像黑咕隆咚的晚上能够感觉到索具一样。已经到眼前了，快了。”

“谁先动手？”我问。

“总之不是胖子路易，我担保，”他笑了，“我从骨头里都感觉到，明年这时候我就会看见我老妈妈的眼睛了。她老望着海，等着她送出去的五个儿子回来，望得好疲倦呀。”

“他刚才给你说什么啦？”过了一会儿托马斯・玛格瑞季问道。

“他说他有一天要回家去看妈妈。”我使用起外交辞令。

“我可没有妈妈。”伦敦佬用他那黯淡的没有希望的眼睛望着我的眼睛说。

第十四章

我现在才明白过来,我对妇女从来没有给予应有的评价。讲到这个问题,我发现自己虽然不太多情,可到最近为止还从来没有离开过妇女的氛围。妈妈和姐妹们一向在我身边,我总在设法逃避她们,因为她们总要关心我的健康,还要定期入侵我的蜗居,烦得我要发疯。她们一来,我引以为荣的有秩序的混乱便会产生更少的秩序,更多的混乱。她们一走我什么东西都找不到了,尽管看起来整齐美观得多。可现在,唉,她们在身边那感觉,她们的衣裙的窸窸窣窣会是多受欢迎呀!尽管那时我曾打心眼里讨厌她们。我相信我要是有机会回家的话,对她们肯定是不会发脾气了。她们早上、中午、晚上都可以给我吃药,给我看病,每一分钟都可以打扫、整理我的蜗居。我只须靠在椅子上望着,感谢上帝给了我妈妈和好几个姐妹。

这想法使我深思。"幽灵号"船上的这二十多个人的母亲到哪儿去了?我突然感到男子汉完全离开女人自己去闯天下是不自然的,不健康的。粗鲁野蛮是其无可避免的结果。我身边的这些人应该是有妻子、姐妹和女儿的,那么,他们也应该是能够亲切、温柔、富于同情心的。按现在的情况看,他们一个都没有结婚。在漫长的岁月里他们谁也没有接触过好女人,或是受到好女人散发出的难以抗拒的影响,改恶向善。他们没有平衡自己生活的东西。他们本质上属于野兽的雄性特征已是过分发展;而他们本性的另一面，精神的一面，则发育受阻——实际上是萎缩了。

他们是一群独身人，彼此粗暴地摩擦着，一天比一天磨得更迟钝麻木了。我有时觉得他们好像就从来没有过母亲；是些半人半兽的品种；一个独有的种族，没有"性"这个东西；就像海龟一样，是太阳孵化出来的，或者是以某种类似的肮脏方式获得生命的。他们一辈子都在暴行与凶狠里脓肿溃烂，到最后死去时也跟活着时一样可憎。

这个新的思路使我好奇。昨天晚上我跟约翰森谈了谈——那是航行开始以后他第一次赏脸跟我说些不相干的话。他十八岁离开瑞典，现在三十八岁，其间的岁月里没有回过一次家。几年前他在智利的一家水手公寓遇见过一个同乡，听说他的母亲还健在。

"现在她一定是个很老的老太婆了。"他说，若有所思地望着罗盘针盒子，再狠狠望了哈里森一眼。哈里森已经偏离航线一个方位。

"你最后给她写信是什么时候?"

他心里计算着，嘴里念了出来。"一九八一年，不，一九八二年，是吗?不——是一九八三年？是的，一九八三年。十年前了。在马达加斯加一个小海港寄的。我在那儿干活儿。

"你看，"他说下去，好像在对他地球那边被忽略了的母亲说着，"我每年都想回家，因此，写信有什么用呢？再等一年就行了。可每年都要出点事，回不去。现在我做大副了，到旧金山领了工资——说不定能够拿到五百块，就找一只船去打工，绕过合恩角到利物浦，多赚点钱；再从那儿买票回家。那时候她就不用再做事了。"

"那么她还做事吗，现在？她多大年龄了?"

"大约七十了吧。"他回答，然后吹嘘地说："在我们国家，人一生下来就干活，一直干到死。因此我们都长寿。我会活到一百岁的。"

这次谈话我永远不会忘记。这是我所听见的他最后的话；说不定也就是他最后的话。因为我要到舱房去睡觉时,觉得下面太闷(那是一个风平浪静的夜晚,我们已经离开了贸易风,“幽灵号”前进的速度只有每小时一海里),所以便夹了毯子和枕头到甲板上睡觉去了。

在我从哈里森和固定在舱房顶上的罗盘针箱之间经过时,发现他已偏离了足足三个方位。我以为他在打瞌睡,怕他挨骂或者倒更大的霉,便提醒他,可他并没有打瞌睡,眼睛睁得老大,好像心里极为烦乱,无法回答我的话。

“怎么回事?”我问,“你病了吗?”

他摇了摇头,深深地叹了一口气,又好像猛醒过来,住了嘴。

“你最好把航线拨正。”我批评他。

他往回倒打了几把。我观察到罗盘卡慢慢转到了北北东,轻微地摇了几摇,稳定下来。

我重新夹好我的卧具,打算往前走。这时有个动作落进我的眼里。我往船后看了看栏杆。一只健壮的湿淋淋的手正在抓栏杆。第二只手也在旁边的黑暗里露了出来。我一看,呆住了。是什么妖怪从漆黑的大海里爬上来了?我看见那东西(不管是什么)在抓住测速器绳往上爬。我看见一个脑袋露了出来,湿淋淋的头发下垂。然后便是海狼拉尔森的眼睛和脸,不会错的。他右颊鲜红,流着血,是从头上的伤口流下的。

他赶快一用劲,翻身上船站定;同时急忙打量舵边的人,好像要弄清对方的身份,弄清对他不必害怕。海水从他身上流下,沙沙的声音隐约可闻,引开了我的注意。他向我走来时我本能地退缩了,因为我从他眼里看见了死亡。

“没有事,骆驼,”他低声说,“大副在哪儿?”

我摇摇头。

“约翰森!”他轻轻地叫喊,“约翰森!”

“他到哪儿去了?”他问哈里森。

那年轻人似乎恢复了镇定,因为他回答得很平静:“我不知道,先生。刚才还看见他走过去。”

“我也是刚才走过去的,可是你看见了,我不是从走过去的路回来的。你能够解释吗?”

“你一定是落到海里了,先生。”

“要我到‘下等舱’去找找他吗,先生?”我问。

海狼拉尔森摇摇头。“你是找不到他的,骆驼,可你会知道的,来吧,毯子就别管了,让它留在那儿吧。”

我跟他走了。中舱没有丝毫动静。

“那些混账猎手,”他说,“太肥太懒,连四小时的班都值不下来。”

但是我们在前甲板下的水手舱里发现了三个水手在睡觉。他把他们都扳过来看了看脸。他们原该在甲板值班的,但是船上有个习惯,风平浪静的晚上值班的人都睡觉,负责人、舵手和守望人除外。

“是谁守望?”他问。

“我,先生。”霍里奥克回答,声音略带颤抖。他是远洋水手之一。“我只是刚才迷糊了一会儿,先生。对不起,先生。以后再也不了。”

“你在甲板上听见什么没有?看见什么没有?”

“没有,先生,我……”

可是海狼拉尔森厌恶地哼了一声,已经走掉了,留下那水手揉着眼睛纳闷:怎么这么容易就给放过了。

“轻一点,现在。”海狼拉尔森悄悄对我发出警告。他躬下身子进了水手舱的门,准备下去。

我跟着,心里怦怦地跳。我不知道要出什么事,正如不知道已出了什么事,但是血是已经流了,海狼拉尔森掉到了海里,脑袋也打破了,这可不是他的怪想，何况约翰森又失踪了。

这是我第一次下到水手舱。我站在楼梯底下时所得到的印象是不会很快忘记的。那舱房直接建在船头的两个圆窗之间，呈三角形。三面都是铺位，上下铺，共是十二个。那舱房并不比格拉布街[①]的通铺间大，然而十二个人就被赶到里面，在那儿吃喝拉撒睡。我家里的寝室不大，但这样的水手舱可以装下十二个，至于天花板的高度，那就二十倍也不止了。

那屋子发出酸臭和霉味。我在摇曳不定的风灯光里看见所有的墙壁空间都挂满了各种各样的水靴、雨衣和衣服，脏的干净的都有。三桅船每前进一步这些东西就摇晃一次，发出嚓嚓声，像树木摩擦着屋顶或墙壁。有个地方一只靴子不时地大声撞在墙上，砰砰地响。虽然海上风平浪静，木料和隔墙的吱嘎声和船下深渊的澎湃声仍然构成了连绵不断的合唱。

这一切睡眠的人都并不在乎。他们一共是八个人——两个值过班的睡下面，他们的体温和呼吸使空气很憋闷。我的耳朵里塞满了他们的鼾声、叹气声和低低的呻吟——那是野兽般的人在睡眠中的明显象征，可是他们真在睡觉吗？都在睡觉吗？刚才睡过觉吗？这显然是海狼拉尔森想要追究的事。他要找出装睡的人、没有睡的人、刚才没有睡的人。他的做法令我想起薄伽丘的一个故事[②]。

他从架上取下摇曳的风灯递给了我。他从右前方的床位开始。上铺睡的是武富提·武富提，夏威夷人，出色的海员，伙伴们叫他夏威夷人。他平躺着，呼吸安详得像个女人。一只手放在脑后，一只手放在毯子上。海狼拉

① 伦敦的一条街，为靠笔墨为生的穷文化人聚居之地。

② 乔万尼·薄伽丘(1313—1375)，意大利作家。他的名著《十日谈》第三日的第一个故事说：一个马夫冒充国王和王后睡了觉，又回到仆役房里假装睡着。国王摸了他的胸脯，心跳得厉害，认出了他，剪去了他的头发，作为标志。马夫在国王走后又剪掉了同屋里所有的仆役的头发，终于混了过去。

尔森用拇指食指把住他的手腕,数了脉搏跳动。中途那夏威夷人惊醒了,醒得跟睡时一样平静,身子丝毫没有动,只有眼睛动了,睁大了,又大又黑,闪着光。他盯着我们的脸看了一下,没有瞬动。海狼拉尔森把指头放到唇上,示意他别声张,那眼睛又闭上了。

下铺睡的是圆滚滚的路易,热烘烘地出着汗,真正睡着了,睡得很吃力。海狼拉尔森把他的脉时他不安地动弹着,挺了一挺,身子暂时支撑在双肩和双脚上。他的嘴唇动了,说出了谜一样的话:

“一先令等于四分之一美元。对三便士的钱得小心,否则栈房老板会当成六便士塞给你。”

然后他发出一声沉重的抽噎的叹息,翻过身去,说:

“六便士的钱又叫硝皮匠,一先令的钱又叫鲍布,可是马驹①是什么我不知道。”

海狼拉尔森感到满意,两人确实是睡着的。又往前走,来到右舷的两个后床位。我们在风灯里看见一上一下睡的是里奇和约翰逊。

海狼拉尔森弯下身子去把下铺约翰逊的脉时,我站直了身子擎着灯,看见里奇的头悄悄抬了起来,窥视着床位下面,看出了什么事。他一定是猜到了海狼拉尔森的伎俩,又看出了那侦察准能奏效,因为我手上的灯忽然被打掉了,水手舱变成了一片漆黑。他一定已于同时直扑到了海狼拉尔森身上。

最初出现的是公牛对野狼的搏斗的声音。我听见海狼拉尔森大声发出激怒的吼叫,里奇发出拼命的、令人血液凝固的咆哮。约翰逊一定也立即参加了,那么,他这几天的贱像和讨好都不过是有计划的伪装。

黑暗里的这场搏斗吓得我心惊胆战。我靠在楼梯上发着抖,上不去了。我胃里那种难受的感觉又出来了。那感觉是我看见肉体暴力总会引起的。

---

① 硝皮匠、鲍布和马驹:英国俚语对几种钱币的特别叫法。马驹值二十五英镑。

这一回我虽没有看见,却听见了拳打脚踢的声音——那是肉狠狠地打着肉的摧毁性的软声音。然后是绞在一起的肉体碰撞的声音,吃力的呼吸声,因突然的痛苦而倒抽着冷气的急迫的、短促的声音。

肯定还有人参与了杀死船长和大副的合谋,因为我从那声音听出里奇和约翰逊得到了新伙伴的支援。

“谁去拿把刀来!”里奇叫喊道。

“敲他的脑袋! 砸出他的脑浆!”这是约翰逊的叫喊。

但是海狼拉尔森在发出最初的吼叫之后,就再也没有出声。为了生命他一声不响地做惨烈的斗争。他被包围了,从一开始就倒了,一直没能站起身子。尽管他力大无穷,我仍然觉得他没有希望。

他们战斗的强力给了我生动的印象;因为他们的身子拱来拱去,撞倒了我,使我受了严重的挫伤。我在混乱中终于设法爬进了一个不挡道的空床位。

“水手们! 我们抓住他了! 抓住他了!”我听见里奇在大叫。

“抓住谁了?”真在睡觉的人莫名其妙地惊醒过来,问道。

“是他妈的大副!”里奇狡猾地回答道。他几乎喘不过气来,吃力地说。

这话受到呜呜大叫的欢迎。从那以后便陆续有七个精壮汉子压到海狼拉尔森身上。我相信没有参加的是路易。水手舱像个被盗贼惊动了的愤怒的蜂窝。

“喂! 下面是怎么回事?”我听见拉提莫在舱口大声问,他听见下面黑暗里闹得沸反盈天,却不愿轻易下到这情绪的地狱里来。

“谁拿把刀来? 谁拿把刀来?”第一次相对平静时,里奇便提出请求。

袭击者人数太多,造成了混乱,他们使出的劲彼此妨碍,而只有一个目的的海狼拉尔森却达到了目的。那目的就是打过房间,来到楼梯口。虽然完全在黑暗里,我却凭声音知道他的进展。他一来到楼梯口就做出了不是巨人办不到的事。一大堆人都在使劲按住他，可他却全凭着胳臂的力气，硬从地板上一把一把撑了起来，站直了身子；然后又一步一步手脚并用缓慢地挣扎着爬上了楼梯。

那最后的一幕我是用眼睛看见的。因为拉提莫终于取来了一盏灯，举在手里，灯光照在楼梯口上。海狼拉尔森快到顶了，我虽然看不见他，却能够看见一大堆人紧抱住他，扭动着，像个多脚的大蜘蛛。大蜘蛛随着船体有规律的颠簸而晃动着。那一大堆人一步一步，非常缓慢地爬了上去。有一回它摇晃了一下，几乎倒回来，却又稳住了脚步，仍往上爬。

“是谁呀?”拉提莫问。

我在灯光里看见他那莫名其妙的脸往下望。

“是拉尔森。”我听见人堆里一个闷住的声音回答。

拉提莫伸下他的空手。我看见一只手伸上来抓他的手。拉提莫一拉，紧接的一两步便是扑上来的了。然后海狼拉尔森的另一只手也伸了上来，抓住了梯口边缘。那堆人被甩离了楼梯，可仍抱住快要逃掉的对手不放。人们开始散落，有的被梯口尖利的边缘刮掉，有的被开始狠命踢着的腿蹬掉。最后掉下的是里奇，脑袋和肩膀从梯口直落到下面匍匐的伙伴们身上。海狼拉尔森和灯光消失了，我们被扔在黑暗里。

第十五章

梯口下的人们翻身爬起时发出了大量的咒骂和呻吟。

“谁擦根火柴，我的大拇指脱臼了。”帕森司说。帕森司是个黝黑、快活的人，斯坦第什小艇的舵手，哈里森是桨手。

“那指头会连在手上晃来晃去的。”里奇说着在我躺着的床位边上坐下。

有人在摸火柴，擦火柴。风灯亮了，暗淡地冒着烟。赤裸着腿的人在离奇的灯光里晃动，人们收拾着挫伤，处理着伤口。武富提·武富提抓紧帕森司的大拇指使劲一扯，让它复了位。这时我注意到那夏威夷人的拳头关节横裂开来，露出了肉。他让大家看，闪动一排漂亮的白牙傻笑着，并解释说那是揍到海狼拉尔森嘴上时受的伤。

“啊，原来是你呀，哼，你这个黑叫花子。”凯利气冲冲地追究起来。凯利是个美国籍的爱尔兰人，码头工人，寇伏特的桨手，第一次航海。

他追究时吐出了一口血和牙齿，把自己那张咄咄逼人的脸凑到了武富提·武富提面前。夏威夷人跳回自己的床位，又跳了回来，手上晃着一把长刀。

“快放回去，真讨厌。”里奇干预了。他尽管年轻没有经验，却显然是水手舱的首领。“行了，凯利，别去找武富提的麻烦了。黑漆漆的他怎么知道是你?”

凯利嘟哝了两声消了气,夏威夷人的白牙闪亮了,露出感激的微笑。他是个好看的人,身材的线条逗人喜欢,几乎带女性味。大眼睛里有一种温柔和朦胧,似乎跟他应当获得的善于打斗和行动的名声不相称。

“他是怎么跑掉的?”约翰逊问道。

他坐在自己的床位边上,整个坐相说明他完全沮丧了,绝望了。他因为累得够呛,还在大口大口喘着气。他的衬衫在搏斗中全扯掉了,面颊上有个伤口,流着血,那血流到他赤裸裸的胸膛上,流到他白色的大腿上成了一道红线,再滴到地板上。

“因为他就是魔鬼,我早告诉过你了。”里奇回答。说着站了起来,眼里噙着泪水为失望而大生其气。

“你们怎么就没有人拿把刀来!”他不断表示遗憾。

但是别人都一味在提心吊胆,担心后果,没有理他。

“他怎么知道谁是谁呀?”凯利问,说时凶狠地望着周围的人,“除非这儿有人去告密。”

“他看咱们一眼就知道了,”帕森司回答,“只需要看一眼就足够了。”

“告诉他是甲板翻起来把你的牙从牙床上磕掉的。”路易傻笑。他是唯一没有下床的人,他很得意身上没有宣告他参与了头天晚上活动的伤。“等着他明天看你们的面孔吧,诸位。”

“我们就说以为是大副。”一个说。又一个说:“我知道该怎么说——我听见打架了,从床上跳起来,下巴却狠狠挨了一家伙,于是对打了起来。黑咕隆咚的,也不知道是谁,是什么,只顾乱打一气。”

“你打的可就是我,当然。”凯利赞成,脸上暂时放出了光彩。

里奇跟约翰逊没有参加讨论。很显然,伙伴们都认为最糟糕的命运对他俩已是无可避免;他俩已没有了希望,完蛋了。里奇听他们讲了一会儿他

们的担心和指责,然后爆发了:

"你们真叫我厌弃!一大群讨厌鬼!要是你们嘴里少说点,手上多干点,这时候他早完蛋了。我叫的时候你们怎么没人给我拿把刀来?你们叫我恶心!还一个劲抱怨,叫喊,好像他抓住你们就会杀掉一样!你们他妈的知道他不会的。他做不到。这儿没有水上荐头①和海岸瘪三,他还需要你们给他干活,迫切需要。没有了你们谁给他划桨,把舵,开船?他有曲子要唱自有我和约翰逊去听。现在你们都到床上去捂上脸睡吧,我想睡了。"

"好了,好了,"帕森司说话了,"也许他不会为难我们,但是,记住我的话,从此以后地狱为这条船上的无名尸体敞开了大门。"

这整个时间我都在为我的危险处境担心。我要是被这些人发现了会怎么样?我不可能像海狼拉尔森那样一路打出去。这时拉提莫从楼梯口往下叫喊了:

"骆驼,老头子要你去!"

"他不在这儿!"帕森司回答。

"在这儿。"我说,从床上溜了下来,竭尽全力让声音显得镇定和勇敢。

水手们望着我大惊失色。他们满脸是严重的恐惧和与之俱来的魔鬼样的凶狠。

"我来了!"我对拉提莫叫道。

"不行,你不能够走!"凯利叫了起来,抢到我和楼梯之间,右手做出一个十足的掐脖子的手势。"你他妈的小耳报神!我得堵住你的嘴!"

"放他走!"里奇命令道。

"不行,拿你的命担保也不行。"他愤怒地反驳。

里奇仍然坐在床沿上,姿势没变。"放他走,我说。"他重复;但是这一

---

① 荐头:旧时以介绍佣工为业的人。

次他的声音断然而且强硬。

爱尔兰人犹豫了。我有想从他身边过去的意思,他让开了。我来到楼梯下,对那一圈在昏暗中盯着我的野蛮而恶毒的面孔转过脸去,心里蓦然升起了深沉的同情,想起了伦敦佬的说法:上帝既给他们那么大的折磨,一定是很恨他们。

“我什么都没有看见和听见,相信我。”我平静地说。

“他没有问题,我告诉你,”我上楼梯时听见里奇在说,“他也不比你或我更喜欢老头子。”

我发现海狼拉尔森在舱房里,脱光了衣服,血迹斑斑的等着我。他用他那种随意的笑招呼我。

“来,医生,动手吧。从迹象看来,这次航行你实习的机会多的是。我真不知道‘幽灵号’没有你会是什么样子。如果我也能有那种高贵的情操的话,我就会对你说,‘幽灵号’的老板感谢你。”

我知道“幽灵号”带的那类简陋的药箱是什么样子。我在舱房炉子上烧水,做着包扎准备时,拉尔森在走来走去,谈笑风生,仔细打量着自己的伤。我以前从没见过他脱光衣服,他那身体的形象让我屏住了呼吸。我没有赞扬肉体的癖好——远远没有,但是我还有足够的艺术家气质去欣赏肉体的奇迹。

我必须说,海狼拉尔森那完美的线条迷住了我,我被一种可以誉为惊人之美的东西迷住了。我曾经注意过水手舱里的人。其中有的人也肌肉发达,但都有不足之处,有的这儿发育不够,有的那儿发育过分;有的这儿略微歪扭或弯曲了一点,破坏了匀称;有的腿太短,有的腿太长;有的则露出了太多或太少的肌腱或骨头。唯一全身线条都令人愉快的是武富提·武富提,但愉快是愉快,我却觉得他有点女性化。

但是海狼拉尔森却是男子汉型的、雄性的、完美无缺的,几乎是个神。

他一举手一投足，巨大的肌肉就在缎子一样的皮肤下跳跃运动。还有一点我忘了说：他的青铜色只到脖子为止，由于他的斯堪的那维亚血统，他的身子白得像最白的妇女一样。我记得他举起手来摸头上的伤时，我观察过他的二头肌，那二头肌像个活物在鞘里活动。有一回就是那二头肌几乎要了我的命。我还见过那二头肌打出那么多有杀伤力的拳头。我的眼睛对他恋恋不舍。我站在那儿一动不动，手上拿着的一卷消毒棉花自己散掉了，滚到了地上。

他注意到了我，我也意识到自己在凝视着他。

"上帝把你造得多好呀！"我说。

"是吗？"他回答，"我也常这么想，而且想过它的目的何在。"

"目的是……"我开始说。

"是实用。"他插嘴道，"创造这个身体就是为了实用。肌肉是用来擒拿、撕扯和破坏妨碍着我生活的生物的。可是你想到过别的生物吗？它们不也同样有这种或那种天生用来擒拿、撕扯和破坏的肌肉吗？在它们妨碍我的生命时我就比它们擒拿得更有力，撕扯得更凶狠，破坏得更残酷了。不能用目的来解释。只有用实用才能解释。"

"这种解释不美。"我驳斥道。

"你的意思是说，生命就不美，"他笑了，"可是你说上帝把我造得很完美。你看见这个了吗？"

他的腿和脚鼓起劲来，脚趾蹬紧了舱房地板，好像要抓住它，一疙瘩一疙瘩、一股一股的肌肉就在皮肤下面颤抖起来，虬结起来。

"摸一摸。"他命令。

那肌肉硬得像铁。我还注意到他的整个身子下意识地收缩了起来，又紧张又灵敏。我还注意到他的肌肉在腰胁附近，在背部，横过肩膀轻柔地滚动着攥聚着；注意到他双臂略微举起，肌肉抽紧，指头弯曲，使双手变成了鹰爪;就连眼睛也改变了表情,其中有了警惕、打量的光,不是别的光,而是战斗的光。

“稳定,平衡。”他说着松弛下来,身子恢复到休息状态。“脚是用来抓住地面的,腿是用来站立和承受压力的,而我用胳臂和双手;牙齿和指甲是用来为杀死而斗争,为不被杀死而斗争的。这是目的吗? 更合适的字眼是实用。”

我没有争论。我已经看见了原始兽类的斗争机制,得到了深刻的印象,好像是看见了巨大的军舰或横跨大西洋的客轮的引擎。

考虑到水手舱里那场搏斗之凶狠,他的伤口之轻微就令我吃惊了。我把伤口巧妙地包扎了起来,并以此而骄傲。除了几处较为厉害,其他的伤都不过是些较严重的破皮和挫伤。落水前他头上挨的那一刀砍破了他几英寸头皮。我按照他的指示先剃去头发,清了创,再缝合了伤口。他的小腿严重撕伤,看上去像是给牛头犬咬了。他告诉我,搏斗开始时有个水手用牙咬住了小腿,一直不放,他把他一直拖到水手舱的扶梯下,才踢掉。

“顺带说一句,骆驼,我曾经说过,你是个管用的人。”我的工作做完,海狼拉尔森说:“我们缺了一个大副,你知道。今后你就要值班了。每个月七十五块,前舱后舱的人都叫你范·魏登先生。”

“我——我——不懂得航海,你是知道的。”我倒抽了一口气。

“根本不需要。”

“坐这么高位子我还真不愿意。”我反对了,“我发现在我目前的低矮座位上生命已经够危险了。我没有经验。中不溜也是有好处的,你看。”

他微笑了,好像问题已经全部解决。

“我不愿意在这个地狱船上做大副!”我不客气地叫道。

我看见他的脸色严厉起来,眼里闪出凶残的光。他走到卧室门口,说道:

"现在,晚安,范·魏登先生。"

"拉尔森先生,晚安。"我有气无力地说。

第十六章

我不能说当了大副有什么好处，除了不洗盘子。我对大副的最起码的任务都不知道，若不是水手们同情我，准会弄得一团糟。对于绳子和索具、收帆和起帆的细节我一无所知，但是水手们都尽力帮助我——路易是个特别好的老师，我和手下的人相处融洽。

可跟猎手们相处就不同了。他们对海上的知识水平各不相同，可都把我当个笑话。实际上我也觉得是个笑话。我，一个地道的陆上人，竟然填补起大副的职位来了。可是，让别人当做笑话又是另外一回事。我没有抱怨，但海狼拉尔森对我的事特别考究海事规矩——比在可怜的约翰森身上考究多了。他吵了几架，发出了几次威胁，引起了许多嘟哝，终于调整好了猎手们的步调。我在前舱和后舱都是“范·魏登先生”了，海狼拉尔森也只在非正式场合才叫我骆驼。

真有趣。我们吃饭时说不定风向改变了几个方位，我离开桌子他就会说：“范·魏登先生，您是否去调理一下，左舷抢风‘之’字形前进。”我就上甲板去，做手势叫路易过来，向他请教怎么办。几分钟以后，我消化了他的指示，完全明白了操作过程，就开始下命令了。我记得这事有一个早期的例子。我刚开始下命令，海狼拉尔森就来了，抽着雪茄静静地看着，一直看到我办完了事，然后沿着舵楼露天甲板和我并排往船后走去。

“骆驼，”他说，“对不起，范·魏登先生，我祝贺你。我觉得你现在可以开除你爸爸的腿，让它们回坟墓他那儿去了。你已经发现了你自己的腿，学会靠自己的腿站住了。再学点绳索功夫、使帆技术，有点对付风暴的经验和诸如此类的，到航行末了你就可以驾驶任何沿海航行的三桅船了。”

我在“幽灵号”上过的最愉快的日子就是在这段时间，从约翰森死后到到达猎海豹场之间的时间。海狼拉尔森很关心，水手们很帮忙，跟托马斯·玛格瑞季的来往也不惹我生气。坦率地说，随着日子一天天过去，我发现我心里还为自己暗暗骄傲了起来。情况虽然荒谬——一个旱鸭子当了二把手，我毕竟搞得还不错；在那短短的时间里我为自己感到骄傲，而且喜欢起脚下的“幽灵号”的起伏颠簸。它正往北方航行，然后往西方，穿过热带的海洋到我们要灌水箱的小岛去。

但是我的愉快并不纯粹，它只是比较而言，是一个处于十分痛苦的过去和十分痛苦的未来之间的较少痛苦的阶段。因为对海员们来说“幽灵号”是苦不堪言的地狱船。他们得不到一点点休息或是平静。海狼拉尔森把他们对他的谋杀和在水手舱对他的殴打埋在心里；上午中午晚上和通夜都一个心眼收拾他们，叫他们活不下去。

他很明白小事造成的心理，他就是靠小事把全船人员折磨得要发疯。我见过他把哈里森从床上叫起来，去把一把放得不对的油漆刷子放好，还把下面两个休班的人从疲倦的床上叫起来看他做。小事，的确，可是把这样一个聪明头脑设计的小事乘以几千，水手舱的人的心情就大体可想而知了。

当然，大量的抱怨和小规模的爆发会不断出现。拳头打了出去，于是总有两三个人在治着伤，是那个人形野兽，他们的老板打的。面对着“下等舱”和舱房里的武器库，共同行动是不行的。里奇和约翰逊受到海狼拉尔森魔鬼一样的性格的特别伤害。约翰逊脸上和眼里固定下的深沉的悲哀使我的心流血。

里奇可不同。他身上有过多的暴虎冯河的性格。他好像被一种无法化解的愤怒所左右,没有时间悲伤。他的嘴唇扭曲了,似乎永远在嚎叫。一见到海狼拉尔森就发出了声音,又恐怖又带威胁,我确实相信这是下意识的。我曾经见过他用眼睛尾随着拉尔森,像个野兽看着管兽人。那时那动物般的嚎叫就在他的喉咙深处发出,在他的牙齿之间颤抖。

我记得有一个晴朗的日子,我打算向他下命令,在甲板上先拍了一下他的肩膀。他背对着我,我的手刚一接触到他,他便一跳老高,蹦了很远,同时吼叫着转过头来。他一时把我当成了他仇恨的那人了。

他和约翰逊只要稍有机会都是会杀死海狼拉尔森的,可是机会总不出现。海狼拉尔森太精,不会给他们机会。何况他们还没有管用的武器。光用拳头是没有任何指望的。拉尔森打过里奇好几次,里奇总还手,像野猫一样拳头、牙齿、指甲全用上,直打到筋疲力尽或人事不省躺到甲板上,仍然从不惧怯再干一仗。他身上的全部魔鬼劲都向海狼拉尔森的魔鬼劲挑战。两人只要同时在甲板上出现就打,咒骂着,咆哮着,大打出手。我还看见过里奇猛然扑到了海狼拉尔森身上,一不警告二不挑战。有一回他抽出鞘里那把沉重的刀扔向拉尔森,只差一英寸就命中了他的咽喉。还有一次他从尾帆桅顶的横桁上扔下一根穿索用的钢锥。在滚滚航行的船上那是困难动作,但那小矛从七十五英尺高的空中飕的一声飞来,差不多就命中了海狼拉尔森的脑袋——那时他刚从舱房楼梯爬上来。小矛扎进了结实的甲板木里两英寸。还有一次他悄悄进了"下等舱",弄到了一支上了火药的枪正想往楼上跑,却被寇伏特抓住,缴了械。

我常常猜测海狼拉尔森为什么不杀死他,把问题解决,可拉尔森总是哈哈大笑,好像很好玩,很带劲,那感觉就像把凶猛动物当作宠物的人。

"提着脑袋过日子,"他对我解释,"给生活增加刺激。人天生就是赌徒,生命是他所能够下的最大的赌注。输赢越大越带劲。我为什么不把里奇的灵魂刺激得发高烧，让我自己快活快活呢？我这是对他的恩赐。快活的刺激是双面的，他比前舱任何人都过得豪华呢，虽然他自己不明白。因为他有别人没有的东西——有目的，有事做，而且有可能做到，他有全心全意追求的目标——想杀死我，而且有希望。骆驼，他日子过得可深沉、可高贵呢。我怀疑他以前是否有过这种快速而紧张的日子。说真的，我看见他那样激动敏感地大发雷霆，有时还真嫉妒他。”

“啊，可这是怯懦，怯懦！”我叫道，“你占了所有的优势。”

“我们俩谁更怯懦？是你还是我？”他严肃地问道，“环境不妙你就跟你的良心妥协，让自己同流合污。你要是真了不起，真忠实于自己，你就跟里奇和约翰逊连手了。可是你害怕，你害怕，想活。你身子里的生命叫喊着说它必须活下去，无论付出什么代价都行。因此你过着不光彩的生活，不忠实于你美妙的梦想，对你整个可怜的小信条犯着罪，如果有地狱的话，那就是让灵魂往地狱对直冲去。呸！我扮演的角色可要勇敢一些，我没有犯罪，因为我忠实于我身体内部生命的种种要求，而你却不。”

他的话里带着刺。我也许归根到底真扮演着一个胆怯的角色。我越是思考就越是觉得我对自己的责任就是按照他说的话做，跟里奇和约翰逊连手杀死他。此刻我的清教徒祖先的严峻的良心出现了，促使我走向凶险的动作，把杀人也批准为正确的行为。我发挥着这个想法。为世界除去这样一个魔鬼是非常道德的行为。人类会因此而更幸福，生命会因此而更美好甜蜜。

我久久地思考着这个问题，在床上辗转反侧，回顾着周围一连串的事实。上夜班时海狼拉尔森在下面，我跟约翰逊和里奇谈话。两人都失去了希望：约翰逊因为气质上的消沉；里奇因为在无效的斗争里已经竭尽全力，筋疲力尽，可是有天晚上他抓住我的手动情地说：

“我认为你正直。范·魏登先生，可是你别行动，闭住嘴，除了打鼾别出声。我们是死定了，我知道；可是说不定哪天在我们最需要的时候你仍然可能帮我们的忙。”

就在第二天海狼拉尔森开口发出了预言，那时温莱特岛已经在顶风的方向依稀出现。他已经攻击过约翰逊，也受过里奇攻击，刚把两人都打败了。

“里奇，”他说，“你知道我总有一天会杀掉你，你知道吗？”

回答是一声咆哮。

“至于你嘛，约翰逊，不等我把你收拾够你就会恨不得死掉，自己跳到海里去的。你看你会不会不跳。”

“我这个建议，”他对我做了个旁白，说，“他是会照办的，我拿一个月的薪水打赌。”

我曾经怀着一个希望，在我们给水箱装水时那两个人会跑掉。但是海狼拉尔森停靠的地方是经过精心选择的。“幽灵号”停靠在一个荒凉海滩的水花线以外半英里。那儿一个幽深的峡谷逐渐展开，两面是没有人能攀登的火山岩峭壁。在这儿，在他亲自监督之下——他自己上岸去了，里奇和约翰逊装满了水桶把它们滚下海滩。他们没有机会划小艇逃掉。

不过哈里森和凯利倒试了一下。他们俩组成了一只小艇的船员，任务是在三桅帆船和海岸之间来往。每一趟运一桶水。午饭以前他们载了一个空桶往岸边划去，却改变了路线划往了左边，想绕过伸向大海、横插在他们与自由之间的海岬。海岬的浪花飞溅的石基外已是日本殖民者的美丽的村庄和微笑的山谷，那里直通内陆。只要到了那些房屋通向的山寨，他们俩就可以向拉尔森挑战了。

我早观察到了亨德森和“黑崽”整个早上都在甲板上徘徊，现在明白了其中的奥妙。他们拿出枪对准逃亡者从容地开了火。那是一种冷酷的枪法表演。起初他们的子弹只在小艇两边的水面上吱吱地飞过，并无妨碍；可那两个人仍然不要命地划时，子弹就越射越近了。

“现在看我打掉凯利的右桨。”“黑崽”说，瞄准得仔细了一些。

我是在望远镜里看的。我看见桨片被他打了个粉碎。亨德森如法炮制，打碎了哈里森的右桨。小艇转了过来。剩下的两支桨也给打碎了。两人设法用破桨划着，也给打飞了。凯利从船底掰下一块木板，用它划着，可是痛得叫了起来，把它扔掉了，手给破木板扎伤了。他们只好放弃，让船顺水漂流，直到海狼拉尔森从岸上打发另外一只小艇去把他们拖了回来，上了船。

那天下午我们拔锚起航。前面再没有什么工作，只剩下猎海豹场上的三四个月狩猎了。前途确实一片漆黑，我心情沉重地工作。一片几乎是丧礼一样的阴霾降临到了“幽灵号”头上。海狼拉尔森因为他那奇怪的像要裂开一样的头痛也躺到了床上。哈里森没精打采地站在舵轮边，一半靠在舵轮上，仿佛厌倦于自己肉体的重量。别的人全都阴郁沉默。我遇见凯利蹲在水手舱天窗盖的避风一面，脑袋搁在膝盖上，双手抱着脑袋，姿势难以描述地绝望。

我发现约翰逊直挺挺地趴在水手舱前沿，凝视着船头飞旋乱溅的水花，我恐惧地回忆起海狼拉尔森的建议。那建议似乎有可能产生后果。我设法把他叫开，想打断他那病态的思想，可是他只对我阴郁地一笑，不肯照办。

我回后舱时里奇靠近了我。

“我想求你一件事，范·魏登先生，”他说，“你要是有机会回到旧金山，请找一找马特·麦卡锡。他是我爸，住在山上，在五月集市的面包作坊背后，开一爿皮鞋修理小店，大家都知道，不会多费事的。告诉他我很抱歉给了他那么多麻烦，也为自己做的事感到抱歉。请代我告诉他‘愿上帝保佑他’。”

我点了点头，但是说道，“我们都会回到旧金山去的，里奇，我去见马特·麦卡锡的时候你会跟我一起。”

“我希望相信你,”他回答,握着我的手,“但是我回不去了。海狼拉尔森会要了我的命的。我只希望他干得利索点。”

他离开时,我也意识到自己有同样的愿望。既然逃不掉,倒不如早来的好。我也卷入了那普遍存在的阴郁。最糟糕的局势似乎无可避免。我一连几个小时在甲板上踱来踱去,发现海狼拉尔森那可憎的想法折磨着我。这一切都是为了什么？生命的壮丽在哪里？怎么能够容许像这样肆无忌惮地毁灭人的灵魂！这种生命毕竟是廉价而肮脏的,越早结束越好！我也靠在栏杆上,怀着渴望凝视着大海,感到自己早晚也会往它那清冷碧绿的遗忘深渊里沉下去,沉下去。

第十七章

奇怪的是，尽管大家都有预感，“幽灵号”上并没有重大的事件发生。我们向北行驶，然后西行，一直来到了日本海岸附近，赶上了巨大的海豹群。海豹们不知道是从浩瀚的太平洋上什么地方游来的，正进行着它们一年一度的大迁徙，往白令海的栖息地游去。我们跟着海豹向北走，掳掠着，屠杀着，把剥光的尸体扔给鲨鱼，把毛皮用盐渍好，准备以后用来装饰城市妇女美丽的肩头。

那是肆无忌惮的屠杀，完全是为了妇女。没有人吃海豹肉或油。一天顺利的屠杀让我看见的是甲板被毛皮和尸体盖满，被脂肪和血弄得滑溜溜的，船身两侧的排水孔边血流成渠；船桅、绳索和栏杆上都溅满了鲜血。人们仿佛干着屠夫的营生，赤裸的手和胳臂血迹斑斑，辛辛苦苦挥动着剖腹刀和剥皮刀，从他们杀死的美丽的海上生物身上剥下皮来。

他们从小艇回到船上之后，我的任务就是登记皮张，监督剥皮和冲洗甲板，恢复甲板原貌。那是不愉快的工作，我从灵魂到肠胃都感到恶心；但是对许多人发号施令在一定的意义上对我也有好处。它发挥了我那一点点行政才能。我意识到自己经受着某种强化和锻炼，那对于“娇气的范·魏登”只有好处。

我开始感觉到了一件事：我再也不会像过去的我了。尽管我对人类生命的希望和信念没有被海狼拉尔森的摧毁性的批判所消灭，他在小事上却也给我带来变化。他为我打开了现实的世界，实际上我一向对现实世界一无所知，也总在它面前退缩。我学会了更加密切地观察生活的实际，承认世界上还有叫作事实的东西，从心灵的和观念的天地里解脱了出来，承认存在在具体和客观方面有一定的价值。

我在海狼拉尔森面前得势之后，跟他见面的机会比过去多了。因为若是天气好，而我们又在海豹群里，所有的人便都下艇去，船上便只留下他、我和无足轻重的托马斯·玛格瑞季了。可那也不是好玩的事。六只小艇从三桅船出发，呈扇形展开，直到第一只向风艇和最后一只背风艇之间拉开了十到二十英里的距离。它们在海上直线巡弋着，直到黄昏或是被恶劣的天气赶回来。我们的任务是驾驶好"幽灵号"，行驶在最后的背风艇后的背风面。这样，所有的小艇在遇见小暴风或天气可能转坏时都可以顺风行驶，回到我们身边。

两个人驾一只像"幽灵号"这样的船是颇不容易的，尤其是在遇见强风的时候。我们得把好舵，不断寻找小艇，升帆，降帆。因此我的任务就是学习，赶快学习。我很快就学会了掌舵，但是要飞快地登到桅杆顶上，离开绳梯，把全身重量挂到双臂上，再往上爬，就困难多了，可我也很快就学会了，因为我有一种愿望，要在海狼拉尔森眼里争口气，证明自己有权利也在精神生活之外的生活方式里生活。不但如此，我已经到了可以在桅杆顶上行动自如，靠双腿也能够稳定在那危险的高度，转动望远镜，搜寻小艇的阶段。我还喜欢这样做呢。

那是一个美丽的日子，我记得。几只小艇很早便离开了船，在海上散开，越走越远了。猎手们的枪声逐渐遥远了，模糊了。只有最微弱的风从西边吹来，而且在我们设法靠近最后一只背风艇时又索性咽了气。六只小艇追逐着海豹往西方走，在地球的圆弧上一只只消失了——这是我在桅杆顶上看见的。我们躺在平静的海面上，几乎不能动弹，无法跟去。海狼拉尔森很着急。气压下降了，东边的天空叫他不放心，他不断警惕地观察着。

“要是它从那边刮过来，”他说，“猛然狠刮过来，把我们转到了小艇的上风头，水手舱和‘下等舱’怕就会有床位空出了。”

十一时大海已一平如镜；到正午，尽管是在北纬的高纬度，天却热得叫人发昏。没有丝毫新鲜空气，那燠热和气闷叫我想起加利福尼亚的一个老词儿，“地震天气”。其中蕴涵了一种不祥，令人说不清道不明地感到要出最倒霉的事。东方的天空慢慢地整个布满了乌云，耸立到我们头上，像是地狱里黑色的峰峦，那里有清晰可见的高峒大壑，悬崖峭壁，壑中还有层层阴影，让人不自觉地寻找着白色的海浪线和受到海水冲击轰隆作响的洞穴，可我们仍只轻微地摇晃着。完全没有风。

“不是小暴风，”海狼拉尔森说，“大自然这个老太婆要后腿站立，放开喉咙狠狠地咆哮了。哪怕我们只想收回一半的小艇，骆驼，也会忙得够呛的。你最好赶快爬上去，放松那几片中帆。”

“可是，老太婆既然要咆哮，而我们又只有两个人……”我问，带着反对的口气。

“我们必须尽量利用风暴刚起，还没有把帆刮掉的时候赶上小艇。只要赶上了，无论出什么事我都不在乎了；桅杆经得起吹，我们俩不想挨吹也不行——虽然我们还有很多活要干。”

可是空气仍然纹丝不动。我们吃了午餐。我忧心忡忡，吃得匆忙。十八个人在海上，在地球的圆弧之外，而天边那巍峨的乌云却在向我们缓缓扑来。海狼拉尔森似乎满不在乎，虽然在我俩回到甲板上时我注意到他的鼻翼略微扇了扇，动作很快，却可以看见。他板着面孔，线条僵硬，可在他的眼睛里——今天那眼睛是明亮的蓝色——有一种离奇的、闪烁的光芒，让我感到他很快活，略带着凶残的快活，因为有斗争迫近，因为他知道生活里一个伟大的时刻即将来临，因而激动和兴奋。生活的大潮正在汹涌升起，向他袭来。

有一回他大约自己没有意识到，或是以为我没有看见，竟然笑出了声来，笑声带着对迎面而来的暴风雨的嘲弄和挑战。我现在还看见他，像是《天方夜谭》里的小矮子，面对着凶恶的巨灵的硕大无朋的脸。他在向命运挑战，毫不惧怯。

他来到了厨房："伙夫，你洗完了盘盘罐罐就到甲板上来，准备干活。"

"骆驼，"他说，意识到我在入迷地注视着他，"这可是比威士忌还醉人呢，是你那奥马·海亚姆所没有见过的。我看他归根到底只算活了半条命。"

此刻西方的半边天已经黑了下来。太阳模糊了，暗淡了，看不见了。那时才下午两点，可是一个幽灵样的黄昏已降临到我们头上。那昏暗只偶然为紫红的光所穿透。海狼拉尔森的脸在那红光里一再地焕发出光彩，在我激动的幻想里他头上出现了一个光环。我们的船躺在一种非人世的寂静之中，周围是种种迹象和预兆，说明即将出现的声音和动作。闷热已经令人无法忍受。我的额头上挂满了汗珠，我能感到它顺着鼻子流下。我仿佛要热昏过去，伸手打算扶住栏杆。

这时，正在这时，空气里有最幽微的声音传了过来。它来自东方，如嘁嚓的耳语，随即又消失了，连下垂的帆也没有吹动，只在我的脸上带来了一丝凉意。

"伙夫。"海狼拉尔森低声叫道。托马斯·玛格瑞季转过一张畏怯可怜的脸。"去把前帆下桁的索具解开，牵过来，风一动就放出帆脚索，再拴索具。你要是弄糟了，那就是你最后的一个错误了，明白？"

"范·魏登先生，你在他旁边放松顶帆索具。然后跳上去，把中帆展开，上帝准许你多快你就多快——越快越容易。至于伙夫，他动作一慢就揍他眉心。”

他给我的指示没有带威胁，我意识到了其中的赞美，感到高兴。那时我们的船头对着西北，他的目的是风一刮就趁机转换方向。

“我们要让风吹刮船侧的后半。”他对我解释，“从最后的枪声判断，小艇是往略偏西南的方向去的。”

他转身去了后面的舵；我往前走，在船首三角帆下站定。第二次风的耳语传来，然后是第三次，都过去了。船帆懒洋洋地晃动。

“感谢上帝，没有猛然刮起，范·魏登先生。”伦敦佬激动地叫道。

我确实感谢上帝，因为我这时已经明白了许多道理，知道若是所有的帆都张开，而风却猛然一刮，等待我们的会是什么样的灾难。风的耳语变成了吹拂，船帆鼓了起来，“幽灵号”活动了。海狼拉尔森使劲往左舷打舵，我们开始放绳。现在，风已正对着船尾噗噗地吹，越来越有力了，我的前帆使劲地拍打起来。我虽然没见到别处怎么样，却见到前帆和主帆随着风向变化而鼓了起来，三桅船突然晃动了，倾侧了。我手忙脚乱地弄着船首的斜桅帆、三角帆和桅杆支索三角帆。等到我的这一部分工作完成，“幽灵号”已在往西南方向疾驶。风在它的侧后部吹着。全部风帆都向右侧转了过来。我虽然累得心脏像大锤在敲打，却没有停下来喘口气，径直攀上了中帆，趁风力还没有太大时把它们整齐地放下，卷了下来，然后到后舱待命。

海狼拉尔森点头赞许，然后把舵交给了我。风力在稳步增大，海浪越发高了。我掌了一小时舵，一分钟比一分钟难掌握。我没有按我们那种速度掌舵的经验。

“现在，带上望远镜，爬上去找小艇，我们的速度至少已是十海里，现在达到了十二至十三海里。这老丫头挺会跑。”

我只爬到前桅顶的横桁上为止，距离甲板七十英尺左右。在我搜寻着眼前的茫茫水面时，明白了一个道理：要想救出我们的人，必须赶快。实际上，在我注视着我们正在通过的汹涌的大海时，我怀疑是否还有船浮在水面。脆弱的船只似乎根本承受不起这样的大风大浪。

我没有感受到全部风力，因为船在顺风行驶，但是，从自己栖身的高处往下看，只觉得仿佛飘飘然脱离了"幽灵号"，飞到了船外。我看见翻腾的浪花衬托出它鲜明的轮廓，看见它凭着生命的本能在冲刺奔进。"幽灵号"有时会激起巨大的海浪，淹没了右舷的栏杆，把甲板到升降口盖一片都淹没在沸腾的海洋里。在这样的时刻若是迎风颠簸，我就会以令人晕眩的速度飞过空中，觉得自己仿佛攀附在一个倒过来的巨大钟摆上面，摇摆得厉害时，振幅可以达到七十英尺或更多。有一回那令人晕眩的晃荡吓坏了我，一时我只好手脚并用搂紧了，发着抖，瘫软下来，无法搜索迷失的小艇，也看不见海上的任何东西，只看见下面奔腾咆哮恣意要吞没"幽灵号"的狂涛。

但是一想起海里的人我便镇定下来，寻找着他们时我忘了自己。一个小时过去了，我除了荒凉赤裸的大海什么都没有看见。然后，一道偶然的阳光照在海上，把海面变作了愤怒的银色，这时我瞥见了一个小黑点向空中蹦了一下，又被吞没。我耐心地等待着，在我们的左舷外两三个方位处那小黑点又在耀眼的阳光里蹦了一下。我没有叫喊，只挥动手臂，向海狼拉尔森发出了信号。他改变了航向，在那黑点再次在正前方出现时，我发出肯定的信号。

那黑点变大了，大得很快，我第一次充分体会到了我们行进的速度。海狼拉尔森向我打手势，要我下来。我来到舵边，站在他面前，他向我发出了停船的种种指示。

"要有见到地狱的魔鬼全跑出来的思想准备，"他警告我，"可是别害怕。你的任务就是干好你那份工作。让伙夫站到前帆帆脚索旁边去。"

我努力往前走，但是无法选择走哪一面，因为向风舷栏杆和背风舷栏杆一样，都不断被海水淹没。在向托马斯·玛格瑞季交代完他的任务之后，我爬上了前索具几英尺。那小艇现在已经很近。我可以清楚看见它的头对着风和海流，被让它抛到海里当作浮锚使用的帆和桅杆拖住；三个人在往外戽水，山一样的浪头一掀起来他们就被淹没了，我只好等待，心里焦急得难受，生怕他们再也出不来了。然后，那小艇又突然得叫人心寒地跳出水花飞溅的浪尖，头朝上，露出整个黑糊糊、水淋淋的船底，仿佛直立了起来。这时我只瞬间瞥见了三个人发疯似的戽着水。随后小艇又栽了下来，落入张着大口的浪谷，头朝下，露出她的全部正面，直到船尾——船尾几乎笔直地翘在船头上方。小艇的每一次重新出现都是一个奇迹。

“幽灵号”突然改变了航向，走开了，我还以为海狼拉尔森觉得没有希望，已经打算放弃救援了呢，大吃了一惊。然后我又明白过来，他是打算停住船。我便下到甲板上待命。现在我们已经正对着风，小艇在很远处跟我们平行了。我觉得我们的三桅船突然放慢了，暂时没有了冲力和压力，同时速度急剧加快——它已经收住步伐，倾侧身子，迎风前进了。

它跟海流呈直角到达时，风的全部力量（我们一直都回避着它）对住了我们。由于无知，我不幸面对了风。那风像一堵墙一样屹立到我面前，灌满了我的肺，叫我吐不出去。我正呛着，噎着，“幽灵号”已在水里一个翻滚，侧过船舷，笔直前进，杀进风的深处。我看见整个茫茫大海在我头前高高升起，急忙侧开身子，屏住了气再看。海浪高过了“幽灵号”，我抬头正对着它，一道阳光鞭进卷起的大浪，我瞥见了扑过来的透明的绿色，背后是一大片牛奶白的泡沫。

然后它便盖了下来。魔鬼世界炸了营了，一切都在转瞬之间出现了。我挨了狠狠一击，几乎晕倒，我哪里都不曾特别挨揍，却哪里都挨了揍。抓紧的手被打松了，我淹到了水里。我心里闪过一个念头，这就是我听见过的那可怕的事：被卷进了波谷。我的身体被无可奈何地卷走了，东一磕西一碰，翻来翻去。我再也憋不住气时，便把刺人的海水吸进肺里。但在这整个时间里我都坚持一个想法:我一定要把斜桅帆转回来对着风。我不怕死,可我相信总能够挺过去。在完成海狼拉尔森的指示的想法充满了我那被击昏的意识时,我好像就看见他站在舵边,用他的意志迎击着风暴的意志,向它挑战。

我死命抓住了我认为是栏杆的东西,吸了一口,再吸了一口甜蜜的空气。我想站起来,却给撞了回来,手脚落地。我已经被海浪的恶作剧塞进了水手舱前面的圆窗里。我手脚并用爬了出来,却从托马斯·玛格瑞季的身体上跨过。他正蜷成一团呻吟着。我没有时间调查,我必须把斜桅帆掉转过来。

我钻出水手舱上到甲板时,世界末日好像已经到来。木料、钢铁和帆布在四面八方折断着,破碎着;"幽灵号"正在被拽拉撕扯成碎片。前帆和前中帆因为这调度泄掉了风,也没有人及时收下,正在被叭叭地撕成碎片。沉重的帆底横杠折断了,敲击着从左舷到右舷的栏杆。碎片在空中到处乱飞,绷断的帆索和支索像蛇一样地嘶鸣着,飞卷着。断裂的前帆斜桁从这一切之间哗啦啦地落了下来。

那斜桁只差几英寸就砸在了我的身上,可它却激励着我采取行动。也许情况还不是没有希望。我想起了海狼拉尔森的警告。他曾经预料过地狱的魔鬼会全部跑出来,现在的确如此了,可是他到哪儿去了?我瞥见了他在主帆边忙着,用自己巨大的臂力把主帆拽了起来,拉平了。三桅船的船尾高高翘到了空中,冲刷过来的一片白色浪花衬托着他的身子。这一切,还加上更多的东西——整个的混沌和破坏——都可能是我在十五秒钟之内所看见、听见和明白过来的事。

我没有停下来看那小艇发生了什么变化,只顾往斜桅帆跳去。斜桅帆也已开始拍打,叭叭地尖响着,时而半张满,时而松弛,但是用帆脚索一改变了方向,加上它每次拍打我都竭尽全力拽住,我总算慢慢地把它扭转了过来。我相信一点:我竭尽了全力。我一直拽到全部手指都渗血,而在我拽着的时候,斜桅帆和桅杆支索的帆布却撕破了,在轰响里消失了。

可我仍然拽住,每一次拽进一点就稳住一点,直到下一回的拍打让我拽进得更多。然后便容易拽了,海狼拉尔森已经在我的身边。我让他一个人往回拽,自己忙着收回已经松弛的绳。

"拴牢实!"他叫道,"来!"

我跟在他后面,发觉船上尽管还乱,却已经大体有了秩序,"幽灵号"停住了。它仍然可以工作,而且正在工作。虽然其他的帆没有了,掉过头对着风的斜桅帆和拉下的主帆却还可以用,它们在汹涌的大海前稳住了船头。

海狼拉尔森收拾着索具,我寻找着小艇。我看见它在浩瀚的海洋上背风鼓起了帆,距离我们不到二十英尺。海狼拉尔森做了精确的计算,我们正好对着它扑过去。这样就只要用索具钩住它的两头,就可以拉上船来,不必再费别的事,但是要做好这事,可不像讲的那么容易。

小艇头上是寇伏特,尾部是武富提·武富提,正中是凯利。我们靠近时,小艇正升在浪尖,我们沉入了一道波谷,直到我看见三个人几乎就在我的头上伸直脖子往下看。随后我们便升起来,他们又落下去,直落到我们脚下。海浪不会把"幽灵号"砸向那薄弱的蛋壳吗?简直难以相信。

但是我准确地掌握了时间,把绳子递给了那夏威夷人,同时海狼拉尔森也递给了寇伏特。两套索具转瞬之间便钩住了,三个人巧妙地利用颠簸,同时一跳,落在了三桅船上。"幽灵号"从水里摇晃着冒出身子时,小艇已舒舒服服地靠到了它身边;还不等海浪打回,我们已经把它吊起,拉上了船,让它艇底朝天了。我注意到血从寇伏特的左手射了出来,他的第三个指头不知怎么回事已被砸得血肉模糊,可是他没有丝毫痛苦的迹象,只用一只手帮助我们把小艇拴牢。

"站到旁边,把那斜桅帆转过去,你,武富提!"我们刚收拾好小艇,海狼拉尔森就下达了命令。“凯利,到后面去把主帆脚索放松!你,寇伏特,到前面去看看伙夫怎么样了。范·魏登先生,你再到帆上去一趟,把路上遇见的乱七八糟的东西割断!”

命令发完,他便迈着他那独特的老虎步子往后面的船舵走去。在我吃力地爬上前护桅索时,“幽灵号”的船头慢慢转向了下风面。这回我们落进波谷,受到浪涛冲击的时候,再也没有帆可以被冲掉了。在我爬到桅顶横桁的一半时,我被风的全部力量吹附到了索具上,简直就掉不下来了。“幽灵号”几乎是笔直地站了起来,桅杆差不多跟水面平行。我不是往下看,而是几乎垂直于垂直线看,才看到了“幽灵号”的甲板,但是我看见的还不是甲板,而是应该是甲板的地方,因为它已经被一片澎湃的浪涛淹没。我所看见的只是两根船桅在从那浪涛中升起,如此而已。“幽灵号”暂时淹没在海水里了。然后它逐渐恢复了正常角度,摆脱了侧面的压力,摆正了身子,让甲板像鲸鱼的背脊一样露出了海面。

然后我们便疯狂地往前行驶,穿过了狂涛巨浪。我像苍蝇一样附着在桅顶横桁上,寻找着其他的小艇。半小时以后我看见了另外一只小艇,翻了,底朝天。嘉克·霍纳、胖子路易和约翰逊死命地抓住它不放。这一回我仍然留在空中,海狼拉尔森成功地稳住了船,使它没有被淹没。跟上回一样我们对着那小艇扑了下去。索具钩好了,绳索扔给了几个人,他们都像猴子一样跳上了船。小艇上船时碰伤了。但是受伤的地方被捆了个扎扎实实,可以修复。

“幽灵号”再次赶在暴风雨前改变了航向,这回它潜入了水里好几秒钟,我简直怀疑它是不会再出水了。就连高过船腰很多的舵楼都多次受到淹没和冲刷。在这样的时刻,我觉得自己只跟上帝在一起,奇特地孤独,孤独地依傍着上帝,观看着他的愤怒所造成的混乱。然后,舵楼又会露出水面,海狼拉尔森的宽阔的肩膀和手臂又会露出水面。那手臂抓住舵把,让船按照他意志所规定的路线行驶。他自己就是地上的一个神,他摆弄着风暴,把扑上来的浪头甩掉,驾驶着波浪追求着他的目标。啊！渺小的人类靠这样一部木头和布做的脆弱的机器竟能跟那么浩瀚的自然力做斗争,还能够活着,呼吸着,继续工作！啊！奇迹呀！奇迹！

像以前一样,“幽灵号”钻出了波谷,再次让它的甲板露出了水面,对着咆哮的大风扑了过去。现在已经五点半钟。半小时以后,在白日的最后的余晖快要在朦胧而凶猛的昏暗里消失时,我又发现了第三只小艇。小艇底朝天,艇上的人全无踪影。海狼拉尔森重复了他的运行,稳住,绕到上风头,然后对它扑去,但这一次他偏离了四十英尺,小艇从船后滑过去了。

“是四号艇!”武富提·武富提叫道。在那小艇露出在泡沫上的一秒钟,他那敏锐的目光看见了它颠倒了的艇号。

那是亨德森的船,跟他一起失踪了的还有霍里奥克和又一个外洋水手威廉斯。他们毫无疑义是失踪了,但是小艇留了下来。海狼拉尔森再做了一次铤而走险的努力想把小艇收回。我已经下到了甲板,我看见霍纳和寇伏特反对这个努力,却没有奏效。

“我以上帝起誓,我是不会让风暴把我的小艇抢走的！哪怕它是从地狱里吹出来的!”他高叫道。尽管我们只有四个人,脑袋都凑在一起想听,他的声音仍然模糊飘渺,好像距离我们很远。

“范·魏登先生!”他叫道,在那骚乱之中我听起来像是耳语。“你跟约翰逊和武富提站在斜桅帆旁边！其他的人到后面的主帆去！马上行动！否则我就把你们全送到面前这个世界里去,明白吗?”

他狠狠地打着舵,“幽灵号”掉过了船头,猎手们无可奈何,只好服从,竭尽全力去碰运气。我再次沉入旋卷的浪涛,为了逃生紧紧抓住前桅脚下的栏杆不放,这时我才体会到了我们冒了多大的险。我的手指给冲松了,我被卷到了船边,又冲了出去,到了海里。我是不会游泳的,但是我还没有沉下去就又被冲了回来。一只强有力的手抓住了我。“幽灵号”终于出水时我才发现救了我的命的是约翰逊。我看见他还在四处焦急地张望,才注意到刚才去了前面的凯利失踪了。

这一回,海狼拉尔森错过了小艇,没有到达上两次的地点。他只好换了个办法。他顺着风开去,把一切都甩到了右舷,然后转过身来,往左舷抢风调向,开了过去。

“精彩!”我们成功地从随之而来的洪水里升起时,约翰逊对着我的耳朵叫道。我明白他不是指的海狼拉尔森的海员技巧,而是指“幽灵号”的运作性能。

现在天已很黑,小艇却没有踪迹;但是海狼拉尔森好像靠着他那绝不会错的本能,稳定地通过了可怕的乱流。这一回,我们虽然不断地被水淹掉半截,却没有落入波谷,没有被冲走的危险。我们对准底朝天的小艇冲去,小艇拽上来时受了很重的伤。

随后便是两小时可怕的劳动,每一个人都参加了。两个猎手,三个水手,海狼拉尔森和我——把斜桅帆和主帆一张一张收叠整齐。用这两张短帆前进,我们甲板的进水相对说来就不多了。“幽灵号”像一个软木塞在狂涛上颠簸着,起伏着。

我的指尖从一开始就破了。在叠帆时我痛得泪流满面。工作一完我便像女人一样垮掉了,由于筋疲力尽,痛苦得在甲板上滚。

这时托马斯·玛格瑞季却像一只淹坏了的老鼠,从水手舱前面被拽了出来,他是吓得躲到那儿去的。我看见他被拖到船后的舱房时,大吃了一惊。我发现厨房不见了,那地方现在只剩下一片空甲板。

我在舱房看见所有的人都到齐了,水手们也在。在小炉子上烧咖啡时我们喝着威士忌,啃着硬面包。我这一辈子所吃的食物从没有像这样鲜美;热咖啡也从来没有这么香过。“幽灵号”猛烈地摇晃着、颠簸着,就连水手们走路也得扶着个什么。有几次我们都在一声“嗨,倒了!”的叫喊里跌成一团,摔到右舷舱房的墙壁上,好像是摔在地板上。

“别他妈的值班了,”我们吃饱喝足之后,我听见海狼拉尔森说,“甲板上没事干。要是出事我们也躲不开。大家都休息,睡觉。”

水手们往前走,一路走一路整理好舷灯。两个猎手也留在舱房睡觉——因为觉得打开通向“下等舱”的升降梯滑动门并不可取。海狼拉尔森和我合作把寇伏特砸碎了的手指切除了,缝合了指桩。玛格瑞季一直被迫在煮咖啡,上咖啡,维持着火不灭,他一直诉说他身子里很痛,现在又赌咒说他断了一根或两根肋骨。我们检查的结果是断了三根,但是他那伤被推迟到了第二天才诊断出来,主要原因是:我对于肋骨折断一无所知,得先读读资料。

“我觉得这不值得,”我对海狼拉尔森说,“收回一只破艇,丢了凯利的命。”

“可是凯利并不重要。”他这样回答,“晚安。”

事情毕竟过去了,可是,手指尖痛得受不了,三条小艇失了踪,还加上“幽灵号”那疯狂的颠簸,我觉得应该是无法睡觉了,但是我的头刚一碰到枕头,便准是闭上了眼睛。我绝对地筋疲力尽,睡了个通宵。“幽灵号”没有人指挥,孤苦伶仃地跟风暴奋斗着前进。

第十八章

第二天风暴逐渐减弱，海狼拉尔森和我啃了啃解剖学和外科学，给玛格瑞季收拾了肋骨。等到风暴停止，海狼拉尔森便驾了船在我们遇见风暴的这部分海面上游弋——只是略微往西去了一些。我们同时修理着小艇，做成新的风帆，挂了起来。我们看见一艘艘猎海豹的船经过，也上去看。大部分的船都在寻找自己丢失的小艇，大部分的船也都带着他们收留的、不属于他们的小艇和人员。因为大部分船只都在我们的西边，而分散得很远的小艇却都往最近的能避难的地方疯狂地逃避。

我们从“齐思科号”收回了两艘小艇，人员安然无恙。最叫海狼拉尔森得意，却叫我暗自叫苦的是从“圣迭戈号”上找到了“黑崽”和跟他同艇的尼尔森和里奇。这样，五天之后我们发现只少了四个人：亨德森、霍里奥克、威廉斯和凯利。我们又继续在海豹群两翼打着猎。

我们随着海豹群往北走时，遇见了可怕的海雾。一天又一天，小艇放下去，几乎还没有挨着水就被雾吞没了。我们留在船上的人在固定的时间里吹起号角，每隔十五分钟又放炸弹炮。小艇不断地失踪。海上有一个习惯，小艇被哪只三桅船找到，就在哪只船上打猎分红，直到被自己的船寻获，但是可以预料的是，海狼拉尔森因为掉了一只小艇，就会抓住第一只走失的小艇不放，强迫它的人为“幽灵号”打猎，即使看见了他们的三桅船也不放回。

我记得海狼拉尔森用枪对住一个猎手和他的两个下属的胸口，而那时他们的船正和我们的船擦身而过，他们的船长正跟我们打招呼，向我们打听消息。

奇怪的是，托马斯·玛格瑞季竟那么顽强地活了下来，很快又在瘸着腿完成着他的伙夫与舱房小厮的双重任务了。约翰逊和里奇依然受到虐待和殴打，估计随着狩猎季节的结束他们的生命也就会结束了。其他的人都在他们那残忍的老板之下过着困苦的日子，像狗一样累得要死。至于海狼拉尔森和我，我们倒相处得不错。尽管我总不大能够摆脱一个想法：我应该把他杀掉。他对我有无穷的魅力，我也对他感到无穷的恐惧。但是我却不能够想象他死去之后蜷在那里。他身上升起一种永恒的青春所具有的坚毅之气，不容许那种景象出现。我只能够看见他永远活着，永远霸道，战斗着，破坏着，自己总不会死。

他喜欢一种消遣。我们在海豹群里而风浪又太大无法放艇时，他就带两个桨手和一个舵手自己下海去。他枪法很好，能够在猎手们声称没法打猎的条件下带回好多海豹皮来。这种把脑袋捏在手上做九死一生的斗争的行为，对他似乎跟鼻孔里的呼吸一样重要。

我学到了越来越多的海员技术。在一个晴朗的日子——那是现在很少遇见的，海狼拉尔森的头痛病又犯了，我也满足了一下，自己驾驶着“幽灵号”去回收小艇。我从早晨到黄昏都站在舵边，跟随着最后一只背风小艇驶过海洋。我不用他出主意下命令，自己停船，自己回收了一艘小艇，后来又回收了另外五艘。

因为那是个多风暴的凶险地区，我们一而再遇见飓风。到了六月中旬，我们又遇见了台风，那是我最难忘记，也最重要的事，因为它改变了我未来的命运。我们一定是差不多落在那旋卷的风暴的中心了，海狼拉尔森开了船往南逃走。先是只使用了折了又折的斜桅帆，最后只剩下了桅杆。我从来没有想到过海浪会有这么高。跟那海浪一比，以前的浪只能算是平淡的微波。从浪头到浪头足有半英里，浪头竖立起来时我坚信高过了我们的桅杆顶。浪头之大就连海狼拉尔森也不敢顶风停船，虽然他已经被吹向南面很远，离开了海豹群。

台风减缓时我们一定已经进入了横跨太平洋的轮船航线。而就在这里，叫海豹猎手吃惊的是，我们已经进入了海豹群——第二群，或者说是它们的后卫什么的，他们说，这是非常罕见的情况。那真是"满载而归"，枪声砰砰，整整一天恣意的大屠杀。

里奇靠近我就在这个时候。我刚登记了最后一只小艇的毛皮，他就趁着夜色来到我身边，悄悄地说：

"你能够告诉我吗，范·魏登先生，我们距离海岸还有多远？横滨在什么方位？"

因为高兴我的心跳了起来，我明白他的心思。我把方位告诉了他——横滨在西北西方位，五百英里。

"谢谢，先生。"他就说了那么一句，便溜进黑暗里去了。

第二天早上约翰逊、里奇和三号艇不见了。其他艇上的淡水桶和食物盒，还有两人的被卷和背包也不见了。海狼拉尔森怒火冲天。他升起帆便往西北西方向赶去。两个猎手总站在桅杆顶上，用望远镜搜索着海面；他自己则像一头暴怒的狮子在甲板上徘徊。他太明白我对两个逃亡者的同情，不让我上去瞭望。

风很好，但是断断续续。要在无边的碧蓝之中找到一只小小的猎艇，简直是在干草垛里寻针。但是他让"幽灵号"全速前进，赶到了逃亡者和陆地之间，然后便在他认为他们的必经之路上往来巡弋。

第三天早上八击钟后不久，"黑崽"从桅杆顶上发出信息：小艇找到了。所有的人都排到了栏杆边。活泼的风从西边吹来，预告着更大的风即将来临。而就在那儿，在背风面，在朝阳乱晃的银光里，出现了一个黑点，随即消失了。

我们摆正船头，笔直开了过去。我的心像铅一样沉重。估计着以后的事我心里难受极了。我看见海狼拉尔森眼里闪出胜利的光，看见他的形象在我面前晃动，感到了一种无法抗拒的冲动，恨不得向他直扑过去。一想起里奇和约翰逊将要遭到的暴力，我一定是非常沮丧，因而失去了理智。我知道我心里一片茫然，下到了“下等舱”，拿了一支装好子弹的猎枪，正要回到甲板上去，便听见了一声惊讶的叫喊：

“小艇里有五个人！”

我在升降梯边软软地靠住了，颤抖着。那说法也得到别的人确认。我的腿没有了力气，我坐了下来，头脑清醒了，想起我几乎干出的事，吓坏了。我也十分庆幸，急忙放回了猎枪，又溜回甲板。

没有人注意到我走过。那小艇已经很近，我们已能判断出它比猎海豹艇要大些，设计思路也不同。我们靠近时他们已收了帆，从底座上放倒了帆，装好桨。小艇上的人在等我们停船把他们救上来。

这时已从桅杆上下到甲板的“黑崽”站在我身边，正耐人寻味地哧哧地笑。我询问地望着他。

“好个笨蛋！”他咯咯地笑着。

“怎么啦？”我问。

他又咕咕地笑。

“你还没有看见呀，在那儿艇尾的座位上，坐着呢。那要不是个女人我就再也不打海豹。”

我仔细看去，却看不清，直到四面八方都发出了惊叹。那小艇里有四个男人，第五个显然是个女人。我们感到激动，迫不及待。只有海狼拉尔森除外，他显然非常失望，因为那不是他自己的小艇，也没有那两个他虐待的对象。

我们往招展的斜桅帆跑去，拉起斜桅帆帆脚索对着风，展开了主帆，驶进风里。小艇划着桨，几划之后，小艇已跟我们平行。这时我才看清楚了那个妇女。因为早上很冷，她裹在一件系腰带的宽松长大衣里。除了海员帽下的一绺浅棕色头发和一张脸，我什么都没有看见。她眼睛大大的，很明亮，棕黄色。嘴唇甜而敏感，脸呈精致的鹅蛋形，虽然因为曝露在阳光和海风里已成了紫红色。

在我眼里她仿佛是从另外一个世界来的生灵。我意识到对她产生了一种渴望，有如饥饿的人见了面包。不是因为我已经很久没有见过女人，我知道自己因为惶惑而不知所措了，几乎茫然了——那么，这是个女人？于是我忘记了我自己，也忘记了我大副的职责，没有去帮助新人上船。因为在一个水手把她举起来交到海狼拉尔森伸下去的手臂时，她抬头望着那些好奇的面孔微笑了，笑得很开心，也很甜，只有女人才可能这样微笑。我已经很久没有看见人微笑了，忘记了还存在这样的微笑。

“范·魏登先生！”

海狼拉尔森的声音猛然让我醒悟过来。

“你能把这位女士带到下面去，让她舒适一点吗？把左舷那间空舱房收拾好。叫伙夫去办。想点办法治治她晒伤了的脸。”

他迅速转开身子，离开了我们，去向新人提问题去了。那船被扔掉，让它顺水漂走了。虽然有人说抛弃了“太遗憾”，因为距离横滨那么近。

我陪伴着这位女士往船后走，却发现自己莫名其妙地害怕着她，而且觉得尴尬。我好像是第一次感到女人竟是那么精美、娇弱的生灵。在我扶住她的胳臂陪她走下升降梯时，不禁震惊于她那胳臂之纤细柔软。实际上，作为女人她确实苗条纤弱；可对于我来说她却纤弱精美得有如仙灵。我很有思想准备，她的胳臂会叫我捏断。坦率地说，这一切都表明了我在长期不接触妇女后对妇女的一般感受,和对茅德·布露丝特的特殊感受。

"用不着为我费那么多事。"我从海狼拉尔森的舱房里匆匆拉来了一张椅子,让她坐了下来时,她表示反对。"几位先生都估计今天早上任何时候都可能出现陆地。我们的船应该在晚上到达。你认为对吗?"

她对眼前的未来那简单的信念吓了我一跳。我怎么能向她把实际情况解释清楚?怎么能告诉她那像命运之神一样在海上横行的怪人?怎么能够跟她说清楚我好多个月才明白过来的道理?可是我诚实地回答道:

"要是遇上别的船长,而不是我们这个,我可以说你们明天就能够到达横滨,但是我们的船长是个怪人,我请你做好思想准备,任何事情都是可能发生的,明白吗?任何事情。"

"我——我承认我不明白。"她犹豫了,眼里露出了一种慌乱的神色,却不是害怕。"我是不是想错了?我以为凡是遭到海难的人都应当得到一切关心的。这是这样一桩小事,你知道。我们离陆地这么近。"

"坦率地说,我不知道。"我努力让她安心,"我不过是想让你做好最不幸的思想准备,准备出现最糟糕的情况罢了。这个人,这个船长,是个野兽,魔鬼,他下一步想入非非的动作,谁也说不准。"

我激动起来,可是她只说了一声:"啊,我明白了。"就打断了我。她的声音很倦怠,思考起来显然吃力,体力明显地快崩溃了。

她再也没有问什么问题,我也没有再说什么,只一个劲完成海狼拉尔森的命令,让她舒适一点。我像个家庭主妇一样忙着收拾,给她的太阳晒伤寻找镇痛洗涤剂,在海狼拉尔森的私人仓库里寻找一瓶葡萄酒——我知道那酒就在那里。我命令托马斯·玛格瑞季收拾那间空着的特别间。

海风很快便强劲起来,"幽灵号"倾侧得越来越厉害了。特别间收拾好时"幽灵号"已经在以活泼的速度破浪前进。我已忘记了里奇和约翰逊的事,这时,突然一声炸雷般的大吼从敞开的升降梯传来:"哈,小艇!"那无疑是从桅杆顶上传来的“黑崽”的声音。我瞥了那女人一眼，但是她正靠着圈手椅，闭上眼睛，疲倦得难以描述。我怀疑她是否听见那吆喝，决心不让她看见抓住逃亡者后会出现的暴力场面。她疲倦了，很好，她应当睡觉。

甲板上有匆匆的命令声，杂沓的脚步声和“幽灵号”为扑进风里抢风行驶而扯起帆篷时的拍打声。在“幽灵号”转帆向风侧起身子时，圈手椅开始在舱房地板上滑动了。我急忙抢了上去，恰好及时挡住了那刚被救起的女人，没有让她被甩了出去。

她抬头看我时眼皮太沉重，看见我时只昏昏沉沉表示了一点令她烦恼的意外。在我领她到她的舱房去时，她跌跌撞撞地走着，差不多摔倒。我把托马斯·玛格瑞季推出房间，命令他离开时，他冲着我的脸意味深长地笑了笑。他在猎手之间散播些热闹的谣言，说我证明了自己是太太们的出色的侍女，以此报复了我。

她沉重地靠在我身上。我的确相信她在从圈手椅到特别间的路上又睡着了。这一点我是在她因为船突然一晃而几乎倒到床上时发现的。她醒了醒，睡眼惺忪地笑了笑，又睡着了。我给她盖上两床水手毛毯，让她睡去。她的头枕在我从海狼拉尔森的床上拿来的枕头上。

第十九章

我来到甲板上，发现“幽灵号”已经调整帆向，往左舷方向急插过去，打算顺风抄到一张熟悉的斜桅帆的上风头去——那帆就在前面的同一方向抢风前进。所有的人都来到了甲板上，因为知道里奇和约翰逊一被捉到船上，就会出事。

那时是四击钟。路易到后面来接班掌舵。空气里弥漫着一种潮气，我注意到路易已经穿上雨衣。

“要出现什么天气？”我问他。

“从风吹的情况看，会是一场挺厉害的飓风，先生，”他回答，“还要下几点雨，润一润腮，就这样。”

“我们找到他们了，真糟糕。”我说，这时一道巨大的海流让“幽灵号”的船头歪了一个方位，小艇从斜桅帆前闪过，进入了我们的视野。

路易打了一舵，拖延了一会儿：“我担心他们是上不了陆地了，先生。”

“你认为不行吗？”我追问。

“不行了，你觉得呢？”（一阵风刮向三桅船，路易只好立即倒打了一舵，摆脱了风力。）“一个小时以后这海上就连蛋壳也漂不起来了。他们在这儿叫我们弄了上来，还算是运气的。”

海狼拉尔森从中舱大步向后走来，他才在那儿跟被救起的几个人谈了话。他步伐里那猫一样的矫捷比平时更明显了。他的眼神明亮而活泼。“三个注油工,一个第四机械师。”他这话是对我的招呼。“可是我们要把他们变成水手,至少变成桨手。那位女士怎么样?”

不知道为什么,他提起她时我感到了一阵被刀子剜了似的难受和痛苦。我以为那是我的愚蠢的洁癖,可我摆脱不了,只耸了耸肩,作为回答。

海狼拉尔森噘起嘴唇吹了一声长长的疑问的口哨。

“那她叫什么名字?”他问。

“我不知道。”我回答,“她睡着了,非常疲倦。实际上,我是在等你的消息。那是只什么船?”

“邮轮。”他的回答很简短,“‘东京号’,从旧金山来的,去横滨。被台风打坏了。老玩意了,上上下下都裂了口,像筛子一样。他们在海上漂流了四天。你不知道那女的是谁,是干什么的吗——是姑娘,是老婆,还是寡妇?好了,好了。”

他开玩笑地摇摇头,眼里带着笑意望着我。

“你……”我说话了。我想问他是否打算把遇难的人送到横滨去,话已到了嘴边。

“我怎么样?”他问。

“你打算怎么处理里奇和约翰逊?”

他摇摇头。“真的,骆驼,我不知道。你看,增加了这么多人,我需要的人手已经大体够了。”

“他们逃跑的目的地也差不多到了。”我说,“为什么不可以换一种对待方式呢?救他们上来,和和气气地对待他们。他们做的事也都是被逼出来的。”

“是我逼的?”

“是你逼的。”我并不回避,“我警告你,海狼拉尔森,你要是对这两个可怜人过分虐待,我是可能忘记对生命的爱,企图杀死你的。”

“妙!”他叫道,“你让我骄傲,骆驼。你这可是彻底地靠自己的腿站住了,很有人样了。你很不幸,出生在富贵人家,可是你在进步。能够这样,我就更喜欢你了。”

他的语气和表情变了,脸色庄重。“你相信承诺吗?”他问,“认为承诺是神圣的吗?”

“当然相信。”我回答。

“那我们就订个条约,”他说下去,他是个十全十美的演员,“如果我承诺完全不碰里奇和约翰逊,作为回报你能够承诺不打算杀我吗?”

“啊,我并不是怕你,我并不怕。”他急忙补充。

我几乎不能相信自己的耳朵。这人是怎么了?

“算数吗?”他不耐烦地问。

“算数。”我回答。

他向我伸出手,在我衷心高兴地跟他握手时,我可以发誓在他的眼里看见嘲弄的魔鬼闪亮了一下。

我们俩信步走过舵楼甲板,来到了背风面。现在那小艇已到了面前,艇上情况十分凄惨。约翰逊在掌舵,里奇在戽水。我们大体以二比一的速度赶上了他们。海狼拉尔森做了个手势,叫路易让开一点。然后我们就冲了过去,在距离不到二十英尺的上风头跟小艇并齐了。“幽灵号”挡住了小艇的风。小艇的斜桁帆空空地摇摆着,被逼得改变了方向,两人赶快设法补救。小艇没有了速度,在我们趁着大浪上升时头向下一栽,落进了波谷。

里奇和约翰逊就在这时抬头看见了伙伴们的脸。伙伴们已经排在中部甲板栏杆旁,没有人招呼他们。在伙伴们眼里他们已跟死人无异。双方之间有了一道鸿沟,隔绝了生死。

他们俩立即面对着舵楼甲板,海狼拉尔森和我就在那儿站着。我们在往波谷里降落,他们在随波峰上升。约翰逊望着我,我看出他的脸非常憔悴、疲劳。我对他挥挥手,他也挥手作答,但那是绝望的一挥,好像在告别。我没有望里奇的眼睛,因为他在望着海狼拉尔森。满脸狰狞,带着跟任何时候一样的不可调和的旧恨。

然后他们便往船后漂走了。斜桅帆突然涨起了风,向那露在风里的脆弱的小艇挤了过去,看来对方肯定要翻了。一道白浪在小艇上空泡沫飞溅地化为白色的重压,扣了下来。小艇露了出来,一半已经进了水。里奇在戽水,约翰逊坚守在舵边,脸色煞白焦急。

海狼拉尔森对着我的耳朵爆出一声短笑,大踏步往舵楼甲板的向风面走去。我以为他要下令让"幽灵号"停下,可是船照常行进,他并无动作。路易镇静地站在舵边,但是我注意到了前面那群水手对着我们这边露出了焦急的脸色。"幽灵号"继续破浪前进,小艇缩成了一个小点,这时传来了海狼拉尔森发布命令的声音,他在忙着往右舷调帆转身。

我们迟迟不进,在那一叶扁舟上风头的两英里以外放下斜桅帆,停住了。猎海豹的小艇原不是为向风作业设计的。它们希望有三桅船保持在一定的地位,在大风初起时它们可以向它靠拢,但是在那茫茫的大海里里奇和约翰逊除了这艘三桅船没有别的地方避难,他们坚决迎斜风前进。海里波涛汹涌,行进很慢,随时都有可能被呼啸的浪头打翻。我们一次再次,无数次看见那小艇一头钻进白浪里,失去速度,又像个软木塞一样被抛了起来。

约翰逊是个出色的海员,他驾驶小艇跟大船一样内行,一小时半以后他们几乎跟我们齐平了,前腿已经伸在我们的船尾,后腿准备赶上来。

"那么,你们改变主意了?"我听见海狼拉尔森咕噜道,一半是对自己,一半是对他们,仿佛他们能听见。"想上船来,是吗?好呀,那就跟上来吧!"

"掌好舵!"他向夏威夷人武富提·武富提下了命令。他这时接替了路易。

一道命令接着一道命令，三桅船转向了下风面，前帆和主帆松了，迎接好风。三桅船兜满了风，开始颠簸。约翰逊面对扑来的危险放松了帆脚索，在我们的尾浪后一百英尺外横靠过来。海狼拉尔森又笑了，挥手让他们赶上。他显然并不想打击他们，只是开开玩笑，给他们点教训。不过那是危险的教训，因为那脆弱的小艇一时颇有被扔掉的危险。

约翰逊立即转了九十度，又跟了上来。他别无办法，死神在四处窥伺机会。只要有一个浪头落到小艇上，就能够把它掀翻，那只是时间的问题。

“那是他们心里怕死。”我往前面走，去安排收回斜桅帆和桅杆支索三角帆时，路易对着我的耳朵嘀咕道。

“啊，过一会他就会停船让他们上来的，”我快活地回答，“他只是想给他们一个教训罢了。”

路易精明地望着我：“你那么想吗？”他问。

“没有错，”我回答，“你不那么想？”

“这些日子我什么都不想，除了自己这张皮。”他回答，“事情闹成这样，我真是一肚子不明白。旧金山的威士忌把我弄糊涂了；后舱那个女人把你弄得比我更糊涂。啊，我明白你就是个满嘴废话的大笨蛋。”

“你这是什么意思？”我问，因为他已转身加快了脚步想走。

“我这是什么意思？”他叫道，“是你要问我，不是我是什么意思，而是海狼是什么意思。是海狼，我说，海狼！”

“要是出了问题你会帮忙吗？”我冲动地问，因为他说出了我心里的畏惧。

“帮忙？老胖子路易只帮自己的忙。会有够多的麻烦的。我们的麻烦才开始，我告诉你，麻烦刚刚开始。”

“我没有想到你会那么胆小怕事。”我瞧不起他。

他轻蔑地回瞪了我一眼。“我既然从来没有因为那个可怜的笨蛋动过手，”他指着船后那小小的帆，“你以为我会为了一个从来没有见过的娘儿们急着去打破脑袋吗?”

我轻蔑地转过身子往船后走去。

“最好把那些中帆放下来，范·魏登先生。”我爬上舵楼甲板时，海狼拉尔森说。

我觉得放心了，至少为那两个人放心了。他显然不想跑得离他们太远。我从这个想法找到了希望，立即去执行他的命令。我一张嘴发出必要的命令，大家就迫不及待往升降绳跑，去收帆，别的人也争着往上爬。海狼拉尔森注意到了他们的急切心情，冷笑了一下。

我们仍然越来越领先。小艇落后几英里之后我们停了船等待。所有的眼睛都望着他们赶上来，连海狼拉尔森也一样，但是他是船上唯一的毫不激动的人。路易死死地盯着，脸上露出了一种他掩饰不了的焦急。

小艇飞速地赶来了，穿过了沸腾的绿波，越来越近了;像个有生命的东西，掀起层层的水花，冲破宽阔的浪头;有时在大浪后隐没，可随即又冲了出来，向天空射去。它似乎不可能活下去了，然而它每一次令人晕眩的冲刺都做到了不可能做到的事。一场小暴风雨掠过，小艇仍然从飞舞的雨帘里冒出来，几乎赶上了我们。

“加快，那边!”海狼拉尔森大叫，亲自跳到了舵轮边，打了几把。

“幽灵号”再次跳开了，在风前疾驶着。约翰逊和里奇紧紧追了我们两小时。我们停了船又跑掉，停了船又跑掉;那片挣扎着的小帆永远在船尾，时而抛到空中，时而跌进奔腾的浪谷。它终于在四分之一英里外被一片浓密的小暴风雨遮没了，失踪了，再也没有出现。待到天空被风打扫干净时，汹涌的海面上已再没有了那片帆影。我似乎瞥见了一眼那小艇的底，黑黑的，闪露在一个绽开的浪头里。这事总算结束了。约翰逊和里奇生活里再也没有苦难了。

人们一群群留在了船的中部,谁也没有下去,谁也没有说话,连眼色也没有交换一下。每一个人都仿佛惊呆了,仿佛在深思,却也没有把握,想把发生的事接受下来。海狼拉尔森却没有给他们多少时间思考。他立即把"幽灵号"转向了它的航线——通向海豹而不是横滨港的航线,但是人们在扯帆换向时却不急切了。我听见他们在咒骂,咒骂声从嘴唇压抑地发出,沉甸甸的,没有生命,跟他们自己一样。猎手们倒不一样,压制不住的"黑崽"讲了一个故事,他们哈哈大笑着往楼下的"下等舱"走去,笑声像牛鸣。

在我往后走到厨房背风面时,我们救出的机械师来到了我身边。他脸色苍白,嘴唇在颤抖。

"天呀！这是只什么船呀?"他叫道。

"你有眼睛,自己不是看见了吗?"部分因为自己心里的痛苦和恐惧,我几乎是粗野地回答。

"你的保证呢?"我问海狼拉尔森。

"我给你保证时就没有打算让他们上船,"他回答,"不过,你也得承认我并没有碰他们。"

"简直一点都没有碰,一点都没有碰。"过了一会儿,他笑了。

我没有回答。我心里太乱,说不出话来。我知道我需要时间思考。现在在空着的特别间里睡觉的女人是我必须考虑的责任。我心里闪过的唯一的理智的火花是,如果我还想对她有所帮助的话,就绝不能草率行事。

第二十章

那天剩下的时间过得风平浪静。一场轻俏的小暴风雨“润了润我们的腮”就开始减弱。第四机械师和三个注油工在跟拉尔森进行了一场热闹的会谈之后,都穿上了衣箱里的现成衣服,被分配到各小艇的猎手下面干活,或是到船上值班。他们乱七八糟往水手舱走,一边走一边抗议,但是声音不大——他们已叫亲眼看见的海狼拉尔森的性格吓坏了。他们随后在水手舱听见的故事更扫尽了他们最后的一点反叛情绪。

布露丝特小姐——我们已经从机械师那儿知道了她的名字——一直在睡觉。晚饭时我请求猎手们放低声音,因此她没有受到干扰,但是,她仍是到了第二天早上才露面。我原打算让她单独进餐,但是海狼拉尔森插了一脚。她是什么人?为什么不能到舱房的餐桌来跟舱房的人一起吃?他问。

但是她上桌吃饭也挺有意思。猎手们全像蛤蜊一样不出声了,只有嘉克·霍纳和“黑崽”不害臊,时不时偷看她两眼,甚至还参加谈话。剩下的四个人眼睛盯在了盘子上,故意咀嚼得很规矩,耳朵配合着下巴的节奏动着,晃着,像一群动物的耳朵。

开始时海狼拉尔森没有多少话说,只在被问到时才作答。那倒不是害臊,他哪会害臊,这个女人对他是个新的类型,跟他所见过的女人都不相同,他因而好奇。除了看她的手或肩膀的动作,他的眼睛很少离开她的面孔。

我自己也在研究她，虽然维持谈话的是我。我知道我也有些害臊，不太镇静，可拉尔森倒完全泰然自若，他有绝对的、无法动摇的自信。他在女人面前不会比在风暴和斗殴面前更胆小。

“我们什么时候可以到达横滨？”她转身对着他，盯着他的眼睛问。

问题就这么直截了当地提了出来。大家的腮帮子都停止了工作，耳朵也停止了晃动，尽管仍然盯着盘子，每个人都迫不及待想听答案。

“四个月以后，说不定三个月，如果狩猎季结束得早的话。”海狼拉尔森说。

她屏住了气，喃喃道，“我——我——可人家告诉我到横滨不过是一天路程呢。这……”说到这儿她停住了，四面望了望死死盯着盘子的并不同情的脸。“这不对呀。”她下了结论。

“这个问题你得找那位范·魏登先生回答，”他对我点点头，说，眼里恶作剧地闪着光，“在这类权利的问题上范·魏登先生可以算是权威。现在我，作为一个海员，对情况是有不同看法的。你得跟我们留在一起。对于你这也许是不幸，可对于我们，却肯定是幸运。”

他笑嘻嘻地望着她。她在他的凝视下垂下了眼睑，但又抬了起来，挑战似的对着我的眼睛。我读出了她没有说出的问题：他这话不错吗？可是我已经决定只扮演中立角色，没有回答她。

“你是什么想法？”她问。

“我认为这事很不幸，特别是如果你在未来几个月里有约会的话，可你说你是为了健康到日本来的，那我就可以向你保证，要增进健康没有比‘幽灵号’更好的地方了。”

我看见她的眼里闪出愤怒的光，这回垂下眼睑的是我。我觉得自己的脸在她的注视之下红了起来。这是怯懦，但是别的我能怎么办？

“范·魏登先生的声音是权威的声音。”海狼拉尔森笑了起来。

我点点头，她镇定下来，期待地等着。

"不是说他现在的身体有多值得夸耀，"海狼拉尔森说下去，"但是他有了不起的进步。你应该看见他才上船来时的样子。你就很难想象出一个比他还要精瘦可怜的人。是吗，寇伏特？"

这样被直接问到，寇伏特吓得把餐刀掉到了地上，尽管他嘟哝出了一句"同意"。

"在削土豆和洗盘子里得到了进步，是吗，寇伏特？"

那位仁兄又嘟哝了一句。

"看看他现在的样子，当然，你不能够说他肌肉发达，可他总算有了肌肉，比他上船时好多了，而且他有腿，能够站住了。你现在看见他，不会觉得他没有腿，可是他最初时的确站不住。"

猎手们哧哧地笑，但是她眼含同情地望着我，这就抵偿了海狼拉尔森的恶毒还有余。事实上我已经很久没有得到过同情了，我的心软了，我立即高高兴兴变成了她心甘情愿的奴隶，但是我对于海狼拉尔森却很生气。他在用他的轻慢对我的男子汉气魄挑战，对他自称帮助我获得的腿挑战。

"我可能是学会了靠自己的双腿站住，"我反驳道，"可我还没有学会用那腿去践踏别人。"

他轻蔑地望着我："那你的教育只算完成了一半。"他干巴巴地说，然后转向了她。

"'幽灵号'是很慷慨的，范·魏登先生就发现了这一点。我们竭尽全力让客人感到跟在家里一样，是吗，范·魏登先生？"

"对，甚至跟在家里一样削土豆、洗盘子，"我回答，"至于为了友谊去卡别人的脖子就不用提了。"

"我请求你不要从范·魏登先生那得到对我们的错误印象，"他故作焦急的样子插嘴说，"你可以观察到，布露丝特小姐，他的皮带上带着一把匕首，这对于——啊嗨！——船上的官员可是极为反常的事。范·魏登先生的确很有价值，可是有时——我怎么说呢，唉，很好斗，须得采取严峻的手段对付。平静的时候他很理智，也很公正。现在他既然很平静，他是不会否认的，就在昨天他还威胁过我的生命。”

我气得差不多背过气去，我肯定是满眼怒火。他把注意力都集中到我身上来了。

“你看他现在，就在你面前他也快要发脾气了。总之，他不习惯跟女士在一起。我在冒险跟他一起上甲板去之前得武装自己。”

他忧伤地摇摇头，嘟哝说：“太遗憾，太遗憾。”猎手们爆发出呵呵的怪笑。

这些人外海作业的嗓门在这有限的空间里嗡嗡地回响着，产生了一种野蛮的效果——整个背景都野蛮。望着这个陌生妇女，意识到了她跟这环境有多么不协调，我才第一次意识到我自己多么像这儿的一部分。我懂得这些人，懂得他们的思想过程，我自己是他们中的一个，过着猎海豹的日子，吃着猎海豹的食物，想的主要是猎海豹的事情。在我看来，粗糙的衣服，野蛮的面孔，放肆的大笑，还有颠簸的舱房墙壁和晃荡的风灯全都不足为奇。

我在面包上涂黄油时，眼睛偶然落到了自己的手上。骨节全破了皮，整个发着炎，手指头肿了，指甲上一圈黑。我感觉到脖子上长了一大片毛毡一样的胡子；我知道我的外衣袖口扯破了；身上的蓝衬衫喉咙上掉了一个扣子。海狼拉尔森说起的匕首插在鞘里，挂在腰间。它必须在那儿，这很自然——有多么自然，我没有想象过。现在用她的眼睛一看，才明白了，这一切，还有伴随它们的一切，在她眼里有多么奇怪。

但是她猜出了海狼拉尔森话里的嘲弄的意思，再次同情地瞥了我一眼，但是她的眼里也有迷惑的神色，而他的话竟然是嘲弄，这更叫她茫然于自己的处境了。

“说不定我可以由路过的船带走。”她建议。

“除了猎海豹的船,这儿是不会有别的船路过的。”海狼拉尔森回答。

“我没有衣服,什么都没有。”她提出反对。“你很难理解我不是个男子汉,不习惯无忧无虑的流浪生活。你和你的人过的好像就是这种生活。”

“越早习惯这种生活越好。”他说。

“我给你提供布和针线,”他又说,“希望给自己做一两件衣服对你不会是太可怕的困难。”

她嘟着嘴苦笑,仿佛在宣扬自己不会做衣服。我看得很清楚,她既害怕又惶惑,却又在勇敢地掩饰着。

“我估计你跟那位范·魏登先生一样,习惯于让别人给你做事,可我却觉得为自己做点事是不至于脱臼的。顺带问一句,你是靠什么为生的?”

她带着没有掩饰的惊讶望着他。

“我没有冒犯的意思,大家都要吃饭,因此就必须取得吃饭的条件。这些人为了生活而猎海豹;同样,我也得驾驶三桅船;而范·魏登先生,至少现在是在帮我的忙,求得生活。那么,你干什么呢?”

她耸了耸肩。

“你靠自己过日子吗?要不,是有别人养你?”

“我担心我这一辈子大部分是靠别人生活的。”她笑了,勇敢地做着努力,要理解他那盘问的精神。虽然我看出她在望着海狼拉尔森时明白过来,一种恐怖在她眼睛里出现了,而且增长着。

“我估计有人给你铺床?”

“我自己铺过床。”她回答。

“经常铺吗?”

她装出遗憾的样子,摇摇头。

“你知道在合众国对像你这样不为赚得自己的生活而干事的穷人是怎

么处理的吗?”

“我孤陋寡闻。”她解释,“对像我这种人的穷人他们怎么处理?”

“他们把他们送进监狱,罪名是不劳而食,他们的案件就叫游荡罪。我要是老喜欢谈论正确与错误的问题的范·魏登先生,我就要问你:你既然不做能够维持你生活的事,你凭什么权利活着?”

“可是,你不是范·魏登先生,我可以不回答你的问题,对不对?”

她用她那满含恐惧的眼睛对他笑了笑,那酸楚之感真叫我心痛。我必须找出个办法插嘴,把谈话引向别的渠道。

“你曾经靠自己的劳动赚到过一块钱吗?”他问。他对她的回答很有把握,口气带着复仇的胜利。

“赚到过的。”她慢慢地回答,我一见他那沮丧的神气几乎想笑出声来。“我记得有一回我爸爸给了我一块钱,那时我是个小姑娘,因为我坚持了五分钟绝对没有出声。”

他宽容地笑了。

“可那是很久以前了,”她继续说道,“你总不会要求一个九岁的姑娘靠自己生活吧?”

“不过现在,”她又略微停顿了一下,说,“我一年大约可以赚一千八百元。”

所有的眼睛都不约而同离开了盘子望着她。一个一年能赚一千八百元的女人是值得一看的。海狼拉尔森没有掩饰他的佩服。

“薪水还是计件?”他问。

“计件。”她立即回答。

“一千八百元,”他计算着,“那就是说每月一百五。好了,‘幽灵号’上没有小事。在你跟我们留在一起的时候,把自己看作在领月薪吧。”

她没有表态。她太不习惯于这个人的奇思怪想,无法平静地接受它。

“我忘了问了，”他温和地问道，“你的职业是什么性质？你生产什么产品？你要使用什么工具和材料？”

“纸和墨水，”她笑了，“还有，啊，一部打字机。”

“那你就是茅德·布露丝特了？”我有把握地慢慢说道，几乎像是在给她定一个罪名。

她向我好奇地抬起眼睛。“你怎么会知道？”

“你是不是？”

她点了点头，承认了自己的身份。这回轮到海狼拉尔森感到莫名其妙了。那名字和它的魔力对他毫无意义。我为它对我有意义而感到骄傲。在令人厌倦的时间里我第一次肯定地意识到了自己对他所处的优势。

“我记得写过一篇文章，评论一本小书……”我随意谈了起来，她打断了我。

“你！”她叫道，“你就是……”

此时她已瞪大了眼睛惊讶地望着我。

我点点头，也承认了我是谁。

“亨佛莱·范·魏登。”她下了结论，随即发出一声如释重负的叹息，无意识地把她那轻松瞥给了海狼拉尔森。“我太高兴了。”

“我记得那篇评论，”她匆匆说了下去，意识到她刚才那话有些尴尬，“那篇太，太过奖的评论。”

“一点也不过分。”我大胆地否认，“你这是在非难我清醒的判断，贬低我的原则。何况我所有批评界的同人也跟我有同感。朗昂不是把你的《任他吻去》列为四首最佳英语十四行诗之一吗？”

“你还把我叫作美国的梅内尔夫人①呢！”

---

① 梅内尔夫人（Alice Meynell，1847—1922），英国女诗人、散文家、评论家。作品有散文集《生命的节奏》（1893）、《生命的颜色》（1896）等，诗歌有《诗集》（1875）、《最后的诗》（1923）等。

“不对吗?”我问。

“不,不是那个意思,”她回答,“你伤害了我。”

“我们只能够用已经知名的来衡量尚未知名的。”我以最佳的学术态度回答,“作为评论家,我不能够不给你排个座次。现在你自己成了一把尺子,你的七本薄薄的诗集就在我的书架上。还有两本厚一点的,是论文集——请原谅,跟你的诗歌水平完全相同。我不知道哪一个更受夸奖。不久的将来英国出现了某个无名的文人,评论家就可能把她叫作英国的茅德·布露丝特了。”

“你非常宽厚,我相信。”她喃喃地说。她那声调和用词的传统感和它所唤起的对地球那边往日的生活的大量联想,立即使我激动起来——带来了丰富的回忆和难堪的乡愁。

“原来你就是茅德·布露丝特。”我隔着桌子盯着她,庄严地说。

“原来你就是亨佛莱·范·魏登。”她以同样的庄严和敬意盯着我说,“多么不寻常!我真不明白。我们肯定不是在等着从你清醒的笔下出现一本浪漫得出奇的海洋小说吧?”

“不,我不是在搜集素材,我向你保证,”我这样回答,“对于小说我既没有才能也没有癖好。”

“告诉我,你为什么老把自己藏在加利福尼亚?”然后她问,“你这可是太吝啬,我们东海岸的人很少看见你——美国文学的祭酒,二号祭酒,太少看见了。”

我对这样的揄扬鞠躬婉拒。“有一回我在费城几乎见到你。那是一个关于布朗宁的什么会吧——你要去演说,你知道。我的车晚点了四个小时。”

然后我们简直就忘记了自己在什么地方,滔滔不绝地谈了下去,把海狼拉尔森晾到了一边。猎手们下了席上甲板去了,我们还在谈;只有拉尔森还留下。我突然意识到了他，他身子离席往后靠着，好奇地听着我们陌生的语言，纵谈着的他所不知道的世界。

我的一句话没有说完就突然打住了。现实，带着它的全部危险和焦虑，突然以令人晕厥的力量闪进了我的头脑。它也打击了布露丝特小姐，她望着海狼拉尔森时，眼里闪现出一种不明确的、无名的恐怖。

海狼拉尔森站了起来，尴尬地笑了，那笑带金属声。

“不用管我。”他带着自我贬抑挥了挥手说，“我算不了什么，继续谈，继续谈，我求你们俩。”

但是话匣子已经关闭。我们俩也尴尬地笑着，从桌子边站了起来。

第二十一章

海狼拉尔森在餐桌的谈话里遭到了茅德·布露丝特和我的忽视，心里憋了一口气，这口气总要以某种方式发泄。托马斯·玛格瑞季就成了对象。玛格瑞季并没有改变作风，也没有换掉衣服，虽然他硬说衣服已经换了。他那衣服却没有肯定他的说法。炉子上、罐子里和盘子里积累的油腻也并不说明他爱干净。

"我早警告过你，伙夫，"海狼拉尔森说，"现在该让你吃点药了。"

玛格瑞季那污黑的脸变白了。海狼拉尔森大声叫人拿绳子来，那可怜的伦敦佬便发狂一样从厨房里往外跑，眯眯笑着的海员们一追，他就在甲板上躲来躲去。因为他送到水手舱的食物和调味品都是最糟糕的，能够把他扔到海里去洗一洗，是最叫他们高兴的事。条件也有利于办这件事："幽灵号"前进的速度每小时不大于三英里，海面也还平静，但是玛格瑞季却没有下去拖一拖的胃口。他以前也许看见别人挨过拖。何况水也冷得可怕，而他的身子也只能够算是很糟糕。

跟往常一样，一有了好玩的事，休班的人和猎手们都来了。玛格瑞季似乎怕水怕得要死，表现出了我们所梦想不到的灵敏和快捷。他被堵在舵楼甲板和厨房的死角里，却像猫一样跳到了舱房顶上，往船后跑去。叫追逐的人一截，他又转身跑过舱房，跑过厨房，从"下等舱"天窗盖爬到了甲板上。

他笔直往前跑，桨手哈里森紧跟不舍，快要赶上他了，可是玛格瑞季突然一跳，抓住了斜桅和底杠的吊索，双手吊稳，腰在空中一收，转瞬之间两腿蹬出，踢在正往前追的哈里森肚子上，哈里森不禁叫喊起来，身子一躬倒到甲板上。

他这一招引得猎手们鼓掌欢迎，哈哈大笑。此刻玛格瑞季在前桅闪开了一半的追逐者，又像橄榄球场上的球员穿过了另一半人，往后面跑去。他笔直跑着，到了舵楼甲板，又沿着它往船尾跑去。跑得太快，来到舱房转角处双脚一滑，摔了下去。尼尔森正在掌舵，伦敦佬的身子往前一出溜，撞到了他的腿上。两人摔到了一起。但是只有玛格瑞季爬了起来。由于某种畸形的冲撞，他那纤弱的身子竟撞断了那结实汉子的腿，像折断了一根笛子。

帕森司接过了舵，别人又追了起来。他们一圈又一圈地追，玛格瑞季吓得要死，水手们尖声呐喊着，彼此指着方向，猎手们哇哇乱叫，给他们加油，同时哈哈大笑。玛格瑞季叫三个人追下了前舱口，但是他却像鳝鱼一样从人群里溜了出来。嘴角流着血，那惹人生气的衬衫被撕成了破片。他向主索具跳了过去，直往上爬，爬过了索梯，一直爬到了桅杆顶上。

五六个水手一拥而上，跟着他爬上了桅顶的横桁，挤成一团等着，武富提·武富提和黑人(拉提莫的舵手)两人继续爬上细钢支索，靠着双臂的力气越爬越高。

那是很危险的做法，因为在距离甲板一百多英尺的高处，靠双手吊住，要躲掉玛格瑞季的腿，处境并不是最美妙的，而玛格瑞季却又踢得很野蛮。最后那夏威夷人靠一只手吊着，用另外一只手抓住了伦敦佬一只脚。过了一会儿，黑人也如法炮制，抓住了另外一只。三个人一起扭来扭去，晃荡成了一团，挣扎着，滑了手，落到了横桁上的伙伴们手里。

空战结束，玛格瑞季嚎叫着，叽呱着，嘴上泛着血泡，被带到了甲板上。海狼拉尔森把一根绳子在帆脚索上系紧，再绕过他的腋窝。大家便把他抬到船后，扔到了水里。绳子往海里放出，四十英尺，五十英尺，六十英尺。这时海狼拉尔森大叫了一声："停！"武富提·武富提把绳子往缆柱上一绕，绳子便绷直了。"幽灵号"往前冲，拖着那伙夫在海面上跳荡。

那是个可怜的景象！他虽然有九分活命的希望，不至于淹死，却承受着淹个半死的一切痛苦。"幽灵号"走得非常慢。船尾在海浪上升起向前滑下时就把那可怜人拖出水面，给了他吸气的时间。但是两次升起之间船尾却要下落，在船头懒懒地爬上下一个浪头时那绳子松弛了，他就沉了下去。

我忘掉了茅德·布露丝特的存在。在她轻轻来到我身边时我猛然一惊，想起了她。那是她上船后第一次上甲板。一种死一样的寂静迎接了她的到来。

"开这种玩笑是为了什么？"她问。

"问拉尔森船长去。"我镇定而冷静地回答，尽管一想到她竟然会成为这样的暴行的见证人，我体内的血液就沸腾起来。

她接受了我的劝告转身正要去问，目光却落到了武富提·武富提身上。他就在她面前。他抓住绳圈，满身灵活与优美。

"你在钓鱼吗？"她问他。

他没有回答。他那专注地望着船后的海的眼睛突然闪出亮光。

"嗨，鲨鱼，先生！"他叫了起来。

"往上拉！快！排队拉！"海狼拉尔森大叫起来，赶在最快的人前面跳到绳子边。

玛格瑞季已经听见夏威夷人的警告，疯狂地尖叫了。我看见一片黑色的鲨鳍对着他破浪游来，速度比他被拖上船的速度要快。是鲨鱼还是我们抢到他？那是一场势均力敌的对拖，是瞬息之间的问题。玛格瑞季被拖到了我们正下方时，船尾正随经过的波浪下落，让鲨鱼占了便宜。那鳍不见了，肚皮往上猛然一翻，闪出一道白光，海狼拉尔森使出浑身力气猛然一拉，几乎同样迅速,可仍然迟了半步。伦敦佬的身子离开水面时,鲨鱼的身子也部分地离了水。玛格瑞季两腿一缩,那食人魔王似乎只碰了碰一条腿,就掉回了水里,溅起一片水花。但是玛格瑞季却因那一碰而大叫起来。然后便像钓线上新钓到的鱼一样离开栏杆老高,落到船里,手脚触地砸在甲板上,又翻过身来。

鲜血直流,像泉水一样。他的右脚没有了,从靠近踝骨的地方被咬掉了。我立即看了看茅德·布露丝特。她脸色苍白,瞪大了眼睛,眼里充满了恐惧。她在注视着海狼拉尔森,而不是托马斯·玛格瑞季。对此拉尔森是意识到的,因为他发出了他那种短短的笑,说:

“男子汉的游戏,布露丝特小姐,比你习惯的东西粗野了一些,我相信,可仍然是男子汉的游戏。没有想到会有鲨鱼。这是……”

但是,在这个节骨眼上,玛格瑞季已经抬起头,明白了自己受的伤有多重。他在甲板上一滚,一口咬住了海狼拉尔森的脚。海狼拉尔森对伦敦佬冷静地弯下了身子,用大拇指和中指掐紧了耳下腭后。腭骨不情愿地张开了,海狼拉尔森抽出了脚。

“正如我所说,”他好像没有发生什么异常的事一样,说了下去,“没有想到会有鲨鱼。这——这个这个——可不可以说是天意?”

她没有听见的表示,虽然眼里的表情变成了无法描述的憎恶,转身要走,但是她没有走掉,因为她晃了晃,站不稳了,虚弱地伸出手,想抓我的手。我及时扶住了她,她才没有摔倒。我扶她到舱房的一个座位上坐下。我以为她马上就会晕过去,但是她控制住了自己。

“你去拿一根止血带来好吗,范·魏登先生?”海狼拉尔森对我叫道。

我犹豫了一下。她的嘴唇动了,虽然没有发出声音,却用眼睛像说话一样清楚地命令我去帮助那不幸的人。“请你去吧。”她终于低声说了出来,我只好服从。

但是我现在已经培养出了很好的外科手术能力，海狼拉尔森只发出几句劝告，就让我去完成任务，由两个水手做助手。他选择的工作是对鲨鱼报复。一个粗壮的旋转钩上穿好了肥咸肉作钓饵，扔到了海里。到我包扎好咬断的粗、细血管时，水手们已经在唱着歌拽那肇事的怪物了。我没有去看，但是我的助手们换着班离开我，到船中部去看了看。那鲨鱼有十六英尺长，是用主索扯上来的。他们把它的嘴撬到最大程度，塞进了一根两头尖的结实的棍子，等到撬棍拔出，撑开的上下腭就固定在那棍子上了。这事办完再砍掉钩子，鲨鱼掉回到海里。它已是无可奈何，却还具有充分的力气，命中注定了要遭受漫长的饥饿折磨——那是一种活着的死亡，对于鲨鱼倒不如说对于那惩罚的发明者拉尔森更合适。

第二十二章

她向我走过来时,我知道她的来意。我曾经看着她同工程师严肃地谈着话,看了十分钟。现在我做了一个"别出声"的手势,把她带到了舵手听不见的地方。她脸色苍白,表情生硬。因为此行的目的,她那双大眼睛比平时更大了。她探索地望着我的眼睛。我觉得相当畏怯和害怕,因为她是来搜查亨佛莱·范·魏登的灵魂的,而亨佛莱·范·魏登自从上了"幽灵号"之后,就没有特别值得骄傲的东西了。

我俩走到了舵楼甲板缺口,她在那儿转身面对着我。我瞟了四周一眼,没有人能听见我们谈话。

"什么事?"我温和地问,但是她脸上那坚决的表情并没有放松。

"今天早上那件事,"她开始说,"我不难接受,那主要是意外。但是我跟哈斯金司先生谈过了,他告诉我,就在我们被救的那天,我在舱房里睡觉的时候,有两个人淹死了,是有意淹死的,是被杀害的。"

她声音里有追究的调子,指控地面对着我,仿佛那罪行由我负责,至少我也是帮凶。

"你那消息很正确,"我回答,"那两个人是被杀害的。"

"而你却听之任之!"她叫道。

"更合适的说法是,我无法制止。"我仍然温和地回答。

“你设法制止过吗?”她强调了“设法”两字,口气带几分争辩。

“啊,可是你没有。”她猜到了我的回答,急忙说下去,“你为什么不制止?”

我耸了耸肩。“你得记住,布露丝特小姐,你在这个小世界里还是个新居民,还不懂得这儿所执行的法律。你带来了某些美好的观念,关于人类的,关于男子汉气概的,关于行为之类的东西的,但是在这儿你会发现那些都是错误的观念。这一点我发现得早了一些。”我加上一句,不自觉地叹了一口气。

她摇摇头,觉得难以置信。

“那么你建议我怎么办?”我问,“要我拿起刀、枪,或是斧头把这人杀掉?”

她惊得退了一步。

“不,不是那个意思!”

“那么我该怎么办? 自杀吗?”

“你完全从实利主义的角度说话。”她反驳道,“有一种东西叫作道德勇气,而道德勇气是不会不生效的。”

“啊,”我微笑了,“你建议我既不杀死他也不自杀,而是让他把我杀死。”她想说话,我举手制止。“因为在这个漂浮的小世界上,道德勇气是一份不值钱的财富。里奇是被杀害的两个人中的一个,他的道德勇气之高不同凡响,另外那个人约翰逊也一样,可那勇气不但没有给他们带来好处,反而毁了他们。我如果也把我所有的那点道德勇气表现出来,我也会遭到同样结局的。

“你必须懂得,布露丝特小姐,清楚地懂得,这人是个魔鬼。他没有良心。在他面前没有神圣的东西。没有可怕到他不能做的事。首先,我被扣留下来就是因为他一时心血来潮,而我还活着也是因为他心血来潮。我无所作为,也不能够有所作为,因为我是这个魔鬼的奴隶,正如你也是他的奴隶;因为我有求生的欲望,正如你也有求生的欲望;因为我不能够跟他战斗而取胜,正如你不能跟他战斗而取胜一样。”

她等着我说下去。

“还能有什么办法?我的角色是弱者的角色。我保持沉默,忍受侮辱,正如你将要保持沉默,忍受侮辱一样。而这没有错。这是我们要想活下去的最佳办法。战斗并不永远偏袒强者,我们没有力量跟这个人战斗,就必须韬晦。如果能够胜利,那胜利就是凭计谋取得的。你如果能听我劝告,就应该这样做。我知道我的处境危险,我还可以坦率地说,你的处境更加危险。我们俩必须联合起来,秘密联合,不叫人发觉。我不能公开站在你一边。无论我受到什么侮辱,你也必须同样保持沉默。我们不能惹恼这个人,跟他闹翻,也不能违背他的意志。不管多么难堪,我们对他都得笑脸相迎,显得友好。”

她茫然不解,用手抹了抹前额说:“我还是不明白。”

“你必须照我的意思办。”我权威地说,因为我看见海狼拉尔森的目光转移到了我们俩身上——他刚才在中部甲板上跟拉提莫来回地走着。“照我的话办,不久你就会明白我没有错。”

“那我该怎么办?”她发觉了我焦急地瞥着我们谈到的人,问道。我可以认为我认真的态度已打动了她,并以此自慰。

“尽可能摆脱你那道德勇气,”我直截了当地说,“别惹得他仇视你。尽量对他友好。跟他谈话吧,跟他讨论文学艺术吧,他对这类东西很感兴趣。你会发觉他能听得津津有味,而且不是傻瓜。为了你自己好,船上的暴力活动尽可能别去看,这样你就更能心安理得地扮演你的角色。”

“那我就得撒谎了,”她带着沉着的反叛口气说,“用语言和行动撒谎了。”

海狼拉尔森已经离开了拉提莫向我们走来。我非常着急。

“请务必理解我，”我放低了声音，匆匆说，“你过去对人和事的全部经验在这儿都一文不值，你得从头学起。我知道——我看得出来——你除了其他的办法，是习惯于用眼睛控制别人的，仿佛要通过眼睛表达你的道德勇气。你已经用眼睛控制了我，命令了我，但是别在海狼拉尔森身上去试。你可以同样轻松地控制狮子，但是他却会把你变作笑柄。他会的——我一向以发现了他而骄傲。”我说，见海狼拉尔森踏上舵楼甲板向我们走来，便转变了话题。“编辑们怕他，出版家都不要他，但是我理解他。在他的《熔炉》一炮打响时，他的天才和我的判断都得到了证明。”

“那是一首报纸上的诗。”她从容地说。

“的确是从报纸发表才开始引人注意的，”我回答，“但并不是因为没有给杂志编辑们看。”

“我们谈的是哈里斯。”我对海狼拉尔森说。

“啊，是的。”他承认。“我记得《熔炉》。充满了美好的情绪和一种对人类幻想无所不能的信念。顺带说一句，范·魏登先生，你最好去看看伙夫。他在抱怨，而且烦躁。”

我就像这样被不客气地赶离了舵楼甲板，却发现玛格瑞季因为我给他服用的吗啡睡得很香。我没有急着回舵楼甲板去，到我回去时，我满意地发现布露丝特跟海狼拉尔森在热烈地交谈着。如我所说，她是在按我的请求办，那场面令我满意，但是她居然能够按我的要求做她显然不喜欢的事，我心里又不禁有些吃惊，或是难过。

第二十三章

一路顺风,“幽灵号”很快就被送进了北边的海豹群里。我们在紧靠北纬四十四度时见到了海豹,那是在多风暴的寒湿的海域,海风刮着重重雾霭,驱赶着雾霭永远逃亡。有时一连多少天见不到太阳,也无法观察。然后风又把海洋表面打扫得干干净净,波澜依旧兴起,闪出光来,我们又找到了自己的位置。然后又可能出现一至三四天晴朗的日子。然后又是大雾弥天,似乎比任何时候都浓稠。

猎海豹是危险的活。小艇一天又一天放下去,被一片灰色的混沌吞没,失去踪迹,直到黄昏——常常是在黄昏后很久——才又像海上的幽灵一样,从灰雾里一只只飘回来。温莱特,海狼拉尔森连人带船抢来的猎手,利用雾遮的海作掩护逃掉了。一天早上他和他的两个人在雾障里消失了,以后再也没见到,虽然不几天我们就听说他们一只又一只地换着船,直到终于找到了自己的三桅船。

我也决心照他这样做,但是一直找不到机会。大副没有驾艇外出的职责,尽管我找了巧妙的借口,海狼拉尔森仍不批给我这个特权。只要他批准了,我就能想出办法带了布露丝特逃走。当时的情况,已到了我害怕考虑的阶段。我不自觉地回避思考这个问题,但是这问题却像幽灵一样不断在我心里升起。

我曾读过一些海上的浪漫故事。在一大船男人之中理所当然地要有一个孤独的女性，可是现在我明白了，我当时并没有理解到这种环境的更深沉的含义——作家们反复触及而且充分发掘过的含义。现在我面对面地遇见了这种情况。为了让事件具有尽可能大的分量，那女性必须是茅德·布露丝特。现在她自己迷住了我，正如她的诗一直迷住了我一样。

你就想象不出一个跟这个环境更不协调的人。她是个娇弱的生灵，像仙女一样，动作轻盈娟秀，袅娜如柳。在我看来，她似乎没有走过路，至少没有像常人一样走过路。她向你走来时，步态里有一种极端的轻柔，行动里有一种难言的飘逸，像鹅绒的轻荡，如小鸟的悄飞。

她像是德莱斯顿的瓷器，她的脆弱（我可以这么叫它）不断地打动着我。那天我扶着她的胳臂下楼梯时就是如此。因此我任何时候都有思想准备：她一遇到压力或粗鲁的接触就会被粉碎。身体和灵魂结合得如此完美的人我还没有见过。你用“升华的”“圣洁的”这类评论家的词语来描述她的诗时，你所描写的也正是她的肉体。她的肉体似乎是她灵魂的一部分，具有类似的属性，是把灵魂跟生命联系的最精巧的链条。实际上她轻盈地踏在大地上，构成她的很少是粗糙的泥土①。

她跟海狼拉尔森形成了鲜明的对比。她所有的全是拉尔森所没有的，拉尔森所有的也全是她所没有的。有一天早上我看见他俩在甲板上散步。我把他们比作人类进化梯级的两个极端。一个是野蛮粗犷的极度表现，一个是优美文明的最佳产品。的确，海狼拉尔森也具有罕见的高智力，然而它唯一的目的却是实现他那野蛮的本能，使他变成个更加可怕的野人。他有极佳的肌肉，健壮结实；步伐准确稳定虽如常人，却毫无沉重之感。他双脚

---

① 《圣经·创世记》第二章：耶和华用地上的尘土造人，将生气吹在他鼻孔里，他就成了有灵的活人。

的起落隐藏了丛莽和蛮荒的习性。他的步子像猫,柔韧,矫健,永远矫健。我把他比作某种大型的猛虎,一种善于搏击的食肉猛兽——他就是那样子。他眼里有时出现的那种凌厉的闪光,我曾在栅栏里的豹和其他野生食肉动物眼里见过。

可是今天我看见他们俩在并排走来走去,我也看见是她结束了散步的。他们俩来到我站着的升降梯入口处。虽然全无迹象泄露,我却意识到她心里异常烦乱。她望着我,随意说了几句,笑得也够随便的,但是,我见她的目光勉强转向了他,仿佛入了迷,然后垂了下来,却还不够快,难以掩饰充满其中的恐惧。

我从拉尔森的眼里看见了她烦乱的原因。那双眼睛平时是冷淡的,严厉的,灰色的,现在已成了温暖的,柔和的,金黄色的。其中活跃着小小的闪光,时而暗淡消失;时而灿烂明亮,整个眼球都耀眼地燃烧。那金黄色也许就由此而来。而他那金色的眼睛诱惑而专横,同时动人而霸道,述说着他血液里的要求和渴望,那是任何妇女也不会误解的,更不用说茅德·布露丝特了。

她的恐惧冲击着我,在那恐惧的时刻——那是男人所能感到的最大的恐惧,我明白她对我是无法描述地宝贵。我对她的爱的意识带着恐惧冲击着我,揪着我的心,使我的血既冰凉又猛烈地跳跃。我发觉自己被一种无法控制的外力所左右;我发觉我的眼睛在违背我的意志盯住海狼拉尔森的眼睛,但是他已经平静下来,金色和跳跃的光芒消失了,眼里只闪着冷淡的灰色。他匆匆地鞠了一躬,转身走掉了。

"我害怕,"她打了一个寒噤,悄悄说,"我太害怕了。"

我也害怕,因为发现了她对我有多么重要,我心里一片混乱。但是我还能泰然自若地回答。

"一切都会好的,布露丝特小姐。相信我,会好的。"

她以一个感激的微笑作答，然后下了升降口扶梯；我的心怦怦地跳。

我久久站立在她离去的地方。我非得考虑情况变化的意义，对自己做一番调整不可了。爱情终于来了，在我最没有期待它的时候，在最严酷的环境里，它来了。当然，我的哲学一直承认：爱情的召唤无可避免，它迟早是会出现的，只是多年的书斋沉默使我没有注意它，也没有准备罢了。

可现在爱情来了！茅德·布露丝特！我的记忆闪回到我书桌上那第一本薄薄的小书，也仿佛具体地看见了我图书馆架上那一排薄薄的小书。我曾经多么热情地欢迎过其中每一本的出现！每一年出版一本。而对于我，每一本都是那一年的耶稣降临，是那一类智慧和精神的宣言。我就是那样迎接它们，让它们变成了我心灵的同道的，而现在它们已经占领了我的心。

我的心？一种感情的巨变降临到我身上。我似乎摆脱了自我，难以相信地打量着自己。茅德·布露丝特！亨佛莱·范·魏登，查理·福路瑟特命名的"冷血鱼类"、"无情魔鬼"、"解剖狂"亨佛莱·范·魏登，竟然恋爱了！于是，我的心又莫名其妙地带着怀疑飞回到一本红皮的《名人录》里的小传上。我对自己说，她"出生于剑桥①，现年二十七岁"。然后问道："二十七岁还没有结婚，没有恋爱？"我怎么知道她没有恋爱？新生的嫉妒的痛苦出现了，驱走了一切怀疑。没有什么好怀疑的。我嫉妒了；因此我是在恋爱了。我爱上的女人是茅德·布露丝特。

我，亨佛莱·范·魏登，恋爱了！怀疑再次袭击了我。不过，我不怕爱情，也并非不欢迎它。相反，作为态度最鲜明的理想主义者，我的哲学一向承认爱情是世界上最伟大的东西，也当作最伟大的东西回报。它是生命的目的和最高峰，是欢乐的最精美的强音，是令生命震颤的、最受到欢迎和鼓

---

① 剑桥：有两个剑桥，一个在英国，众所周知；一个在美国麻省波士顿附近的查尔斯河对岸。考虑到布露丝特的情况，更像是出生于后者。

掌的、要用心来接纳的东西。可如今在它到来的时候，我却难以相信了。我不可能这样幸运，它太美好，因此便不真实。西蒙斯[①]的诗行在我心里涌起：

> 这么多年来，我都漂泊
> 在女人的世界，寻找着你。

我于是停止了寻找。我曾经决定过，这世界上最伟大的东西不属于我。福路瑟特是对的。我不正常，我是个“无情魔鬼”，一个老书虫，只懂得心灵的乐趣。虽然一辈子都生活在女人圈里，对女人的欣赏却全是美学上的，再也没有别的。实际上我有时觉得自己是个圈外人，一个修士一样的人物，得不到激情，无论是永恒的或是短暂的——那东西我在别人身上看见，也能够深刻地理解。可是现在，激情来了！梦想不到，没有预兆，却来了。我离开了我在扶梯口的岗位，沿着甲板走去。我一定是沉浸在狂欢之中，喃喃地念诵着布朗宁夫人[②]的美丽的诗行：

> 多年前我曾把幻影当朋友，
> 以为它是风雅温情的伴侣，
> 曾用它代替过红男绿女，

---

① 西蒙斯(Arthur Symons, 1865—1945)，英国诗人和评论家。作品很多。他出版在1889年至1899年的诗歌代表了英国上世纪九十年代的风格。他的评论包括《布朗宁研究引论》。拉尔森、范·魏登和布露丝特都喜欢读布朗宁的作品。

② 即伊丽莎白·B. 布朗宁(Elizabeth Barrett Browning,1806—1861)，英国女诗人，诗人罗伯特·布朗宁的夫人。自幼体弱多病，长期卧床不起。与罗伯特·布朗宁相爱后，受到父亲阻挠，却不顾一切，带病逃出，和布朗宁结了婚。她的代表作是爱情组诗《葡萄牙人的十四行诗》(1850)。此小节原文是abba韵脚，照译。

没想到还会有更甜蜜的乐手。

但是更甜蜜的乐手已经在我的耳里演奏，于是我忘记了周围的一切，对一切视而不见了。海狼拉尔森的尖利的声音唤醒了我。

“你在干什么呀？”他问我。

我已经误入水手涂着油漆的地区，猛醒过来时发觉自己抬起的脚差点踢翻了油漆罐。

“梦游病，中暑了吧——你怎么啦？”他叫道。

“不，消化不良。”我辩解，然后继续散步，好像没有出过什么问题。

第二十四章

我平生记忆中最生动的事件都发生于我在“幽灵号”上意识到自己爱上了茅德·布露丝特之后的四十小时里。我一辈子都在平静的环境里生活,到三十五岁却卷入了一系列我难以设想的最荒唐的冒险中。这四十小时里出现了我平生从没有经历过的众多事件和刺激。一个声音此刻贴在我耳上骄傲地悄语:考虑到种种条件,你那时干得很不错。这话我也难以不听。

先是,午餐时海狼拉尔森向猎手们宣布,以后他们都得到“下等舱”里去吃饭。这种事在猎海豹的三桅船上是没有先例的。人们都习惯于把猎手非正式承认为职员。拉尔森没有说明理由,但动机十分明显。霍纳和“黑崽”都对茅德·布露丝特献过殷勤。这本是件好笑的事,对她并无伤害,但是拉尔森显然觉得倒了他的胃口。

对这决定的反应是愠怒的沉默,虽然另外四个人含蓄地望了望肇事的两位。一向沉默的嘉克·霍纳没有反应;“黑崽”却阴沉了脸,血涌上了额头。他正想开口说话,海狼拉尔森已盯着他等着,眼里闪着犀利的光。“黑崽”一句话没说,闭上了嘴。

“你有什么意见?”拉尔森咄咄逼人地问。

那是个挑战,但是“黑崽”拒绝应战。

“有什么意见?”“黑崽”问,一片天真,呛得拉尔森一肚子火。别的人笑了。

“啊,没有什么,”海狼拉尔森拙劣地说,“我以为你要反对呢。”

“反对什么?”“黑崽”坦然地问。

“黑崽”的哥儿们咧开嘴笑了。船长气得想杀了他。要不是有茅德·布露丝特在座,我担心会要流血了。其实,“黑崽”能这样做,也正因为有她在座。他十分小心谨慎,是不会在海狼拉尔森可能以非语言的形式表达愤怒时惹他发脾气的。我担心会打起来,这时掌舵的忽然大叫,问题这就好解决了。

“嗨,有烟!”叫声从打开的升降梯口传下来。

“在哪儿?”海狼拉尔森对上面大叫。

“在船正后方,先生。”

“说不定是俄国人。”拉提莫猜想。

一听这话其他的猎手都不禁满脸焦急。俄国人只能是一个意思——巡洋舰。猎手们虽只大体知道自己的位置,却很明白已经接近禁海边疆,而海狼拉尔森又以偷猎而声名狼藉。所有的眼睛都落到了他身上。

“我们是非常安全的。”他笑了笑,向他们保证,“这一回不会被送到盐矿去的,‘黑崽’,可是我要告诉你们——我愿意以五对一打赌,那船是‘马其顿号’。”

没有人肯跟他赌,他又说下去:“要是那样的话,我还可以拿十对一打赌,会出问题。”

“我不赌,谢谢,”拉提莫说了,“输点钱我不在乎,可我也想赢一局。你跟你那位老兄一见面就没有不出事的,这一条我愿以二十对一打赌。”

大家都笑了,海狼拉尔森也笑了。于是饭又顺当地吃下去。也还因为我,因为在随后的时间里海狼拉尔森老是对我不客气,嘲笑我,对我摆架子,直到压在心里的愤怒使我浑身发抖,但是我明白为了茅德·布露丝特我必须控制住自己。我得到了报偿,因为茅德的目光迅速抓住了我的目光,仿佛明白告诉我:"鼓起勇气,勇气。"

我们下了餐桌,上了甲板。因为老在大海上漂浮,有船出现可以打破沉闷,可算是一种受欢迎的调剂。尤其刺激的是:大家又深信来者是"死亡拉尔森"和"马其顿号"。头天下午掀起的大风大浪今天整个上午都在渐趋平静。因此现在可以放小艇,打上整整一下午海豹了,看来对于狩猎是有利的。我们从天亮起就行驶在没有海豹的海面上,现在却追上了海豹群。

那烟还在船后好几英里,却在我们放下小艇时迅速追赶了上来。小艇散开了,往北方的洋面上行驶。我们不时地看见一张风帆落下,响起枪声,又看见风帆升起。海豹群很密。风快要停了,一切都对丰收有利。在我们向前行驶,到达最后的背风艇后的背风地位时,发现海豹群密集得像地毯一样,四面八方都是,比我所见过的任何一次都多。或是三三两两,或是结队成群,拉长了身子睡在海面上,怎么看也像是些埋头大睡的小懒狗。

那轮船的船身和上部设施在逐渐靠近的黑烟下越来越大了,在我们右舷后不到一英里处行驶着。是"马其顿号",我用望远镜望见了名字。海狼拉尔森凶狠地望着那船。茅德·布露丝特感到好奇。

"你那么肯定会出现的麻烦在哪里呀,拉尔森船长?"她快活地问。

他瞟了她一眼,觉得好玩,脸色平和下来。

"你以为会出什么麻烦?他们会上来割断我们的喉咙吗?"

"大概是这一类事吧。"她承认。"我对猎海豹的人完全陌生,你知道,无论出多么大的事我都有思想准备。"

他点点头。"很对,很对。你的错误是没有想到最糟的事。"

"怎么?还有比割断喉咙更糟的事?"她问,带着颇为天真的惊讶。

"割掉我们的钱包呀。"他回答。"现在的世道,人的生活能力决定于他钱包的大小。”

“‘偷钱偷钱，偷来的钱不值钱。’”她引用了这句成语。

“偷钱偷钱，偷掉我的生存权。”他这样回答，“你那句老话把意思说反了。因为他偷了我的面包、肉和床，也就危害了我的生命。没有那么多地方可以去排班站队领粥领面包的，你知道。人的口袋空了通常就得死，而且死得很惨——除非能把口袋很快装满。”

“可是我看不出这只轮船有偷你钱包的打算。”

“等着吧，你会瞧见的。”他阴沉地说。

用不着等多久我们就瞧见了。“马其顿号”超过了我们小艇的分布线几英里后，便开始放自己的小艇。我们知道我们只带了五只小艇（温莱特逃走之后少了一只），而他们却带了十四只。他们把小艇放在我们最后一只小艇的背风面后很远，又横插到我们前面继续放着，放完时他们已经在我们第一只向风艇的前面很远。我们的狩猎被破坏了。我们后面再也没有海豹，前面十四只小艇一字儿摆开，又扫尽了面前的海豹，像一把大扫帚。

我们的小艇只在“马其顿号”的小艇和我们之间两三英里内的海面上狩猎了一会儿便回来了。风声渐渐细弱，海面越来越平静，加上那么多海豹的存在，构成了一个十全十美的打猎天——这样的日子整个幸运的狩猎季也只能碰上两三天。一大群人从我们身边一拥而过：猎手、桨手、舵手。每个人都觉得遭了抢劫。小艇在诅咒声中吊了上来。如果诅咒真有作用的话，“死亡拉尔森”就会永远倒霉了。“不得好死，下地狱，万劫不复。”路易说，他的眼睛对着我闪动着，他刚拉完拽他小艇的缆绳，在休息。

“你听听他们的话，找一找他们灵魂里最重要的东西，看难不难找？”海狼拉尔森说，“那东西是信念还是爱情？还是崇高的理想？是善，是美，还是真？”

“他们内在的权利感遭到了伤害。”茅德·布露丝特加入了谈话。

她站在十来英尺以外，一只手扶住主护桅索，身子随着船身的动荡而轻微地摇晃。她没有提高声音，可她那银铃一样清脆的调子却打动了我，啊，它在我耳里多么美妙！那时我几乎不敢看她，怕暴露了自己。她头上扣了一顶男孩式的小帽，浅褐色的头发松松梳就，毛茸茸的，衬着她椭圆形的娇柔的脸蛋，映着太阳，好像是一圈灵光。她确实迷人，即使不是圣洁，也是温婉甜美。见到生命的这种美妙的体现，我往日对生命的惊叹又回到心里。海狼拉尔森对生命和它的意义的冷冰冰的解释确实荒唐可笑。

“你是个范·魏登先生那样的感伤主义者，”他嘲弄地说，“那些人之所以咒骂，是因为别人侵犯了他们的欲望，如此而已。侵犯了什么欲望？大笔的工资到手，到岸上去吃香的，睡软的，喝辣的，玩女人，这是狼吞虎咽，蛮横逞凶的欲望。这些东西很真实地表现了他们，是他们内心最美好的东西，是他们的雄心壮志，也可以说是他们的理想吧。他们所展示出来的感情场面并不动人，却表现出他们内心受了多么深刻的触动，他们的钱包受到了多么深刻的触动。因为触及了他们的钱包也就是触及了他们的灵魂。”

“你现在的行为倒不像是有人触及了你的钱包的样子。”她笑眯眯地说。

“我的行为之所以不同，是因为我的钱包和灵魂同时被触及了。按照伦敦的市场价格，按照对今天下午可能到手的皮张的公平估价，‘马其顿号’的贪婪使‘幽灵号’失去了大约一千五百元的毛皮。”

“你说起来倒挺平静的……”她开始了。

“可是我心里并不平静；我恨不得杀死抢我的人。”他插嘴道，“的确，的确，没有错，我知道，而那个人却是我哥哥——更叫人伤感吧！哼！”

他的脸色突然变了。说话时不那么凶狠了，而是十分真诚。

“你们可能是幸福的，你们这些感伤主义者。在梦想美好的事物和获得它的时候的的确确是幸福的。你们因为发现了一些东西是善的就觉得自己也善了。现在请你们告诉我,你们是否觉得我善呢?"

"你看上去很善——从一定的角度看来。"我加上了限制。

"你具有向善的一切力量。"茅德·布露丝特回答。

"又是这一套!"他有些生气了,对她叫道,"在我看来你那话是空话。你表现的思想不清楚,不确切,不鲜明,不能够用手抓起来观察。从实际的意义上看你那不是思想,而只是一种感觉,一种情绪,是某种以幻想为基础的东西,完全不是理智的产物。"

他说下去时声音变得柔和了,带了说知心话的调子。"你知道不?我有时也发现自己希望看不见生命的现实,只知道幻想和错觉。当然,那是错误的,完全错误的,是违背理智的,可是从表面看来,我的理智告诉我,耽溺于梦想,生活在错觉里,会要快乐些。归根到底快乐是对生活的报偿。没有快乐生活的就是没有价值的行为。为了生活而劳动,却得不到报偿比死还要难受。最快乐的人生活得最充分。你们的梦想和幻觉对于你们可要比我的事实对于我产生更少的烦恼和更大的满足。"

他缓慢地沉思地摇着头。

"我常常怀疑。常常怀疑理智的价值。梦想一定是更为实际、更能给人满足的东西。感情的欢乐要比理智的欢乐更能满足,更加持久,而且,你还得为你的理智的欢乐付出代价——你往往忧郁。随着感情的欢乐而来的不过是感官的倦怠;而倦怠可以很快就消失。我羡慕你们,我真羡慕你们。"

他突然住了嘴,然后在嘴唇上形成了一个神秘的微笑,说下去:

"注意,我是从头脑羡慕你们的,而不是从心里。我的理智命令我羡慕。羡慕是理智的产物。我像是个清醒人望着醉汉,因为太厌倦,所以希望自己也醉。"

"或者说像个智者望着傻瓜,希望自己也是个傻瓜。"我哈哈大笑。

"很对,"他说,"你们俩是一对破产的傻瓜。皮包里没有事实。"

“有，我们花钱跟你一样随便。”茅德·布露丝特说出了她的意见。

“更随便，因为你们花的东西不值钱。”

“因为我们依靠的是永恒。”她反驳。

“你们依靠永恒，或是自以为依靠永恒，这都一样。你们花掉的都不是你们赚来的。而反过来，你们却从你们没有赚来的东西获得更多的价值，比我花掉我赚来的东西获得的要多，而我的东西是用血汗赚来的。”

“那你为什么不从根本上改变你的货币呢？”她揶揄地问。

他立即一半怀着希望地望着她，十分懊悔地说：“太晚了。也许我想，但是做不到了。我的皮夹里塞满的都是老货币，那是很顽固的东西。我很难让自己承认别的货币可以通行。”

他停止了谈话，让视线心不在焉地掠过她的身边，望着平静的海洋出神。原始的古老的忧伤又重重压到了他的头上，他为之颤抖了。好一会儿工夫思考都使他陷入了忧郁。我们可以估计在几个小时之内他身上的魔鬼又会出现，活跃起来。我想起了查理·福路瑟特。明白这人的悲伤其实是实利主义者为自己的实利主义所受到的惩罚。

第二十五章

“你刚上甲板去过，”海狼拉尔森第二天早上在早餐桌边说，“天气怎么样？”

“晴朗。”我回答，瞥了一眼从打开的升降梯大门射入的阳光，“有很好的微弱的西风，要是路易估计得不错的话，风力可能加强。”

他高兴地点了点头：“有下雾的迹象吗？”

“北方和西北方都有浓浓的雾墙。”

他又点了点头，露出比刚才更为满意的神色。

“‘马其顿号’怎么样？”

“没看见。”我回答。

我可以发誓他听见这消息时脸色阴沉了下来，可是他为什么失望我无法设想。

答案我马上就知道了。“嗨！烟！”甲板上传来呼喊，拉尔森的脸色立即开朗了。

“好！”他叫道，随即离开了餐桌，上了甲板，进了“下等舱”。猎手们在那儿吃着他们被赶出来之后的第一顿早餐。

茅德·布露丝特和我几乎没有碰面前的食物，只彼此焦急地默默望着，听着海狼拉尔森的声音。那声音很容易穿过中间的间壁。他说了很久，话一讲完便受到一片狂喊的欢迎。间壁太厚,听不见他的话,可是不管他说的是什么,那话在猎手们之间是产生了强烈的反响的,因为狂呼之后还有吼叫和欢呼。

我从甲板上的声音听出,水手们被打发去准备放小艇了。茅德·布露丝特跟我一起来到甲板上,但是我把她留在了舵楼甲板的缺口,在那儿她可以看见情况,却不至于被卷入。无论那是什么计划,水手们一定很理解。他们工作的活力和利落就证明了他们的情绪的高涨。猎手们拿着猎枪和弹药盒,依次来到甲板上。最不平常的是:还拿来了步枪。步枪是很少带上小艇的。因为海豹被步枪远距离射中之后,不等小艇赶到就会沉下水去,全无例外,但是今天每个猎手都带上了步枪和大量的子弹。我注意到他们一见"马其顿号"的烟就得意扬扬地笑着。那烟随着船从西边靠近而逐渐升高了。

五只小艇匆忙下了海,像扇骨子一样散开,往北方驶去,跟头天晚上一样。我们跟在他们后面。我好奇地看了一会儿,他们的行动似乎没有什么反常。降帆,开枪,升帆,继续前进,跟我往常见到的完全一样。"马其顿号"重复昨天霸占海面的做法,横插到我们的路上,把它的一串小艇放到我们的小艇前面。要让十四只小艇舒舒服服地打猎,需要很大的洋面。等它把我们的捕猎线完全吃掉以后,便又冒着烟往东北开走了,一面走一面还放下更多的小艇。

"这是什么意思?"我再也控制不住好奇心,问海狼拉尔森。

"别管会出什么事,"他沙哑地说,"用不着等一千年你就会知道的。现在你就为风刮大一点而祈祷吧。"

"不过,告诉你我也不在乎,"过了一会儿,他说,"我要请我的那位亲哥哥尝一尝他自己的药的味道。简单地说,我也要霸占一回。不是霸占一天,而是霸占整个季节——如果运气好的话。"

"要是运气不好呢?"我问。

“不考虑。”他笑了，“我们的运气只能好，否则我们就都完了。”

他掌着舵，我便到水手舱的医院去。那儿躺着两个伤员，尼尔森和玛格瑞季。尼尔森撞断的腿愈合得很快。他很快活，这是可以预计的，但是伦敦佬却悲伤得无以复加。我对这可怜人的同情油然而生。奇迹是他还活着，顽强地活着。粗暴野蛮的岁月把他瘦小的身体弄得百孔千疮，但是他体内的生命之火还跟任何时候一样明亮地燃烧着。

“装上假肢你还可以在船上的厨房里咚咚地跑到最后时刻的，他们做的假肢好极了。”我向他快活地保证。

但是他的回答却很认真——不，是很庄严。“你说的是什么我不知道，范·魏登先生，但是有一点我知道，我没有见到那条地狱的狗死掉是不会快活的。他不会比我的命长，他没有权利活着。有句话说得好：‘他必死。’我说：‘阿门，愿他马上死他娘的。’”

我回到甲板上时发现海狼拉尔森一手掌舵，一手拿着望远镜，研究着小艇的分布。他对于“马其顿号”的位置特别注意。我们的船的唯一变化是在紧紧贴着风向北偏西几个方位行驶。我仍然不明白这样布阵的利害，因为自由海面仍被“马其顿号”的五只向风小艇阻断，而它们也在贴风行驶。这时“马其顿号”慢慢往西转了过去，距离留下的小艇越来越远了。我们的小艇又是用帆，又是用桨，连猎手们也都划桨。三双桨在水里划着，很快就赶上了他们的敌人（我可以用这个词）。

“马其顿号”的烟缩成了东北地平线上的一个模糊的小点，船身已经看不见了。我们的船到目前为止一直在观望，风帆有一半的时间在摇摆着把风放走；还短暂地停过两次船。可是现在我们的船却再也不观望了。风帆扯得满满的，海狼拉尔森开始让“幽灵号”全速前进。我们驶过了自己的一串小艇，然后向对方那串小艇的向风艇赶了上去。

“收起斜桅帆，范·魏登先生，”海狼拉尔森向我下达命令，“站在旁边，随时准备调帆。”

我急忙跑上前去，把斜桅帆全部收好。我们正从那小艇背风面一百英尺处滑过。小艇上的三个人不放心地盯着我们。他们霸占了洋面，也知道海狼拉尔森，至少听到过他的大名。我记得那猎手是个斯堪的那维亚人，坐在船头，步枪为了方便取用横在膝头上，那原是该放在枪架上的。他们跟我们的船尾并列时，海狼拉尔森对他们挥了挥手，叫道：

“上来吹吹吧！”

“吹吹”在猎海豹船圈里是“玩玩”、“聊聊”的意思。它说明海上人喜欢饶舌，那在沉闷的生活里是一种调剂。

“幽灵号”转身横对着风，我提前完成了我的工作，又到船后主帆去帮忙。

“请你留在甲板上，布露丝特小姐，”海狼拉尔森去会见客人时，说，“你也一样，范·魏登先生。”

那小艇已经落了帆，跟我们并排行驶了。那猎手留着一部金灿灿的胡子，像个海王，翻过栏杆落到了我们的甲板上，但是他那魁梧的个子却不大能克服他心里的疑惧，脸上明显露出怀疑和不信任的表情——尽管有胡须遮住，那张脸却透明。可在他从拉尔森看向我，看出只有两个人之后，脸上立即显得放心了。他又瞥了一眼跟他上来的两个人。他肯定没有什么可害怕的。他准有六英尺八九高，像巨人歌利亚①一样高耸在海狼拉尔森面前。后来我知道他的体重是二百四十磅。全身没有脂肪，净是骨头和肌肉。

他来到升降梯边，海狼拉尔森请他下去，他的疑惧显然又回来了，但是他瞥了一眼主人又放了心。那主人虽也高大，在巨人身边一站却成了矮子，

① 歌利亚：非利士人的巨人，骁勇异常，但后来被牧羊的大卫用投石器打死。见《圣经·撒母耳记》第十六章。

因此一切的犹豫都没有了。两人往舱房走去。这时他的两个同伴也按照水手做客的习惯去拜访水手舱了。

突然,从舱房里传来了一声噎住的大吼,随之便是一场恶战的种种喧闹。那是豹对狮的战斗,大吼大叫的是狮。海狼拉尔森是豹。

“你明白我们这份殷勤的神圣意义了吧?”我对茅德·布露丝特尖刻地说。

她点头表示听见了。我注意到她脸上看见或听见暴力打斗时的厌恶表情。我在上“幽灵号”的前几周也受过同样严重的折磨。

“你是不是往前走更好,比如下‘下等舱’的升降梯去,等打完了再回来?”我建议。

她摇摇头,悲天悯人地望着我。她不是害怕,而是骇然于人类的兽性。

“你会明白的,”我抓住机会说,“现在和今后,无论出现了什么情况,我在其中所扮演的角色都是被迫的——如果你和我还想活着闯过这一关的话。”

“是很难堪的角色,对于我。”我补充道。

“我理解。”她用一种遥远的、细弱的声音说,她的眼神向我表明她确实理解。

下面的声音迅速消失。海狼拉尔森一个人上了甲板。除了青铜色的皮肤下泛着一点红晕,再没有别的殴打迹象。

“叫那两人到后面来,范·魏登先生。”他说。

我照办了。一两分钟之后那两人站到了他面前。

“把你们自己的小艇拉上来。”他说,“你们的猎手已经决定在船上玩玩,不愿意让小艇留在旁边磕磕碰碰的。”

“把小艇拉上来,我说。”那两人犹豫着不肯照办,拉尔森重复了一遍,口气严厉了些。

“你们说不定会跟我开一段时间船的,谁知道呢?”两人不肯听话,他很和善地说,话里却带滑头的威胁,证明那和善的虚伪。“我们最好从友好的谅解开始。好了,快点吧,在“死亡拉尔森”下面,你们跳得可是快多了,你们知道。”

经他这一开导,两人的动作明显地快多了。小艇拉上来之后我又被打发去放开了斜桅帆。

海狼拉尔森掌着舵往“马其顿号”的下一只向风小艇走去。

船行路上,我暂时没有事做,回头注意起小艇来。“马其顿号”的第三只向风艇正受到我们两只小艇的袭击,第四只也受到其余三只小艇的袭击。第五只小艇掉过头来,要想保卫它最近的伙伴。战斗便在长距离之间打响了,步枪声不断传来。海风扬起汹涌的波涛,使射击难以准确。我们越来越靠近了,不时看见子弹吱、吱地射进一个个浪头。

我们追逐的那小艇挣脱了身子,顺风逃走,想摆脱我们,逃跑时仍在抗拒着围攻。

这时我忙着索具和帆脚索,没有工夫看热闹,但是我碰巧在舵楼甲板边看见海狼拉尔森在命令两个新水手往前走,下水手舱去。两人愠怒地走着,但还是下去了。然后拉尔森又命令布露丝特小姐到下面去。因为眼前的危险,她眼里露出恐惧的神色,拉尔森报之以微笑。

“下面没有什么好恐惧的东西,”他说,“只有一个没有受到伤害的人,牢牢实实地捆在螺栓环上。子弹可能打上船来,我不愿意你给打死,你知道。”

他正说着,一颗子弹已经打在他两手之间的舵轮铜辐上,吱一声迎风弹到空中。

“看见了吧?”他对她说,然后又转身对我,“范·魏登先生,你来掌舵好吗?”

茅德·布露丝特已经踏入升降梯,只露出了头。海狼拉尔森拿起一支步枪,压进了一颗子弹。我递眼色求她下去,可是她微笑着说:

"我们可能是软弱的陆上动物,没有腿,但是我们可以向拉尔森船长表示,我们至少也跟他同样勇敢。"

他很快地望了她一眼,眼里含着钦佩。

"我对你的喜欢因此增加了百分之百。"他说,"书本、头脑和勇气,你倒是全面发展的。好一个女学究,做海盗头子的夫人再好不过。这个这个,以后再谈吧。"他笑了,一颗子弹着着实实打进了舱房的墙壁。

他说话时我见他眼里闪出金色的光,而她的眼里则涌起了恐惧。

"我们更勇敢,"我急忙说,"至少,就我而言,我知道自己比拉尔森船长还要勇敢。"

他现在很快恩赐了一瞥的是我。他在猜想我是否在拿他开玩笑。风吹得"幽灵号"偏离了航道,我倒打两三四把,纠正过来,然后稳定了方向。海狼拉尔森还在等着我的解释。我指着下面我的膝盖。

"你看见了吧,"我说,"那儿在簌簌地抖。那是因为我怕了,我的肉体怕了。我心里也怕,因为我不愿意死,但是我的精神控制了发抖的肉体和紧张的心理。我比勇敢还勇敢,我有胆量。你的肉体并不怕,你不恐惧。从一方面讲,你面对危险并不困难;从另一方面讲,危险还使你快活,你喜欢危险。你可能不害怕,可是拉尔森先生,你必须承认勇敢的是我。"

"你说得对。"他立即承认了,"我以前从来没有那样考虑过,不过,反过来是不是也对呢?既然你比我勇敢,我是不是就比你胆小呢?"

这个荒唐的逻辑使我们哈哈大笑。他下到了甲板上,把步枪靠住栏杆。刚才打到我们这儿来的子弹飞了大约一英里,可现在我们已经缩短了一半的距离。他瞄得准准地打了三枪。第一枪打到小艇上风五十英尺,第二枪逼近了小艇,第三枪打出去,舵手已经放掉了舵,身子向船底倒去。

“这一枪解决了问题,我猜。”海狼拉尔森说,“我不能打射手。桨手很可能不会掌舵。我这样一打,猎手就无法既掌舵又开枪了。”

事实证明他想得很对,因为小艇立即迎风冲了上去,猎手急忙跑到后面去掌舵。射击停止了,虽然还有快活的枪声从别的小艇传来。

猎手设法让小艇再次顺风行驶,但是我们已对它冲去,速度至少是它的两倍。我看见一百码之外的桨手把步枪递给猎手。海狼拉尔森赶到船的中部,从销子上取下了喉头升降索绳圈,然后在栏杆上搁好枪,瞄准了。我看见那猎手两次放掉舵,想去取枪,却犹豫。我们现在跟他们并排了,浪花飞溅着赶了过去。

“喂,你!”海狼拉尔森对那桨手突然大叫,“转过来!”

说着便扔出了绳圈,扔了个正着,几乎把桨手打翻到海里。可是桨手并不服从,反倒望着猎手,要听他的命令。猎手进退两难。他的枪在两个膝盖当中,要是放掉舵去取枪,小艇就会转身撞在三桅船上。他也看见海狼拉尔森的枪瞄准着他。他知道不等他用枪拉尔森就会开枪。

“转过来。”他对桨手平静地说。

桨手服从了,冲向前面不远就横了过来。绳拉紧了,他又放出一段。小艇窜出了路线,转过了身子。猎手稳住小艇,让它在二十英尺以外跟“幽灵号”并排走着。

“现在收起帆,靠过来!”海狼拉尔森命令。

拉尔森从没有放下枪。即使往下放绳索时他也只用一只手。小艇头、尾都系紧之后,两个没有受伤的人准备上船。猎手拾起了他的步枪,好像打算往什么可靠的地方搁。

“放下!”海狼拉尔森吼道。那猎手放下了枪,仿佛它烫了他的手。

两个俘虏上了船,把小艇拉了上来,按照海狼拉尔森的指示抬了受伤的舵手下到水手舱去了。

“我们的五条小艇如果干得都像你和我这么顺手,我们的人手可就够多了。”拉尔森对我说。

“你打中的那个人,他,我希望……”茅德·布露丝特颤抖着。

“打的是肩膀,”他回答,“不会严重的。范·魏登先生会收拾好的,三四个星期就跟过去完全一样了。”

“但是,看样子,那几个人他怕是治不好了。”他说,指着“马其顿号”的第三只小艇。我们正对那小艇驶去,现在差不多已跟它并齐了。“那是霍纳或‘黑崽’干的活。我告诉过他们要活人不要尸体。但是开枪总想命中,而命中的快活却很诱惑人,等你学会了打枪就知道了。你有过这样的经验吗,范·魏登先生?”

我看着他们俩干的活摇了摇头,确实血腥。他俩又被拉出去参加另外三只小艇对剩下的两只小艇的进攻去了。小艇没有人管,在波谷里迎着每一个浪头醉醺醺地颠簸着。松弛的斜桁帆跟艇身拉成了直角,在风里晃动着,叭叭地响。猎手和舵手都不自然地倒在船底。舵手趴在船舷上沿,身子半截在艇里,半截在艇外,双臂吊在水里,脑袋搭来搭去。

“不要看,布露丝特小姐,请不要看。”我请求她。她接受了我的意见,没有看见这景象,我很高兴。

“去,往小艇群里开,范·魏登先生。”海狼拉尔森命令。

我们靠近时,枪声已经停止,看见战斗已经结束。剩下那两只小艇也被我们的五只小艇俘虏了。七只小艇挤在一起,等着我们接上船来。

“看那边!”我情不自禁地叫道,指着东北面。

那烟又出现了,指明了“马其顿号”的地点。

“对,我一直都在观察着它。”海狼拉尔森回答得很平静。他估计了一下跟雾墙之间的距离,暂停了一会,体会了一下风吹在他脸上的分量。“我想我们能赶到;不过你可以相信,我的那位可爱的老兄已经识破了我们的小花样，正在向我们扑来。啊！看！”

烟突然大了起来，非常黑。

“我会打败你的，哥哥。”他咯咯地笑着，“我会打败你的，我只希望把你那老引擎给累成碎片。”

我们的船刚停下便陷入匆忙但有秩序的混乱之中。小艇立即从每一个方面往上爬。俘虏一翻过栏杆立即被我们的猎手押着往前走，到水手舱去。然后我们的水手又往上拉小艇，乱成一片。小艇一拉上来就往甲板上不管什么地方一搁，也不拴好。最后的一只小艇离开水面，在索具上晃着的时候，我们已经开船了。所有的帆都弄好，升了起来，放松了帆脚索，准备接受横吹过来的风。

我们必须赶快。“马其顿号”的烟囱正喷着最黑的浓烟从东北方向对我们扑来。它改变了航向，置剩下的小艇于不顾，往我们前面插去。它并没有直接追我们，而是往前赶。双方的路线像一个角的两条边，正在会合；角的顶点就在雾墙的边沿。“马其顿号”只有赶到那儿去才能抓住我们，否则就完全抓不到了，而“幽灵号”的希望则是在“马其顿号”还没有到达时赶过那顶点。

海狼拉尔森掌着舵。他的眼睛注视着追逐的每一个细节，从一个跳向另一个，眼里不时地闪着亮，发出火花。他时而迎面研究着风，看是否有缓和或加强的迹象；时而研究着“马其顿号”本身。然后他的眼睛又晃过自己的每一张帆，发出命令，这里的帆脚索放松一点，那里的帆脚索拉紧一些，直到他把“幽灵号”所具有的每一点速度都释放了出来。我望着长期受到他欺凌的人们忙着执行他的命令时的迅速敏捷，新仇旧恨全部忘记，感到意外。说来奇怪，在我们时而昂头，时而颠簸，时而倾侧地前进时我忽然想起了不幸的约翰逊，我很遗憾，他没有活着在场。他对“幽灵号”是多么热爱，为它的行驶能力曾经多么自豪呀。

“诸位，最好拿起步枪。”海狼拉尔森对猎手们叫道。五位猎手手拿步枪，在背风面的栏杆边一字儿摆开待命。

“马其顿号”现在距离我们只有一英里了，黑烟从它的烟囱呈直角飘散。它疯狂地跑着，以十七海里的速度闯过海面。“对天呜呜呼叫，穿过浪涛。”海狼拉尔森望着它引用了这行诗。我们的速度不超过九海里，但是距离雾墙已经很近。

“马其顿号”的甲板上喷出了一道烟雾，我们听见了一声沉重的炮响，我们张紧的主帆上出现了一个圆洞。有过谣传，说他们船上带有小炮。现在他们正在用那炮向我们轰击。我们的人集中在船的中部，向他们挥着帽子欢呼，奚落他们。又是一道烟雾喷出，发出了一声更大的巨响。这一回炮弹打到了距离船尾二十英尺处，在海浪里还迎风蹿了起来重新落下。

但是没有步枪射击，因为他们所有的猎手都在小艇上出去了，或是做了我们的俘虏。两条船相距只有半英里时，第三发炮弹又在我们的主帆上打了一个洞。然后我们便钻进了雾里。雾在四面八方用它那潮湿浓密的纱幕把我们裹了起来，隐蔽了起来。

这突然的变化令人惊讶。刚才我们还在阳光里蹦跳着前进，头上是明朗的天空，大海泛着泡沫向地平线流泻；还有一只船喷射着火光、烟雾和钢铁的炮弹向我们疯狂地扑来。可转瞬之间，像是猛然一跳，太阳就被抹掉了；天空没有了；连我们的桅杆顶都看不见了。地平线好像是在模糊的泪眼里看见的。灰色的雾像雨一样飘过。我们衣服每一根毛纤维上，头和脸上的每一根毛发上都凝聚了珍珠样的水晶粒。护桅索潮湿了，从我们头顶的滑车上垂了下来。帆底的横桁的底下一滴滴水珠连成了一条条的线，晃荡着。三桅船每一晃动，水珠便往下洒，有如模拟的暴雨。我产生了一种压抑的、窒息的感觉。三桅船乘风破浪前进的声音被雾墙碰回到了我们的耳朵里，同样，人的思想也被碰了回来。心退缩了，对于包围着我们的这个潮湿的纱幕以外的世界，畏惧思考了。这就是世界，就是宇宙本身，它的边界那么近，我们感到不能不伸出双手把它推开。在这雾墙之外不可能还有别的世界。其他的东西都是梦，都不过是对梦的回忆。

离奇，出奇地离奇。我望了望茅德·布露丝特，知道她也有类似的感触。然后我望了望海狼拉尔森，但是他脸上没有能反映他意识状况的主观的东西。他整个关心的只是客观的直接现实。他仍然掌着舵，我觉得他是在校准着时间，在用“幽灵号”的每一次向前的颠簸和背风的摇晃来计算每一分钟的消逝。

“紧靠下风前进，一点声音别出，”他低声对我说，“先把中帆收好，把人都安排到帆脚索去。别让滑车咔啦咔啦响，别说话。总之不要出声，明白吗，不要出声。”

一切就绪，口令通过一个个人口里传向我：“紧靠下风。”“幽灵号”左舷抢风倾侧行驶，确实是寂静无声。仅有的声音——帆的劈啪声、滑车里的滑轮的吱嘎声——在浓雾中也显得妖异。那空旷的雾包裹着我们，能产生回音。

我们似乎刚满帆航行不久，雾便突然稀薄了，我们回到了阳光里。一望无涯的大海在我们面前展开，直到天边，但是大海却是空的，盛怒的“马其顿号”既没有冲破它的海面，也没有用它的烟染黑天空。

海狼拉尔森立即转了个直角，沿着雾墙的边缘疾驶。他的计谋很明显。抢在“马其顿号”的上风头驶进雾里，等到“马其顿号”盲目钻进雾墙去追他时，他又掉头从雾墙的掩护里钻出来。现在他正匆匆往下风面跑进去。这一计谋的成功使古老的比喻“干草垛里寻针”跟他哥哥找到他的机会一比，还算是蛮大的。

他并没有跑多久。我们让前帆和主帆顺风行驶，还拉起了中帆。我们又回到了浓雾里。我们进去时我可以发誓看见一个模糊的庞然大物在上风头出现。我急忙看了看海狼拉尔森，我们又已钻到了浓雾的深处，但是他点了点头。他也看见了——“马其顿号”，那船猜到了他的计谋，却来晚了一点，刚好错过了。我们无疑是没有被发觉，躲过了。

“他不能够老追下去的，”海狼拉尔森说，“他还得回去收回其他的小艇。范·魏登先生，去找一个人来掌舵，就照现在这个路线前进，你还可以继续安排人值班。我们今晚不会在这儿留恋的。”

“不过，我愿意出五百块钱，”他又说，“到‘马其顿号’上去待五分钟，去听我哥哥怎样咒骂我。”

“现在，范·魏登先生，”有人来接替了他掌舵，他说，“我们得让这些新来的人受到欢迎。给猎手们多上点威士忌，给水手舱也来几瓶。我可以打赌，明天他们无论是什么人都会愿意下海去给海狼拉尔森打猎的，跟原来为‘死亡拉尔森’打猎一样心满意足。”

“他们会不会像温莱特一样跑掉呢？”我问。

他精明地笑了笑。“只要我们的老猎手有利可图，他们就跑不掉。我答应给老猎手分红，新猎手每得到一张毛皮，我都给老猎手加一块钱。老猎手们今天的热情至少有一半是这样来的。啊，跑不掉的，只要老猎手有利可图他们就跑不掉。现在你最好是到前面去执行你的医生任务。等着你的伤号怕有一病房呢。”

第二十六章

海狼拉尔森从我手上接过了分配酒的任务。酒瓶出现时，我已到水手舱给新来的一批伤员治伤去了。喝威士忌的场面我是见过的，比如俱乐部的人喝威士忌加苏打水，但我从没见过这些人这种喝法。小酒杯，大口杯，酒瓶，捧起来就喝。喝得很多，斟得很满，每一次都算得上是纵酒，决不是一两杯就住口。他们一味地喝呀，喝呀，瓶子总往前递，总在喝。

每个人都喝。伤号们喝，我的助手武富提·武富提也喝。只有路易不喝，他只用饮料谨慎地润了润嘴唇，可他也照样放肆玩闹，并不亚于大多数人。那是纵情的狂欢。他们大喊大叫讲述那天的战斗，在细节上争论不休；或是动了感情，跟曾经和他们战斗的人成了朋友。俘虏者和被俘虏者彼此靠着肩膀打嗝，赌咒发誓表示对对方的尊重和佩服。他们为以前受过的苦哭，为今后还要在海狼拉尔森的铁腕统治下受的苦哭。他们都咒骂拉尔森，讲他那些可怕的暴行的故事。

那景象离奇可怕。两侧都是上下铺的小小空间，跳动的、颠簸的墙壁和地板，昏暗的灯光，魔鬼一样时而拉长时而缩小的晃动的黑影，浑浊的空气里夹着浓浓的烟雾、体臭和三碘化甲烷味。还有那些发烧的脸——我应该叫他们半人半兽。我注意到了武富提·武富提，他手拿着绷带一头，呆望着那场面，他那天鹅绒样的明亮的双眼在灯光里明亮地闪烁，像麋鹿。但是我知道，隐藏在他胸中的野蛮的魔鬼是对他脸上和身上那几乎是女性的温柔和娴雅的否定。我也注意到哈里森那差不多像孩子的脸——原来挺善良的，现在已狰狞得像魔鬼——因为激动而抽搐着，在向新来者谈述他们来到的这只魔鬼船，尖声咒骂着海狼拉尔森。

他们在谈海狼拉尔森，老是谈海狼拉尔森。奴隶主、磨人精，男塞西①，而这些人都是他的猪猡，匍匐在他面前的畜生，只敢偷偷地，或在喝醉酒后反对他。我是否也是他的猪猡呢？我问。茅德·布露丝特也是吗？决不！我气得磨牙，下定了决心，这时我在为人斟酒，斟得那人吓了一跳，武富提·武富提也莫名其妙地望着我。我突然觉得获得了一种力量。新发现的爱情使我变成了一个巨人，我什么都不怕了。我要靠我的韧劲一干到底。海狼拉尔森也好，三十五年的书斋生活也好，我都不再顾忌了。一切都会好的，我一定要让它好。这样，我得意起来，一种力量之感鼓舞着我。我对那嚎叫的地狱背过了身子，爬上了甲板。甲板上的黑夜里雾像幽灵一样飘荡，空气倒还甜蜜、纯洁而安静。

“下等舱”里有两个受伤的猎手，那儿也是水手舱的翻版，只是没有人骂海狼拉尔森。我再次来到甲板上往后面的舱房走时，心里才如释重负。晚饭准备好了，海狼拉尔森和茅德在等着我。

尽管一船人都在尽快地想喝醉，拉尔森却滴酒未沾，保持着清醒。在目前的情况下他不敢大意，因为他只有路易和我可以依靠，而路易此时还得掌舵。我们是在雾里行驶，没有人守望，也没有点灯。海狼拉尔森竟然放手让他的人酩酊大醉，这叫我大为吃惊。但是他显然懂得他们的心理，懂得怎样最成功地把以流血开始的人际关系用人情胶合起来。

---

①　塞西：希腊神话里的巫女，住在易依亚岛。荷马史诗《奥德赛》里讲尤利西斯在攻克了特洛亚城后回家途中漂流到易依亚岛，他的随从都被塞西变成了猪猡。

战胜了"死亡拉尔森"一事对他似乎产生了惊人的作用。前一天晚上他思考得满怀忧伤,此刻我偶然等着他那出自性格的脾气发作,结果不但平安无事,反倒发现他意气风发了。也许他弄到手的很多猎手和小艇抵消了他那习惯性的反应。总之,他那低沉没有了,忧郁的魔鬼没有露面。这是我那时的想法,可是,啊,天呀,我对他太不了解,也许就在那时他正酝酿着一次新的爆发,比我以前所见过的任何一次都严重呢。

正如我所说,在我走进舱房时他正觉得自己意气风发。他的头痛有好几个礼拜没有发作了,眼睛像天一样湛蓝;因为极其健康,他那被晒成青铜色的脸很帅气。生命像壮丽的江河在他血管里奔流。在等着我时他已和茅德谈得很起劲。题目是诱惑。我从我听见的几句知道他的意见是:诱惑只在人被它打动而堕落时才叫诱惑。

"因为你看,"他解释道,"在我看来,人要做事都是因为欲望。人的欲望各种各样,可能是摆脱痛苦,也可能是享受快乐,但是不管做什么,他是因为有想做的欲望才去做的。"

"可是,假定他想做的两件事正好相反,做这一件事就不容许他去做另外一件事,那又怎么办呢?"茅德插嘴道。

"我正打算谈这个。"他说。

"两种欲望之间的选择正体现了人的灵魂,"她已接着说了下去,"善的灵魂欲望善,而且行善,而恶的灵魂则相反。善恶是由灵魂决定的。"

"胡说八道!"他不耐烦地叫了起来,"决定善恶的是欲望。比如,有个人想酗酒,同时又不愿意喝醉,他做什么?他怎么办?他是个木偶,他是他欲望的动物。两个欲望他服从较强的一个,就那样,跟他的灵魂无关。他怎么可能在受到酗酒诱惑的同时又拒绝喝酒呢?要是想保持清醒的欲望胜利了,那是因为保持清醒是较强的欲望,与诱惑无关。除非……"他停了停,一个新念头来到心里,被他抓住:"除非诱惑他的是保持清醒的念头。"

“哈哈!”他笑了,“你有什么看法,范·魏登先生?”

“我认为你们俩都在钻牛角尖。”我说,“人的灵魂就是他的欲望。换句话说,灵魂是人的欲望的总和。在这一点上你们俩都错了。你强调脱离灵魂的欲望,布露丝特小姐强调脱离欲望的灵魂,而事实上,欲望和灵魂是同一件事。

“不过,”我说下去,“布露丝特小姐有一点是对的:她认定诱惑无论起了作用或是受到抵制都是诱惑。火是被风刮成熊熊大火的。这样,欲望就像是火;火像被风吹燃一样被眼里看见的欲望对象(或是耳里听见的对那对象的诱人的新描述或理解)刮成大火。诱惑就在那里。是风煽动了欲望,让它燃烧成熊熊大火的,风就是诱惑;也可能煽动得不够有力,没有燃烧起来,但是它毕竟煽动了,到了那一步也是诱惑,而且,正如你所说,诱惑可能使人向善,也可能使人为恶。”

我们开始用餐时我为自己骄傲。我的话是结论性的,至少他们已经结束了讨论。

但是海狼拉尔森的话似乎滔滔不绝,这是我以前没有见过的。他似乎积蓄了太多的精力,快要泛滥,在尽力寻找某种方式发泄。他几乎立即开始了对爱情的探讨。跟往常一样,他的观点总是纯实利主义的,而茅德的则是理想主义的。至于我呢,我除了做一两个字的提示或纠正,不站在任何一边。

拉尔森才气横溢,茅德也聪明绝顶,因为在她谈话时我总观察她的脸,有时竟弄不清他们谈话的思路。她那张脸平时很少有颜色,但是今晚却泛出了红晕,而且活跃。她的机智敏锐地表现了出来;她跟拉尔森一样喜欢唇枪舌剑——拉尔森尤其喜欢。由于某种原因(虽然我说不清楚),他们争辩时，我倒去欣赏茅德的一绺披散的褐色秀发去了。他引用了伊莎特[1]在丁塔格尔[2]堡所说的话：

> “我的福超过了此地的妇女，
> 我的罪超过了一切妇女，
> 我的孽障却是完美无比。”

正如他把悲观主义读进了奥马一样，现在他又把胜利读进了史文朋[3]的诗里——辛辣的胜利和欢欣。他解读得对，解读得好。他刚念完，路易从升降梯伸下头来低声说道：

“别紧张，雾散了，现在正有一艘轮船的左舷灯从我们的船头前横过。”

海狼拉尔森跳上了甲板，跳得很快，等我们跟上去时，他已经拽好了“下等舱”的滑门，关住了醉酒的喧哗；又跑上前去盖上了水手舱的天窗。雾虽然还有，却已经升高，遮住了星星，让夜晚十分黑暗。我可以看见一盏明亮的红灯和一盏白灯，还可以听见轮船引擎的搏动声。毫无疑问是“马其顿号”。

海狼拉尔森已经回到舵楼甲板。我们默默地站成了一团，望着灯光从我们的船头前迅速横过。

“我算幸运的，他没有带探照灯。”海狼拉尔森说。

“我要是大叫怎么样？”我低声问他。

---

① 伊莎特：英国古代的亚瑟王传说里的两个同名的妇女。一个伊莎特和亚瑟王的圆桌骑士特瑞斯川结了婚，因为嫉妒用欺诈害死了另一个伊莎特。

② 丁塔格尔：城堡名，在英格兰的康华县西北的海岸边，传说是亚瑟王的出生地。

③ 史文朋(Charles Algernon Swinburne，1837—1909)，英国诗人。写过一首长诗《理昂内司的特瑞斯川》，叙述的就是特瑞斯川和伊莎特的故事。

“那就全完了，”他回答，“可是你想过马上会出什么事吗？”

我还没来得及表示追问的意思，他已用他那猩猩一样的爪子钳住了我的喉头。他的肌肉轻轻扭了扭，好像是个暗示，告诉我那一扭就会扭断我的脖子。他随即放了我。我们都在望着“马其顿号”的灯光。

“要是我大叫起来又怎么样呢？”茅德问。

“我太喜欢你了，不想伤害你，”他温和地说——他的嗓子里有一种温柔和爱抚，叫我受不了，“可是你别叫，因为我照样可以掐断范·魏登先生的脖子。”

“那我就允许她叫。”我挑战地说。

“我很难想象你会拿美国诗坛的二号祭酒做牺牲的。”他嗤笑着她。我们再也没有说话，不过我们已习惯于彼此相处，不会因为沉默而尴尬了。红灯和白灯消失之后我们又回到舱房，去吃完中断的晚饭。

两人又开始引经据典。茅德引用了道森[①]的《终于无悔》，做了美妙的诠释，可是我观察的并不是她，而是海狼拉尔森。他对茅德那入迷的神态也吸引了我，他已经忘乎所以。我注意到他随着她匆匆的话语不自觉地模仿着茅德每一个字的嘴唇动作。她引用了下面的诗句：

“太阳在我身后消失时，她的眼应是我的光明，
她六弦提琴[②]般的话语便是我耳里最后的声音。”

这时他插嘴了：“你的话语里就有六弦提琴般的声音。”他毫无顾忌地说，眼里闪着金色的光芒。

① 道森（Ernest Dowson，1867—1900），英国诗人，1896 年出过一本诗集。

② 六弦提琴：旧时的一种提琴，较小，不像现在的提琴有四弦，而是有六弦。

茅德的自制力几乎令我欢呼。她不动声色地念完了结尾的小节,然后慢慢把谈话引入了危险较少的渠道。这整个时间里我都差不多心醉神迷地坐着。“下等舱”里醉汉们的胡闹穿过间壁传了过来,我所害怕的男人和我所挚爱的女人在不断地谈着话。餐桌没有撤。接替玛格瑞季的人显然跟水手舱的伙伴们寻欢作乐去了。

如果海狼拉尔森曾经达到过生命的最高峰,此时他已经达到了。我不时地抛开了自己的思想去跟随他,跟随时我感到惊讶。我一时竟为他因耽溺于激情而发挥出的惊人智慧所倾倒,因为他在宣扬着叛逆的豪情。弥尔顿的路西法①是无可避免要被提出来做例子的,而海狼拉尔森对路西法性格的描述和分析的精辟透彻,则流露出了他被窒息了的天才。这让我想到了泰纳②,但是我知道他没有读过那杰出的,也是危险的思想家。

“他领导着一场失败的事业,并不害怕上帝的雷霆,”海狼拉尔森说,“他被打进了地狱,但并没有被打倒。他带走了上帝三分之一的天使;他直接煽动人类去反对上帝;他为自己和地狱争取到了各个世代的大部分人类。他是怎么被赶出天堂的?因为他不如上帝勇敢吗?不如上帝骄傲吗?不如他有雄心壮志吗?都不是!一千个不是!上帝更为强大,正如他所说,是因为有雷霆。但是路西法是个自由的精灵,而屈从就是窒息。他选择了因自由而受苦,没有选择舒适的屈从所带来的快乐。他不愿意屈从于上帝,他对一切都不屈从。他不是船头的人像雕饰。他只靠自己的双腿站着,是一个独立的个体。”

“是第一个无政府主义者。”茅德哈哈大笑,站起身来,准备回她的特别

---

① 约翰·弥尔顿(John Milton,1608—1674),英国诗人。路西法即撒旦,是弥尔顿的长诗《失乐园》的主角,因向上帝的权威挑战而被打下了地狱。

② 泰纳(Hippolyte Taine, 1828—1893),法国哲学家、评论家、历史学家。作品有《论智慧》(1870)、《英国文学史》等。

间去。

“那么无政府主义者就是好的！”拉尔森叫道，也站了起来，面对着她。她在自己房间门口停了步，拉尔森继续说道：

“‘至少在这儿
我们有自由；全能者设置地狱不是为
使人羡慕；这里再不会把我们赶走，
我倒可以安全统治，我的选择便是：
统治总值得追求，哪怕是在地狱里，
宁可在地狱里统治，也不受天堂驱使。’①”

那是个强悍的精灵的蔑视的呐喊，他的声音在舱房里震响。那时他站在那儿，身子摇晃着，高昂着威风凛凛的头，晒成青铜色的脸容光焕发，眼睛成了金黄色，对着门边的茅德闪耀出一片阳刚之气，强烈的阳刚之气，却又极尽温柔。

她的眼里又出现了那难以描述却又确切无疑的恐惧。她几乎是耳语地说：“你就是路西法。”

门关上了，她走了。他站在那儿盯着她身后好一会儿，这才回过神来，看见了我。

“我去掌舵，接路易的班，”他简短地说，“我半夜来叫醒你接班。你现在最好进去睡一会儿。”

他戴上了一双手套，扣上帽子，上了升降梯。我按照他的意见上了床。不知道为什么，我受到一种神秘的提示，没有脱衣就躺下了。我听着“下等

① 见约翰·弥尔顿《失乐园》第十卷末。

舱”里的喧闹,惊叹着降临到我身上的爱情,但我在“幽灵号”上的睡眠已经极其健康、自然,歌声和喊叫很快就听不见了,我的眼睛闭上了,意识落入了半死亡的昏睡里。

不知道是什么东西惊醒了我,我发现自己已经下了床,清醒地站着。危险来临的警告使我的灵魂颤抖起来,有如悚然于号角的召唤。我猛然拉开了舱房的门,那儿的灯光很低,我看见茅德,我的茅德,挣扎着,撑拒着,却被海狼拉尔森的拥抱所压倒。我看见她徒劳地打着他,扭动着身子,脑袋顶住拉尔森的胸口,想挣脱。这一切我在转瞬之间都看了个清楚,同时已跳了上去。

他抬起头来,我用拳头打他的脸,但是拳头没有力气。他像野兽一样凶猛地嗷叫着,推了我一掌。只不过是一掌,手腕一甩,但是力气之大使得我就像被弹弓射出一样,倒退回去,撞在了玛格瑞季以前住的特别间门上,砸碎了板壁。我没有意识到身上的伤,挣扎着爬了起来,吃力地离开了被撞坏的门,意识里只有按捺不住的怒火。我抽出了腰间的匕首,再次扑了上去,那时我似乎也在大喊大叫。

但是已经出了问题,他们俩摇摇晃晃地分开了。我靠近拉尔森,举起了匕首,却收住了。那情况之离奇令我莫名其妙。茅德靠在墙上,一只手稳定着自己;拉尔森趔趄着,左手按住前额,捂住眼睛,右手茫然地摸索着。他碰到了墙壁,刚一接触,他的肌肉和力量便似乎放松了,好像船舶找到了方位,寻获了空间的位置,有了依靠的东西。

这时我再次暴怒起来,我所受到的一切委屈和羞辱,我和别人在他手下遭到的种种折磨,他的罪大恶极的存在,全都以刺眼的光芒在我心里闪现。我不顾一切对他疯狂地扑去,一刀扎上他的肩膀。我当时就意识到只是戳破了点皮肉——我感到刀刃被他的肩头硌了一下。我又举起匕首,想扎向更要害的地方。

但是茅德已经看见了我的第一刀,叫道:“别扎,请你!”

我的手臂落下了,也只落下了一会儿,我又举起了匕首,要不是她插到了我们之间,海狼拉尔森必死无疑。她双臂搂着我,头发拂着我的面颊,我的脉搏以罕见的速度加快了,愤怒也随之高涨。她勇敢地望着我的眼睛。

“为了我。”她求我。

“正是为了你,我才想杀他!”我叫道,想不伤害她而挣脱手臂。

“嘘!嘘!”她说,把手指轻轻放在我的嘴唇上。我要是敢,真想吻它一下——即使是在那时,在我大怒的时候,那手指的触摸也是那么美妙,美妙极了。“别杀他,请你。”她求我,她的话解除了我的武装。她的话永远能解除我的武装——我以后还会发现。

我从她身边退了开来,把匕首插回了刀鞘。我看了看海狼拉尔森。他还用手按住他的前额,遮住了眼睛。他好像瘫痪了,身子从腰部软了下来,巨大的肩膀耷拉下来,向前吊着。

“范·魏登!”他嘶哑地叫道,声音里带着恐惧,“啊!范·魏登,你在哪儿?”

我望了望茅德,她点了点头,没有说话。

“我在这儿,”我回答,走到他的身边,“怎么啦?”

“扶我坐下。”他仍然用那沙哑的、可怕的声音说。

“我病了,病得厉害,驼驼。”他放开了我扶住他的手,坐到椅子里。

他的头往前一垂,落到桌上,埋进了手臂。他好像很痛苦,脑袋每过一会儿就晃几晃。有一回他的头抬起了一半,我看见他额前的发际沁出了大颗大颗的汗珠。

“我病了,病得厉害。”他重复了一句,又再重复了一句。

“怎么回事?”我把手放在他的肩膀上,问,“我能为你做什么?”

但是他生气地甩开了我的手。我在他身边默默地站了好一会儿。茅德观望着,脸上是畏惧和恐惧。我们想象不出拉尔森出了什么事。

"骆驼,"他终于说道,"我要上床去,扶扶我。过一会儿就会好的。我相信又是那倒霉的头痛。我真怕它。我觉得是——唉,我不知道自己在说什么。扶我上床去吧。"

但是在我把他扶到床上去了之后,他又把头埋进了手臂,遮住了眼睛。我转身要走,听见他还在喃喃地说:"我病了,病得厉害。"

我走出房间,茅德探询地望着我。我摇摇头,说:

"他出了问题,是什么问题我不知道。他无能为力,而且害怕,我看是他平生第一次感到害怕。那一定是在他挨我那一刀以前的事,我那一刀给他的伤很轻。你一定看见的。"

她摇摇头:"我什么都没有看见,我同样觉得莫名其妙。拉尔森突然放开了我,摇晃着退走了。我们怎么办呢?怎么办呢?"

"你要是愿意的话,请等我回来。"我回答。

我上了甲板。路易还在掌舵。

"你可以回去休息了。"我说,接过了舵。

他立即服从了。我发现"幽灵号"甲板上只有我一个人。我尽可能不出声地卷起了那几张中帆,降下了斜桅帆和桅杆支索三角帆,再把斜桅帆转过来,放下了主帆。然后才下到茅德那里。我把手放到唇边,让她别作声,进了海狼拉尔森的房间。拉尔森的姿势还跟我离开他时一样,脑袋晃荡着——几乎是痉挛地晃荡着。

"要我做什么吗?"我问。

他起初没有回答,我又问,他回答道:"不要,不要,我没有事,天亮以前别来打搅我。"

但是我还没有转身走掉,又注意到他的脑袋恢复了晃荡。茅德耐心地等着我,我注意到了她那女王一样高抬的头和闪亮平静的眼睛,禁不住一阵欣喜,她那眼光就像她的灵魂一样平静而自信。

“你能把自己托付给我,跟我一起做大约六百英里的旅行吗?”

“你是说……?”她问,我知道她暗示对了。

“不错,我就是那个意思。”我回答。“除了驾无篷船逃跑,别无他法。”

“你是说,为了我?”她说,“你在这儿肯定是没有危险的,跟过去一样。”

“不,除了无篷船我们俩谁都没有指望。”我着重重复,“请你赶快尽可能穿得暖和一点,把想带的东西都打成包。”

“尽快。”她回她的特别间时,我又叮嘱了一句。

储藏室在舱房正下方。我点了一支蜡烛,打开地板上的活门,跳了下去,开始翻看船上的库存。我主要选择了罐头物品,选定以后,上面已经有手自愿伸了下来,接受我递上去的东西。

我们默默地工作着。我还从衣箱里拿了毛毯、手套、雨衣、小帽之类的东西。这次冒险可不轻松。在这样寒冷的、多风暴的大海里,把自己交给一艘小艇,我们必须做好抵御严寒和潮湿的充分准备。

我们俩心急火燎地把拿来的东西搬到甲板上,放在船中部。我们干得太急,茅德本来就没有什么力气,这时已经累得干不下去,坐到了舵楼甲板缺口边。这还无法让她恢复过来,她又在硬甲板上躺下,伸开了双臂,放松了全身。我想起了我姐姐,那是她的窍门,我知道茅德很快就会恢复的。我明白武器是绝不能少的,又进了海狼拉尔森的特别间去取他的步枪和猎枪。我对他说话,他没有回答,虽然脑袋还在摆来摆去,没有睡着。

“再见吧,路西法。”我轻轻关上门,悄悄对自己说。

然后是搞到一批弹药——那容易,虽然还得进“下等舱”升降梯口去取。猎手们带去上小艇的子弹箱就存在那儿,距离他们喧闹作乐的地方只有几英尺。我提来了两箱弹药。

然后是放下小艇。这事一个人干起来可不那么容易。我解掉了绳索,先用前面的索具吊了起来，然后用后面的索具吊，把小艇吊到了栏杆外面。然后这边放下一段，那边再放下一段，放下了两三英尺，直到小艇舒服地靠在三桅船边，靠近了水面。我确信它上面已经有了必需的帆、桨和桨架后，又考虑了淡水。我把船上每一只小艇上的水桶都偷走了。因为小艇有九只之多，我们的水就很丰富了，而且可以用来压舱，尽管再加上我带上的其他物品，小艇有超载的危险。

茅德正在向我递储备的东西，让我往艇里安排，一个水手从水手舱爬上了甲板。他在向风的栏杆边站了一会儿（我们在背风栏杆边上东西），然后慢条斯理地走掉了。他又在船的中部背对着我们迎风站了一会儿。我伏在小艇里听得见自己的心跳；茅德已倒在甲板上，我知道她准是一动不动躺在舷墙后面，但是那人没有转身，只是双手举过头顶，打了个听得见的哈欠，便往水手舱盖走去，消失了。

只用了几分钟，就安排好了一切。我把小艇放到了水面。我帮助茅德翻过了栏杆，感到她的身子贴近我的身子，这时候我好不容易才没有叫出来："我爱你！我爱你！"在她的手指抓住我的手指，让我把她放下小艇时，我想道：的确，亨佛莱·范·魏登终于恋爱了。我一只手抓紧栏杆，一只手支持着她的重量，心里十分得意。几个月以前，在我跟查理·福路瑟特告别，坐上倒霉的"马丁内斯号"往旧金山去时，我是没有这样的力气的。

趁着小艇被海浪抬升的机会，她的脚踩到了船底，我放了她的手。我扔掉了索具，跟着她跳了下去。我一辈子没有划过船，但是我划动双桨，费了很大的力气，让小艇摆脱了"幽灵号"。然后我试着拉帆。我看过许多次桨手和猎手拉起斜杠帆，但自己拉却还是第一次。他们大约只用两分钟就弄好的事我却花了二十分钟，但是我终于把帆升了起来，收拾好了。我掌好舵，迎风驾驶了起来。

"日本就在那边，"我说，"正前方。"

“亨佛莱·范·魏登，”她说，“你真勇敢。”

“不，”我回答，“你才勇敢。”

我们有同样的冲动，都回过了头想看“幽灵号”最后一眼。“幽灵号”不高的船身在海浪上迎风起伏，风帆的影子在夜色里衬出一片黑影；她被拴紧的舵盘吱吱地叫，船舵跳蹦着。然后，“幽灵号”的形象和声音都淡了，我们孤独地留在了黑漆漆的海上。

第二十七章

破晓了,天灰白而寒冷。小艇紧乘着清凉的微风行驶。罗盘指明我们正在去日本的航道上。虽然戴了厚厚的手套,手指仍然很冷,抓住舵的手冻得生疼。霜冻咬得双脚像针刺一样。我迫切地盼望着阳光照耀。

我面前的艇底上躺着茅德。至少她还是暖和的,因为她垫的盖的都是厚厚的毛毯。为了遮住夜间的寒气我还把最上面一条毛毯拉过了她的脸,因此我除了一个大体的轮廓和她露出在外面的浅褐色的头发,什么都看不见。那头发上凝结着露珠。

我看了她很久,特别注意露出的那一点褐发。只有把那当作是世界上最宝贵的东西的人才会那么看它。我看得很专注,她终于在毛毯里动了。上面的毛毯掀开了,她对我微笑,还睡眼惺忪。

“早上好,范·魏登先生,”她说,“看见陆地没有?”

“还没有,”我回答,“但是我们正在以每小时六英里的速度向陆地靠近。”

她失望地噘起了嘴。

“可这意味着每天一百四十四英里呢。”我安慰她说。

她的面孔明亮起来。“我们要走多远?”

“那边是西伯利亚,”我指着西边说,“但是往西南去六百英里左右就是日本。要是风继续这样吹,我们五天就到了。”

“可如果来了暴风雨呢? 小艇怕会活不下去吧?”

她有一种望着你的眼睛让你说真话的本领。她提出这个问题时就那样望着我。

“那得特别大的暴风雨才行。”我找话弥缝说。

“要是暴风雨特别大呢?”

我点了点头。“但是我们随时都可能叫一只猎海豹的三桅船救起的。这一部分洋面上三桅船分布得很多。”

“哎呀! 你怕是冻坏了!”她叫道,“看,你在发抖! 别不承认了,你在发抖,可我却躺在这儿暖和得像烤好的吐司一样。”

“如果你坐起来也着了凉,”我笑了,“我看也于事无补。”

“我只要学会了掌舵就能帮助你了。我一定要学会。”

她坐了起来,简单地收拾了一下自己,让头发披散了下来。她的头发像褐色的云雾,包围了她的脸和肩膀。可爱的、湿润的、褐色的头发呀! 我真想亲亲它,真想让它在我手指间滑过,把脸埋在里面。我望着她呆住了,直到船扎进风里,风帆拍打起来,警告我玩忽职守了。我虽有分析的天性,却是个,而且一向是个理想主义者和浪漫主义者,可是直到目前为止我对于爱情的物质方面的特性却不大理解。我一向认为男女之爱是一种跟灵魂相关的升华了的东西,是一种把两个灵魂吸引和联系在一起的精神的纽带。在我的爱情世界里,肉体的纽带没有分量,可是我自己正在学着一堂甜蜜的功课:精神是通过肉体而变化的、表现的。所爱者的头发的形象、感觉和接触以及她眼里所射出的光芒、她唇里所吐出的思想同样表达了灵魂的呼吸、声音和精髓。纯粹的精神毕竟是无法知道的,只能感觉和猜测;也不能通过精神自己来体现。耶和华就是神人同形同性论者,因为他只能用犹太人懂得的语言向他们说话。因此犹太人就认为耶和华跟他们是同一形象,是云雾,是火柱，是以色列人可以掌握和感觉的物质的东西。

我就像这样注视着茅德浅褐色的头发，爱恋着它，从中学到的东西比所有的诗人和歌手用他们的十四行诗和歌曲教给我的还多。她突然熟练地把头发往后一甩，露出了她的脸笑着。

“为什么女人不永远蓄披肩发呢，”我问，“那可要美多了。”

“要不是老乱得一塌糊涂就好了，”她笑了，“可不！我就掉了一个很宝贵的发夹子！”

我忘掉了小艇，让风一次又一次地从帆里漏出。我注视着她在毛毯里寻找发夹的每一个动作，觉得都很美妙。我感到意外，快活地意外，因为这时她特别有女人味。她所表现的每一个典型的女性特点和行为都使我感到更强烈的欢乐。这是因为过去我对她的印象把她过分地提高了，使她脱离了人的水平，离我太远。我一直把她当成了女神一样的难以接近的人物。因此我欣喜地欢迎那些说明她毕竟是妇女的小特点。比如把那一头秀发甩到身后的动作，寻找发夹的动作之类。她是女人，跟我同类，跟我同一水平，因此可能出现同类之间和男女之间的那种可爱的亲密联系，跟可能出现我一向对她应当抱有的尊重和敬畏之情一样。

她找到了她的发夹，发出了一声妩媚的小小的叫喊。我把注意力更加集中到了掌舵上。我开始做实验，把舵拴起来或用什么东西楔好，后来那船便可以相当不错地前进，不需要我照顾了。只偶然有兜风太多或太少的情况；但是它都可以自己调整，总的说来情况不错。

“现在我们要吃早饭了，”我说，“但是你首先必须穿得更暖和。”

我拿出一件刚从衣箱取来的厚衬衫，是用毛毯类的材料做的。我知道那类东西，很厚实，织造很细密，可以挡雨，连续几小时也淋不透。她把这衣服套上以后，我又用一顶男式小帽换下了她那顶男童帽。这帽很大，可以扣住她的头发；帽檐翻下来又完全遮住了她的脖子和耳朵，效果很迷人。她的脸是在任何情况下都美丽的那种,无论什么都无法破坏它那精美的椭圆形,那些差不多古典的线条,那纤美的眉毛和棕色的大眼,她那目光清澈宁静,宁静得光辉灿烂。

这时一阵比平时略强的风刮到我们身上,斜在浪头上的小艇被风一吹,突然倾斜过去,舷边跟水面齐平,进了水,有一桶左右。那时我正在开一个牛舌罐头,急忙跳到帆边,及时排除了风。风帆拍打着,飘动着,小艇正常了。几分钟的调整已足以使它回到正道。我又准备起早饭来。

“我虽然不懂航海,却觉得似乎一切良好。”她点点头,郑重地表扬了我的掌舵设计。

“可是这办法只能在顺风时管用,”我解释,“要是驾驶得灵活一点,风从船后、船尾或是横向吹来,那就非得自己掌舵不可了。”

“我只好说我不懂得你那些技术道理,”她说,“但是我明白你的结论,却不喜欢它。你总不能够白天晚上永远掌舵吧。因此我希望吃了早饭就接受我的第一课。那时候你就得躺下来睡觉。我们要像他们在船上一样换班。”

“我不知道怎么教你,”我不赞成,“我自己还在学呢。你把自己交给我的时候怕没有想到我对小艇一点经验都没有吧?我这还是第一次坐上小艇。”

“那我们就一起学,先生。既然你已经先走了一个晚上,你就该把你已经学到的东西教给我。现在,吃早饭。天哪!这种空气真增进食欲!”

“没有咖啡。”我遗憾地说,递给她抹了奶油的海上饼干和一片罐头牛舌,“在我们以某种形式或在什么地方踏上陆地之前是不会有茶、汤之类热东西吃的。”

在用完简单的早餐,加上一杯冷水之后,茅德学起驾驶来。通过教她我也学到很多的东西,虽然我也在使用驾驶“幽灵号”的经验和从观察小艇舵手驾驶得来的经验。她是个能干的学生,很快就学会了掌握方向、抢风行驶和遇见意外时放松帆脚索了。

她好像是学累了,把舵交给了我。她打开了我已经折好的毛毯,在船底铺好。一切收拾得舒舒服服之后,她说:

“现在,先生,请就寝。你一定得睡到用午餐,不,是睡到吃午饭。”她回忆起“幽灵号”上的安排,纠正了自己的用词。

我能够怎么办?她坚持,而且说“请,请”,我只好服从,把舵交给了她。我爬进她亲手铺好的被卧时感到一种强烈的感官的欢乐。她身上那显著的沉静和自制好像传到了毛毯里。我意识到一种柔和的朦胧的满足,意识到一张椭圆形的面孔,包裹在一顶渔民小帽里,在那儿颠簸着,背景时而是灰色的云,时而是灰色的海,然后我感到自己睡着了。

我看了看表。一点。我已经睡了七个小时!她已经驾驶了七个小时!在我接过舵时我得给她扳扳僵硬的手指。她那可怜的一点力气已经用光了,连坐着都不能动弹了。我只好放掉帆脚索,扶她钻进了被窝,还为她摩擦了手和胳臂。

“我多疲倦呀。”她说,迅速吸进了一口气,发出叹息,疲倦地垂下了头。

但是她随即抬起了头。“你现在可不能够骂人,不准你骂。”她装出挑战的样子,叫道。

“我希望我脸上没有生气的样子,”我严肃地回答,“因为我向你保证我一点也没有生气。”

“啊——不,”她想了想,“你只有责备的表情。”

“那么,我这是张诚实的脸,因为它表现我的感觉。你对自己不公平,对我也不公平。我以后怎么能够相信你呀?”

她露出懊悔的样子。“我以后会乖的,”她像个顽皮的儿童一样说,“我保证……”

“保证像水手服从船长一样?”

“是,”她回答,“我干了笨事,我知道。”

“那你还得保证另外一件事。”我冒险说。

“保证。”

“保证别老是‘请’、‘请’个没完,因为那样一做你就会干扰我的权威。”

她欣赏我的话,快活得哈哈大笑。她也意识到了“请”、“请”个没完的威力。

“那是个好字眼……”我开始说。

“但是我不能让它过分劳累。”她插嘴。

但是她笑得不带劲了,脑袋又垂下了。我放下舵许久,去给她的脚掖被窝,在她脸上盖毛毯。唉!她的身体可不好。我心事重重地望着西南方,想着面前六百英里长的艰苦途程——是呀,但愿只不过是艰苦。在这样的海上,任何时候都可能刮起风暴把我们毁掉,但是我仍然不怕。我对未来非常怀疑,没有信心,然而心里并不害怕。一定会好的,一定会的。我一再向自己重复,一再重复。

下午风力强劲了起来,掀起了更大的浪头,严重地考验着小艇和我,但是我带的东西和九大桶水让小艇镇住了风浪。我鼓起勇气继续前进。然后我放下了斜杠帆,把帆顶收得紧紧的,使用水手们所谓的“羊腿帆”快速前进。

后半下午我在背风面的地平线上看见一艘轮船的烟。我知道那要不是俄国的巡洋舰便是“马其顿号”,后者的可能性更大。它还在搜寻着“幽灵号”。太阳整天没有露面,天冷极了。夜色渐浓,云翳渐暗,风力又强了起来。茅德和我吃晚饭时都戴上了手套。我只能一边掌舵一边趁风力缓和时吃上几口。

黄昏时风力和海浪对于小艇都太厉害,我不情愿地收了帆,开始制造一个锚,或叫“漂锚”。我是从猎手们的谈话里学会的,做起来倒简单。把帆卷起来,牢牢实实捆在桅杆、斜杠、横杠和剩下的两把桨上,扔下海去,用绳子系在艇的前头,因为它在水深处,不受风的影响,就比小艇漂流得缓慢些。这样它在海水和风的面前拽住了小艇的头——这在大海掀起白浪时是免于被淹没的最佳态势。

“现在呢?”工作完成,我又戴上了手套,茅德快活地问。

“现在我们就不再是往日本走了,”我回答,“我们的海流是向西南,或是南南东,速度至少每小时两英里。”

“如果通夜都刮大风的话,”她强调,“那就是二十四英里。”

“对,即使连刮三天三夜大风,也不过一百四十英里。”

“但是不会老刮大风的,”她有不费力气的信心,“会转成好风的。”

“海是很不可靠的东西。”

“但是风呢!”她反驳道,“我曾经听见你谈起浩荡的贸易风就滔滔不绝。”

“我真希望曾想起把海狼拉尔森的天文钟和六分仪取了来,”我仍然阴郁地说,“航行是一个方向,海流是一个方向,还加上某些潮水的第三个方向,结果如何是无论什么高明计算也算不出来的。要不了多久我们就不知道自己在哪儿了,误差达到五六百英里。”

我随即请她原谅,保证不再泄气。那时是九点,经她一再请求,我同意让她值班到半夜,但是在我躺下之前我把她用毛毯裹了起来,还披上了一件雨衣。我只能像猫一样打打瞌睡。小艇从浪头上落下时跳跃着,砰砰地响着。我可以听见海流从身边流过,浪花不断打上小艇。可我觉得那天晚上天气仍然不坏,我想,跟我在“幽灵号”上经历过的夜一比的确算不了什么;也许跟我们即将在这一叶扁舟上经历的夜晚相比也还算不了什么。这小船的木板只有四分之三英寸厚,我们和海底之间只隔了不到一英寸的木头。

可我仍然断言,再次断言,我并不害怕。对海狼拉尔森(甚至玛格瑞季)要让我害怕的死亡我不再害怕了。茅德·布露丝特进入了我的生命,这事似乎改变了我。既然爱能够让生命里的某种东西珍贵起来,使人不怕为它牺牲生命,我就觉得爱归根到底就比被爱更美更好。我爱上了别人的生命,于是忘记了自己的生命,于是形成了一种诡论:现在是我把自己的生命看得最轻的时候,同时也是平生最想活的时候。我的结论是,我从来没有这么多的理由想活。然后,在我打起盹来以前,我只满足于尽力刺穿黑暗向艇尾座看——我知道茅德躬着身子坐在那儿,警惕地望着翻腾的大海,随时准备立即叫醒我。

第二十八章

以后许多日子我们都被海风刮着、洋流卷着,无可奈何地在海上漂流,其中的艰难困苦就不用细说了。东北来的大风刮了二十四小时,渐渐减弱,晚上又改为西南风,这正好是我们要的风。我捞起了漂锚,扬起了帆,利用西南风往南南东方向航行——我若选择西北西的方向,风也能容许;但是南方温暖的空气煽起了我向较暖和的海洋靠近的欲望,影响了我的决定。

三小时后已是半夜,我清楚记得那是我在海上经历的最黑暗的夜。仍然从西南吹来的风猛然加强了,我又只好放下了漂锚。

破晓时我已经眼圈发青,这时海里又掀起了白浪,小艇被锚拖住几乎倒立起来,我们随时有进水的危险。水花和波浪往船上大量泼来,我只好不断往外戽水。毛毯快湿透了。一切都湿了,除了茅德——她披着雨衣,穿着胶鞋,戴着风雨帽,倒是干的,只是脸、手和露出的头发湿了。她不时地接替我在戽水洞戽水,勇敢地戽着,面对着风雨。事物都是相对的,那只是一场较大的风雨,但对在这脆弱的小艇里为生存而斗争的我们而言,已算是狂风暴雨了。

我们又寒冷又凄凉,风在我们脸上吹打,白浪在我们身边澎湃。我们奋斗了一整天,夜降临了,我们都没有睡。天亮了,风仍在我们脸上吹打,白浪仍在我们身边咆哮。第二天晚上茅德已经筋疲力尽,快要睡着了。我用雨衣和雨布把她遮住，她还算是比较干的，却已冻僵了。我非常担心她会在晚上死去。天亮了，既寒冷又凄凉，仍然是满天阴霾、猛烈的风和咆哮的海洋。

我已经四十八小时没有睡觉。我湿透了，冻透了，直冻到了脊髓，感到已是九死一生。我的身体累麻木了，冻僵硬了，疼痛的肌肉一用就给我最严重的折磨，可我仍然不断使用。整个这段时间我们都不断地被刮向东北，离开日本，往荒凉的白令海刮去。

可我们仍然活着，小艇也安然无恙。风势没有减弱，实际上第三天薄暮风力还略有增强。艇头钻进一个浪里，出来时已经有四分之一进了水。我像疯子一样戽着水。因为一进水浮力就减小，进水的可能性便大大增加。而如果再像这样进一次水，就会意味着结束。我再次戽光了水后，只好取下了茅德身上的防雨布，好把它横系在船头上。我做得对，因为防雨布往后能遮住小艇的三分之一。在随后的几个小时里它三次在小艇入水时挡住了冲刷来的大部分海水。

茅德的情况十分可怜。她弯着腰坐在小艇底，嘴唇乌了，脸色苍白，明显表现出她遭到的痛苦，但是她的眼睛总勇敢地望着我，嘴里总说着勇敢的话。

那天晚上的风暴大概是最凶猛的了，但是我没有很注意，因为我已经放弃职责，坐在舵位上睡着了。第四天早上风转为温和的耳语，海平静下来，太阳照到了我们身上。啊！受到祝福的太阳呀！我们可怜的身体是如何沐浴在它那美妙的暖意里哟！像是在暴风雨之后苏醒和蠕动的昆虫与生灵。我们又笑了，又说有趣的话了，对我们的情况感到乐观了，可是，如果有情况的话，那就会比任何时候都糟了。我们距离日本比离开“幽灵号”的夜晚更远了，而且我对我们的经纬度也只能够大体猜测。按每小时两英里的速度计算，在这七十多小时的暴风雨里我们已经往东北方至少漂流了一百五十英里，但是这样估计的漂流量是否可靠？在我看来，还有可能是每小时四英里而不是两英里。要是那样,就更糟了,我们又多漂流了一百五十英里。

我们不知道自己在什么地方,虽然很有可能就在“幽灵号”附近,因为周围出现了海豹。我有思想准备在任何时候看见一艘猎海豹的三桅船。下午,东北风又强劲地吹了起来,那时我们还真看见了一艘。但是那艘奇怪的三桅船在天边消失了,我们又独占了这浑圆的海面。

有雾的日子,连茅德也精神沮丧,嘴上再没有快活的话了;平静的日子,我们在寂寞的浩瀚无边的大海里漂流,为它的广阔所慑服,却也对渺小的生命的奇迹感到惊讶,因为我们还活着,还在为生命挣扎。冰雹、大风和暴风雨的日子,我们怎么也无法暖和;蒙蒙细雨的日子,我们从潮湿的帆上去接滴下来的雨水,装进水罐。

可我对茅德却越来越爱了。她有那么多个方面,有那么多种心情——我称之为“善感多情”,但是我只把这种那种和其他的更亲爱的称号都放在心里。虽然我迫不及待想宣布我的爱情,它已在我的舌头上颤抖了一千遍,但我却明白眼前不是宣布这种感情的时候。即使不为别的原因,在你做着种种努力去保护和营救一个妇女时,却向她求爱,也不像话。由于情况的微妙——不但在这方面,也在很多方面微妙,我还以自命能微妙地处理这问题而得意。我还有一点得意,并没有以目光或任何形式透露我对她的爱。我们就像好同志一样,一天一天成为更好的同志。

她有一点令我惊讶:不畏怯,不害怕。可怕的海涛、脆弱的小艇、身心的痛苦、离奇孤独的环境,这些都足以使一个健壮的妇女心惊胆战,可这一切对她却似乎不产生影响,而她一向生活的环境都是最受到庇护的,设计得最为完美的。尽管她具有妇女所具有的温和、柔弱和依附性,她自己却便是火、露和雾,是升华了的精神。不过,我错了。她确实是畏怯的,是害怕的,只是她有勇气罢了。她也是肉体凡胎,也有肉体的恐惧,但是对肉体起巨大作用的只能够是肉体,而她是精神,她首先是精神,一向是精神,是灵化了的生命的精华，安详得正如她安详的目光，在宇宙万汇流转变化的秩序之中确信着永恒。

暴风雨的日子来了。海洋日以继夜以它的咆哮和白浪威胁我们，海风以它泰坦[①]式的拳头打击我们这奋争的小艇。我们被抛掷向东北方向，越抛越远。就是在这样一次风暴里，一次我们所遇见的最凶险的风暴里，我往背风面疲劳地瞥了一眼，并不是想寻求什么，只是由于跟大自然战斗得厌倦了，几乎是不出声地祈求着自然停止她的雷霆之怒，让我们活下去。我简直难以相信我所看见的东西。多少个日夜的无眠和焦急准是把我弄糊涂了。我回头看了看茅德，仿佛想确认我当时当地的存在。我看见了她那潮湿的可爱的面颊，飘荡的头发和勇敢的褐色的眼睛，这使我深信我的视力仍然正常。我再次往背风面看去，再次看见了那黑黑的、高高的、赤裸裸的伸出的海岬，怒涛拍击着她的岩壁，卷起高高的浪花，黑色的狰狞的海岸线伸向东南，围着一条巨大的白浪的围巾。

“茅德，”我说，“茅德。”

她掉过头望见了那景象。

“那不会是阿拉斯加吧！”她叫道。

“唉，不是！”我回答，又问，“你会游泳吗？”

她摇摇头。

“我也不会，”我说，“因此我们只好从岩石间的缺口里把船开进去，自己爬出来，不游泳爬上岸，但是我们必须快，尽可能地快——而且不能出错。”

我说时带着一种她明白我其实没有的信心，因为她以她那沉静的目光

① 泰坦：希腊神话里的原始生灵，具有特别巨大的身材和力气，生性狂野粗暴，是天公乌拉诺斯和地母盖娅的后代，称泰坦族。

凝望着我说：

“你为我做了这么多，我还没有表示感谢呢，但是……”

她犹豫了，仿佛怀疑着怎样表达她的谢意最好。

“怎么？”我粗鲁地说，因为我对她的感谢并不高兴。

“你可能帮助我。”她微笑了。

“帮助在你去世以前聊表谢意吗？用不着。我们还不会死。我们要在那小岛登陆，天黑以前就能遮蔽风雨，舒舒服服的了。”

我说得坚决，但自己一个字也不信。我没有必要因害怕而撒谎，也没有感到害怕，尽管我觉得我们必然会死在那岩石之间的翻腾的浪涛里，而我们正在迅速往它靠近。要升起帆驶近海岸是不可能的，船会立即被风吹翻，而小艇一落入波谷，就会被淹没；何况船帆还跟没用的船桨扎在一起坠在船头的海水里，流在我们前面。

我说过，我并不怕迎接自己的死亡，死亡就在那儿，在背风面几百码以外，但是一想到茅德也非死不可我就恐怖。我在我那倒霉的想象里看见她在崖壁上撞得血肉模糊，惨不忍睹。我努力强迫自己设想我们可以安全地登陆，于是说了出来。我说的不是信念，而是我的选择。

那可怕的死亡的念头使我退却了，竟产生了抱住茅德跳下水去的荒唐念头。但是我决定等待，到了那最后的时刻，我们进入最后阶段时再抱住她，向她宣布我的爱情，然后做垂死的挣扎死去。

我们俩在艇底上本能地挤到了一起，我觉得她戴了手套的手伸向了我。我们就像那样一言不发地等待着结束。我们距离海风在海岬西边吹出的浪花线不很远。我观察着，希望能出现一道海流在我们到达浪花线之前带我们进岛。

“我们会闯过去的。”我说，带着一种明知骗不了我俩的信心说。

“上帝作证，我们真能够闯过去呢！”五分钟以后我叫了起来。

那声上帝是在我激动时呼叫的——我的确相信那是我平生第一次。[①]除非我少年时期的口头禅“去它的”也算赌咒。

“请原谅。”我说。

“你叫我相信了你的真诚,”她淡淡一笑,说,“我现在确实相信我们能闯过去。”

我看见了遥远处有一条陆地伸出在海岬末端。我俩一看,插在海岬前的海岸线越来越清楚,显然是一个深幽的小谷。与此同时一片强烈的吼叫不断钻进耳朵里,其强烈与洪大近似遥远的雷鸣。那声音从背风处向我们直接传来,压过了海浪的澎湃,迎着风暴。我们绕过了陆地的顶点,整个海湾便落进我们的眼帘。那是一道新月形的白色沙滩,一大排浪花冲击着,上面有千千万万只海豹,那喧哗的吼叫就是它们发出的。

“海豹栖息地!”我叫了,“我们真得救了,这儿一定有人保护,有巡逻艇,不让它们受到猎人的侵害。岸上说不定就有巡逻站。”

但是我在研究拍打着沙滩的浪花时又说:“还是有问题,不过不严重。现在,如果神灵们真正慈悲,我们就要流过下面那片陆地的尽头,来到一片受到良好保护的海滩,不用湿脚就能登上陆地。”

神灵们果然慈悲。第一和第二条陆嘴都直接迎着西南风,但是我们经历了一些危险绕过第二条陆嘴之后选择了第三条。它也顺风,跟另外两条陆嘴并排。那可是夹在两道陆地当中的小海湾呀!它深深地插进了陆地。涨起的潮水把我们从陆嘴所荫蔽的水面带了过去。这儿的海除了较大但不凶险的余潮,总是平静的。我把漂锚拉了上来,开始划船。海岸从那里作一道圆弧向西边和南边逐步延伸出去,最终露出了一个海湾中的海湾,一道陆地包围的小海港,静得像水池,只偶然叫从风暴里逃出的风丝气片掀起些涟

① 基督徒反对随意使用“上帝”二字,对此文明人都很考究,尤其在妇女面前。

漪——猛烈的风是从海滩背后一百英尺处巍峨的峭壁后刮来的。

这儿完全没有海豹，船头触到了坚硬的沙砾。我跳出了小艇，向茅德伸出手去。她随即来到了我的身边。我的手放掉她的手指时，它急忙抓住了我的手臂。这时我摇晃了一下，好像要摔倒在沙滩上。这是长期运动忽然停止的惊人效果。我们在颠簸起伏的海上时间太久，稳定的陆地反倒使我们震惊了，岩石的峭壁像船体两侧一样晃动着。在我们自动调整自己准备适应各种不同的晃动时，晃动并不出现，于是破坏了平衡。

"我的确必须坐下。"茅德紧张地笑了笑，做了个头晕的动作说，随即坐到了沙滩上。

我把小艇固定好又回到她身边。我们就是像这样在苦干岛登陆的。由于长期习惯于船上的生活，一登陆我们就"晕陆"了。

第二十九章

“笨蛋!”我气得大叫。

我已把小艇上的东西取下来搬到海滩的坡上,在那儿开始搭帐篷。海滩上有漂木,尽管不多。我看到从“幽灵号”上食物储藏室取来的咖啡罐头,想起了火。

“大笨蛋!”我还在气恼。

但是茅德温和地指责说:“啧啧!”然后问我为什么是个大笨蛋。

“没有火柴,”我呻吟道,“一根火柴都没有拿。我们得不到热咖啡、热汤和任何热东西吃了!”

“钻木取火的是不是——啊——鲁滨逊呀?”她拉长了声音说。

“但是我读过几十个遭到海难的人的叙述,说他们钻了又钻,却没有用。”我回答:“我记得文特斯,一个以报道阿拉斯加和西伯利亚著名的记者——我跟他在碧蓓洛俱乐部见过面。那时他正在讲他怎样试图用两根木柴取火。他讲得非常有趣,无法模仿,但那却是个失败的故事。我记得他的结论,他说话时黑眼睛闪着光:‘先生们,南海诸岛①的居民可能能钻木取火,马来人可能能钻木取火,但是,相信我的话,白种人学不会。’”

---

① 南海诸岛:指南太平洋温带和热带的岛屿。

“啊,行了,我们到目前为止不也照样活下来了吗?”她快快活活地说:“也没有理由说我们以后就活不下去。”

“但是,你想一想咖啡看!”我叫道:“而且是好咖啡,我知道,是从拉尔森的私人仓库里取来的。你再看看那些好柴火。”

我承认自己非常想喝咖啡,不久以后发现茅德对那小豆豆也颇有偏爱,何况我们吃了这么久的冷食,里里外外都冻僵了,只要是热东西都会非常受欢迎,但是我不再抱怨了,开始用帆给茅德搭帐篷。

因为有桨、桅杆、横桁和斜桁,还有许多绳索,我没有把那活儿放在眼里,但是我没有经验,每个细节都是一次实验,每个成功的细节都是一次发明,在她的帐篷完成之前,一天的时间就差不多用光了,而那天晚上又下起雨来,她被雨水赶出了帐篷,只好又回到小艇上。

第二天我在帐篷周围挖了一道浅沟,一小时以后一阵大风突然从背后的岩壁顶上刮了过来,把帐篷连根拔起,掼到了三十英尺外的沙滩上。

茅德见了我那沮丧相不禁哈哈大笑。我说:“等风平静以后我要驾了小艇去探索一下这个岛。准会有个站在什么地方,还会有人。会有船来探望这站的,总会有政府来保护海豹的,但是我希望在出发之前把你舒舒服服安顿好。”

“可我想跟你一起去。”她就只有那一句话。

“你最好留下来。你已经受够了罪,居然活了下来已经是奇迹了,而且小艇里也难受,在这种下雨天气使帆和划船都不轻松。你需要的是休息,我希望你留下来休息一下。”

她那美丽的眼睛朦胧了,出现了一种仿佛潮润的东西;她不等它落下,便扭开了身子。

“我想跟你一起去。”她低声说,只带了一点祈求的调子。

“我可能对你……啊……”她的嗓子哑了,“有点帮助,如果出了什么事,想到还有我,一个人被扔在这儿。"

"啊,我一定会小心,"我回答,"不会走远,黄昏前就要赶回来。对,我说到办到。我觉得你留下来要好得多,什么事都不做,睡一睡,休息休息。"

她转身望着我的眼睛,目光里没有犹豫,却显现温和。

"求你了,求你了。"她说,啊,多么温柔!

我狠下心来拒绝了,摇了摇头,可她仍然望着我,期待着。我想找出拒绝的措辞,但是说不出口。我看见她眼里跳出了欢乐的光,明白我已经失败,在那以后已经不可能说"不"了。

下午风停了。我们做好第二天早上出发的准备。从我们这个海湾是无法进岛的,因为悬崖峭壁就从海滩两边开始,下面的水又极深。

破晓时灰蒙蒙的,沉闷,但是平静。我醒得很早,准备好了船。

"傻瓜!白痴!乡巴佬!"我在觉得该唤醒茅德的时候叫了起来,但是这一回叫得快活,光着头在沙滩上跳着舞,装出绝望的样子。

她从船帆里伸出头来。

"又是怎么啦?"她睡眼朦胧地说,也带着好奇。

"咖啡!"我叫道,"要是有一杯咖啡喝你觉得怎么样?热咖啡?热气腾腾的咖啡?"

"哇!"她喃喃地说,"你吓了我一跳,你可是太残酷了,我在这儿修心养性,坚持不喝咖啡过日子,可你却拿些虚幻的设想来折磨我。"

"看我的。"我说。

我从岩石缝隙里搜集到一些干树枝和木块,削成片或折断,当引火柴;从我的记事本上撕下了一张纸,再从弹箱里取出一颗猎枪子弹,用刀抠掉弹塞,把火药倒在一块平整的岩石上。然后从子弹上取下雷管(或叫子弹帽),把它放在岩石上散开的火药正中。一切就绪,茅德还在帐篷里望着我。我左手拿着一张纸,右手捡起一块石头往雷管上砸去。一阵白烟升起,火光爆出，引燃了纸。

茅德快活地鼓掌："好个普罗米修斯[①]！"她叫道。

可是我却太忙，来不及注意她的快活。那微弱的火苗要积蓄力量活下去，必须要得到小心照顾。我把燃料一片一片，一根一根地喂给它，直到小一些的木片和柴棍终于燃了起来，劈劈啪啪发出响声。我们没有预计会漂流到荒岛上，因此没有准备水壶之类的烧水容器。但是我暂时用舀水的听子当了水壶，而在我们吃了罐头之后就积累了可观的一批烧煮容器了。

我烧开了水，煮咖啡的却是茅德。多么美妙的咖啡！我的贡献是罐头牛肉冲水熬海上饼干。早餐很成功。我们在火边坐了很久，啜着热腾腾的黑咖啡，交谈着我们的处境，比有进取心的探险家应该停留的时间长多了。

我有把握在某一个海湾里会找到一个站，因为我知道白令海的海豹栖息地都是像这样保护着的，但是茅德提出了进一步的理论——为了让我有失望的思想准备，我相信，如果会失望的话。她说我们发现的是一个没有人知道的海豹栖息地，不过，她一直精神奕奕，装出高兴的样子，好接受那难堪的灾难。

"你的话要是没有错，"我说，"那我们就只好准备在这儿过冬了。我们的食物吃不了那么久，但是有海豹，不过它们秋天就迁徙了。因此我得立即做好肉类供应的储备。还得修房子，搜集漂木。还得实验用海豹油点灯。万一我们发现这岛上没有人，手边上的事加起来还很多呢，不过我知道这岛不会没有人。"

但是她对了。我们迎着横吹的风驾船沿着海岸走，用望远镜搜索着海湾，有时还上岸去看，却没有发现有人居住的痕迹，但是我们知道我们不是

---

① 希腊神话里的泰坦之一。他从天上偷来火给人们，从而遭到天帝宙斯的惩罚，被绑在高加索山上让鹰啄食他的肝，最后被赫拉克勒斯解放，故有"取火者"之名。

第一批到苦干岛上来的人。在从我们的海湾过去的第二个海湾的海滩高坡上我们发现了一艘小艇破烂的残骸,是猎海豹的小艇,因为桨栓是用绳辫拴的,船头右舷还有一个枪架,上面白色的字迹依稀可见:嘎泽尔二号。那小艇在那儿时间已经很长,因为里面有一半装满了沙,而破烂的木头也是一副长期遭到风吹雨打的样子。我在后座上发现了一支生锈的十毫米口径猎枪和一把带鞘的水手刀。刀横着折断,锈得认不出来了。

“他们离开了。”我高兴地说;但是心却往下沉,仿佛猜到了沙滩某处存在的白骨。

我不愿意让茅德的情绪因为这种发现而低落,于是又驶出海去,绕过了海岛的东北端。南部的海岸没有海滩,午后不久我们绕过了黑色的海岬,完成了环岛航行。我估计岛的周长是二十五英里,宽度两英里至五英里不等。按我最保守的估计,这岛上至少也有二十万只海豹。岛的西南端地势最高,海岬和山脊从那里有规则地逐渐下降,到东北角距海面只有几英尺。除了我们这个小海湾,别的海滩都是缓坡,长度达半英里左右,引伸到一些我可以称作岩石草坪的地方。那儿东一片西一片长着青苔和苔原草。海豹就在这里居住,老的雄海豹保卫着它的女眷;年轻的海豹则去建立自己的家庭。

苦干岛只是值得这样一个简单介绍。这儿不是山石嶙峋就是润泽潮湿,都受到风暴的抽打和大海的冲击,空气里不断震颤着二十万只两栖动物的嗷叫,作为旅居之处实在凄凉痛苦。给我做失望思想准备的茅德,活力充沛成天快活的茅德,在我们回到小海湾上岸后撑不住了。她勇敢地撑持着,对我掩饰着,但是在我砸出另一把火时她在帆布帐篷下的被窝里偷偷地哭了。

这回轮到我假装高兴了。我尽了全力,做得很成功,让她那可爱的眼里有了笑意,嘴里有了歌声,因为她早早上床以前为我唱了歌。那是我第一次听她唱歌,我躺在火边听得很入神。因为她无论做什么都是艺术家。她的声音虽不嘹亮却甜美异常,很善于表情。

我还睡在船上。那天晚上我躺了许久,睡不着,凝视着好多个晚上没见过的星星,思考着眼前的情况。这一类的责任对我还是新事。海狼拉尔森说得对,我以前是靠爸爸的腿站着,我的律师和代理人为我经管着财产,我完全没有承担过任何责任。然后我在“幽灵号”上学会了对自己承担责任。现在,我发现自己平生第一次对别人承担责任了,而对我的要求却是,这应当是最严重的责任,因为她是世界上唯一的女人——唯一的小女人,我想念她时就喜欢这么叫她。

第三十章

难怪我们叫它苦干岛。我们为修一间小屋苦干了两周。茅德坚持要帮忙，她那受伤流血的手几乎叫我流泪，可我也正因此为她骄傲。这位出身上层的妇女以她那一点点力气做起农村妇女的活，承受着我们那可怕的艰苦时，真有些英雄气概。她搬来了许多石头，让我砌起了小屋的墙壁。我求她别做，她置之不理，不过她也折中了一下，承担了较轻微的劳动，做饭、拣漂木和青苔什么的，以备冬天的需要。

小屋的墙壁修起来了，没有费多少功夫，一切顺利，可是屋顶的问题叫我作了难。四道墙是有了，可是没有屋顶有什么用处？用什么东西做屋顶呢？是的，多余的桨是有的，可以做檩子，但是上面盖什么呢？青苔当然不行，苔原草也不管用。帆是船上要用的，而雨布已经开始漏了。

“文特斯是用海象皮做屋顶的。”我说。

“可我们有海豹。”她建议。

于是第二天我开始了打猎。我不会打枪，但是开始了学习。在我花掉差不多三十粒子弹打了三只海豹之后，我的结论是，不等我学到必要的知识，弹药就会用光。在我发明用湿润的青苔保留火种之前，我已用了八颗子弹发火，箱里剩下的子弹不超过一百粒了。

“我们必须用棒子打海豹。”等到我深信自己枪法不行的时候我宣布。

“我听见猎手们说过用棒子打。”

“海豹太美,”茅德反对,“一想起打它们我就受不了。这是彰明较著地野蛮,你知道;跟枪打太不一样。”

“屋顶总得要盖,”我严厉地说,“冬天差不多到了。这是用它们的生命救我们的生命的问题。不幸的是我们的弹药不够,但是我想,说到底,挨棍子死总比全都挨枪子死要少些痛苦,而且,棍子由我来打。”

“那也一样。”她急迫地说,突然一阵混乱,住了嘴。

“当然,”我说,“如果你宁可……”

“可是我干什么呢?”她插嘴说,我懂得她那温和的口气就是坚持的意思。

“你拾柴做饭。”我轻松地说。

她摇头:“你一个人去太危险。”

“我知道,我知道。”她不容许我反对,“我知道自己不过是个弱女子,但是我的小小的帮助可以让你避开灾难。”

“但是抡棒子?”我暗示。

“那当然得靠你,我说不定还会尖叫,但是我可以把头掉到一边,等你……”

“那非常危险。”我笑了。

“什么时候看什么时候不看,我自己会做主。”她装出满不在乎的神气说。

结果第二天早上她跟我一起出去了。我把船划进邻近一个海湾,往岸边靠近。水里四面八方都是海豹,海岸上几千只海豹的吼叫逼得我们交谈时大喊大叫。

“我知道别人用棍子打海豹。”我给自己打气说,同时不放心地望着一只大雄海豹。那海豹距离我们不到三十英尺,用前鳍脚站着,打量着我。

“可问题是,不知道他们怎么打。”

“我们还是去弄苔原草苫屋顶吧。”茅德说。

她一想起马上会发生的局面便跟我一样害怕,逼近看着那些闪亮的牙和狗一样的嘴,也真有理由叫人害怕。

“我一向认为是海豹怕人。”我说。

“我怎么知道海豹怕不怕人呢?”我沿着海岸划了几桨,过了一会儿才问。“说不定我一鼓劲上了岸,它们就吓跑了,而我又追不上。”

我仍然犹豫。

“我听说有个人钻进了大雁的孵卵区,”茅德说,“给大雁杀死了。”

“大雁?”

“是的,大雁。我还是个小姑娘时我哥哥告诉我的。”

“但是我知道有人用棍子打海豹。”我坚持。

“我觉得就用苔原草苫屋顶也行。”她说。

远出乎她的意料,她这话把我气疯了,逼着我前进了。我不能在她面前露怯。

“就在这儿。”我说,一只手倒划了几桨,让船头靠了岸。

我对着一只长着长鬣毛的公海豹勇敢地走去。那海豹在它的妻妾群中。我用一根专用的棍子武装起自己,那棍子是桨手用来打死猎手送到船上的受伤海豹的,只有一英尺半长。

我愚昧透顶,做梦也没有想到袭击海豹栖息地的棍子需要有四五英尺长。母海豹从我的路上蹒跚爬走了,我距离公海豹越来越近。它做了一个愤怒的动作,用鳍脚站了起来。我们相隔只有十来英尺了。我仍然坚定地向前走,随时等着它一甩尾巴掉头就跑。

到六英尺处我心里乱了,它要是不跑我怎么办?回答是:我只好打。心里一怕我忘记了自己是去打海豹的,而不是去赶它走。就在那时那海豹一龇牙一喷鼻子向我扑了过来,眼里冒着火,嘴张得老大,牙齿闪着凶狠的白光。我得承认一掉头就跑的是我。真丢脸。公海豹跑得蹒跚,但是不慢。它跟我只有两步距离时我翻身一滚进了小艇。我拿起桨推开海岸,它的牙却吭哧一声咬断了桨片,结实的木料像蛋壳一样碎了。茅德和我吓懵了。一会儿工夫那海豹已经到了水底,用嘴咬住龙骨狠狠地摇晃着小艇。

"天呀!"茅德说,"咱们回去吧。"

我摇摇头。"别的人能做的事我就能做,而我知道别的人就用棍子打海豹,不过我可以把公海豹放到下一次再打。"

"下一次就请你别再打了。"她说。

"现在可别再说什么'请你,请你'的。"我叫了起来,口气有点生气,我相信。

她没有回答,我知道一定是我那口气伤害了她。

"请原谅,"我说——或者说为了让我的话能够压倒海豹栖息地的喧闹而大声喊叫,"你要是这么说,我马上打回去;但是坦率地说,我还是不去为好。"

"可别说是因为带了女人的后果。"她说,忽然对我发出了神来的微笑。我知道她并不需要道歉。

我沿着海湾划了两三百英尺,让情绪安定下来,又上了岸。

"千万小心。"她在我身后对我叫喊。

我点点头,开始侧面攻击最近的一群妻妾。一切正常,我对着躺在外面的一只母海豹的头上打去,却落了空。她一喷鼻子想跑。我赶上前去又是一棍,没有打到头上,却打到了肩膀。

"小心!"我听见茅德在尖叫。

我一激动就忽略了别的东西,抬头一看,妻妾们的老爷对我扑了过来。我又往船上跑,老爷紧紧跟随。可这回茅德没有建议走掉。

"我猜想,你可以把妻妾们置之不顾,而集中注意力在不像有攻击性的单身海豹身上,"她说,"我好像读到过这方面的记载。我相信是约旦博士[1]的书,说的是年轻的公海豹,还不到建立自己的妻妾群的年龄的海豹,约旦博士把它们叫作'跑腿子'什么的。我觉得如果能找到它们居住的地点……"

"我觉得你那好斗的天性好像激动起来了。"我笑道。

她脸红了,红得妩媚。"我得承认我并不比你更喜欢失败,虽然也不更喜欢杀死这样美丽而无害的生物。"

"美丽!"我嗤之以鼻,"我可看不出,那满嘴泡沫的畜生有哪一点特别美丽?"

"你的观点,"她哈哈大笑,"缺乏透视。如果你不十分靠近对象……"

"说得对!"我叫道,"我少的是根长棍子,不过我手边还有那把咬破了的桨。"

"我刚才想起,"她说,"拉尔森船长告诉过我人家是怎么袭击海豹栖息地的。他们把海豹分成小群,往陆地内部赶上一段路,然后打死。"

"我可不愿意去赶那样一群妻妾走路。"我反对。

"但是还有那些跑腿子,"她说,"跑腿子们是单独过的。约旦博士说妻妾们走过之后会留下一条'小道',跑腿子们只要严格地走那条'小道',妻妾们的老爷是不会为难它们的。"

"现在那儿就有一只,"我指着水里一头年轻的海豹说,"我们来观察它,如果它上岸,我们就跟着。"

那年轻海豹直接游到了海滩边,蹒跚地上了岸,走进两群妻妾之间的小

① 约旦博士:大约指鱼类学家 David Starr Jordan(1851—1931),美国斯坦福大学第一任校长。该校在他手下被办成了第一流大学。他除鱼类学专著,还出版有《人类的收获》(1907)、《战争的后果》(1914)等。

缝隙里。两方的老爷都发出警告,但都没有向它进攻。我们望着它在一群群妻妾从中慢慢穿过,往陆地内部走去。它所走的一定就是“小道”了。

“干。”我说着便踏了出去。但是我得承认,一想起要从那一群可怕的海豹之间穿过,我的心便仿佛跳到了嘴里。

“聪明的办法是拴好船。”茅德说。

她已经在我身边上了岸,我惊讶地望着她。

她坚决地点着头。“是的,我要跟你一道,因此你最好把船拴好,也给我一根棍子。”

“咱们回去吧,”我沮丧地说,“我觉得归根到底苔原草也可以用。”

“你知道它不能够用,”她回答,“我走前面怎么样?”

我耸耸肩,但是对这个女人的最热烈的崇拜和骄傲却在我心里油然而生。我拿那根咬破的桨把她武装起来,自己也拿了一把。踏出最初的几步时,我们可真有点紧张,手足发抖。有一回一只母海豹向茅德的脚伸过了它那好奇的鼻子,茅德吓得尖叫。我也有好几次因为类似的原因加快了步伐。但是除了两边警告性的吭吭声却没有含敌意的迹象。那是个从没有受到过猎人袭击的海豹栖息地,因此海豹们性格仍然温驯,也不怕人。

海豹群中心的喧闹声实在惊人,其效果令人晕眩。我站住脚对着茅德微笑,让她放心,因为我恢复镇定比她要快。我看出她仍然吓得要命。她来到我的身边叫道:

“我吓得要死!”

可我不害怕。虽然新奇感还没有完全消失,海豹驯善的举止已缓和了我的紧张。茅德在发抖。

“我害怕,也不害怕,”她颤抖着,嘴里喳喳地说,“害怕的是这可怜的身子,不是我自己。”

“没有什么,没有什么。”我安慰她,我的手臂本能地搂住了她的腰,保护着她。

我决不会忘记那时是如何立即意识到了我男子汉身份的。我原始的天性的深处颤动了。我感到了自己的男子汉身份,我是弱者的保护者,战斗的男性,而最重要的是是我所爱的人的保护者。她靠着我,那么轻盈,像百合花一样娇弱。到她的颤抖缓和下来以后,我似乎觉得平添了惊人的力气,可以跟海豹群里最凶猛的雄海豹较量了。我知道,若是有那么一只海豹向我进攻,我会毫不畏怯、十分冷静地迎战,而且知道我会把它杀死。

"现在我已经好了,"她感激地望着我说,"咱们继续往前走。"

是我的力量让她平静了下来,给了她信心,这念头使我欢欣鼓舞。人类的青年时期似乎又在我的心里萌芽。我虽是个过分文明的人,却重新过起了我那已被遗忘的远古祖先的原始生活,白天狩猎、晚上蹲林子的生活。在我们沿着"小路"在挤来挤去的海豹群里走着时,我想起我得因此大大地感谢海狼拉尔森。

在进入陆地四分之一的地方,我们找到了那群跑腿子——年轻的、光泽的海豹,过着单身的寂寞的生活,积蓄着力量,准备有一天战斗着进入新郎的行列。

现在一切顺利。我似乎知道该做什么,该怎么做了。我大叫着,挥动棍子做出威胁的姿态,甚至戳戳那些懒家伙,很快我就从海豹群里分出了二十来只年轻的单身汉。凡有海豹想逃回水里我便把它向前面赶。茅德赶得也很积极,她叫喊着,挥舞着破桨,也起了颇大的帮助作用,不过我也注意到,只要有一只海豹表现疲倦,落到了后面,她也就让它溜掉。我还注意到,要是有一只海豹想凭武力逃走,她的眼睛便闪出灼灼的光,用大棒潇洒地敲打。

"天呀!太刺激了!"她完全因为疲倦,停了步叫道,"我看我得坐坐了。"

我赶着那群海豹(因为她放走了一些,现在只有十二只了)往前又走了一百码。到她跟上来时我已经完成了屠杀,开始剥皮了。一小时以后我们沿着妻妾群之间的小道得意地回来了。我们沿着这条小道又来回走了两次,直到我觉得已经取得了足够的屋顶材料。我拉起帆,抢风行船回到了海湾,再一次抢风行船,就回到了我们那小小的内海湾。

"简直像回家嘛。"我让船靠了岸,茅德说。

听见她这话我的反应是狂喜。多么自然,多么亲热,多可人意。我说:

"我好像一向就过着这种生活。书本的世界和书呆子式的人物都淡忘了,不像现实而像是梦里的回忆。我这一辈子肯定是在狩猎、战斗和掳掠里度过的。而你也似乎是我的生活的一部分,你真是……"我几乎要说"我的女人,我的伴侣",但是把它油滑地变作了"饱经了锻炼"。

但是她的耳朵已经听出了我的意思,明白我中途变了卦。她迅速地望了我一眼。

"不是。你想说的是……"

"是美国的美耐尔夫人过着野蛮人的生活,而且过得很成功。"我轻松地说。

她的回答是"哦!"但是我可以发誓她的声音带着失望。

不过那句"我的女人,我的伴侣"在那后半天和以后好多天都在我耳里震响,但是震响得最厉害的是当天晚上,那时我望着她从火炭上扒开了青苔,吹燃了火,做了晚餐。那一定是我潜伏的野性在萌动,因为那句跟种族的根紧密联系的古老的话抓住了我,令我震颤。它们就那么抓住了我,使我震颤,直到我一次次默念着它睡着。

第三十一章

“会有点臭味，”我说，“但是可以保暖，可以遮蔽风雪。”

我们在打量着已经完工的海豹皮屋顶。

“笨拙，但是管用，而管用是主要的。”我继续说，渴望她的赞美。

她拍着巴掌宣称她高兴极了。

“可惜屋里很黑。”她过了一会儿说道，肩头往后一缩，发出不自觉的微颤。

“修墙时你就应该提出修个窗户的，”我说，“屋子是给你修的，你应该想到要个窗户。”

“可是你知道，明显的东西我是从来看不见的，”她微笑着回答，“而且你任何时候都可以打一个洞。”

“这倒是真的，我没想到，”我晃着脑袋一本正经地回答，“不过你想到过通知送窗玻璃来没有？只需要给公司打个电话就行了，451，我想是这个电话，告诉他们你需要的玻璃的规格尺寸。”

“这意思就是……”她开始了。

“没有窗户。”

小屋阴暗难看，在文明世界不能让任何比猪高等的东西居住；但是对于饱受无篷船磨难的我们，可是个舒适的小窝。我们用塞缝棉做芯子点燃海豹油，举行了新居落成典礼，然后又开始打过冬用的肉，再修第二间屋。现在已经很简单，早上出发，中午小艇回来船上就满是海豹了，而且，在我修房时，茅德就试着用海豹脂肪熬油，用它保持微火在架子上烤肉。我听说过大草原①的肉干，可我们切成薄片的海豹肉在那烟上却熏得很成功。

修第二间屋子容易多了，因为我让它挨着第一间，只需要三面墙。但那是苦活儿，全是很苦的活儿。茅德和我从早累到晚，用尽了力气，晚上筋疲力尽，手僵脚硬地钻进被窝便睡，睡得像野兽一样，但是茅德却宣称她一辈子也没有觉得那么舒服过、健壮过。我知道我自己也是这样。但是她娇弱得像一朵百合花，我担心她会累垮。我多次看见她在使尽了最后的力气之后平躺到沙地上，用她那办法休息和恢复体力。然后她又站了起来，像任何时候一样苦干起来。我不明白她那力气是从哪儿来的。

"想想冬天的大休息吧，"我提出抗议时，她回答我，"嗨，那时我们怕还恨不得有点活儿干呢。"

我的小屋上顶的那天晚上我们在小屋举行了新房落成典礼。那是猛烈的暴风雨的第三天黄昏。风转了方向，从东南风变成了西北风，正对着我们吹。外海湾的滩头掀起了雷鸣般的波涛，就连在我们这个陆地包围的海湾里，风浪也很可观。这时没有了海岛高峻的山脊遮蔽，那风便一直在小屋的周围呼啸吼叫，刮得我老担心墙壁会坍塌。我原以为屋顶绷得会像鼓皮一样紧，可风一刮它就时而凹下，时而鼓起；墙壁上的许多用青苔塞住的缝隙其实塞得并不如茅德所想象的结实，现在漏风了，但是海豹油却燃得明亮，我们感到温暖而舒服。

那确实是个愉快的夜晚，我们俩投票选它为苦干岛上的最佳庆祝仪式，它的光辉至今没有湮没。我们万事不担心，不但安于苦寒的冬季这个事实，

① 大草原：此处指美国落基山脉以东的大草原。

而且为它做好了准备。我们所关心的只是海豹任何时候都可能开始它们神秘的南迁。风暴对我们已经没有什么好怕的了。我们不但有把握住得干燥、暖和、不受风吹雨打,而且有着用青苔铺成的最柔和最豪华的床垫。那是茅德的主意,所有的青苔都是她一片热心收集来的。那是我第一个晚上在床垫上睡。因为是她做的,我知道我会睡得更香甜。

她站起身子打算离开时,转身对我神秘兮兮地说:

“会要出事的——已经在出事了,我感觉到了。有个什么东西来了,现在正向我们走来。我不知道是什么,但是来了。”

“好事还是坏事?”我问。

她摇摇头:“我不知道,但是它在那儿的什么地方。”

她指着风和海洋的方向。

“这儿是个背风的海岸,”我笑了,“在这样风雨的夜晚我肯定是愿意待在这儿,而不是在来这儿的路上。”

“你没有害怕吗?”我前去为她开门时问。

她的眼睛勇敢地望着我的眼睛。

“你觉得身体好吗? 完全好吗?”

“再好没有了。”她回答。

她离开之前我们又谈了一会儿。然后我说:

“晚安,茅德。”

“晚安,亨佛莱。”她说。

我们彼此直呼其名,事先没有想过,叫得顺理成章,水到渠成。在那个时刻我原可能伸手把她揽到我身边的。若是在我们所属的那个社会里,我一定会那么做,但是在当时,就只能到此为止。我一个人留在了小屋里。我知道我俩之间已经出现了一种以前所没有过的纽带,或是默契。我一再因为一种欢乐的满足而彻底地燃烧。

第三十二章

我受到一种神秘感觉的压迫，醒了过来。周围好像少了点什么，但是醒后才几秒钟，那神秘和压迫却又消失了，这时我意识到缺少的原来是风。入睡时我神经紧张，准备接受声音和动作的不断骚扰，醒来仍然紧张，准备接受骚扰，而骚扰却没有了。

那是我好多个月来第一次在屋顶下睡觉。我在毛毯下（这一次毛毯没有被雾露或浪花弄潮）奢侈地躺了好几分钟，感受着：首先是感受大风停息对我的影响；其次是感受躺在茅德亲手铺好的苔垫上的幸福。我穿上衣服，开了门，仍然听见海浪拍打着海滩，絮絮叨叨地证实着昨夜的狂暴。天气晴朗，阳光普照，我醒得太晚。我带着突然获得的精力踏到了屋外，打算弥补浪费的时间——苦干岛居民是该那样做的。

来到门外我突然站住了。我相信我的眼睛没有问题，但是我的眼睛向我展示的景象却叫我目瞪口呆。那儿，五十英尺之内的海滩上有一艘船，船体黑色，船头对着陆地，没有桅杆；桅杆、横桁跟护桅索、帆脚索和撕破的帆布乱成一片，在船边水里轻轻地起伏着。这景象使我几乎想揉一揉眼睛。那里是我们匆匆修建的厨房；那里是我们熟悉的舵楼甲板缺口；还有不比栏杆高多少的低矮的小艇舱。那是“幽灵号”！

是命运的什么奇想把它送到我们这儿来的？怎么偏偏到了这儿？是什

么样的机会里的机会？我看了看身后那荒凉的、无法攀登的峭壁，感到了深沉的绝望。逃是没有希望的，无法考虑。我想到了茅德，她还在我们新修的小屋里睡觉。我还记得她的“晚安，亨佛莱”，我脑子里还震响着“我的女人，我的伴侣”，可现在，天呀，这些话都像是响起的丧钟。然后，我眼前便是一团漆黑。

我不知道在我醒来之前过去了多少时间，可能是一秒钟的若干分之一吧，但是“幽灵号”却在那里，船头对着海滩，断折的第一斜桅伸出在沙滩上，乱七八糟的桅杠之类随着低吟的波浪起伏着，摩擦着它的船舷。我一定要采取行动，采取行动。

我突然觉得奇怪，船上怎么会没有人走动？遇见海难忙碌了一夜，都睡了，我想，于是我马上又想到茅德和我还来得及逃掉。只要能抢在人们醒来之前登上小艇，绕过地角就行了。我要去叫醒她马上走。举手正要敲她的门，却回忆起来：海岛很小，难以藏身，除了茫茫大海又无路可走。我想到了我们那舒适的小屋，我们储备的肉和油，青苔和柴火。我明白我们在海上是怎么也熬不过冬天和即将到来的暴风雨的。

我在她的门前犹豫了，手敲不下去。不行，不行。我心里出现了一个疯狂的念头：冲进去，在她睡着时把她打死，可是一个更好的解决办法闪过了我心里。既然所有的人都睡熟了，为什么不溜上“幽灵号”趁海狼拉尔森熟睡时把他杀死？到他的床位去的路我很熟，杀死他以后就——行了，到时候再看吧。他一死我就有时间和空间准备做别的事了，而且，无论出现什么新情况，也不会比目前更坏。

我的刀子在腰上。我转身进小屋取了猎枪，上好了子弹，下了坡，来到了“幽灵号”面前。上船时费了点力气，甚至让水淹到了腰上。水手舱天窗盖开着，我停步细听水手们的呼吸，但是没有。我几乎倒抽了一口凉气，想道：“幽灵号”该不是被遗弃了吧？我更细心地听，仍然没有声音。我小心翼翼地下了扶梯。那里有一种没人住的居室的空虚和霉臭,到处扔满了垃圾和破衣、旧鞋、破油布——长期出海的水手舱里的那些废物。

我爬上甲板,结论是:匆匆遗弃。我心里又产生了希望。我冷静地四面望了望,注意到所有的小艇都不见了。“下等舱”的情况跟水手舱相同,猎手们也收拾了他们的行李同样匆忙地撤走了。“幽灵号”已经被遗弃,成了茅德和我的了。我想起了船舱下的储藏室和食品库,心里涌起一个念头:拿点好东西做顿早餐,给茅德一个惊喜。

一则出于对恐惧的反响,一则明白了我来这儿打算干的恐怖活动不用干了,我像小孩一样急切。我两步并作一步爬上了“下等舱”扶梯,心里除了快活没有明确的东西,只希望茅德睡到能够把给她惊喜的早餐做好。我绕过厨房时想起了里面的精美的炊事用品,又感到了一种满足。我跳上了舵楼甲板缺口,便看见了——啊!海狼拉尔森。由于冲力,也由于震惊的意外,我在甲板上哒哒哒连冲了三四步才站住了。拉尔森站在通水手舱的扶梯里,只露出了头和肩,双臂靠在半开的滑门上,笔直地望着我。他一动不动——只站在那儿瞪着我。

我发起抖来,往日的胃疼又出现了。我扶住屋子的墙壁稳住身子,突然觉得口干,我舔了舔嘴唇准备说话,也目不转睛地望着他。两人都没有出声。他的沉默和静止里有种不祥的东西,我往日对他的恐惧全回来了,还添了一百倍新的恐惧。我们俩仍然一动不动,彼此望着。

我意识到了行动的必要,可往日那窝囊劲仍然强烈,我等着他先下手。然后,随着时间流走我想起,这情况很像我靠近长鬣毛的海豹那一回。我要棒打它的意图被恐惧吓倒,变成了想赶走它。我终于明白过来,我上船来并不是为让海狼拉尔森采取主动的,我应该先发制人。

我拉上了两支枪筒的扳机,对准他。他若是一动,或是想往扶梯下跑,我就会对他开枪,我知道。可是他还像刚才一样,瞪着眼纹丝不动。在我这样哆哆嗦嗦平端着枪对着他时，我有时间注意到他那憔悴消瘦的面容。他仿佛经受了严重的煎熬，面颊凹陷，眉头蹙紧，带着厌倦的神色。我好像觉得他眼睛有点奇怪，不光是表情奇怪，而且有生理异常，仿佛视神经和眼肌遭到了一种张力，轻微地扭曲了眼球。

这一切我都看见了。现在我的脑子急速地活动着，心里千头万绪。可我一直无法扣动扳机。我放下了枪，往舱房角落跨前了两步，想舒缓一下神经，准备重新开始；同时也想更靠近他。我再次端起了枪，他几乎就在一臂之遥，再也没有了希望。我是下了决心的。无论我的枪法多么蹩脚，也不可能打不中他，但是我仍然在自我斗争，扣不下扳机。

“怎么啦?”他不耐烦地问。

我竭力强迫指头扣动扳机，却没有用。我想说点什么，也说不出来。

“你怎么不开枪?”他问。

我觉得沙哑，说不出话，清了清嗓子。

“骆驼，”他慢吞吞地说，“你做不到。准确地说，你不是怕，而是没有能耐。你那传统道德比你强大。你是一类舆论的奴隶，那种舆论在你认识的人和你读到的书里很流行。他们的信条从你牙牙学语时起就灌输进了你的脑子。它置你的哲学和我教给你的道理于不顾，不容许你杀死一个没有武器、没有反抗的人。”

“我知道。”我嘶哑地说。

“而我却可以杀掉一个没有武器的人，像抽雪茄一样随便，这你是知道的，”他说下去，“你知道我是什么样的人——知道按照你们的标准看我在世界上的价值。你曾经把我叫作毒蛇、魔鬼和凯列班，可是你这个小木偶人，小应声虫，你无法像杀死毒蛇或鲨鱼一样杀死我，因为我有手，有脚，有身子，跟你们大体一样。呸！我曾经希望你更有出息呢，骆驼!”

他从升降梯走了上来，直逼到我面前。

“放下枪吧。我想问你几个问题。我还没有机会看看周围呢。这是什么地方？‘幽灵号’落在了什么地点？你身上怎么是湿的？茅德到哪儿去了？对不起，应该叫她布露丝特小姐，或者，是否应该叫她范·魏登太太？”

我从他身边退开了几步，因为不能开枪杀他，几乎哭了出来，但还没有傻到放下枪的地步。我迫不及待地希望他做出敌对的动作，想攻击我，或是掐我的脖子，只有那样我才有理由产生开枪的冲动。

“这儿是苦干岛。”我说。

“没有听说过。”他插嘴。

“至少我们是这样叫它的。”我补充解释。

“我们？”他问，“‘我们’是谁呀？”

“布露丝特小姐和我，‘幽灵号’的船头是靠在海滩上的，你自己可以看。”

“这儿有海豹，”他说，“是海豹的叫声惊醒了我的，否则我现在还在睡觉。昨天晚上我冲进来时就听见了。是它们给我发出了第一个通知，告诉我我在背风面的海岸边。这是个海豹栖息地，是我寻找多年而没有找到的海豹栖息地。感谢我的哥哥‘死亡拉尔森’，我撞上了一大笔财富。这简直是个造币厂！它处在什么方位？”

“一点印象都没有，”我说，“但是你应该相当确切地知道。你上次观察方位时是在什么地方？”

他神秘莫测地笑了笑，没有回答。

“哦，所有的人都到哪儿去了？”我问，“你怎么会一个人？”

我估计他会不理睬我的问题，但是他回答之痛快叫我吃惊。

“我哥哥在四十八小时内就抓住了我，但不是由于我的错。晚上只有一个人守望时他上了甲板。猎手们遗弃了我，他答应给他们更多的红利——我亲自听见他向他们说的。水手们当然不理我，那在意料之中。所有的人都反了水，于是我被放在自己的船里流放了。‘死亡拉尔森’赢了。说来说去，反正是一家人。”

“可是你的桅杆怎么会没有了？”我问。

“你去看看那些短绳吧。”他说，指着放船尾帆索具的地点。

“是用刀子割断的！”我叫了起来。

“不完全是，做得还要漂亮些，再看。”

我看了。短绳只割断了一部分，却还能拉住护桅索，要受到更大的力才折断。①

“是伙夫的花头，我知道，”他又笑了，“尽管我没有现场抓住他。多少算是报了我的仇吧。”

“玛格瑞季是好样儿的！”我叫道。

“对，事情天翻地覆之后，我也那么说，不过，是用对方的嘴说的。”

“可是，出这种问题的时候你在干什么？”我问。

“我是竭尽了全力的，你可以相信，在那种情况下却没有多大用处。”

我再观察了一下托马斯·玛格瑞季干的活儿。

“我看我还是坐下来晒晒太阳吧。”我听见海狼拉尔森说。

他的声音里有一点点（只有一点点）体力不支的意思。声音很怪异，我急忙望了望他。他的手神经质地抹过脸上，好像在抹掉蜘蛛网。我迷惑了。整个情况完全不像我所认识的海狼拉尔森了。

“你的头痛怎么样了？”我问。

“还头痛，”他回答，“现在就觉得痛。”

他从坐姿改成了睡姿，躺到了甲板上。然后翻过身子，把头枕到下面胳

① 这里有一句话他们心照不宣，读者却未必清楚：在强烈的风暴面前，护桅索一断，桅杆就会断。托马斯·玛格瑞季此举颇富心计，极隐秘，而破坏性又极大。

臂的二头肌上，另一只手遮住阳光。我莫名其妙地望着他。

“现在是你的机会，骆驼。”他说。

“我不明白你的意思。”我说了谎，因为我完全明白。

“啊，没有什么，”他温和地说下去，好像在打瞌睡，“我是想说，我落到了你希望的地方了。”

“不，我并不希望你在这儿，”我反驳道，“因为我希望你离开这儿几千英里。”

他哼哼一笑，没有再说话。我从他身边经过，往舱房走，他也一动不动。我揭开了地板上的活门，望着储藏室下面的黑暗，好一会儿心怀疑惧，不敢下去。万一他的躺倒是个诡计怎么办？要是像耗子一样给关在里面可就好看了。我悄悄地爬上了升降梯，偷看了他一眼。他还像我离开时那样睡着。我又下了楼，但在跳下之前，采取了个预防措施。我把活门先扔了下去。至少捕鼠笼没有了盖子，但那是完全不必要的。我尽量地取，拿了很多果酱、海上饼干、罐头肉之类，然后爬了上来，把活门重新盖上。

我偷看了海狼拉尔森一眼，他仍然没动。我有了一个聪明的主意。我悄悄走进他的特别间，把他的两把连发手枪也取走了。我彻底搜查了剩下的三个特别间，发现再也没有了武器。为了弄个彻底，我又回头走完了“下等舱”和水手舱，在厨房里取走了所有锋利的东西，切肉刀和切菜刀。然后我又想起了他总带在身边的快艇刀。我走到他面前，跟他说话，起初温和，随后大叫，他都没有动。我躬下身子，从他的口袋里取出了刀子。我的呼吸自由了。他再也没有武器可以从远距离攻击我了，而我有武器，即使他打算用那猩猩样可怕的胳臂跟我干仗，我也能制服他。

我把拿来的东西一部分塞进了一个咖啡壶和一个煎锅，再从舱房的食品橱取了一些瓷器，自己上了岸，把海狼拉尔森留在了阳光里。

茅德还在睡觉。我吹燃了火苗（我们还没有修冬季用的炉子），匆匆煮好了早餐。快做完时我听见茅德小屋里有了动静,她在梳洗。一切弄好,咖啡斟好,她的门开了,她出来了。

“你这可不公平,”她招呼我说,“你这是侵犯了我的特权。你知道你同意过,烹饪是我的事,可你……”

“就这一回。”我解释。

“你得保证下不为例,”她微笑了,“否则你就是厌倦了我这点可怜的努力,当然。”

令我高兴的是,她一次也没有望海滩,而我打趣饶舌又很成功,于是她完全无意识地用瓷器杯子喝起了咖啡,用瓷器盘子吃起了煎薯干,还在饼干上抹起橘子酱来,但是那情况长不了,我看见了她的惊讶。她发现了吃东西用的瓷器盘子了,再望了望早餐,注意到了一个一个细节。然后她望着我,脸慢慢转向了海滩。

“亨佛莱!”她说。

往日那无名的恐惧在她的眼里升起。

“那么他……?”她颤抖起来。

我点点头。

第三十三章

我们整天等着拉尔森上岸来，那段时间令人难以忍受地焦急。每过一会儿我们俩总有个人要看一眼“幽灵号”，等着，但是他没有来，甚至连甲板都没有上。

“也许他头痛，”我说，“我离开他时他躺在舵楼甲板上，说不定在那儿躺了一整夜。我觉得应该去看看。”

茅德乞求地望着我。

“没有问题，”我向她保证，“我把两支手枪都带上。你知道我已经收走了船上所有的武器。”

“但是他还有胳臂和手，那可怕的，极其可怕的手！”她反对道。然后她又叫道：“啊，亨佛莱，我怕他！别走——请别走！”

她把她的手乞求地放在我的手上，我的脉搏不禁腾腾跳动。我的心准是在眼里表现了出来。亲亲的、可爱的女人！她是多么妩媚！小鸟依人，楚楚可怜，对我的男子汉气概是雨露阳光，让它扎根更深，输送给它液汁，新的力量。我很想伸手搂着她，像在海豹栖息地时一样；但是我想了想，忍住了。

“我决不冒险，”我说，“只偷偷到船头上去看一眼再说。”

她真诚地捏了捏我的手，让我走了，但是我离开海狼拉尔森时他所躺的甲板却空空如也。他显然是下楼去了。

那天晚上我们俩分头值班，轮流睡觉，因为谁也说不清海狼拉尔森会干出什么事来。毫无疑义他是什么事都干得出来的。

第二天我们又等，第三天又等，他仍然没有动静。

"他那种头痛，那种发作，"第四天下午，茅德说，"他说不定是病了，病得厉害，也可能死掉了。"

"或者是快要死了。"那是她后来的想法。她等我说话，一会儿以后说了。

"那更好。"我回答。

"可你想想，我们一个同类正度着他最后的孤寂时刻。"

"也许吧。"我说。

"是的，即使是也许，"她承认，"可是我们并不知道。要真是那样就太可怕了。我决不会原谅自己的。我们一定得做点什么。"

"也许。"我又说。

我等待着，心里嘲笑着她那女人的天性。它竟迫使她关心起海狼拉尔森这样的人来。那么，她对我的关心在哪儿？我想——对我，对上船去看一眼她都不让的我？

她太敏感，不可能没有觉察到我没有说出来的意思，而她的坦率也正像她的敏感。

"你一定得上船去弄清楚，亨佛莱，"她说，"你要是想嘲笑我，我可以同意，也原谅你。"

我乖乖地站了起来，下了海滩。

"一定要小心。"她在我身后叫道。

我在水手舱顶上挥了挥手，走下甲板。我往船后走，来到舱房扶梯，在那儿我只向下面叫了几声。海狼拉尔森答应了。他开始上楼梯时我拉上了手枪扳机，对话时也公开让他看见，但是他满不在乎。他的身体跟我上次见他时一样，但是阴郁，沉默。实际上我们说的那几句话很难叫作对话。我没有问他为什么不上岸，他说他的头痛病好了。我没有再说什么便离开了他。

茅德听了我的报告显然放下心来；随后她又看见船上有了炊烟，她的心情更愉快了。第二天和第三天我们都看见炊烟升起，偶然还见他在舵楼甲板上出现。但也不过如此，他没有上岸的打算——这我们知道，因为我们晚上还坚持守夜。我们等着他有所动作，或者说摊牌，但是他仍然按兵不动，这叫我们迷惑，也着急。

一个礼拜就像这样过去了。我们除了海狼拉尔森再也不关心别的。他的存在压迫着我们，叫我们紧张，原计划做的一些小事都不敢做了。

但是到了周末，厨房的炊烟却停止了，他自己也不再在舵楼甲板上露面。我看出茅德越来越不放心了，尽管她出于畏怯——我看甚至是出于自尊——没有重新提出要求。说到底她有什么可指责的？她已经利他到了圣洁的程度，何况又是妇女，而我想起我曾想杀死的人快要孤独地死去，而他又有同胞却近在咫尺，也不免内疚。我的群体的信条比我自己要有力。他有跟我一样的手、脚和身体，这就对我形成了一种无法置之不理的要求。

因此我没有等茅德第二次提出要求，就提出发现缺少了炼乳和橘子酱，要再上船去一趟。我看得出她有些犹豫。她甚至低声咕噜说那些东西并不是非要不可，我去也可能不方便。她曾经觉察到我无言的思绪，现在也觉察到了我说话的意图，知道我上船去不是为了炼乳和橘子酱，而是为了她和她所担心的事。她明白她没有掩饰住自己的担心。

我上了水手舱顶就脱掉了靴子，用穿袜子的脚不出声地行走。这回我没有从升降梯上往下叫喊，只小心翼翼地走了下去。我发现舱房没有人，通向拉尔森的特别间的门关着。起初我想敲门，却想起了来此的借口，决心完成任务。我揭开了地板上的活门，放到一边，竭力避免出声。衣物箱和供应品都存放在储藏室里。我又借此机会储备了一批贴身衣物。

我从储藏室出来，便听见拉尔森的特别间里有了声音。我蹲下身子听着。门把手嗒地一响，我本能地向桌子后面悄悄挪去，掏出手枪，上了扳机。门猛地开了，他出来了。我在他的脸上从没见到过像那样深沉的绝望。海狼拉尔森，战斗者，强人，不屈服的人，竟然像个绞着自己的手的女人一样，举起了捏紧的拳头在呻吟。一个拳头张开了，手掌抹过双眼，仿佛在抹掉蜘蛛网。

“上帝呀！上帝呀！”他呻吟着，再次举起捏紧的拳头，喉头里颤动出无穷绝望。

那景象十分可怖。我全身哆嗦了起来，一阵战栗在背脊里上下闪动；额头上沁出了汗珠。这样的强人却软弱得如此彻底，如此颓唐沮丧，世界上肯定没有比这更可怕的景象了。

但是海狼拉尔森却凭借自己惊人的毅力重新控制了自己。那确实是毅力。他挣扎得全身发抖，像个急病快发作的人。他努力平静自己的脸，却扭曲着，痉挛着，直到再次崩溃。他捏紧的拳头再次举起，开始呻吟。他一次又一次屏住呼吸，却终于抽泣起来。然后他成功了，我几乎觉得他又是往日的海狼拉尔森了，但是在他的动作之中仍然有着某种模糊的软弱和犹豫。他往升降梯走去，起步时就像我一向看见的样子，但是步态之中又似乎有着某种软弱和迟疑。

现在我得为自己的危险担心。那揭开盖的陷阱就在他面前，他只要发现了陷阱就会立即发现我。我很生自己的气，竟然陷到了这样怯懦的境地——蹲在地板上，可是我还有时间，我急忙站起来，摆出了挑战的架势——下意识地，这我知道。他没有注意我，也没有注意那揭开盖的陷阱。我还没有来得及看清形势采取行动，他已经笔直往陷阱踩去。一条腿已经进了缺口，另一条腿也快要离地，但是那快要落下的脚却在没有踩到坚实的地板时感到了下面的空虚，往日的海狼拉尔森和他那猛虎的肌肉此刻已在那落体快落下时跳过了缺口——他伸出了双臂，让胸口和腹部落到了对面的地板上。他随即缩回双腿身子一滚，离开了缺口，但是他已经滚到我的橘子酱和内衣边，撞到了活门上。

他脸上露出一副恍然大悟的表情。还不等我猜到他悟到了什么，他已把活门放还原处，盖住了储藏室。这时我才明白过来，原来他已经瞎了，瞎得像个蝙蝠，以为把我关在了里面。我观察着他，小心地呼吸着，怕他听见。他又匆匆往特别间跑去。我看见他的手错过了门把手，差了一英寸，急忙摸索，才找到了。这是我的机会。我踮起脚尖走过舱房，来到扶梯顶上。他回来了，拖着一口海上用的箱子，把它压在活门上面。这还不够，他又搬来了另一口箱子，叠在上面。然后他又收拾起橘子酱和内衣，放在桌上。在他沿升降梯爬上去时我撤退了，一声不响地从舱房顶上滚了过去。

他把滑门推回了一部分，双臂放在上面，身子留在扶梯里。那姿态像是在望着眼前的三桅船全身，或者不如说呆望着，因为他的眼睛呆钝，并不眨动。我就在他面前五英尺，直接在他的视野之内，他却看不见。因为他看不见，我觉得自己不可思议地成了幽灵。我用手来回晃动，当然没有影响；但是那运动的影子落到他的脸上时，我立即发现他有所觉察。他努力确认和分析着那印象，脸更紧张了，好像期待着什么。他知道自己在对外界的什么东西做出反应，知道他的知觉受到了环境里某种运动的东西的刺激；但那是什么东西他无法发现。我的手停止了晃动，影子静止下来。他让他的脑袋在影子里缓慢地来回运动，左右运动，让它时而在阳光里时而在阴影里，体会着影子，好像在测试着自己的知觉。

我也急于理解他是怎么意识到阴影这样飘渺的东西的。如果只是对眼球的刺激，视神经还没有完全破坏，解释起来倒也简单；否则我能够得到的唯一结论就是：那敏感的皮肤感受到了阳光与阴影的温差。也说不定就是传说里的第六感觉告诉他有个物体出现在他周围。谁知道？

他放弃了对那阴影的测试，以令我惊讶的迅速和自信下到了甲板上，但是他的步伐里仍然有一些盲人的软弱。我现在弄清楚了底细。

令我好笑也烦恼的是，他在水手舱顶发现了我那双雨鞋，把他带回厨房去了。我观察他生起火，给自己做起饭来，然后我偷偷回到舱房，取了我的橘子酱和内衣，悄悄走过厨房，下到海滩，光着脚汇报去了。

第三十四章

“太糟糕了，‘幽灵号’失去了桅杆，否则我们就可以驾着它走掉。你觉得能行吗，亨佛莱？”

我激动得跳了起来。

“难说，难说。”我走来走去反复地说。

茅德的眼睛跟着我，因为希望而闪出了光芒。她对我多么有信心！这样想法便是猛增的力量。我想起了米歇乐[①]的话：“女人对于男人，就像大地对她传说中的儿子；儿子只须倒下去亲吻一下母亲的乳房，就又获得了力量。”[②]我第一次体会到了他这话惊人的真实性。为什么？我用生命体会到了。茅德对我就是这一切，她是力量与勇气的无穷的源泉。我只须望她一眼，或是想起了她，就获得了新的力量。

“能行，能行。”我思考着，大声地肯定着，“别人能做到的，我就能做到；就连别人没有做到过的，我也能做到。”

“做什么，天呀！”茅德问，“慈悲点，你能做什么？”

“我们俩能做。”我做了改正。“除了竖起桅杆开走‘幽灵号’还能是

---

① 米歇乐（Jules Michelet，1798—1874），法国历史学家，主要作品有《法兰西史》。

② 这个故事又见希腊神话，地母盖娅的儿子泰坦们只须往地上一倒就从母亲获得了新的力量。

什么?”

“亨佛莱!”她惊叫道。

我为我的设想骄傲,俨然已经把它变成了现实。

“可是,怎么能办到呢?”她问。

“我不知道,”我这样回答,“我只知道这些日子我什么都能做到。”

我对她得意地笑了——太得意了,因为她垂下了眼帘,好一会儿没有说话。

“可是还有个拉尔森船长。”她反对说。

“他眼睛瞎了,无能为力了。”我立即回答,把拉尔森像枯草一样拂到一边。

“但是他那双可怕的手!你知道他是怎么跳过了储藏室的门的。”

“可你也知道我是怎么溜来溜去躲开了他的。”我快活地反驳道。

“不过,靴子倒是弄丢了。”

“靴子没有我的脚在里面是很难希望躲过海狼拉尔森的。”

我们俩哈哈大笑,然后便严肃地制定起计划来。我们要把“幽灵号”的桅杆竖起来,回到人世间去。在学校学的物理学我还模糊记得,这几个月我又有了使用滑车的实践经验,可是在我们俩下“幽灵号”去更仔细地审查眼前的任务时,我却不能不承认那些躺在水里的巨大桅杆几乎让我泄了气。我们从什么地方入手?即使只有一根桅杆还竖着,也还有在高处固定滑车和索具的地方!但是没有!那令我想起拽住鞋带把自己提到空中的问题。我懂得杠杆原理,但是支点到哪儿找去?

主桅就在那儿,现在的桅底直径是十五英寸;折断后剩下的部分长六十五英尺,我粗略计算了一下,至少重三千磅。然后是前桅,直径更大,重量肯定差不多三千五百磅。我从何入手?茅德站在我身边一言不发,我心里已经酝酿着水手们叫作“人字吊”的设计。不过尽管水手们都知道“人字吊”,

我的“人字吊”却是在苦干岛上自己设计出来的。把两根木杆交叉扎紧，竖了起来，成一个人字，我就可以在甲板上方得到一个可以固定起吊滑车的支点。必要时还可以在这个起吊滑车上固定第二个起吊滑车。然后使用绞盘！

茅德看见我得到了解决的办法，出于同情她眼圈红了。

“你怎么做呢？”她问。

“清扫现场。”我回答，指着水里那一片凌乱的桅、桁与帆索。

啊，我听着自己那坚定的声音不禁得意非凡。“清扫现场！”想想看，这样一个带海水味的句子几个月前能出自亨佛莱·范·魏登之口吗？

我的姿态和声音一定带了情节剧的夸张，因为茅德微笑了。她对可笑的东西很敏感。任何东西，凡是略带矫情、夸张和弦外之音都难逃她的慧眼，一抓一个准。正是这一点赋予了她的作品以稳健与深沉，让她获得了世界性的价值；具有幽默感和表达力的严肃的评论家也必须能抓住世人的耳朵，她正是这样。她的幽默感的确就是艺术家对比例的直觉。

“这话我以前肯定在什么地方见过，在书本里吧。”她快活地喃喃道。

我是有分寸感的，这回却冒失了。成竹在胸的大师陷入了狼狈的惶惑。这样的场面，最少也挺难堪。

她立即抓住了我的手。

“对不起。”她说。

“用不着，”我认输，“这对我有好处。我身上确实有太多的学童气，可它并不表现在我身上，也不表现在用词上。我们要做的事实际就是字面上那话：清扫现场。你如果愿意跟我一起上小艇去，我们就干起来，先清理出个头绪。”

“‘桅楼员口含着折刀，在清扫现场。’”她对我引用了这一行；那天下午剩下的时间我们便老拿我们这劳动开玩笑。

她的任务是稳住小艇不动，让我来理清那场混乱。好一场混乱——升降索、帆脚索、支索、拉索、护桅索、桅支索，一律叫海水冲得乱七八糟，穿插纠缠，有的绞成了股，有的打成了结。我尽可能不割断，时而把一根根长绳在帆底横桁下面拉过，在桅杆旁边绕过，时而把升降索、帆脚索的疙瘩解开，时而把绳子在小艇里盘好，时而抽出盘好的绳子穿进绳扣的另一个绳圈。我很快就被汗湿透了。

有的帆非动刀不可。帆布叫水一浸，变重了，严重地考验着我的力气；但是我在黄昏以前还是把它们理好了，摊在海滩上晒起来。收工吃晚饭时，我们俩都累坏了，工作却很有成绩，尽管看起来并不起眼。

第二天早上，我进了“幽灵号”的船舱去从桅座里清除桅杆断头。茅德做我的高级助手。我们刚开始干活，那敲敲打打就惊动了拉尔森。

“喂，下边！”他从打开的舱口盖上叫道。

他的声音惊得茅德赶快靠近了我，仿佛在寻求保护。我们谈话时她总用一只手抓住我的手臂。

“哈啰，甲板上？”我回答，“早上好。”

“你在下面干什么？”他问，“打算帮我把船凿沉吗？”

“正好相反，我在修理。”我答道。

“可你在修他妈的什么玩意？”他的声音里带着不解。

“我在做好准备，打算把桅杆重新立起来。”我轻松地回答，仿佛那是能够想象出的最简单的项目。

“你好像终于靠自己的腿站起来了，骆驼。”我听见他说；然后他沉默了一会儿。

“可是我说，骆驼，”他对下面叫喊，“你不能够修。”

“我能修，”我驳斥，“我现在就在修。”

“可这是我的船，我的私有财产。如果我禁止呢？”

“你忘记了,”我回答,“你不再是最大的一块酵母了。以前你曾经是,用你喜欢的说法是,你可以吃掉我;但是你变小了,现在是我可以吃掉你了。你那酵母腐败了。”

他发出一声难听的短笑。“我看你是在充分发挥我的哲学,回头用到了我的身上。可是你别犯错误,别小看了我。为了你好,我警告你。”

“你从什么时候变成慈善家了?”我问,“在你为了我好而警告我的时候,你得承认你可是前后矛盾得厉害。”

他不理睬我的讽刺,说:“如果我现在就把舱口盖给你盖上,你怎么办?你没有法子像在储藏室那样骗过我了。”

“海狼拉尔森。”我厉声说,第一次用他最熟悉的名字叫他,“我不能够向一个孤苦无告不能反抗的人开枪。你已经满意地看到了这一点,我也满意。可是我现在警告你,倒不是为了你好,而是为了我好。你一打算采取敌对行动我就会对你开枪。我现在站在这儿,就可以向你开枪;如果你有那种打算,不妨盖盖舱口盖试试。”

“可我仍然禁止你,我明确禁止你乱动我的船。”

“可是,老兄!”我忠告他,“你提出这船是你的,认为是事实,仿佛那是一个道德权利,可你跟别人打交道却从来没有考虑过道德权利。你肯定不会梦想我在跟你打交道的时候会考虑道德权利吧?”

我为了看见他,已经来到了揭开的舱口下。他脸上没有表情,跟我悄悄望着他的时候很不相同,由于死瞪着不眨眼,更没有表情了。那张脸看起来可不愉快。

“就连骆驼这样的可怜虫也不尊重我了。”他轻蔑地说。

那轻蔑全在他的声音里,脸上没有表情,跟任何时候一样。

“你好,布露丝特小姐。”过了一会儿他突然说。

我吃了一惊。她一声也没吭,连动也没动。他是不是还有点残存的模糊视力呢？或者他的视力在恢复吗？

“你好，拉尔森船长，”她回答，“请问，你怎么会知道我在这儿呢？”

“听见你呼吸了，当然。我说骆驼有了进步，你这样想吗？”

“我不知道，”她对我笑着说，“我没有看见过他以前的样子。”

“那你应该看看他以前的样子。”

“吃一服叫海狼拉尔森的药，大剂量的，”我喃喃地说，“前后对比。”

“我要再告诉你一句，骆驼，”他威胁地说，“你最好别乱动我的东西。”

“可你想不想跟我们一样逃离这儿？”我不相信地问。

“不，”他回答，“我想死在这儿。”

“但是我们不想。”我轻蔑地下了结论，又敲打起来。

第三十五章

第二天桅座清理好了，一切准备就绪。我们开始把两根中桅往船上运。主中桅有三十多英尺长，前中桅差不多三十英尺，我想用这两根桅杆做“人字吊”。那是伤脑筋的工作。我把一套大复式滑车接在绞盘上，另一头拴在前中桅的底部，开始起吊。茅德管绞盘的转向，并把收上来的绳子盘好。

那桅杆起吊之轻松令我们吃惊。那是一个改良的曲柄绞盘，增力效果极其巨大。当然，扩大的力量要用距离来补偿，力量增加了多少倍我绞起的绳子也就要长多少倍。复式滑车沉甸甸地吊过了栏杆。桅杆一离水，重量也随之增加，我在绞盘上也越来越费力气。

但是在中桅底部跟栏杆齐平的时候，一切便都停了摆。

“我早该想到的，”我不耐烦地说，“只好从头做起了。”

“为什么不把复式滑车固定在离桅杆底部远一点的地方呢?”茅德建议。

“我从开头就该这么做。”我回答，对自己非常生气。

我松掉了绞盘，把桅杆放回水里。在离桅杆底部三分之一的地方固定了复式滑车。一小时以后(包含了起吊中途的休息)，我把桅杆吊到了再也无法往上吊的地点。桅杆头高出了栏杆八英尺，可还是跟上回一样，距离把它吊上船来还很远。我坐下来细想了想，不一会儿工夫就得意地跳了起来。

"现在有办法了!"我叫道,"我应该在平衡点固定复式滑车。从这里得到的教训可以运用于以后船上的一切起吊工作。"

我再次返工,把桅杆放回水里,但是我计算的平衡点又不准确,起吊时翘起的是桅杆头,而不是桅杆底。茅德露出失望的神色,可是我笑了,说就那样也行。

我叮嘱了她绞盘怎样旋转,又叫她一听见命令就放松。然后我就用手抓住桅杆,平衡好了,拉过栏杆,再叫她放松。我以为合适时,便叫她放松,但是桅杆不听使唤,又往水里荡了回去。我再次把它提到原来的高度,因为我现在又有了一个念头,想起了一个单、双滑轮的小装置,把它取了来。

我把那装置一头固定在桅杆顶上,一头连在对面的栏杆上,这时海狼拉尔森来到了现场。我们除了打了个招呼没有说别的。他虽然看不见,却坐在栏杆不碍事的地点,无论我干什么活儿他都听着。

我再次要求茅德在我发出命令时放松绞盘,然后开始拉动单、双滑车。桅杆慢慢向船里荡来,最后跟栏杆形成直角平拉了进来。这时我惊讶地发现已经用不着茅德放松了,实际上需要的倒是拉紧。我固定了单、双滑车,再使用绞盘把桅杆一英寸一英寸拉了进来。桅杆头往甲板上坠了下去,最后全部躺在了甲板上。

我看了看表,十二点。我背疼得厉害,异常疲倦和饥饿;而甲板上却只不过躺了一根木头,表示着整个上午的工作。我这才第一次充分意识到面前道路之长。但是我在学习,在学习。下午的成绩准会好得多,事实也确实如此。我们美美地吃了一顿午餐,得到了休息,也增加了力气,一点钟又回来了。

我用了不到一小时工夫就把主中桅吊上了甲板,开始制作"人字吊"了。我把两根中桅紧紧扎在一起(两根不一样长,要扣除一部分),我把主喉头升降绳的双滑轮固定在交叉点上。有了它,再加上单滑轮和喉头升降绳本身,一个起重复式滑车就完工了。为了不让桅杆底部在甲板上滑动,我钉进了粗大的楔子。一切工作就绪,我把一根绳子在“人字吊”顶端拴紧,直接拉到绞盘上。我对那绞盘越来越有了信心,因为它给我大大出乎意料的力量。跟原来一样,茅德转动绞盘我起吊,“人字吊”站了起来。

这时我才想起,忘了挂导引索。这就逼得我爬上了“人字吊”。我上去了两次,才把连接船前船后和两边的导引索拴好。这活儿干完已是薄暮时分,海狼拉尔森坐在那儿看了整整一个下午,一直没有说话,这时他到厨房做晚饭去了。我感到后腰十分僵硬,好容易站起了身子,还觉得疼。我得意地望着我的工作。开始看见成绩了,我像小孩得了新玩具,疯狂地想拿我的“人字吊”吊起点什么东西。

“我希望时间还不那么晚,”我说,“我想看看它的使用。”

“别那么贪心了,亨佛莱,”茅德指责我,“记住,明天还会来的,你现在累得站都站不住了。”

“你就不累吗?”我突然关心起她来,“你也一定疲倦极了。你干活辛苦而且高贵。我为你骄傲,茅德。”

“不及我为你骄傲的一半,理由也不及你的一半。”她正面望着我的眼睛,好一会儿才回答。眼里有一种我以前从没有见过的表情,其中还颤动着一种欢乐的光,那眼神立即叫我快活得受不了——不知道为什么我不懂得。然后她垂下了眼帘,再抬起头时,她已在笑着。

“如果我们的朋友现在能看见我们,会怎么样?”她说,“看看我们自己吧,你曾经停下来考虑过我们现在这样子吗?”

“想过,想过你的样子,而且经常想。”我回答,思索着我在她眼里看见的东西,也为她突然改变了话题迷惑。

“天呀!”她叫道,“那么,我像个什么样子?请问。”

“恐怕像个稻草人。”我回答,“比如,只要看看你那拖脏了的裙子,你那三角形的破洞,还有这样的腰! 不需要什么夏洛克·福尔摩斯就可以推导出结论:你一直在营火上做饭,更不用说拿海豹脂肪熬油了。尤其是你那顶帽子,这一切会是写出了《任他吻去》的女诗人吗!"

她对我庄严地行了个花哨的礼,说:"至于你嘛,先生……"

然而在随后五分钟的相互戏谑的下面出现了一种严肃的东西。我只能把那东西跟我在她的眼里看见的转瞬即逝的奇怪表情联系起来。那是什么? 难道我们的眼睛述说着语言所无法表达的意思吗? 我知道我的眼睛就说过话,后来我发现了原因,就不许它们说话了。这事发生过几回,可是她看见我眼里那呐喊没有? 懂得吗? 她的眼睛对我说过话吗? 她那表情还能有别的意思吗? ——那欢乐的、颤动的光,还有言语所无法描述的其他东西。可是,那是不可能的,而且我也不会眉目传情。我只不过是亨佛莱·范·魏登,一个坠入情网的书呆子而已。而爱、等待、获得爱,对于我已经够辉煌了。在我们俩拿彼此的外形打趣时,我像这样想着,直到我俩到了岸上,要想别的事为止。

"真可惜,干了一整天辛苦活儿,却不能够不受干扰地睡个通宵。"晚饭后我抱怨着。

"可是,现在不会再有危险了吧? 一个瞎子能做什么?"她问。

"我绝对不能相信他。"我肯定。"眼睛瞎了,更不能相信。他现在部分的孤苦无助很可能使他比以前更为恶毒。我知道明天该怎么做。第一件事就是用一个轻锚把船弄到沙滩外面去下碇。我们每天晚上坐小艇上岸,把拉尔森先生当作囚徒扣在船上。今天晚上就是我们需要守夜的最后的晚上了。因此会觉得好过一些。"

我们醒得很早,天亮时已快吃完早饭。

"啊,亨佛莱!"我听见茅德惊惶地叫道,突然停止了进餐。

我望着她,她正注视着"幽灵号"。我跟着她的目光看去,没有看见什么异常的东西。她望了望我，我疑问地回望她。

“人字吊。”她说，声音发着抖。

我已经忘掉了人字吊，看了一眼，没有看见。

“如果他把它……”我凶狠地咕噜道。

她带着同情把手放在我的手上，说：“你还是另外做一个吧。”

“相信我，我的愤怒算不了什么，我是连一个苍蝇也不会伤害的，”我以苦笑作为回答，“而最糟糕的是：他知道我们是不会对他下手的。你说得对，要是他把人字吊破坏了，我也只好重新开始，没有别的办法。”

“但是，我今后只好到船上去守夜了，”过了一会儿我爆发了，“他若是干扰的话……”

“但是夜里我可不敢一个人留在岸上。”等到我冷静下来时，茅德说，“如果他能够跟我们友好相处帮助我们，那就好多了。那我们就可以舒舒服服地住到船上去了。”

“我们就是要住到船上去，”我狠狠地肯定，因为我心爱的人字吊被破坏很叫我难受，“那就是说，你和我就要住到船上去，不管拉尔森是否友好。”

“他干出这样的事，”过了一会儿我笑了，“太孩子气，我为这种事跟他生气也是孩子气。”

但是在我们上船看见他干下的严重破坏之后我实在深恶痛绝。人字吊根本不见了，导引索被割断，到处乱扔。我建造的喉头升降索每一部分都被砍断了，而他知道我没有拴接技术。我突然想起了一件事，我往绞盘跑去。绞盘也坏了，被他破坏了。我们大惊失色，彼此望着。然后我又跑到船边上，我清理好的桅杆、横桁和斜桁全都不见了。他摸到了拴住它们的绳子，把它们扔到海里，漂走了。

茅德的眼里有了泪水，我相信那是为了我。我也真想大哭一场。我们重新为“幽灵号”树起桅杆的计划怎么办？他干得很彻底。我在舱口盖上坐下来，两手撑着下巴，陷入漆黑的绝望里。

“这家伙该杀，”我叫道，“上帝赦免我，我不够男子汉，不能够做他的刽子手。”

但是茅德站到了我一边。她把她的手安慰地梳着我的头发，仿佛我是个孩子。她说：“行了行了，一切都会好的。我们是正义的，会好起来的。”

我想起了米歇乐的话，把我的头靠到了她身上，的确，我又有了力量。那受到祝福的女人对我是一个不会枯涸的力量源泉。这算得了什么？一番挫折，耽误点时间而已。潮水不可能把桅杆横桁冲得太远，不会到海里去的，而且没有风，只不过多花点工夫找一找，再拖回来罢了。何况那也是一个教训。我知道会出什么事了。他若是等着，到我们的成就更大时再破坏，效力就更大了。

“现在他来了。”她低声说。

我抬头一看。他在舵楼甲板的左舷边悠闲地走着。

“别管他。”我悄悄说。他是来看我们的反应的。别让他知道我们已经发觉了。我们可以拒绝给他那种满足。把鞋脱掉——对——拿在手里。”

然后我们就跟瞎子捉起了迷藏。他到左舷我们就往右舷溜；我们在舵楼甲板上观察着他转身往船后走，追踪我们去了。

不知道怎么回事，他准是知道我们已经上了船，因为他很自信地说：“早上好。”等着回答他的招呼。然后他又往船后逛了去，而我们又溜到了前面。

“啊，我知道你在船上。”他叫道。我看见他说完话注意地听着。

这让我想到呜呜叫的大猫头鹰，叫过之后等着吓坏了的猎物动弹。可是我们并不动弹。我们只在他运动时运动。我们就像这样手牵手在甲板上躲来躲去，像被一个邪恶的妖魔追赶着的两个孩子。直到海狼拉尔森显然厌恶了，离开甲板到了舱房里。在我们穿上靴子爬过船边进入小艇时，眼里闪出了亮光，忍住了嘴里的窃笑。我望着茅德清亮的褐色的眼睛，忘记了拉尔森干出的坏事，只知道我爱她；因为有了她我就有了力量找出回到我们的世界的路。

第三十六章

我和茅德在海里转了两天,到各个海滩搜寻失去的桅杆,直到第三天才找到。桅、横桁、斜桁,包括"人字吊"在内一律都在。不在别的危险地方,而在险恶的西南部海岬的惊涛骇浪之中。我们干得好吃力!第一天黄昏我们拖着主桅筋疲力尽地回到小海湾。那时风全停了,只好划桨,实际上每一寸都是划回来的。

又是一个危险的、伤心的日子过去,我们回到营地时拖来了那两条中桅。下一天我铤而走险,把前桅、前横桁、主横桁、前斜桁、主斜桁全扎到了一起。那天风向有利,我以为可以升起帆全拖回来;但是风却作梗,不久又停止了,用桨往回划简直像蜗牛,叫人非常泄气。后面拽着沉重的东西,把全身力气和重量都用到桨上,小艇在手下仍然遭到阻挡。的确很不愉快。

夜开始降临,更糟糕的是迎面刮起了风。不但是前进运动受到了阻碍,连我们自己也被往海外卷去。我竭力划桨,划得筋疲力尽。可怜的茅德也拼命干活,我怎么也无法制止她,她也累得躺倒在艇尾座上。我划不动了,磨破发肿的手再也握不住桨把,手腕和手臂痛得无法忍受。虽然我在十二点美美地吃了一顿,却因干活太苦,饿得快晕过去了。

我收起桨,向拽着筏子的绳子弯过身去,但是茅德突然向我的手伸出手,制止了我。

“你要干什么?”她吃力、紧张地问。

“把它扔掉。”我回答,解着疙瘩。

但是她的指头捏住了我的指头。

“请别扔。”她求我。

“不行了,”我回答,“已经是晚上了,风又在把我们往陆地外刮。”

“但是,你想想,亨佛莱,我们要是不能驾驶‘幽灵号’离开,就可能在这个岛上待上好多年——甚至一辈子。这儿既然这么多年都没有人发现,以后也可能永远没有人发现的。”

“你忘记我们在海滩上发现的小艇了。”我提醒她。

“那是一艘猎海豹的小艇,”她回答,“你也十分清楚,要是那上面的人逃了出去,他们准会回来找海豹栖息地,发大财的。你知道他们根本没有逃出去。”

我不出声了,仍然犹豫。

“而且,”她迟疑地说,“这本来是你的意思,我希望看见你取得胜利。”

现在我只好硬起心肠了。她从个人的角度夸奖我,我出于大度,只好否定了。

“宁可在岛上过许多年,也比今晚、明天或后天死在无篷船上好。我们没有在海上冒险的准备,没有食物,没有水,没有毛毯,什么都没有。你的身体情况我也知道,你现在就打着寒战呢。”

“只不过是紧张罢了,”她回答,“我怕你会不理睬我的意见把桅杆扔掉。”

“啊! 求你啦,求你啦,亨佛莱,别扔!”过了一会儿她爆发了出来。

就这样,她一句话解决了问题。她知道她的话对我有至高的力量。我们整夜冻得发抖,十分难受。我偶然也睡着一会儿,但总是冻得生疼,醒了过来。我无法想象茅德怎么能够熬得过去。我疲倦得连挥舞手臂取暖都不行了，但仍竭力一次再次为茅德搓手搓脚，让她恢复血液循环。不过她仍然要求我别扔掉桅杆。早上三点左右，她冷得抽起筋来，我又给她搓揉，虽然抽筋缓和过来，人却差不多冻僵了。我害怕了，拿出桨让她划，尽管她非常衰弱，每划一桨我都担心她会晕倒。

天亮了，我们在逐渐明亮的晨曦里寻找我们的小岛，找了许久，终于找到了，是足足十五英里外地平线上的一个小黑点。我用望远镜观察大海，却看见在西南面遥远处的水面上出现了一条黑线，眼见着便在扩大。

“好风来了！”我沙哑地叫道，连我自己都不相信那声音是我的。

茅德想回答，但是说不出声。她的嘴唇冻乌了，眼睛眍了进去——但是，啊，她那褐色的眼睛仍然多么勇敢地望着我！勇敢得叫人心疼！

我又忙着给她搓手，帮她上下前后地活动胳臂，直到她自己能够挥动为止。然后我又强迫她站起来，虽然她没有我搀扶几乎会跌倒，我仍然逼着她在船头和船尾之间那几步距离间迈步走走，最后还让她跳了几跳。

“啊，你这个勇敢的，勇敢的女人，”我看见生命回到了她脸上，说，“你知道自己很勇敢吗？”

“我从来不是勇敢的人。”她回答，“在我认识你以前我从来就不勇敢，是你让我勇敢起来的。”

“我也一样，在我见到你以前也不勇敢。”我回答。

她急速地望了我一眼，我又一次在她的眼里看见了她那颤动的、欢乐的光，还有一点什么别的，但是那也只是转瞬即逝。然后她便笑了。

“一定是环境逼的。”她说，但是我明白她那话不对，我怀疑她其实也明白。

起风了，有力而又顺风，小艇立即乘风破浪往小岛驶去。下午三点半我们绕过了西南的海岬。我们不但饿了，而且很渴，嘴唇焦干，开了裂，还不能用舌头去舔。然后风慢慢小了，入夜以后索性一丝也没有了。我只好又用桨划——但是没有力气,一点力气也没有。凌晨两点,小艇在我们的小海湾滩头靠了岸,我跌跌撞撞地踏出去,拴紧了缆绳。茅德站不起来了,我扶着她,却跟她一起摔到了沙地上。爬起来时我只好抓住她的腋下拉上了沙滩,送进了小屋。

第二天我们没有干活儿,实际上我们睡到了下午三点——至少我是如此。因为我醒来时发现茅德已在做饭。她的恢复能力真叫惊人。她那娇弱得像百合花的身子里有一种韧劲,一种对生命的执着,跟她表面的柔弱很不相称。

“你知道我是为了健康才到日本来的。”吃完饭我们留恋在篝火边,感到了游手好闲的快活,她说:“我身体不好,一向不好。几个医生都建议我做海上旅游,我选择了最远的。”

“你那时可没想到自己选择了什么。”我笑了。

“但是我这次的经验会使我变了一个人,身体也会结实起来。”她回答,“也希望成个更好的女人。至少会对生命懂得更多。”

短短一天渐渐过去,我们谈起了海狼拉尔森的瞎眼。这事叫人无法解释,但是严重。我引用了拉尔森自己的话,说他打算留在苦干岛上死去。像他那么个热爱生命的强人,却接受了死亡,显然遭到比瞎眼更严重更痛苦的折磨。他有严重的头痛,我们一致认为是脑子的一种病变,发作时他所遭到的痛苦是我们所难以想象的。

我注意到,在我们讨论拉尔森时,茅德对他产生了越来越强烈的同情,但是我只能因此而爱她。她那同情具有那样妩媚的女人味,感情里又没有丝毫虚假。她同意,我们要想逃走就必须采取某种最严厉的措施,但在想起我为了拯救我的生命(用她的说法是“我们的生命”)有可能在某个时候被迫干掉他时,她又不禁退缩。

早上吃完饭,天一亮就开始了工作。我在前舱找出了一个轻便小锚(那儿存放着这些东西)，费了很大的力气把它弄上甲板，放进了小艇。我在三桅船船尾接了一大盘绳子，把小艇往我们里面的海湾划去，在那儿下了锚。没有风，潮很高，三桅船波动着。放绳和下锚我主要都靠力气(绞盘坏了)，直到小艇在锚的牵制下几乎只作上下波动。那锚太小，连微风也经受不起，因此我又放下了左舷的大锚，给它留出了很长的绳子。

下午我开始修理绞盘。

我修了三天绞盘。我最不配做的就是机械师。我三天完成的工作普通机械师只需要三小时就可以完成。我得从工具学起，机械师们烂熟于心的基本原则我得学。第三天过去了，我获得了一个运转吃力的绞盘。它从来没有像原来的绞盘那样令人满意过，但是毕竟能用，我可以工作了。

我用半天工夫把两根中桅拉上了船，扎成了“人字吊”，安装好了导引绳。那天晚上我在三桅船甲板上我的作品旁边睡觉。茅德拒绝一个人待在岸上，睡到了水手舱里。海狼拉尔森那天坐在那儿听着我修理绞盘，跟茅德和我说了些不相干的话。双方都没有提起破坏“人字吊”的事，他也没有再阻止我弄他的船，可我还是害怕他：眼瞎了，残废了，却听着，老听着。我工作时从来不让自己接近他那强壮胳臂的势力范围。

那天晚上我在我心爱的“人字吊”下睡觉时被他的脚步声惊醒了。天上有星星，我模糊看见他那魁梧的身影在行动。我从毛毯里滚了出来，穿着袜子悄悄跟在他后面。他从工具箱里找来了一把两端有柄的刮刀，武装了自己。他打算用那刀割断我再次固定在“人字吊”上的喉头升降绳。他用手摸到了升降绳，却发现我并没有让绳绷紧，不能用刮刀割。于是他抓住松动的部分，拉紧了，固定起来，然后想用刮刀割断。

“我要是你，就不那么干。”我冷冷地说。

他听见了手枪的卡嗒声，笑了。

“哈啰，骆驼，”他说，“我一直就知道你在这儿，你骗不过我的耳朵。”

“你撒谎,海狼拉尔森,”我说,仍然冷冷的,“不过我倒恨不得有机会杀掉你,你割吧。”

“你一向就有机会的。”他轻蔑地说。

“割呀。”我带着阴森森的威胁说。

“我倒想让你失望。”他笑了,转身往船后走去。

“总得想出个办法,亨佛莱,”第二天早上我告诉了茅德头天晚上的事,她说,“他只要有自由,就什么事都可以干出来,可以把船凿沉,也可以把它放火烧掉。他究竟会干什么很难预料,我们得把他关起来。”

“可是怎么关呢?”我无可奈何地耸耸肩问,“我不敢靠近他的胳臂,而他又知道,只要他的反抗是消极的,我就无法对他开枪。”

“总得想出个办法来,”她争辩说,“我来想想看。”

“有一个办法。”我阴沉地说。

她等着。

我拿起了一根打海豹的棒子。

“不至于把他打死,”我说,“但是不等他醒过来,我就可以把他捆得结结实实的了。”

她打了个寒噤,摇摇头。“不,不能那么干。一定得有个不太凶残的办法。咱们俩等着瞧吧。”

但是用不着等很久,问题就自己解决了。早上,经过几次实验之后,我找到了中桅的平衡点,在那上面几英尺的地方固定好了起吊滑车。我起吊,茅德抓住绞盘手柄绕着绳子。要是绞盘好使,是不会太困难的,但是,当时的情况却使我每绞起一寸都不得不使用全身的力气和重量。我必须经常休息——实际上我休息的时间比工作的时间还长。有时在我用尽全身力气也绞不动的时候,茅德也一只手抓住绞盘把手,另一只手把她那娇小的身躯的全部重量加上来帮助我。

一个小时过去,单滑车和双滑车在“人字吊”顶上碰了头,我再也吊不动了,但是桅杆还没有完全荡进船里,大头还靠在左舷栏杆外面,小头已伸到右舷外很远的水面上。我的“人字吊”太矮,全部工作都白费了,可是我再也不像以前那样失望了。我对我自己,对绞盘、“人字吊”和起吊滑车的能力都有了更大的信心。办法总是有的,只是等着我去想出来罢了。

我正在思考着,海狼拉尔森来到了甲板上。我们立即注意到了他有点异样。他行动的蹒跚和虚弱更明显了。他从舱房左舷走来时实际上有些颤巍巍的。他在舵楼甲板缺口晃了一下,一只手以那熟悉的动作擦着眼睛,却从楼梯上摔了下去——还是站着,掉在了主甲板上。他往对面打了几个趔趄,快要摔倒,急忙伸出双臂想扶住。他终于在“下等舱”升降梯下稳住了身子,晕晕乎乎站了一会儿,却突然两腿一软,身子一蜷,倒到甲板上了。

“又发作了。”我低声对茅德说。

她点点头;我看见同情使她的眼睛发热了。

我们走到他的面前,但是他似乎没有意识到,只痉挛性地呼吸着。茅德去照顾他,抬起了他的脑袋,让血液往下流,又打发我到舱房去取枕头,我还加上了毛毯。我们俩让他躺舒服了。我摸了摸他的脉搏,脉搏跳动稳定有力,很正常。这叫我迷惑了,也怀疑了。

“如果他是假装的会怎么样?”我仍然把住他的脉,问道。

茅德摇摇头,眼里有责备的意思,但就在此时我把住的手腕突然从我手下跳了起来,像钢夹子一样抓住了我的手腕。我吓坏了,大叫起来,是一种疯狂的含意不明的呼叫。我瞥了一眼他那张脸,恶毒而胜利,这时他另一只手也搂住了我的身子,那可怕的钳子把我往他的身上拽了下去。

他放掉了我的手腕,另一只手已从我背后控制了我的两条胳臂,使我不能动弹。同时那空出的手已经向我的喉头伸来。那时我尝到了死亡前的最痛苦的滋味,那是我自己的愚蠢找来的。我怎么会相信了他,让自己进入了他那可怕的胳臂的范围？我意识到还有另外的手也到了我的喉头。那是茅德的手，想掰开那只要掐死我的手，却没有用。她放了手。我听见她尖叫着，叫声刺进了我的灵魂，因为那是一个妇女恐怖的、绝望得心碎时的呐喊。我以前也听见过这种声音，那是在“马丁内斯号”沉没的时候。

我的脸靠近拉尔森的胸膛，什么也看不见，但是我听见茅德转身沿着甲板飞跑掉了。事情突如其来，我还没有丝毫晕厥的感觉，却似乎已过了无穷的岁月。然后我才听见茅德飞跑了回来。正在这时我猛然觉得身子下的那人整个地垮了。他的肺部直往外出气，胸膛在我身子的压力下塌了下去。不知道是因为出了气还是他意识到自己越来越无能为力，他的喉头颤抖出了深沉的呻吟。他捏住我喉头的手松掉了，我呼吸了，那手颤抖着又捏紧了，但是即使他那强大的毅力也克服不了崩溃的袭击。他那毅力崩散了，他快晕厥了。

拉尔森的手最后颤抖了一次，放松了我的喉头，茅德的脚步声已经非常接近。我就地一滚，滚开了，到了甲板上。我大口喘气，眼睛在阳光下眨巴着。茅德苍白着脸但是镇静——我的眼睛立即落到她的脸上，她的表情混合着惊讶和放心。她手上一根海上用的大棒抓住了我的目光，这时她也随着我的注意看见了它，大棒从她的手上落下，像蜇了她一样；同时，我的心里猛然涌起了极大的欢乐。她的确是我的女人，我的伴侣，像穴居人的配偶那样在跟我一起战斗，为我战斗。她心里全部的原始野性被激起了，她忘掉了她的教养，在令人软弱的文明之下坚强了起来——而那原是她所过的唯一生活。

“亲爱的女人！”我翻身爬起，叫道。

顷刻之间她已经倒进了我的怀抱，在我的肩头上抽搐地哭泣起来，我把她抱紧了。我低头看见了她那灿烂的褐色秀发，那是在阳光下闪烁的宝石，对于我比国王宝箱里的珠宝还要珍贵。我低下头轻柔地吻了吻她的头发，轻柔得她不知道。

然后我心里涌起了清醒的思想。她毕竟是个妇女,在危险过去之后,在她的保护者或是受到威胁者的怀里哭出脱险之感。我要是她的父亲或是兄弟,情况也不会有多大差别。何况时间地点都不合适,而我又希望获得更好的权利宣布我的爱情。因此,在我感到她从我的拥抱里退开时再一次吻了吻她的秀发。

“这一回是真发作,”我说,“跟让他瞎了眼的那次一样。他起初是假装的,但是那样一做,把病引发了。”

茅德已经在重新安排他的枕头。

“不行,”我说,“还不是时候。我既然在他无可奈何的时候得到了他,就得让他继续无可奈何下去。我们从今天起就住在舱房里了。海狼拉尔森得到下等舱去住。”

我搂住拉尔森腋下把他拖到了升降梯。茅德按我的意思找来了一根绳子。我把绳子从他两腋下穿过,在门槛外稳住了,再把他从梯口放下了楼梯,让他落到地板上。我无法直接把他拖上床,但是在茅德帮助下我先抬起他的肩膀和头,搁在下铺床位边上,再让他滚了进去。

这还不够。我想起了他特别间里的手铐。他喜欢用那东西铐他的水手,不喜欢用船上老式的笨重的铁镣。因此在我们离开拉尔森时,他已经戴上了脚镣手铐,躺在那儿。多少天以来我第一次自由地呼吸了。我来到甲板上,感到一种奇怪的轻松,我的肩上卸下了重负,同时也觉得跟茅德更接近了。我们俩沿着甲板并排往起吊中途被悬在“人字吊”上的前桅走去时,我不知道她是否也有同感。

第三十七章

我们立即搬上了“幽灵号”，占领了我们以前的特别间，并在厨房里做饭。海狼拉尔森的囚禁正是时候，因为目前这高纬度地区的小阳春①天气已经结束，风狂雨密的日子已经到来。我们很舒适，而那不管用的“人字吊”和悬挂在那儿的前桅给了三桅船一种干着业务的景象，预告着就要开航。

我们把海狼拉尔森铐起来了，却已经很不必要。跟第一次发作一样，他的第二次发作也带来了严重的残废。那是茅德下午给他送饭时发现的。他出现了有知觉的迹象，但她跟他说话却得不到回答。那时他身子向左侧睡着，显然很痛苦。他不停地转动着脑袋，到他把原压在枕头上的左耳抬起时，才听见了，回答了她的问题。于是她马上来找我。

我把枕头压住他的左耳，问他听得见不，他没有反应；我放开枕头再问，他立即说听见了。

“你知道你的右耳聋了吗？”我问。

“知道，”他回答的声音低而有力，“还有更糟糕的，我的整个右面都受到了影响，好像睡着了。手臂和腿都不能动了。”

---

① 小阳春：在美国指深秋霜冻以后出现的温暖、和煦天气，通常在十月上旬。

“又装假了?”我怒气冲冲地问。

他摇摇头,严峻的嘴唇露出一个奇怪的歪扭的笑,的确歪扭,因为只有左边笑,右边的颜面的肌肉纹丝不动。

“这是海狼的最后表演了,”他说,“我瘫痪了,再也不能行动了。啊,只瘫痪了那一边。”他补充说,似乎猜到了我瞥他左腿那一眼的意思——那条腿的膝盖刚才还收缩,拱起了毛毯。

“很遗憾,”他继续说,“我很想先把你杀掉,骆驼,我觉得还残留那么大的力气。”

“为什么?”我问,部分出于恐惧,部分出于好奇。

他那严峻的嘴唇又露出那歪扭的笑,说:

“啊,只不过为了活着。活着就要干,要吃掉你,到死还要做最大的酵母。但是像目前这样死去……”

他耸了耸肩,更准确地是,打算耸肩,因为只有左肩在动。耸肩也是歪扭的,像笑一样。

“可是你怎么解释?”我问,“你的病灶在什么地方?”

“脑子里,”他立即回答,“是那倒霉的头痛造成的。”

“那不过是症状。”我说。

他点点头。“无法解释。我一辈子没生过病,是脑袋出了问题。从疼痛看,是癌、瘤或是这种性质的东西在吞噬着,破坏着脑子;在攻击着我的神经中心,在吃掉它,一点一点地吃,一个细胞一个细胞地吃。”

“也攻击着运动神经中枢。”我提醒。

“好像是这样的;可恶的是我必须躺在这儿,头脑正常,明白我的神经系统在崩溃;我和世界的联系正在一点一点断绝。我看不见了,听觉和触觉也在消失,照这个速度,我很快就要说不出话了,可我必须一直待在这儿,没有死,还活跃,却没有力气。”

“在你说你在这儿时,我倒想起那个你倒很像是你的灵魂。”我说。

“废话!”他反驳,“这只不过意味着我的头脑受到攻击时,高级神经中心还没有被触及罢了。我还能够回忆,思考,推理;连这也不行时,我也就走了,没有了。这难道是灵魂吗?”

他爆发出嘲弄的笑,然后把左耳靠在枕头上,表示再也不想说话。

我和茅德各做着自己的事,但支配了他的那可怕的命运却压在我俩心头,有多么可怕?我们以后才逐渐体会到,其中有着因果报应的恐怖。我们的思想又深沉又庄严,连说话也大体是悄悄的。

“你可以把镣铐取掉了,”那天晚上我们站在那儿讨论他的问题时,拉尔森说,“绝对安全,我现在是个瘫痪病人,以后要注意的只有褥疮了。”

他歪扭地笑了,吓得茅德大张着眼睛,只好别转了头。

“你知道你的笑是歪扭的吗?”我问他;我知道茅德得照顾他,想尽量减少她的不愉快。

“我以后再也不笑了。”他平静地说,“我知道有点不正常,右边的面颊整天麻痹。对,这三天来我都有预感。我的右边一阵一阵地好像要睡着了,有时是手臂或手,有时是腿或脚。”

“那么说我的笑是歪扭的啰?”不一会儿他说,“好了,以后你就认为我是在肚子里笑好了,要是高兴,说是在灵魂里笑也行,在灵魂里。也不妨认为我现在就在笑。”

他躺在那儿好几分钟默不做声,沉溺于他那离奇的幻想里。

他那男子汉气魄依然存在,还是那个不可征服的、恐怖的海狼拉尔森,被囚禁在了那曾经是那么不可战胜、那么杰出的肉体里。现在,麻痹的桎梏锁起了他的肉体,把他的灵魂禁锢在黑暗和寂静里,跟世界隔离开来,那世界于他曾经全是色彩缤纷的动作。他再也不能够把动词“行动”用种种时态去表现了,留给他的只有“活着”。用他的定义来说,活着却不行动,有愿望却不执行，就是死亡；就他的精神而言，思考和推理跟任何时候一样活跃，但是肉体却死亡了，痛苦地死亡了。

可是，我们虽然为他除去了镣铐，也还从心里抵触，难以适应他这种新的状态。对我们说来，他仍然充满潜力，不知道他会怎么样。不知道他可能突破肉体干出多么可怕的事来。我们的经验使我们保持了这种心态，干活儿时这类焦虑老是压在心头。

我已经解决了因为“人字吊”太矮所引起的问题。我使用了复式滑车（我重新装了一个）把前桅吊过了栏杆，放到了甲板上，然后又靠“人字吊”把主横桁吊上了船。主横桁有四十英尺长，可以提供起吊桅杆所需的高度。我又利用固定在“人字吊”上的第二个复式滑车把主横桁提高到差不多直立的地位，再把桁底落到甲板上。为了防滑我在那儿钉上了一圈巨大的楔子。我把我最早的“人字吊”复式滑车上的单滑车固定到横桁上；像这样再把滑车牵到绞盘上，我就可以随意起吊或放下横桁的无论哪一头了。我可以让桅杆尾保持不动，使用导引索把横桁转来转去。我在横桁尾部又同样安装了一个起吊复式滑车。整个设计安装完毕，我不能不为它所给我的力量和高度感到吃惊。

当然，完成我的这一部分工作用了我两天的时间，直到第三天早上我才从甲板上把前桅吊了起来，开始把桅底往桅座里安放。我在这个问题上特别笨拙。我对那根饱经风霜的木头锯着，砍着，凿着，最后做出的样子很像是给超级大耗子啃出来的，但是它能够插进桅座了。

“能行的，行的，我相信。”我叫道。

“你知道约旦博士是用什么来最后检验真理的吗？”茅德问。

我正在抖掉落在我领口里的木屑，停下来摇了摇头。

“检验的标准是‘能不能管用？能不能把自己的生命交给它’？”

“你很喜欢约旦博士。”我说。

“在我拆除我古老的万神庙，扔掉了拿破仑、恺撒和他们的伙伴之后，我立即建造了新的万神庙。”她严肃地说，“我建立的第一座万神庙便是约旦博士。”

“一个当代英雄。”

“因为是当代的，所以更伟大，”她接下去说，“古代世界的英雄跟我们的英雄哪儿能比！”

我摇摇头，在许多争议性的问题上我们太相像。

“作为两个批评家我们太一致。”我哈哈大笑。

“作为造船工和高级助手也同样一致。”她也以哈哈大笑作答。

但是在那些日子，由于沉重的工作，也由于拉尔森的活死亡，我们能笑的时间并不多。

拉尔森又一次中了风，声音哑了，或是快要哑了，只间歇地使用嗓子。用他的话说是：线路跟股票市场一样时起时落。有时线路通了，他能跟以前一样说话，虽然慢一些，沉重一些。然后语言能力便突然离开了他，说不定在说话中途。有时我们就得连续好多个小时等着线路重新接通。他抱怨脑子痛得厉害。在这个时候他安排了一种交流体系，准备在说不出话时使用——手捏一下表示“是”，捏两下表示“不是”。幸好做了这样的安排，因为快到黄昏时他便哑了，以后只好用捏手来回答问题了。想说话时便用左手在一张纸上潦草地写，倒也能表达。

凶险的冬季已经降临到我们头上。一次飓风随着一次飓风到来，还夹着雨、雪和冰雹。海豹已经开始了往南方去的大迁徙，海豹栖息地实际上空了。我不顾风雪严寒狂热地工作着——给我阻碍最多的是风。我从早到晚在甲板上干活儿，取得了很实际的进展。

我从竖立人字吊和爬到人字吊上安装导引绳所得到的教训对我很有好处。我把那根前桅从甲板上吊到了方便的高度，在上面安装好了绳索、支索、喉头升降索和桅顶升降索。跟以前一样我低估了这部分工作的分量，花了长长的两天才做完，而剩下的工作还很多——比如帆，实际上得重新做。

我忙着往前桅上拉绳索，茅德就忙着补帆，在需要更多的人手时又总丢下几乎一切来帮助我。帆布又硬又重，她使用着水手使用的地道的掌皮和三棱水手针。她的手很快就起了泡，样子很悲惨，但是她勇敢地坚持着。此外还做饭和照顾病人。

“让迷信见鬼去吧，”星期五①早上我说，“今天就要竖立桅杆了。”

一切的准备工作都已做好。我把横桁的复式滑车拉上了绞盘，把桅杆绞得几乎离开了甲板。我把这个复式滑车固定好，又把人字吊滑车（它联系着横桁一头）拉上了绞盘。只绞了几圈，桅杆就垂直地吊了起来，离开了甲板。

茅德放掉绞盘把手，鼓起掌来。

“管用了！管用了！我们可以把生命交给它了！”

然后她露出遗憾的神情。

“可它并不是在桅杆孔上，”她说，“你还得重新来过吗？”

我居高临下地微笑了，放松了一根横桁导引绳，拉紧了另一根，便把桅杆完全吊到了甲板正中，不过，它仍然不在桅杆孔上。她的脸上再一次露出遗憾的表情，我再次居高临下地微笑了。我放松了横桁复式滑车绳，拉紧了同样分量的人字吊滑车绳，把桅杆底部调到了桅杆孔的正上方，然后对茅德仔细交代了怎样下放桅杆，自己便到三桅船船舱底部的桅座去了。

我向她一叫，桅杆便轻松而准确地移动起来。方形的桅底对准桅座的方孔降了下来，但是它却慢慢扭动了，这样，方底就难以插进方孔了，但是我没有丝毫犹豫。我叫茅德停止了下降，自己上了甲板。我用一个旋转钩把

① 基督徒习惯把星期五看作不吉利的日子，因为耶稣是在星期五被钉上十字架的。

复式滑车固定到桅杆上。我让茅德拉着绳子,我自己下去了。我靠风灯的光看见桅底慢慢扭动着,直到它的四条边跟桅孔的四条边重合。这时茅德做了固定,然后回到了绞盘。桅底轻微地扭动着缓缓降下了剩余的几英寸。茅德再次用复式滑车调整了扭动,再次来到绞盘往下放。方形插进了方形,桅杆插进了桅座。

我大叫了一声,她跑下来看。我们俩在昏黄的风灯光里细看着自己完成的工作。我们彼此望着,两双手彼此寻找着,握到了一起。我感到我们俩的眼睛都为这胜利的欢乐而湿润了。

"归根到底办得还是容易的,"我评价说,"工作全在于准备。"

"奇迹全在于完成。"茅德加上一句,"我几乎难以承认那巨大的桅杆竟真的站了起来,插好了;你竟然把它从水里取了出来,吊到了空中,放进了该放的地方。那可是泰坦的活儿呢。"

"而泰坦们还有许多发明。"我快活地说,然后便嗅了嗅空气。

我急忙看看灯,灯没有冒烟。我又嗅了嗅。

"有什么东西烧起来了。"茅德突然明白过来。

我们俩一起往扶梯跑去,我赶到她前面上了甲板,一股浓烟正从"下等舱"升降梯冒出。

"海狼还没有死。"我穿过浓烟跳了下去,对自己嘟哝道。

那有限的空间里烟雾太浓,我只好摸索着前进。海狼拉尔森的魔力对我的想象力影响太大,我很怕那没了能耐的巨人会狠狠地一把掐住我的喉咙,把我掐死。我犹豫了,赶快往回跑,逃上楼梯去的欲望几乎占了我的上风;我却想起了茅德;我刚才在船舱昏黄的光里看见的她那形象,那褐色的、因为欢乐而发红湿润的眼睛在我面前闪过。我知道我不能回去。

我来到海狼拉尔森的床位时呛得快要窒息了。我伸手去找他的手,他躺着,一动不动。我的手一碰,他轻轻一动。我继续摸到他的毛毯下面。没有热，没有发火的迹象。但是那使我盲目、咳嗽和喘气的黑烟肯定有个来源。我一时糊涂，在“下等舱”里疯狂地乱跑。后来我在桌子上撞了一下，几乎撞得憋不过气来，才清醒了。我想到一个不能动弹的人所能放火的地点只能够在他身边。

我回到了海狼拉尔森的床位边，在那儿遇见了茅德。她在那令人窒息的烟雾里已经多久我无法猜测。

“回到上面甲板去。”我断然下令。

“但是，亨佛莱……”她以一种奇怪的沙哑的声音抗议道。

“求你了！求你了！”我对她严厉地叫道。

她服从了，走了，可我一想，她要是找不到楼梯怎么办？又追了上去，在升降梯下站住了。她说不定已经上去了。我犹豫不决地站在那儿，正好听见她在轻声叫喊：“啊，亨佛莱，我迷路了。”

我发现她在后间壁的墙上摸来摸去。我半牵半抱，把她弄上了升降梯。纯洁的空气像甘露。茅德只不过有点虚弱晕眩，我让她躺在甲板上，自己又冲了下去。

烟雾一定是从海狼拉尔森身边来的——对此我坚信不疑了，便直接往他的床位跑。我在他的毛毯里摸索时，一个滚烫的东西落到我手背上。我被烫了一下，缩回了手。然后我明白过来，他是从上铺底下的缝隙里点燃草垫的。他的左手还有足够的能力这样做。垫子里潮湿的草从下面点燃了，却没有空气，因此这一段时间就一直冒烟。

我从床上拉出了垫子，垫子好像在空气里分解了，同时蹿出了火苗。我敲掉了床上还在燃烧的余草，然后冲到甲板上去呼吸新鲜空气。

“下等舱”正中燃烧的垫子上的火几桶水就浇灭了。十分钟后，烟雾消散，我同意茅德下来。海狼拉尔森已经昏迷，但是只需几分钟，新鲜空气就可以让他苏醒过来。我们在他身边忙碌，他做了个手势，要纸和铅笔。

“请别干扰我,”他写道,“我在笑。”

“我还是一块酵母,你看。”过了一会儿,他又写道。

“你还是你那么一小块,我很高兴。”我说。

“谢谢,”他写,“但是请想想看,我在死之前还会小多少!”

“可是我还活着,骆驼,”他写道,最后是个花体字,“我的思想比以前任何时候都清楚。没有干扰,绝对集中,我全在这儿,又超出了这儿。”

那话像是从坟墓的黑夜里发出的信息,因为这个人的陵墓就是他的躯壳。他的精神还在这样一个离奇的坟墓里颤动着,活着。它还会活下去,颤动下去,直到最后的信息发出。在那以后谁知道它还会继续颤动多久、活多久?

第三十八章

“我看我的右边快要死掉了，”海狼拉尔森在企图烧毁船只后的早上写道，“它越来越麻痹。手几乎不能动。最后的线路快要关闭了，你说话要大声点才行。”

“你痛吗？”我问。

我必须放大嗓门反复问他，才能得到回答。

“并不总痛。”

左手在纸上缓慢地、痛苦地划着。我们花了极大工夫才认出了那些潦草的字。那简直像招魂术家通灵之后写出的“神示”——门票一美元的那种。

“但是我还活着，整个地活着。”那只手潦草地写着，更缓慢了，更痛苦了。

铅笔掉了，我们只好再放进他手里。

“不痛时我是完全平静、安定的。我的思维从没有过地清晰。我能够像一个印度教哲人一样思考生命与死亡。”

“还思考永恒吧？”茅德对他的耳朵大声问。

那手三次试着想写，却只是没有希望地乱摸，铅笔掉了。我们设法放还原，却没有用，指头捏不住。然后茅德用自己的手捏住他的手指握住笔写

了,字很大,写得很慢,几分钟过去,才写了一个词:

“废话。”

那是海狼拉尔森的最后遗言,“废话”。他至死也是持怀疑论的,不屈服的。手臂和手松了,身躯微微动了动,停了。茅德松了手,拉尔森的手指微微张开,由于自身的重量松开了,铅笔滚走了。

“你还听得见吗?”我大叫,抓住手指等他捏一次表示“是”。没有反应,手死掉了。

“我注意到他嘴唇轻轻动了一下。”茅德说。

我又问那问题,嘴唇动了动。她把手指尖放到嘴上,我再次问那问题。“是。”茅德宣布。我们彼此期待地望着。

“这回答算数吗?”我问,“我们现在能怎么说?”

“啊,问他……”

她犹豫了。

“问他个要用‘不’字回答的问题看,”我建议,“那我们就有把握了。”

“你饿不饿?”她大叫。

嘴唇在她的手指下动了,她回答:“是。”

“吃点牛肉吗?”她又问。

“不。”她宣布。

“肉汁呢?”

“是,想喝肉汁。”她抬头望着我,平静地说:“在听力消失以前我们还能跟他交流。可在那以后……”

她异样地望着我,我见她的嘴唇颤动着,眼里噙满了泪珠。她向我倒来,我抱住了她。

“啊,亨佛莱,”她抽泣道,“这一切要到什么时候才结束?我疲倦了,非常非常疲倦了。”

她的头伏到了我的肩上，哭泣的风暴震撼着她娇小的身躯。她在我的手臂里像一片羽毛那么纤细、轻柔。“她终于崩溃了，”我想，“可没有她的帮助我怎么办？”

但是经过我的安慰和劝说，她终于勇敢地打起精神。她的心灵很快就恢复了，跟体力恢复地一样快。

“我应该为自己惭愧。”她说。然后绽出我所崇拜的神来之笑，又说：“我不过是唯一的小女人。”

“唯一的小女人”这说法像电击一样令我大吃了一惊，那可是我的说法，我亲昵的、秘密的说法，是我对她的深情的称呼。

“你从哪儿听见那个说法的？”我问。问得突然，叫她吃了一惊。

“什么称呼？”她问。

“唯一的小女人。”

“是你的说法吗？”

“是的，”我回答，“我的，是我想出来的。”

“那你一定在梦里说了出来。”她微笑了。

她眼里又出现了那跳荡的颤抖的光。那是我的，是我在情不自禁时说出的，我知道。我向她靠了过去，像在风前摇摆的树一样不自觉地靠了过去。啊，那可是我俩最亲近的时刻，但是她摇了摇头，仿佛摇掉了一点睡意，一个梦，说：

“我从小就知道这说法，我爸爸就是这样叫我妈妈的。”

“可那也是我的说法。”我顽强地说。

“你爸爸对你妈妈的称呼？”

“不。”我回答，她不再问了，不过我可以发誓：她眼里长时间保留了一种嘲弄的、揶揄的表情。

前桅装好之后，工作进展就快了。我几乎还没有注意到，也没有费多大力气，主桅就已经安装好了，是靠前桅上装的一个横桁起重臂完成的。再过了几天，所有的桅杆支索和护桅索也都有了。一切都安装好了，拉紧了，但是我们只有两个水手，有了中帆可能反而碍事，造成危险。我把中帆取下来，放到甲板上，捆好了。

我们又花了几天收拾好帆，挂好。一共只用了三张帆：斜桅帆、前帆和主帆。经过补缀、缩短和歪扭，这些帆是配不上"幽灵号"这样精美的船只的，只显得滑稽可笑。

"但是它们能管用！"茅德快活地说，"我们能让它们工作，可以把生命交给它们！"

在我所有的新行道里我最难干得漂亮的就是帆匠活。我制作帆不如使用帆高明。我并不怀疑我有能力把三桅船开到日本北方的某个海港去。实际上我上船之后还啃过一些航海的教科书。何况还有海狼拉尔森的星星标尺，设计非常简单，连小孩子也会用。

至于星星标尺的发明人，一周以来除了耳朵越来越聋，嘴唇运动越来越微弱，情况没有什么变化，但是在拉好三桅船全部风帆那天，我们听见了他的最后一次声音。我问他"你整个人都还在吗"？他回答"是"，然后嘴唇的最轻微的动作也消失了。

最后的一行写下了。在那肉体坟墓里的某个地方还居住着那人的灵魂，还残存有生命的躯壳便是禁锢灵魂的坚壁。我们深知的那激烈的智慧还在燃烧，但是只在岑寂里、黑暗里燃烧，没有躯体。对于那智慧来说，躯体是不可能客观认知的。那智慧不知道有肉体，就连世界也不存在，它只知道自己，知道那岑寂与黑暗有多么辽阔，多么深邃。

第三十九章

出发的日子到了。苦干岛上再也没有能阻挡我们的东西了。“幽灵号”上几根短了半截的桅杆都弄好了，怪模怪样的风帆也张好了。我干的活儿都不好看，但都很结实，我知道它们管用。我望着那一切，觉得自己是个有能耐的人。

“是我做的！我做的！我用自己的手做的！”我想大声呐喊。

茅德跟我发出了同样的心声。她在我们打算升起主帆时说：

“想想看，亨佛莱，这全是你一手一脚做出来的！”

“可是还有另外两只手呢，”我回答，“两只小手，你可别说这也是你爸爸的话。”

她摇摇头，哈哈大笑，举起手来给我检查。

“我这手是再也洗不干净了，”她抱怨着，“日晒雨淋的肤色再也不会淡了。”

“那么，肮脏和那肤色就是对你的荣誉的奖赏。”我抓住她的手，若不是她立即缩了回去，我是会违背初衷去吻她那亲爱的小手的。

我们的同志关系越来越非同小可。许久以来我成功地控制了自己的爱，但现在爱情已经控制了我。它一直顽强地拒绝服从，争取我用眼睛说话，现在它又争取到了我的舌头——是的，还有嘴唇，因为它们此刻也发了狂，要想亲吻那双曾经那么忠诚而艰苦地工作过的小手。我自己也发了狂。一种号角样的呐喊从我的生命里发出，召唤我靠近她；一种无法抗拒的风吹拂着我，支配着我的身体，吹得我靠近她。我靠近了，我丝毫没有意识到，她却意识到了。她迅速地抽回了双手，说明她不可能没有意识到，但是她承受不了我那急切的探索的注视，挪开了目光。

我使用了甲板上的复式滑车把升降索向前接到了绞盘上；现在我同时使用了桅顶滑车和喉头滑车升起了主帆。做法虽笨拙，但是前帆没有费多少时间也升了起来，招展起来。

“我们不能在这样狭窄的地方起锚，锚一离海底，我们首先就会撞到山岩上去。”

“那你怎么做？”她问。

“滑出去。”我回答。“我滑时你得第一次使用绞盘。我得立即跑到舵轮去，你同时升起斜桅帆。”

这种出发办法我已经研究过、设计过几十次了。我把斜桅帆的升降索连上了绞盘，我相信茅德可以升起那张最必需的帆。一阵有力的风刮进了小海湾，水面虽仍平静，我们却需要加紧工作，才能安全出发。

我敲松了锁定栓，链条哗啦啦响着穿过锚链孔，落向海里。我急忙跑到船尾，往上打舵。船帆第一次涨满了风，船身倾侧了，“幽灵号”似乎有了生命；斜桅帆升了起来，涨饱了风，“幽灵号”侧转了船头，我急忙倒打了几把，稳住了船。

我设计了一种斜桅帆的自动帆脚索，能自动绕过斜桅帆，用不着茅德照顾，但是在我使劲往下打舵时茅德仍在起吊着斜桅帆。那是个叫人焦急的时刻，因为“幽灵号”正往只有一投石距离的海滩笔直冲去。然而它却听话地侧过了身子，驶进了风里。这时所有的帆，包括折叠帆在内，都纷纷涨饱，叭叭响着，气象不凡，落到我耳里美妙之至。然后“幽灵号”便鼓饱了帆，转过身来。

茅德已经完成任务，来到船后，站到了我身边。一顶小帽扣住了她被海风吹拂的头发，刚用了力的面颊泛着红晕，激动得睁大了的眼睛闪着光，鼻孔因受到新鲜的咸风吹拂和刺激翕动着。她那褐色的眼睛像受惊的鹿，神气里有一种我从未见过的敏锐和野性。“幽灵号”向内海湾入口的峭壁驶去时，她张开了嘴，大气也不敢出，但是“幽灵号”却转进了风里，鼓满帆向安全的水域驶去。

我从海豹狩猎场的大副职业学到了很多东西。我轻松地驶出了内海湾，沿着外海湾抢风行驶了很长一段距离，然后“幽灵号”才掉过头来向茫茫大海驶去。现在“幽灵号”已赶上了浩瀚的海洋的呼吸，自己也伴随着它的节奏呼吸起来，流畅地升降起伏在巨大的浪涛背上。那天一直沉闷阴霾，可现在太阳却冲破了云层，照耀在弧形的海湾上，好个受欢迎的预告。阳光下的苦干岛一片明亮——我们俩曾在那海湾里向妻妾成群的老爷们挑战，杀死过“跑腿子”。就连严峻的西南海岬也不那么阴森了。海浪冲刷润泽的地方，时不时有几处映着太阳，闪出耀眼的强光。

“我将永远怀着骄傲记住这里。”我对茅德说。

她像个女王一样扬起头，说：“亲爱的亲爱的苦干岛！我永远爱它！”

“我也如此。”我急忙说。

我们的目光似乎必须在一种伟大的默契中接触，可是，它们却勉强挣扎着挪开了，并没有接触。

出现了一阵我几乎可以称为尴尬的沉默，直到我打破了沉默，说：

“你看那向风面的乌云，记得吧，昨晚我告诉过你气压计显示下降。”

“而太阳也没有了。”她说，眼睛仍然盯住我们的小岛。我们在那儿证明了我们能战胜物质，达到男女之间所能存在的最真诚的同志关系。

“现在就放松帆脚索，直奔日本吧！”我欢天喜地地说，“好风一吹，帆脚索一松,你知道,什么情况都不怕。”

我固定好舵,往前跑去,准备利用这有利的风:我放松了前帆和主帆帆脚索,收紧了帆底横桁上的索具,安排妥帖了一切,准备迎接对我们有利的好风。那是有力的风,非常有力,我决心鼓足勇气前进,但遗憾的是,要自由行驶,船舵便不能固定,我便面临着通夜值班的问题。茅德想帮忙,替换我,事实却证明她即使很聪明,能在短期内学会,也没有力气在大风大浪中掌舵。发现这一点之后她看来心里很痛苦,只好帮着盘好滑车绳、升降绳,理好乱绳,借此稳住情绪。此外她还得理床铺,到厨房做饭,照顾海狼拉尔森。然后她还对舱房和“下等舱”发动了进攻,来了一次彻底的大扫除,结束了那一天。

我驾驶了一个通宵,没人换班,风力缓慢但稳定地加强着,海浪也不断增高。早上五点茅德给我送来了热咖啡和她自己烤的饼干,七点又送来了丰富的热腾腾的早餐,输送给了我新的活力。

那一整天,风力都像以前那样缓慢而逐渐地加强。它下定了决心阴郁地吹,不断地吹,越吹越有劲,给了我深刻的印象。“幽灵号”仍然一英里一英里浪花飞溅地前进。到后来我肯定它的时速至少有十一海里。机会太好,不可错过,但是到黄昏时我已经筋疲力尽。尽管身体异常好,舵边值班三十六小时也已是我耐力的极限。茅德也在劝我休息。我也知道,如果晚上风和海浪继续以这样的速度增加,船很快就会难以停下,因此在暮色渐浓的时候我高兴地,也不乐意地让“幽灵号”顺风停了船。

但是我却没有想到靠一个人折好三张帆是多么艰巨的工作。顺风行驶时我不曾注意到风的力量,一停船才痛苦地发现那风刮得有多猛烈,猛烈得几乎叫我绝望。风挫败着我每一次的努力:它刮走我手上的帆;我十分钟最艰苦奋斗的成果转瞬之间便叫它破坏。干到八点我只收起了前帆的第二折叠帆;干到十一点我仍没有新的进展。我的每一个指尖都在滴血,指甲连肉撕裂了。因为疼痛和疲劳我哭了,在黑暗里悄悄地哭,怕茅德知道。

然后我无可奈何地放弃了折叠主帆的打算,试着做一个实验:只靠折叠前帆抛锚。但要把张开的前帆和斜桅帆在帆桁上拴好也还得三个小时。早上两点我几乎死掉了,生命被打击消耗光了,到我的实验成功时我也只勉强意识到。折紧的前帆起了作用,"幽灵号"迎风抛稳了锚,舷侧再没有坠入波谷的危险了。

我非常饿,但是茅德让我吃饭的努力却失败了。我嘴里含着食物打盹;手往嘴里送食人却睡着了;痛得醒了过来又发现食物还没有进嘴。我疲倦得无可奈何,她只好把我按在椅子上,以免被船体强烈的颠簸扔到地上。

我在从厨房到舱房的路上一无所知。茅德牵着、扶着的是一个梦游病患者。实际上我完全失去了知觉,多久以后才醒过来,我无法想象。我躺在床上,靴子脱掉了。天黑了,我全身僵硬,腿也瘸了,床单碰到我可怜的指尖痛得我直叫。

早晨显然还没到,我又闭上眼睛睡觉。我不知道我已睡了一个昼夜,又已睡到了晚上。

我又醒了,因为不能够睡得更好而烦恼。我划根火柴看了看表,指针指着半夜,而我在三点以前还没有离开甲板!我要是没有猜到答案是会惶惑的。难怪我的睡眠断断续续。我已经睡了二十一个小时。我听了一会儿"幽灵号"的动作情况,波涛冲击着,甲板上的风闷沉沉地吼叫着,我翻过身又睡着了,安安稳稳直睡到天亮。

我七点起了床,不见茅德的踪影,以为她在厨房做饭。我上到甲板,发现"幽灵号"在那片风帆下情况良好,但是厨房里虽然有火,还烧着水,茅德却不在。

我在"下等舱"里找到了茅德,她在海狼拉尔森床位边。我看了看拉尔森,那个突然从生命的巅峰坠落、被活埋、比死亡还痛苦的人。他那没有表情的脸上似乎有一种释然的表情,一种新的表情。茅德望着我,我明白了。

“他的生命的火星在风暴里熄灭了。”我说。

“但是他还活着。”她回答,声音里有无穷的信念。

“他具有太大的力量。”

“对,”她说,“但是现在那力量不再桎梏他了。他已是个自由的灵魂。”

“他肯定是个自由的灵魂。”我回答;牵着手带她上了甲板。

那天晚上风暴停止了,就是说消失得跟兴起时一样缓慢。第二天早上早饭后我把海狼拉尔森的尸体拉上了甲板,准备海葬。风仍然很大,浪头仍然很高,不断翻过栏杆,冲刷着甲板,流进排水管。风猛击着三桅船,三桅船侧起了身子,直到背风面淹没到水里。帆索的吼叫调子尖利了起来。我脱下帽子时,我俩的脚都淹在齐膝的水里。

“我只记得葬礼祈祷式的一部分,”我说,“那一部分是:‘那身子将被扔进海里。’”

茅德吃惊地、骇然地望着我,但是我以前看见过的一次事件对我有强烈的影响,它逼得我为海狼拉尔森举行了他为另外一个人举行过的仪式。我抬起了舱口盖,帆布裹着的身子溜进了海里,脚朝下,被铁件的重量拽了下去。海狼拉尔森消失了。

“再见吧,路西法,骄傲的灵魂。”茅德细声说,声音太低,被吼叫的风淹没了,但是我看见了她嘴唇的动作,明白她的意思。

在我们抓住背风栏杆向船后走时,我偶然向背风面望了一眼。那时“幽灵号”被抛在浪尖上,我清楚地瞥见了一艘小小的轮船,在两三英里以外的海上颠簸着,起伏着,冒着白烟向我们驶来。那船涂成黑色,我从猎手们的谈话和他们的偷猎活动知道,那是一艘美国的缉私船。我向茅德指出了那船,匆匆领她往后面走,到舵楼甲板的安全地方去。

我急忙往下面的旗帜箱跑,却想起在我安排桅索时忘了准备升旗用的绳。

“我们不需要挂海难标志,”茅德说,“看我们一眼他们就明白了。”

“我们得救了。”我清醒庄重地说。然后我便兴高采烈地叫道:“我几乎不知道该快活还是不快活。”

我望着茅德。我们的眼睛欢乐地相遇了,我们彼此偎依过去。我还没有意识到,我的胳臂已经搂住了她。

“我有必要……?”我问。

她回答:“不必要,虽然说出来还是甜蜜的,非常甜蜜。”

我的嘴唇压上去,她的嘴唇迎上来。不知道是出于想象力的什么奇妙花样,“幽灵号”甲板上的场景闪过了我的脑子。那时她把指头轻轻放在我的嘴唇上说:“嘘!嘘!”

“我的女人,我唯一的小女人。”我说,我空着的手抚爱着她的肩头,那是所有的情人都会的,尽管在学校没有学过。

“我的男人。”她说,她那颤抖的眼帘望了我一会儿,低了下去,遮住了眼睛,这时她发出了一声小小的幸福的叹息,把头靠向了我的胸部。

我一看,缉私船已经很近,正在放小艇。

“吻一下,我的爱,”我悄悄说,“在他们到来以前再吻一下。”

“来把我们从我们自己解救出来。”她带着一个最可爱的微笑续完了我的话。那神来之举的微笑是我从没有见过的,那神是爱情之神。

经典译林

Yilin Classics

书名	单价	ISBN 号
钢铁是怎样炼成的	26.00 元	9787544762519
鲁滨孙飘流记	21.00 元	9787544760775
基度山恩仇记	45.00 元	9787544711661
简·爱	28.00 元	9787544760843
傲慢与偏见	25.00 元	9787544761697
飘(上、下)	48.00 元	9787544710688
少年维特的烦恼	18.00 元	9787544762502
羊脂球	25.00 元	9787544760904
麦田里的守望者	28.00 元	9787544749398
希腊古典神话	29.80 元	9787544711319
格列佛游记	21.00 元	9787544760782
海底两万里	26.00 元	9787544760874
小王子	18.00 元	9787544761857
老人与海	20.00 元	9787544761680
名人传	25.00 元	9787544760850
昆虫记	21.80 元	9787544710817
伊索寓言全集	18.00 元	9787544710770
童年·在人间·我的大学	29.80 元	9787544711050
汤姆·索亚历险记	20.00 元	9787544761017
巴黎圣母院	27.00 元	9787544761024
纪伯伦散文诗经典	29.80 元	9787544710756
美妙的新世界	18.00 元	9787544710787
猎人笔记	20.00 元	9787544711678
被侮辱与被损害的人	22.00 元	9787544711685
飞鸟集	25.00 元	9787544761031

一九八四	19.50元	9787544711647
天方夜谭	29.80元	9787544711692
变形记 城堡	22.00元	9787544712200
尤利西斯	58.00元	9787544712736
荆棘鸟	35.00元	9787544711609
莎士比亚喜剧悲剧集	32.00元	9787544711654
福尔摩斯探案	24.00元	9787544732918
呼啸山庄	24.00元	9787544762540
耻	20.00元	9787544713771
苔丝	28.00元	9787544714426
爱的教育	25.00元	9787544714433
最后一课	18.50元	9787544714419
静静的顿河	98.00元	9787544713917
地心游记	23.00元	9787544761598
安徒生童话选集	26.50元	9787544714303
雾都孤儿	25.00元	9787544714273
罗马神话	16.80元	9787544711722
变色龙	21.80元	9787544714464
安娜·卡列尼娜	49.00元	9787544740883
格林童话全集	32.00元	9787544714501
绿山墙的安妮	24.00元	9787544761048
十日谈	38.00元	9787544714280
罗生门	23.80元	9787544714440
汤姆叔叔的小屋	28.00元	9787544714457
悲惨世界(上、下)	68.00元	9787544714334
约翰·克利斯朵夫(上、下)	65.00元	9787544714891
战争与和平(上、下)	61.60元	9787544714396
我是猫	26.00元	9787544714495
红与黑	26.00元	9787544714310
欧·亨利短篇小说选	23.00元	9787544760867
圣经故事	25.00元	9787544714471

八十天环游地球	20.00 元	9787544760881
神曲(共三册)	68.00 元	9787544714853
茶花女	16.00 元	9787544715294
百万英镑	28.00 元	9787544760898
堂吉诃德	62.00 元	9787544714877
瓦尔登湖	22.00 元	9787544710763
培根随笔全集	22.00 元	9787544711623
古希腊悲剧喜剧集(上、下)	69.80 元	9787544711708
大卫·科波菲尔(上、下)	48.00 元	9787544717199
牛虻	28.00 元	9787544717359
假如给我三天光明	18.00 元	9787544731799
高老头	19.80 元	9787544731539
三剑客	38.00 元	9787544731560
复活	29.80 元	9787544740555
呐喊	18.00 元	9787544729031
朝花夕拾	15.00 元	9787544729048
城南旧事	18.00 元	9787544729369
背影	19.00 元	9787544735575
菊与刀	24.00 元	9787544750707
富兰克林自传	25.00 元	9787544750691
理想国	29.00 元	9787544750684
热爱生命·海狼	28.00 元	9787544754729
繁星·春水	18.00 元	9787544757409
边城	25.00 元	9787544757416
包法利夫人	28.00 元	9787544755627
沉思录	22.00 元	9787544759649
林肯传	28.00 元	9787544759960
人性的弱点	28.00 元	9787544759977
宽容	32.00 元	9787544760492
查拉图斯特拉如是说	38.00 元	9787544759793
拿破仑传	38.00 元	9787544759809

物种起源	42.00元	9787544765022
欧也妮·葛朗台	22.00元	9787544768238
小妇人	45.00元	9787544766784
人类群星闪耀时	29.80元	9787544766906
骆驼祥子	22.00元	9787544764254